Das Buch

Herbst 2005: Im Nordatlantik stößt ein Fischtrawler auf ein Schlauchboot, in dem acht tote Offiziere des amerikanischen Atom-U-Boots *Tuscaloosa* treiben. Im Pentagon herrscht Alarmstimmung. Da keinerlei Kontaktaufnahme mit dem Jagdboot der Los-Angeles-Klasse gelingt, ist ein terroristischer Anschlag nicht auszuschließen. Commander DiAngelo, Analytiker beim Marinegeheimdienst, dessen Exfrau als Sonaroffzier auf der verschwundenen *Tuscaloosa* Dienst tut, organisiert die gigantische Suchoperation – mit dem Auftrag, das Boot notfalls auch zu versenken, bevor es Gebrauch von den Atomwaffen an Bord macht. An Bord des baugleichen Schwesternschiffes *San Diego* startet der ehemalige U-Boot-Kommandant eine Unterwasserhatz, die in einen Showdown unter der Eisdecke der Arktis einmündet, bei dem allerdings auch noch ein russisches Boot der Alfa-Klasse kräftig mitmischt ...

Der Autor

Peter Brendt, Jahrgang 1964, wuchs im Badischen auf. Nach dem Abitur ging er zur Marine und diente dort zunächst als Navigator, bevor er zu den Waffentauchern wechselte; Teilnahme im Rahmen der NATO an diversen Einsätzen zusammen mit der US Navy. Nach turbulenten Jahren in Sonderkommandos nahm er seinen Abschied, studierte Informatik, der er dann als selbständiger Softwareentwickler fast zwanzig Jahre treu blieb, bevor er sich verstärkt der Schriftstellerei zuwandte. Seiner Leidenschaft für die Wracktaucherei, die ihn unter anderem in der Irischen See in 168 Meter Tiefe zur *Empress of Britain* führte, frönt er aber nach wie vor weiter.

Peter Brendt

Crashdive

Roman

Ullstein

Besuchen Sie uns im Internet:
www.ullstein-taschenbuch.de

Umwelthinweis:
Dieses Buch wurde auf chlor- und säurefreiem Papier gedruckt.

Originalausgabe im Ullstein Taschenbuch
1. Auflage Mai 2006
2. Auflage 2006
© 2006 by Ullstein Buchverlage GmbH, Berlin
Umschlaggestaltung: Buch und Werbung, Berlin
Titelabbildung: Viktor Gernhard
Gesetzt aus der Sabon und Antique Olive
Satz: LVD GmbH, Berlin
Druck und Bindearbeiten: Ebner & Spiegel, Ulm
Printed in Germany
ISBN-13: 978-3-548-26456-1
ISBN-10: 3-548-26456-5

Prolog

Der kalte, salzige Wind strich über eine schwere, ölige Dünung. Nur ab und zu ließ das Sonnenlicht, das in einzelnen Strahlen durch die spärlichen Löcher in der niedrig hängenden Wolkendecke drang, die See aufleuchten wie eine Reflektion auf geschmolzenem Blei. Nicht einmal Seevögel bevölkerten den Himmel, denn selbst dazu war dieses Seegebiet zu weit vom nächsten Stück Land entfernt. Der Atlantik nördlich der Großen Neufundlandbank war, was er immer gewesen war: weit, einsam und menschenfeindlich.

Dennoch gab es Menschen hier. Meist waren es Fischer, harte wortkarge Männer, die auf kleinen Trawlern der See ihren Lebensunterhalt abrangen, immer unterwegs auf der schmalen Grenze zwischen dem, was man noch riskieren konnte, und dem, was der allgegenwärtige Atlantik nicht mehr verzeihen würde. Denn trotz aller modernen Technik, die inzwischen auch auf den Fischdampfern Einzug gehalten hatte – dies war der Nordatlantik, eines der härtesten und gefährlichsten Seegebiete der Welt. Ein Stück Ozean, das vielleicht auf den Karten in einem Atlas, daheim im warmen Zimmer, in einem freundlichen Blau gezeichnet war, doch hier draußen wenig mit diesem anheimelnden Erscheinungsbild zu tun hatte. Jedes Jahr verschwanden hier Schiffe. Nicht nur kleine Fischdampfer, sondern manches Mal auch große, moderne Schiffe. Oft, aber bei weitem nicht immer, konnte man die Umstände solcher Untergänge herausfinden, und es gab viele mögliche Ursachen: Sturm, Unachtsamkeit, Eis bis weit nach Ostern oder einfach das Versagen der Technik gegenüber Brechern, die zwar nur so hoch wie ein mehrstöckiges Haus waren, aber zum Teil hundert und mehr Meilen breit.

Doch während Techniker und schlaue Köpfe in den Versicherungen darüber grübelten, warum es nicht möglich war, alle Geheimnisse der See mit Computern und Satellitentechnik zu ergründen, waren sich die meisten der Seeleute, die viele Jahre ihres Lebens hier draußen verbracht hatten, darüber so einig, dass es sich erübrigte, darüber zu sprechen: Wie jeder Ozean war auch der Nordatlantik einfach so groß und mächtig, dass selbst die beste Technik und die größten Schiffe dagegen zur Bedeutungslosigkeit verkümmerten. Wie konnte es also anders sein, als dass in den dunklen Tiefen Geheimnisse lauerten, die noch nie ein Mensch zu Gesicht gekommen hatte?

Doch um das zu begreifen, hätte man die beheizten Forschungslabors und die eleganten Büros der Versicherungsgesellschaften verlassen und selbst einmal spüren müssen, wie ein großes Schiff unter dem Anprall eines zwanzig Meter hohen Brechers erbebte. Immer wieder und wieder, während die überbeanspruchten Verbände des Rumpfes Geräusche von sich gaben, die jeden Ingenieur einer Materialforschungsanstalt umgehend zu einem gläubigen Christen gemacht hätten. Immer wieder, in Abständen von zehn bis zwanzig Sekunden, je nachdem, wie die Dünung lief. Und wenn man Pech hatte, ging das wochenlang.

Die Männer der *Aurelia* kannten ihr Revier. Fast alle

fuhren seit vielen Jahren in diesen Gewässern, und auch ihr Trawler war ein gutes und erprobtes Schiff. Sicher zeigte sie nicht die Eleganz mancher neuerer Boote, und mit ihrem kantigen Steuerhaus machte sie, verglichen mit ihren modernen Schwestern, eher einen trotzigen Eindruck, aber die *Aurelia* war ein gutes Schiff, trotz der rostigen Bordwände und der vielen Beulen an ihrem Rumpf, die Zeugnis ablegten von unzähligen Manövern mit schweren Netzen und kleinen Kollisionen in fast völliger Dunkelheit. Romantisch wirkte sie mit all ihren Blessuren nicht mehr, doch das Leben auf einem Fischdampfer hatte auch sehr wenig mit Romantik zu tun. Es war eine harte, knochenzermürbende Arbeit, bei der schon kleine Unaufmerksamkeiten schnell zu Verletzung und Tod führen konnten.

Die Männer wussten, dass sie nicht reich werden würden, aber trotzdem hätte wohl keiner von ihnen einen anderen Beruf gewählt, denn wie viele Seeleute waren sie durch eine unerklärliche Hassliebe mit diesem weiten Ozean verbunden, mit dem Geruch von Fisch und salziger Seeluft, ja sogar mit dem kalten Wind und der ständigen bleiernen Dünung. Auch das war eines der Rätsel des Atlantiks. Was trieb diese Männer, solch einem Beruf nachzugehen? Doch Erklärungen waren sinnlos. Selbst wenn man es hätte erklären können, wie hätte das jemand verstehen sollen, der nie dort draußen gewesen war? Das wäre so, als wollte man einem Blinden die Farbe Blau erklären. Ein sinnloses Unterfangen.

Normalerweise hätte die *Aurelia* zu dieser Tageszeit mit einem schweren Schleppnetz den Fischschwärmen nachgestellt, die ihnen das ältliche Sonar mit mehr oder weniger großer Zuverlässigkeit anzeigte. Doch stattdessen lag der alte Trawler beigedreht und wiegte sich in der langen Dünung. Schweigend standen die Männer an der Reling und sahen zu, wie zwei ihrer Kameraden das treibende Schlauchboot näher an die rostige Bordwand heranzogen. Einige der Gesichter an der Reling zeigten sich nur als verschlossene Masken bar jeglichen Gefühls. Das waren die, die bereits zu viele Tote gesehen hatten. Für andere, wie den Moses, war es das erste Mal, und sein Gesicht zeigte deutlich das Entsetzen, das er empfand. Mit weit aufgerissenen Augen blickte er hinunter in das tanzende Dingi.

Schon als sie das gelbe Boot entdeckt hatten und keiner der Männer ihnen zuwinkte, hatten die meisten von ihnen gewusst, was sie vorfinden würden, und entsprechend war auch die Stimmung. Es waren acht. Während ihre Kameraden sich mühten, das kleine gelbe Ding, das wie ein Korken auf den Wellen tanzte, an der Bordwand zu halten, und ständig salzige Gischt emporspritzte, wenn der Gummiwulst gegen das Eisen des Schiffsrumpfes stieß, fragte sich mancher der Fischer, wer wohl als Letzter gestorben war. Es war eine grausige Vorstellung, eingekeilt zwischen den toten Kameraden zu liegen, immer noch erfüllt von einem letzten schwindenden Schimmer von Hoffnung, aber gleichzeitig schon vergessen von der Welt der Lebenden. Der Letzte hatte noch eine Weile gelebt und geatmet, aber im Grunde war er bereits so tot gewesen wie seine Kameraden.

Denn zu dieser Jahreszeit und lediglich bekleidet mit leichter Borduniform betrug der Zeitunterschied zwischen Leben und Tod nur ein paar Stunden. Zu wenig Zeit für die acht amerikanischen U-Boot-Offiziere in dem Schlauchboot. Vielleicht war ihr Boot nach einem

Unfall auf Grund gegangen, dann lag der Rest der Besatzung wahrscheinlich dort unten in seinem stählernen Sarg. Die Seekarte gab für diese Position, knapp am Anstieg zur Neufundlandbank, eine Wassertiefe von rund tausend Faden an. Zu tief, um das Boot jemals wieder an die Oberfläche zu holen. Auch die härtesten Männer fühlten Mitleid, aber es gab nichts, was man hätte tun können, und so wusste auch niemand, was er hätte sagen sollen. Schweigend bargen sie die Toten und holten das Schlauchboot an Bord.

Bereits am nächsten Morgen traf sich die *Aurelia* mit einem Kreuzer der amerikanischen Küstenwache, den sie über Funk herbeigerufen hatte. Ein beflissener Lieutenant, dessen Seefahrtszeit in diesen Gewässern sich immerhin auf zwei Monate belief, nahm mit einem beständigen freundlichen Lächeln den Bericht des Skippers der *Aurelia* auf, der sich wider besseres Wissen bemühte, ein paar Hinweise zu geben. Schließlich wusste der erfahrene Fischer, dass es nahezu unmöglich sein würde, dort unten etwas zu finden, wenn man nicht die Gewässer kannte und darüber hinaus viel Glück hatte. Aber vielleicht hatte die US Navy ja Glück.

Doch die Notizen des jungen Offiziers blieben ziemlich kurz, und der Skipper wusste genau, dass kein Wort von dem, was er gesagt hatte, im Bericht des Lieutenants auftauchen würde. Dem wettergegerbten Gesicht des Fischers war jedoch nichts von seinen Gedanken anzumerken. Dann, nachdem den Formalitäten Genüge getan war, wurden das Schlauchboot und die Leichen, die man in der Eislast des Trawlers gelagert hatte, an das Küstenwachschiff übergeben, und beide Schiffe zogen ihres Weges. Nach kurzer Zeit war die *Aurelia* wieder allein auf der weiten See und ging nun endlich der Beschäftigung nach, für die sie gebaut worden war. Keiner der Männer des Trawlers hörte jemals wieder von den acht Toten, die sie geborgen hatten, und mit der Zeit wurde das Schlauchboot zu einer dieser Geschichten, die man ab und zu im sicheren Hafen in der einen oder anderen Seemannskneipe erwähnte. Eine von vielen Geschichten, die der Atlantik ständig schrieb. Geschichten, die es zu Tausenden gab.

1. Kapitel

1. Tag, 21:30 Ortszeit (MDT[1]), 03:30 Zulu[2] –
Irgendwo in den Bergen Montanas

Robert T. DiAngelo saß reglos in einem Segeltuchstuhl, die Beine weit von sich gestreckt, und starrte auf den Grill, den er selbst erst vor kurzer Zeit entfacht hatte. Rund um die kleine Lichtung herum versanken die Wipfel der Bäume in der Dunkelheit, doch der einsame Mann nahm davon keine Notiz. Genauso wenig wie vom Konzert der Zikaden oder den ersten Sternen, die am klaren Himmel sichtbar wurden. Sicher war der Anblick des brutzelnden Steaks und der Geruch bratenden Fleisches erfreulich und konnte die Aufmerksamkeit eines hungrigen Mannes für eine gewisse Zeit fesseln, aber der abwesende Blick und der feste Griff um den Hals einer Flasche Bourbon deuteten eher darauf hin, dass dieser Mann mit ganz anderen Dingen beschäftigt war.

Geistesabwesend nahm er einen weiteren Schluck, aber er spürte kaum, wie der Drink durch seine Kehle

---

[1] MDT = Mountain Daylight Saving Time (Sommerzeit in der Bergregion in den westlichen Vereinigten Staaten).
[2] ZULU (NATO-Code für Z – jeder der 24 Zeitzonen ist ein Buchstabe des Alphabets zugeordnet) = UTC (Coordinated Universal Time, Koordinierte Weltzeit, früher GMT = Greenwich Mean Time).

floss, während er seinen trüben Gedanken nachhing. Seine Karriere und seine Ehe waren im Eimer!

Es tat ihm nicht einmal mehr richtig weh, sich diesen Sachverhalt selbst einzugestehen. Als sei er betäubt. Sicher, man hatte ihm einen neuen Job zukommen lassen, und er war nicht schlecht darin, aber verdammt! Es mochte ja sein, dass er mehr verdiente, dass er sogar so etwas wie eine andere Karriere vor sich hatte, aber ... Scheiße! Sein verdammtes Pech hatte einen Schreibtischkrieger aus ihm gemacht. Er war einfach nicht mehr der Mann, der er einmal gewesen war, und schon gar nicht der Mann, der er sein wollte! Und der Rest seines Lebens war auch im Eimer! Prost! Wieder hob er die Flasche.

DiAngelo war ein großer Mann, der nun, nach einer Zwangspause von beinahe zwei Jahren, einen leichten Bauchansatz hatte. Sein Gesicht, obwohl immer noch vom Wetter gegerbt, zeigte die durchsichtige Haut, die als Folge langer, ernster Krankheiten oder, wie im Falle DiAngelos, schwerer Verletzungen zurückbleibt. Sein eckiges Kinn deutete auf Entschlusskraft hin, aber insgesamt wirkte Commander DiAngelo nicht wie ein harter Kämpfer, sondern eher wie ein gutmütiger Nussknacker. Nicht einmal die ausgeprägte Nase konnte diesen Eindruck verwischen, den sein etwas rundes Geicht erzeugte. Sein braunes Haar, das an den Schläfen bereits von ein paar grauen Strähnen durchzogen wurde, war länger als bei aktiven Offizieren üblich, aber er war ja auch kein aktiver Offizier mehr.

Er sah nicht im landläufigen Sinne gut aus, aber er wusste, dass er Frauen anzog. Nicht, dass ihn das im Augenblick groß interessiert hätte. Eigentlich interessierte ihn genau eine einzige Frau, und die war für ihn nun unerreichbar. Genau deswegen saß er ja hier und pflegte sein Selbstmitleid noch etwas, obwohl das ihn auch im Grunde anwiderte. Aber etwas anderes hatte er ja sowieso gerade nicht zu tun. Seine Augen zogen sich leicht zusammen: Na ja, vielleicht das Steak umdrehen.

Eine ganze Weile später, der Inhalt der Bourbonflasche hatte bereits erheblich abgenommen, riss ein plötzliches Geräusch DiAngelo aus seinen trüben Gedanken. Noch bevor er in seinem von Alkohol benebelten Kopf begriff, was vor sich ging, tauchten starke Scheinwerfer die Lichtung in ein gleißendes Licht, während das Donnern großer Rotoren die Ruhe endgültig vertrieb.

Der Commander blinzelte, vermochte aber gegen das Licht des Scheinwerfers nichts zu erkennen. Dennoch registrierte sein geschulter Verstand, auch wenn der Whiskey weiter sein Gehirn in weiche Watte hüllte, die Geräusche und Vorgänge automatisch und ordnete sie in die korrekten Schubladen ein.

Blackhawk! Er konnte sich ohne Mühe an die Seahawks erinnern, die manches Mal bei taktischen Übungen seine Gegner gewesen waren. Der U-Jagdhubschrauber war nichts anderes als die Navy-Variante des Army-Hubschraubers, der gerade über der Lichtung hing, auch wenn die Turbinen sich ein klein wenig anders anhörten. Also Army. Doch damit blieb immer noch unklar, was die Burschen hier wollten. Nicht, dass er große Neugier verspürte, es herauszufinden, aber er schätzte, dass die Männer in dem Hubschrauber die Sache anders sehen würden.

Als die schwere Maschine sich zu Boden senkte, trafen ihn die ersten Windstöße der Rotoren. Lästerlich fluchend rappelte er sich aus dem Stuhl auf und hinkte mit Hilfe seines Stocks in den Windschatten der

Hütte. Mit einem leichten Widerwillen wartete er ab, bis zwei Männer aus dem Hubschrauber sprangen, kaum dass er aufgesetzt hatte. Während sie gebeugt auf ihn zueilten, registrierte er automatisch weitere Einzelheiten. Beide trugen nur Pistolen und waren in Uniform. Trotz der Kampfanzüge erkannte er die Abzeichen der Army. Nun ja, er war hier weit weg von der nächsten Küste. Verdammte Stoppelhopser!

Die beiden Männer bauten sich vor ihm auf, und der Ältere grüßte militärisch: »Major Thomas Cumbers, Sir! Sie sind Commander DiAngelo?« Es war eine Feststellung, keine Frage.

DiAngelo nickte leichthin. »Oder das, was von ihm übrig ist!«

Der Major ging nicht auf die Bemerkung ein. Stattdessen deutete er auf den Hubschrauber. »Wir haben Befehl, Sie sofort zur Malmstrom Base zu bringen.«

»Schön für Sie, Major!« Er nahm noch einen weiteren Schluck aus der Flasche und sah die beiden Offiziere gleichgültig an. Der jüngere, ein Second Lieutenant, hatte noch kein Wort gesagt. Doch der Commander strich den jungen Mann aus seinen Gedanken. Der hatte eh nichts zu sagen. Stattdessen wandte er sich wieder dem Major zu. »Malmstrom? Da haust doch die Air Force?«

Der Major zuckte mit den Schultern. »Wir sollen Sie dort abliefern, und zwar pronto, Sir! Der Colonel hat keinen Zweifel daran gelassen, was passieren wird, wenn wir Sie nicht finden.«

»Und was soll ich in Malmstrom?«

Offenbar hatte der Major sich das Wichtigste für den Schluss aufgehoben, denn er lächelte verbindlich. »Dort wartet ein Jet auf Sie, der Sie zum Pentagon bringen soll.«

DiAngelo spürte, wie sein verletztes Bein unter ihm etwas weicher wurde. Wenn man ihn auf diesem Wege ins Pentagon hetzte, dann musste irgendwo eine ganz gewaltige Kacke am Dampfen sein.

Für einen Augenblick überlegte er, sich einfach zu weigern, in diesen Hubschrauber einzusteigen, aber der Major ahnte wohl etwas von seinen Gedanken. Mit einer beiläufigen Bewegung glitt seine Hand zum Holster. Er öffnete es nicht, aber die Geste war trotzdem nicht misszuverstehen. Also hatte er keine Wahl, und der Major ebenfalls nicht. Die Befehle mussten also von sehr weit oben gekommen sein, und das bedeutete, dass der Schiet noch viel größer sein musste, als er zunächst gedacht hatte. Der Commander verdrängte die Idee, mehr aus dem Major herausholen zu wollen. Der Mann wusste wahrscheinlich selbst nichts, außer dass er ihn schnellstens in einen Jet setzen sollte.

Innerhalb eines kurzen Augenblicks beobachtete Major Cumbers, wie sich dieser hinkende und offensichtlich schwer angetrunkene Navyoffizier auf eine seltsame Art veränderte. Der Mann straffte sich etwas, und sein Gesicht nahm einen völlig entspannten Ausdruck an. Nur die Augen blickten plötzlich nicht mehr umnebelt, sondern mit seltsam eindringlicher Klarheit. Es war, als ob diese blauen Augen alle Energie des Mannes in sich konzentriert hätten. Der Major räusperte sich, als ihm klar wurde, dass er sein Gegenüber unterschätzt hatte. »Verzeihen Sie die Unbequemlichkeit, Sir, aber die Befehle ...«

DiAngelo schnitt ihm mit einer kurzen Geste das Wort ab. »Machen Sie sich keine Gedanken, Major. Ich werde mit Ihnen kommen, ich muss nur meine Tasche holen. Zum Glück habe ich noch nicht ausgepackt.«

Der Major nickte knapp und befahl über die Schulter: »Simms! Holen Sie die Tasche des Commanders!«

DiAngelo sah dem davoneilenden Lieutenant kurz nach und ging dann zum Hubschrauber. Bei jedem seiner ungleichmäßigen Schritte war er sich der Beobachtung durch den Major bewusst. Gelassen drehte er sich um. »Und löschen Sie das Feuer, Major!« Etwas Spott klang in seiner Stimme mit. »Nicht, dass uns noch der Wald abbrennt.« Ohne eine Erwiderung abzuwarten, wandte er sich um und kletterte in die offene Luke.

1. Tag, 04:00 Ortszeit (EDT[3]), 08:00 Zulu – Im Pentagon

Das Pentagon! Sitz der amerikanischen Verteidigung, oder, wenn man sich weniger wohlmeinenden Zeitgenossen anschließen wollte, Nervenzentrum der amerikanischen Machtpolitik rund um den Globus. Doch für denjenigen, der dorthin kam, war das Pentagon zunächst einmal so etwas wie eine Kleinstadt. Rund fünfundzwanzigtausend militärische und zivile Angestellte kamen jeden Tag aus Arlington, Virginia, selbst und über den Potomac aus dem benachbarten Washington, District of Columbia, um ihr Auto auf einem der sechzehn Parkplätze mit insgesamt mehr als achtzehntausend Parkbuchten abzustellen. Andere benutzten die Schnellbahn oder die neue Subway. Es gab Läden, in denen diese Angestellten einkaufen, Kantinen und Restaurants, wo sie essen konnten, und es existierte natürlich eine Unzahl von Büros, in denen sie ihrer Arbeit nachgingen. Es gab ein Postamt, meh-

---

[3] EDT = Eastern Daylight Saving Time (Ostküsten-Sommerzeit).

rere Sanitätsstationen und sogar eine Kindertagesstätte.

Das Gros der Leute, die hier arbeiteten, ging relativ bedeutungslosen Tätigkeiten nach, kümmerte sich um Bekleidungsvorschriften, organisierte Truppenbesuche von wichtigen Politikern und solchen, die sich nur wichtig nahmen, oder analysierte die Unmengen Berichte, die aus aller Welt einliefen. Andere wiederum arbeiteten Routinebefehle aus, kümmerten sich um die Anschaffung neuer Waffensysteme oder um die Logistik, die mit der Verlegung von Truppen einherging. Es gab tausend Dinge zu tun für eine Nation, die sich entgegen dem, was man in Geschichtsbüchern lesen konnte, im Grunde seit 1941 in einem beständigen Kriegszustand befand. Auch wenn die Waffen meistens schwiegen.

Die Anzahl derer, die wirklich wichtigen Tätigkeiten nachgingen, war wie in jeder Behörde begrenzt, und die Anzahl derjenigen, die wirklich etwas zu sagen hatten, war verschwindend gering.

Robert T. DiAngelo gehörte seiner eigenen Meinung nach zu keiner dieser beiden Gruppen. Zumal sein Arbeitsplatz nicht das Pentagon, sondern, neun Meilen den Potomac hinauf, Langley war, weltbekannter Sitz der Central Intelligence Agency. Der Firma. Auch wenn der Ort streng genommen gar nicht mehr Langley hieß, sondern nur noch ein Teil der Gemeinde McLean war, so stand der alte Ortsname Langley doch nach wie vor als Synonym für die CIA. Aber auch dort ging er, seiner eigenen Meinung nach, keiner besonders bemerkenswerten Tätigkeit nach. Sein Job war es, aus den täglich hereinschneienden Meldungen aus aller Welt die Bewegungen von U-Booten zu analysieren, vorzugsweise von Atom-U-Booten.

Nicht, dass man bei der CIA einen Unterschied gemacht hätte zwischen den U-Booten befreundeter und denen weniger befreundeter Mächte. So verfolgte DiAngelo also die britischen und französischen Boote mit der gleichen Akribie, mit der er auch den russischen oder chinesischen Booten nachspürte. Er war gut in seinem Job. Meistens konnte er die Bewegungen der Boote schon »riechen«, bevor ein Satellit die Kursänderungen meldete oder eines der weltweit operierenden Schiffe einen unbekannten Kontakt auf neuem Kurs durchgab. Kein Wunder, schließlich war er selbst lange genug auf solchen Booten gefahren.

Anfangs hatte man etwas über den abgehalfterten Kommandanten gelächelt, in dessen Büro Seehandbücher und großformatige Karten statt moderner Computerliteratur Regale füllten. Ein altes Schlachtross, das nun sein Gnadenbrot als Analytiker verdiente. DiAngelo hatte das schnell erkannt, und es hatte ihn nicht geärgert. Es entsprach einfach dem Bild, das auch er von sich selbst und seiner Arbeit hatte.

Doch inzwischen hatte sich vieles geändert, und wenn man eine Frage zu U-Booten hatte, ging man zu DiAngelo. Der Commander war wahrscheinlich der einzige Mitarbeiter in der Abteilung für strategische Analysen, der nicht registriert hatte, wie er sich selbst während des letzten Jahres einen Ruf erworben hatte. Aber wenn er es erkannt hätte, wäre es ihm auch egal gewesen. Denn immer noch langweilte ihn das Spiel mit den Seekarten, ödeten ihn die ständigen Sandkastenspiele der Analytiker und vor allem die verständnislose Arroganz gegenüber allem an, was die See betraf. Selbst wenn er in wenigen Augenblicken mit einer beiläufigen Bemerkung ein Szenario vom Tisch fegte, das die Großrechner tagelang errechnet hatten, und am Ende damit auch noch Recht behielt, so berührte ihn das kaum.

Immerhin, als er von einem Dienstwagen direkt vor dem Eingang abgesetzt wurde, wusste er, dass es um U-Boote gehen musste. Es konnte nicht anders sein, denn es gab sonst wenig militärische Dinge, von denen er wirklich etwas verstand. Und es war dringend, denn sonst wäre er nicht jetzt, um vier Uhr morgens, zum Pentagon kutschiert worden. Er blickte sich um, aber er brauchte nicht lange zu suchen. Ein adretter, aber etwas gehetzt wirkender Lieutenant Commander kam auf ihn zu und musterte ihn kurz. »Commander DiAngelo?«

DiAngelo sah für einen Augenblick an sich herunter. Noch immer trug er die gleiche Jeans und das gleiche legere Baumwollhemd, mit denen er sich noch am Abend zuvor an seinen Grill gesetzt hatte. Überdies hatte er immer noch eine ganz schöne Fahne. Langsam nickte er. »Der bin ich!« Umständlich fischte er seine ID Card aus seinem Portemonnaie.

Der jüngere Offizier warf nur einen flüchtigen Blick darauf und nickte dann. »Sie werden bereits erwartet, Sir. Ich soll Sie sofort zur Besprechung bringen.«

»Was für eine Besprechung?« DiAngelo blickte dem Mann in die Augen.

Der LCDR zuckte mit den Schultern. »Leider ist es mir nicht gestattet, darüber zu sprechen, Sir!«

DiAngelo verzog das Gesicht. Mit anderen Worten, der Faun hatte selbst keine Ahnung. Er verkniff sich einen Kommentar und sagte nur lakonisch: »Dann mal los!«

Zusammen fuhren sie im Aufzug mehrere Stockwerke empor und durchquerten eine endlos erscheinende Flucht von Gängen. Wie üblich waren überall Wachtposten, aber die Kontrolle, kurz bevor sie das

Besprechungszimmer erreichten, war ungewöhnlich. Er war noch nie in diesem Teil des Pentagon gewesen. Es war das erste Mal, dass er zu einer Besprechung im Hochsicherheitsbereich gerufen wurde. Doch er kam nicht dazu, sich über diese Tatsache weiter Gedanken zu machen, denn sein Begleiter hatte bereits die Tür geöffnet. Hinkend trat er ein und ließ seinen Blick kurz über die Versammlung gleiten. Die meisten der Anwesenden kannte er nicht. Zwei oder drei vom Sehen her, aber der Mann, den er hier anzutreffen erwartet hatte, nämlich sein Chef, fehlte.

Reglos starrte er in die ihm unbekannten Gesichter. Diese Atmosphäre kannte er. Unabhängig davon, dass die meisten der Anwesenden wohl erheblich mächtiger waren, als er auch nur ahnen konnte, herrschte hier die gleiche Stimmung, die er schon so oft erlebt hatte: Wenn mal wieder ein Zusammenstoß mit den Nordkoreanern bevorstand, wenn es eine plötzliche Kommandantensitzung im Stützpunkt gab und Boote in aller Eile klargemacht wurden, oder wenn wieder mal irgendwo auf den Weltmeeren etwas geschehen war, das plötzlich zu eskalieren drohte. Es war eine schwer zu beschreibende Atmosphäre der Furcht und der Ratlosigkeit, die im Raum hing. Einige der Anwesenden hatten bereits die Knoten ihrer offensichtlich teuren Krawatten gelockert, und ein hochrangiger Analytiker der CIA, aber aus einem anderen Bereich als er selbst, saß hemdsärmelig in seinem Stuhl.

DiAngelos Blick fiel auf einen Mann, den er von früher her kannte. Vice Admiral John C. Sharp war der Oberbefehlshaber der U-Boote im Atlantik. Neben ihm saß dessen Vorgesetzter, Admiral William Henry, der Oberbefehlshaber der Marinestreitkräfte im Atlantik, kurz CINCLANT. Langsam drehte DiAngelo sich um und lächelte dem Lieutenant Commander zu, der ihn hierher gebracht hatte. »Danke, Commander, das wäre wohl alles.«

Der Offizier sah ihn an wie ein Gespenst. »Wie ... Sir?«

Ein Mann in einem gut geschnittenen Anzug erhob sich am Kopfende des langen Tisches. »Und wer sind Sie, wenn ich fragen darf?«

»Commander Robert DiAngelo, früher einer unserer Kommandanten, nun einer der fähigsten Köpfe in Langley, was U-Boote betrifft.« Die Stimme Sharps klang eiskalt durch den Raum, noch bevor DiAngelo antworten konnte. Nach einer markanten Pause fügte der Vice Admiral ein »Sir« hinzu. Es war deutlich zu spüren, dass Sharp den Mann im Anzug nicht leiden konnte. Das und die Position des Mannes am Kopfende des Tisches warnten DiAngelo. Genauer gesagt, diese Fakten hätten ihn gewarnt, wenn er solchen Warnungen zugänglich gewesen wäre. So waren es nicht mehr als zwei weitere Faktoren, die er bei Bedarf in seine Strategie einzubeziehen hatte.

Der schlanke Mann am Kopfende des Tisches nickte ungerührt. Offenbar war er es gewohnt, dass manche Leute ihn nicht leiden konnten, und unangreifbar genug, um das Missfallen, das er auslöste, zu ignorieren. Sein Blick fiel auf den Stock in DiAngelos Hand. »Ich verstehe. Dann nehmen Sie Platz. Ihr Boss ist gerade unterwegs, um mit seinem Büro zu telefonieren. Vielleicht haben Ihre schlauen Kollegen ja was gefunden, womit wir etwas anfangen können.« Sein Blick fiel auf den Lieutenant Commander, der immer noch abwartend seitlich hinter DiAngelo stand. »Machen Sie schon, dass Sie wegkommen. Ich bin sicher, Sie haben auch noch andere Dinge zu tun!«

Der Offizier salutierte kurz und verschwand. Sein Zorn über die Abfuhr war fast greifbar. Leise schloss er die Tür hinter sich. Der unbekannte Mann schickte ihm noch einen giftigen Blick hinterher, aber als er sich zu DiAngelo umwandte, der zu einem freien Stuhl hinkte, war keine Spur von Gereiztheit mehr zu bemerken. »Nun, dann wollen wir Sie auch mal schnell ins Bild setzen, Commander.« Er holte tief Luft. »Bereits vorgestern hat ein Fischkutter ein Schlauchboot gefunden. Darin befanden sich acht Offiziere eines U-Bootes, leider alle tot.« Der schlanke Mann blickte in seine Notizen. »Es handelte sich um Commander Richard McKay, Lieutenant Commander Roger Thears, Lieutenant Commander Theodore Jones ...«

DiAngelos Magen verkrampfte sich, und sein ganzer Körper schien auf einmal eiskalt zu sein. Wie aus weiter Ferne hörte er sich selbst fragen: »Die *Tuscaloosa*?«

Vice Admiral Sharp nickte. »Wir haben keinen Funkkontakt, was in dieser Phase auch normal ist, aber das Auftauchen dieser Männer lässt das Schlimmste befürchten. Sie kannten sie?«

Der Commander senkte den Kopf, immer noch unfähig, die Fakten zu begreifen und zu verarbeiten. Mühsam räusperte er sich. »Die *Tuscaloosa* ist das Boot meiner Frau.« Er zögerte einen Moment, bevor er fortfuhr: »Sie sprachen von acht Männern, Sir?«

Der Mann am Kopfende warf einen kurzen Blick auf seine Unterlagen: »Nein, keine Frau, Commander, aber ...« Er brach ab.

»Was ist geschehen?«

Der Mann in dem gut geschnittenen Anzug zuckte mit den Schultern. »Wir wissen es nicht. Ich nehme an, wenn jemand daran gedacht hätte, dass Ihre Frau an Bord war, dann hätte man Sie nicht hierher gebeten, Commander. Es sieht so aus, als sei die *Tuscaloosa* gesunken. Commander John Frederic hat, kurz bevor Sie kamen, versucht, uns die verschiedenen Möglichkeiten aufzuzählen ... Wenn Sie lieber wieder gehen wollen, Commander, würde ich das verstehen.«

DiAngelo wurde der Notwendigkeit einer Antwort enthoben. Von der Tür her erklang die Stimme von Colonel (retired) James Bingham, ehemals U. S. Air Force, nun Leiter der strategischen analytischen Abteilung der »Firma«: »Commander DiAngelo wird bleiben, Sir! Erstens ist er der Beste, den ich auf diesem Gebiet zur Verfügung stellen kann, und zweitens wird er, nachdem die Katze nun schon einmal aus dem Sack ist, wissen wollen, was passiert ist.« Äußerlich ruhig blickte der alte Colonel über die Versammlung, bevor er sich wieder DiAngelo zuwandte. »Es tut mir leid, Bob, dass ich Sie in diese Situation gebracht habe, aber ich will Sie dabeihaben.«

Die Stimme des Commanders klang rau, als er seinem Vorgesetzten beipflichtete: »Sie haben Recht, Sir. Ich will wirklich wissen, was passiert ist.« Er wandte sich zu dem Mann um, der so offensichtlich den Vorsitz führte. »Wenn Sie gestatten, würde ich gerne bleiben, Sir!«

Für einen ewig erscheinenden Augenblick maßen beide sich mit den Augen, dann nickte der Mann. »Einverstanden. Ich denke, niemand kann ein so großes Interesse daran haben, das Boot zu finden, wie Sie.« Er sah sich um. »Ich denke, Ihr Chef kann Ihnen erzählen, wer hier welche Position bekleidet. Lassen Sie uns mit dem Vortrag von Commander Frederic fortfahren.«

Der Commander erhob sich wie ein Schuljunge, den

sein Lehrer aufgerufen hat, und räusperte sich. Nach einem Seitenblick auf DiAngelo begann er mit seinem Bericht. »Wie ich vorhin schon ausführte, kann es eine ganze Reihe von Ursachen geben, die zum Verlust eines U-Bootes führen können, auch ohne feindliche Aktivität ...«

DiAngelo hörte nur mit halbem Ohr zu. Das, was jetzt folgen würde, wusste er schon. Immer noch drängten sich in seinem Kopf Bilder und Vorstellungen zu einem grauenvollen Durcheinander. Er konnte nicht verhindern, sich Angela vorzustellen, während das Boot unaufhaltsam in die Tiefe sank. Der Nordatlantik und die eisigen Tiefen unter der nördlichen Polkappe, das waren die bevorzugten Einsatzgebiete der Atom-U-Boote der Atlantikflotte. Im Grunde spielte es keine Rolle, wenn das Boot wirklich gesunken war. Dort lagen die Wassertiefen zwischen tausend und zweitausend Faden. Gewaltige schwarze Abgründe, in denen ein U-Boot für alle Ewigkeit liegen konnte, oder doch das, was davon übrig blieb, nachdem der unvorstellbare Druck die Hülle zerquetscht hatte, während der außer Kontrolle geratene Schiffskörper immer tiefer sank. So sollte eigentlich niemand sterben, aber es war genau die Art, wie U-Boote untergingen und ihre Besatzungen umkamen. Oder vielleicht hatte es einen Brand oder eine Explosion an Bord gegeben. So grausig es sich anhörte, so war es doch, verglichen mit einem langsamen Absacken in die Tiefe, ein vergleichsweise schneller Tod. Wenn man nicht gerade die Explosion überlebte und das Boot auf den Grund sackte, ohne zerquetscht zu werden. So wie damals die russische *Kursk*.

Die Schreckensszenarien in DiAngelos Kopf schienen kein Ende zu nehmen, und sein Gesicht glich einer starren Totenmaske. Endlich, der Vortrag von Commander Frederic dauerte bereits über eine Viertelstunde, rührte sich die erstarrte Gestalt, und DiAngelo wandte sich an Colonel Bingham. Leise raunte er: »Wo wurde das Schlauchboot gefunden? Bei der Großen Neufundlandbank?«

»Ein paar Meilen nördlich«, flüsterte Bingham ihm zu.

»Und was haben die Leute jetzt vor?«

Der Colonel deutete unauffällig auf den Mann am Kopfende. »Das ist William Boulden, persönlicher Berater des Präsidenten. Soweit er vorhin sagte, will er, dass alle Hebel in Bewegung gesetzt werden, um die *Tuscaloosa* zu finden. Wobei es ihm sicher am wenigsten um die Besatzung geht, fürchte ich.« Er deutete auf den Nächsten. »Commander Frederic ist vom Amt für Waffen und Technologien. Die schlauen Leute, die sich unter anderem auch darum kümmern, wenn etwas von dem Zeug nicht funktioniert. Er ist Experte für U-Boot-Ausrüstung.«

DiAngelo sah kurz zu dem anderen Commander hinüber und raunte aus dem Mundwinkel: »Also ein Schreibtischhengst?«

Bingham nickte fast unmerklich. »Ich glaube, ja.«

Inzwischen kam Commander Frederic zum Schluss seines Vortrages: »... aus allen diesen Gründen, fürchte ich, müssen wir davon ausgehen, unser Boot verloren zu haben und dass es kaum Chancen geben dürfte, es zu bergen.«

Stille senkte sich über den Raum. Die meisten konnten sich nicht vorstellen, was sich wirklich hinter den nüchternen Worten verbarg, doch DiAngelo wusste es. Es waren die Urängste aller U-Boot-Fahrer. Doch irgendetwas stimmte nicht. Es stimmte etwas ganz und gar nicht. Vielleicht war er dabei, sich an einen

Strohhalm zu klammern, aber was sollte es, die Hoffnung stirbt immer zuletzt. In einem sinkenden U-Boot, in einem Lazarett oder auch hier in einem Besprechungsraum im Pentagon.

Unwillkürlich versteifte er sich und fuhr Commander Frederic an: »Bullshit!«

Boulden, der Berater des Präsidenten, sah ihn erstaunt an. »Wie bitte, Commander?«

Schwerfällig kam DiAngelo auf die Füße und hinkte zu einem Flipchart. Dabei wiederholte er beiläufig über die Schulter hinweg: »Bullshit! Das ist alles technisch richtig, aber nicht das, was mit der *Tuscaloosa* passiert ist.«

Boulden sah ihm dabei zu, wie er begann, mit schnellen Strichen die Silhouette eines U-Bootes zu zeichnen, konnte aber nicht lange an sich halten. »Dann sagen Sie uns, was sich Ihrer Meinung nach ereignet hat, Commander!«

Die Blicke aller waren auf die Gestalt vor dem Flipchart gerichtet. Noch immer war DiAngelo totenbleich und seine Bewegungen etwas fahrig. Es war mitnichten so, dass jemand von ihm in diesem Moment eine logische Analyse erwartet hätte. Keiner der Anwesenden, außer einem. Bingham wusste von Anfang an, dass DiAngelos Exfrau an Bord der *Tuscaloosa* war, und als guter Vorgesetzter und Menschenkenner, der er war, wusste er auch, dass DiAngelo das Boot finden würde, so oder so. Doch keiner der anderen ahnte etwas von den Überlegungen des Colonels.

DiAngelo beendete seine Skizze und wandte sich an die Versammelten: »Das ist so ungefähr ein U-Boot der Los-Angeles-Klasse, zu der auch die *Tuscaloosa* gehört.« Seine Stimme wurde eindringlich. »Bitte erinnern Sie sich an die Namen der acht Männer. Wir haben McKay, den Kommandanten ...«, er zeichnete eine Eins in die Zentrale des Bootes, »... Thears, den Ersten, und Jones, den Leitenden Ingenieur ...« Während er die Namen aufzählte, zeichnete er jeweils weitere Ziffern in seine Skizze. Dann nickte er. »Hieraus wird ersichtlich, dass das Boot noch einmal an der Oberfläche gewesen sein muss, denn sonst hätte keiner mehr auszusteigen vermocht. Es kann aber, sollte es sich wirklich um einen Unfall gehandelt haben, nur relativ kurz oben gewesen sein, denn sonst wären mehr Leute rausgekommen.«

Boulden verließ seinen Platz am Tisch und stellte sich neben DiAngelo, um die Skizze genauer zu betrachten. »Commander, ich habe leider keine Ahnung von U-Booten. Was also wollen Sie uns sagen? Ich muss demnächst den Präsidenten anrufen und ihm mitteilen, was wir zu tun gedenken, um die Atomwaffen an Bord sicherzustellen.«

»Wenn die *Tuscaloosa* nur kurz an der Oberfläche war, ist es unmöglich, dass noch jemand aus dem Maschinenraum herauskam.« DiAngelo deutete auf die rote Drei, die den Leitenden Ingenieur Jones darstellte. »Wenn sie aber länger an der Oberfläche war, dann wären mehr Leute rausgekommen, und es gäbe mehr Schlauchboote. Dann wären aber diese Offiziere nicht in einem Boot zusammengequetscht gewesen, sondern hätten sich verteilt, um das Kommando über diese Boote zu übernehmen. Wie ich es also auch drehe und wende, es sieht eher so aus, als wäre das Boot aufgetaucht und man hätte einige Offiziere einfach ausgesetzt.«

Abrupt wandte er sich um. »Commander Frederic! Können Sie mir sagen, ob die Leine noch im Schlauchboot war?«

»Welche Leine?«

DiAngelo unterdrückte ein Seufzen. »In jedem der Schlauchboote ist eine etwa dreißig Fuß lange Leine, mit der man die Schlauchboote zusammenbindet, damit alle beieinander bleiben.«

»Es tut mir leid, aber darüber weiß ich jetzt auch nichts.« Commander Frederic lief rot an. »Das Boot ist noch in Boston, wo es an Land gebracht wurde.«

»Versuchen Sie das so rasch wie möglich festzustellen. Falls sie noch dort ist, dann ist das der Beweis, dass es keine weiteren Schlauchboote gegeben hat. Und wenn dem so ist, dann haben wir ein Problem.«

Boulden nickte und sah Frederic an. »Kümmern Sie sich sofort darum, Commander.« Er wandte sich zu DiAngelo um. »Was hat sich Ihrer Meinung nach zugetragen? Eine Meuterei? Hat jemand unser Boot angegriffen? Was glauben Sie? Vor allem, was sage ich dem Präsidenten, wenn er mich fragt, wie wir verhindern wollen, dass die Atomwaffen in falsche Hände fallen?«

Einen Augenblick lang schaute DiAngelo hinter die Maske des Präsidentenberaters und erkannte dessen Besorgnis. Er warf noch einen Blick auf seine Skizze, dann sah er Boulden ins Gesicht. »Ich würde sagen, die *Tuscaloosa* war noch völlig intakt, als die Offiziere ins Schlauchboot stiegen. Wahrscheinlich sind die Atomwaffen also schon in falschen Händen.«

»Und worauf, außer auf eine Leine, die möglicherweise in einem Schlauchboot liegt, gründet sich Ihre Ansicht? Darauf, dass Sie glauben, Ihre Frau lebe noch? Wie soll ich das dem Präsidenten vermitteln?« Boulden wirkte gereizt, aber er verbarg damit nur seine Ratlosigkeit.

DiAngelo hatte andere Sorgen, als sich darüber zu

ärgern. Er wich dem Blick Bouldens nicht aus und zwang sich zu einem schmalen Lächeln, auch wenn es sich anfühlte, als würde sein Gesicht zerreißen. »Sagen Sie ihm, dass ich selbst ein Boot dieser Klasse kommandiert habe, bevor ich aus dem aktiven Dienst ausschied. Sagen Sie ihm, dass ich McKay seit bestimmt fünfzehn Jahren gekannt habe und alle anderen Offiziere der *Tuscaloosa* ebenfalls schon jahrelang. Aber sagen Sie ihm auf alle Fälle, dass es eine gewisse Wahrscheinlichkeit dafür gibt, dass eines unserer Boote mit voller Armierung in falsche Hände geraten ist.«

Er holte tief Luft und sah den Präsidentenberater ruhig an. »Von mir aus können Sie ihm natürlich auch sagen, dass meine Frau noch lebt.«

Boulden wandte den Blick nicht ab. Prüfend musterte er den Mann mit dem Nussknackergesicht. »Also gut! Was brauchen Sie, um die *Tuscaloosa* zu finden? Außer sehr viel Kaffee?«

2. Kapitel

1. Tag, 01:00 Ortszeit (CVT[4]), 03:00 Zulu –
Irgendwo im Atlantik, USS Tuscaloosa

Lieutenant Commander Angela Hunt starrte ins Leere. Sie hatte Angst, aber noch viel mehr fürchtete sie sich davor, ihre Angst zu zeigen. Die meisten der Männer um sie herum versuchten trotz der qualvollen Enge, den Körperkontakt zu vermeiden. Denn seit die Leute, die nun das Boot in ihrer Gewalt hatten, den Kommandanten, den Ersten und einige Führungsoffiziere, gleich nachdem das Boot gesichert war, in einem Schlauchboot ausgesetzt hatten, war sie der dienstälteste Offizier an Bord. Theoretisch hatte sie jetzt das Kommando, und die Mannschaft verließ sich auf sie.

Aber was bedeutete »theoretisch« schon unter diesen Umständen? Es gab wenig, was sie im Augenblick hätte unternehmen können. Auch wenn sie wusste, dass es irgendwann so weit sein würde, dass sie etwas Verzweifeltes würde tun müssen, selbst wenn es sie und jeden einzelnen Mann an Bord das Leben kostete. Aber sie konnte kaum warten, bis die Terroristen die Marschflugkörper einsetzten, ohne wenigstens etwas zu versuchen.

---

[4] CVT = Cape Verde Time (Kap-Verde-Zeit).

Missmutig musterte sie, was von der Besatzung noch übrig und an Bord war. Da waren die, die folgen würden, wenn sie den Befehl gab, und jene, die wohl zu feige dafür waren. Sie blickte auf ihre Hände und fand, dass sie überraschend ruhig waren. Kein Zittern. Vielleicht würde sie wirklich die Kraft haben, den Befehl zu geben, wenn es erst so weit war.

Noch immer fühlte sie sich verwirrt und von den Ereignissen überrollt. Auch jetzt, mehr als vier Tage nachdem das Unheil über sie hereingebrochen war, konnte sie nicht begreifen, wie das alles geschehen war. Dabei hatte alles nach reiner Routine ausgesehen. Sie waren in einem weiten Bogen in ihr übliches Einsatzgebiet gefahren, das Boot hatte keine Probleme gemacht.

Aber während sie immer stetig nach Nordwesten fuhren, musste irgendjemand gewusst haben, wo sie steckten. Der Funkspruch, den sie scheinbar zufällig auffingen, gerade als sie wieder einmal die Antennen aus dem Wasser steckten, um die fehlenden Funksprüche des Hauptquartiers der U-Boot-Flotte aufzunehmen, besagte, dass ein kleiner Frachter in der Nähe Feuer an Bord habe und dringend Hilfe brauche. Commander McKay hatte den Kurs ändern lassen, und nur rund eine Stunde später war das Schiff im Fadenkreuz des Periskops aufgetaucht. Ein betagter kleiner Frachter, wie sie in unendlicher Anzahl die Meere bevölkerten. Allerdings hatte Angela Hunt mit den scharfen Ohren des Passivsonars keinerlei Geräusche aufnehmen können, was darauf hindeutete, dass alle Maschinen an Bord des Frachters ausgefallen waren.

Das und die große schwarze Rauchwolke, die aus dem Inneren des Frachters drang, hatte McKay bewogen, auftauchen zu lassen und ein Hilfskommando abzusetzen, zumal sich keine anderen Schiffe, die Hilfe hätten leisten können, in der Nähe befanden. Schließlich waren sie nicht mehr im Kalten Krieg. Also legte sich das große U-Boot neben den Frachter, und das Kommando, behindert durch Löschgerät, kletterte über die Reling an Bord.

Als die ersten Schüsse fielen, waren alle völlig überrascht. Die wenigen Augenblicke, die ihnen zum Handeln blieben, verstrichen tatenlos. Dann stürmte eine große Anzahl schwarz gekleideter Männer das U-Boot. Das vordere Luk, aus dem Augenblicke zuvor erst ihr eigener Rettungstrupp an Deck geklettert war, stand noch offen. Die Angreifer hängten einfach das Ende einer schweren Stahlkette durch die Öffnung und verhinderten so, dass jemand das Boot hätte schließen können, um zu tauchen. Obwohl jetzt im Nachhinein einige der Männer der Meinung waren, es wäre vielleicht doch besser gewesen zu fluten. Aber hinterher wusste man ja immer alles besser.

Dann – und Angela konnte sich beim besten Willen nicht mehr daran erinnern, wo es begonnen hatte – waberten Gasschwaden durch die engen Gänge der *Tuscaloosa*. Viele der Männer wurden sofort betäubt. Nur einer Hand voll gelang es, rechtzeitig die Sauerstoffmasken überzustreifen, die überall platziert waren. Eigentlich sollten sie die Besatzung schützen, falls es im Boot brannte oder aus den Batterien, die das Boot für Notfälle mitführte, Chlorgas austreten sollte. Aber sie halfen auch in diesem Fall gegen das Gas, das von den Angreifern eingesetzt wurde. Nur nützte das nichts mehr.

In Sekundenschnelle sprangen die Angreifer durch das offene Zentralluk und das immer noch geöffnete Vorschiffsluk und verteilten sich sofort auf alle wichtigen Stationen. Einige der Männer, die noch bei Bewusstsein waren, versuchten sich zur Wehr zu setzen, aber wer trug in einem U-Boot schon Waffen? Niemand, außer den Angreifern. Wieder belferten Schüsse aus automatischen Waffen und verwandelten die Männer in blutige Bündel, die nichts Menschliches mehr an sich hatten.

Das war zu viel. Die restlichen Besatzungsmitglieder ergaben sich. Ein Teil von ihnen wurde auf den Frachter gebracht, die Führungsoffiziere wurden ausgesetzt, und lediglich die technischen Spezialisten wurden an Bord behalten. Niemand machte sich große Hoffnungen, dass der Kommandant und seine Leute gerettet würden und irgendjemand Nachricht geben konnte, was geschehen war. Dies war der Nordatlantik, und ihre Chancen waren etwa genauso gut wie bei einem Kopfschuss.

Die Angreifer, von denen sie bisher immer noch nicht viel wussten, hatten die Spezialisten in diesem engen Quartier eingesperrt. Eigentlich war dieser Raum als Kammer für vier Seeleute vorgesehen, aber im Augenblick saßen hier fünfzehn Männer und sie selbst. Vermutlich war sie die einzige Frau an Bord, wenn sich unter den Terroristen keine befanden.

Wieder einmal blickte sie auf die Uhr, aber es waren erst ein paar Minuten vergangen, seit sie das letzte Mal nach der Zeit gesehen hatte. Auf einem Atom-U-Boot gab es keinen Tag und keine Nacht. Rund um die Uhr brannte das elektrische Licht. Normalerweise diktierte der regelmäßige Wachwechsel das Zeitgefühl, doch seit sie hier eingesperrt waren, gab es für sie auch den nicht mehr. Nicht einmal Gerüche verrieten ihnen etwas, denn die Luft war ständig gleich. Selbst Küchengerüche aus der Kombüse absorbierten die Filtersysteme. Die Luft war gleichmäßig antiseptisch und etwas zu warm. Vorbei waren die Zeiten, als U-Boote ständig nach menschlicher Ausdünstung, Kohl und Diesel rochen. Atom-U-Boote boten eine technisch einwandfreie Umwelt ohne jegliche Abwechslung. Da sie auch nicht dafür gebaut waren, über Wasser zu fahren, also fast immer getaucht liefen, gab es nicht einmal ab und zu eine Wolke zu sehen oder einen Wasserspritzer, den man auf dem Turm abbekam. Selbst unter normalen Bedingungen waren die psychischen Belastungen und die Monotonie nur schwer zu ertragen.

Auch wenn die Besatzungen der Boote ständig auf ihre Belastungsfähigkeit überprüft wurden und sie ohnehin aus einer Unzahl von Bewerbern ausgesiebt worden waren, bevor sie zu den Jagdbooten kamen, lagen gegen Ende eines dreimonatigen Turns bei allen die Nerven blank. Nun, bei dieser Warterei und dem zusätzlichen Stress, den die Ungewissheit verursachte, trat der Effekt früher zu Tage und brach auf wie eine offene Wunde. Sie konnte es in den Gesichtern der Männer sehen. Blasse, ängstliche Masken. Es würde nicht mehr lange dauern, bis Streitereien ausbrechen würden. Doch es war eine Sache, das vom Verstand her zu erkennen, und eine andere, diese Dinge zu fühlen. Genau wie die Männer war auch Angela dankbar für jede noch so kleine Abwechslung, selbst wenn das potentiell eine noch größere Gefahr bedeutete.

So kamen hin und wieder zwei der Terroristen vorbei und brachten etwas zu essen, und gelegentlich wurde der eine oder andere von ihnen geholt, wenn es Probleme mit einem der vielen Geräte an Bord gab, aber die meiste Zeit warteten sie einfach und wussten nicht einmal worauf. LCDR Hunt war klar, dass es außer ihnen mindestens noch eine zweite Gruppe Gefangener geben musste, denn als Probleme mit dem Sonar auftraten, hatte sie in der Zentrale weitere Besatzungsmitglieder der *Tuscaloosa* gesehen, aber die Entführer hatten verhindert, dass sie miteinander sprachen.

Überhaupt schienen die Terroristen sehr genau zu wissen, was sie taten. Als sie einmal in die Zentrale gebracht worden war, hatte sie mitbekommen, dass die Männer in den schwarzen Uniformen regulär Wache gingen und offensichtlich in der Lage waren, mit vielen der komplizierten Einrichtungen der *Tuscaloosa* umzugehen. Sie kamen wohl ziemlich gut klar, denn sie brauchten die an Bord gebliebenen Fachleute nur, wenn es etwas Außergewöhnliches gab. Allein die Tatsache, dass dies selten vorkam, zeigte, wie professionell die Terroristen das Boot im Griff hatten. Die Spezialisten der ursprünglichen Besatzung hatten sie offenbar nur für alle Fälle an Bord behalten. Es hatte Angela regelrecht erschreckt, als sie erkannte, wie desinteressiert diese Leute an ihr und ihren Männern waren. Mit Hasstiraden gegen die bösen Amerikaner hätte sie umgehen können, vielleicht auch mit Drohungen, was passieren würde, wenn sie nicht spurten, aber das war etwas anderes. Als wären sie in den Augen ihrer Entführer bereits tot.

Die Tür öffnete sich, und Angela blickte auf. Ein Mann in der schwarzen uniformähnlichen Kleidung der Entführer steckte den Kopf herein und sah sich um. Dann deutete er auf sie. »Sie, Commander, kommen Sie mit!«

Unsicher rappelte sie sich auf und trat an die Tür. Rechts und links im Gang standen jeweils zwei Männer zusätzlich zu demjenigen, der sie zum Mitkommen aufgefordert hatte. Sie sprachen kein Wort. Es war auch nicht notwendig, denn ihre Heckler & Koch MP5 besagten genug. Ohne eine Regung marschierte sie vor dem Mann her in Richtung Zentrale.

Im Nervenzentrum des Bootes ging es ruhig und routiniert zu. Alle schienen zu wissen, was sie taten, aber Angela fragte sich für einen winzigen Augenblick, was hier los wäre, wenn die Zerstörer das Boot stellen würden. Irgendwann würde jemand das Boot vermissen, und dann würde eine Jagd beginnen, an deren Ausgang kaum ein Zweifel bestehen konnte. Wenn es zum Gefecht kam, würde es nicht lange dauern. Nur Minuten, wenn die Torpedos erst einmal im Wasser waren. Auch für sie und ihre Männer.

Der Terrorist, der sie geholt hatte, dirigierte sie weiter zum Sonarraum im Vorschiff. Natürlich! Schließlich war sie Sonaroffizier an Bord des Bootes mit den schärfsten Ohren der Flotte. Und inzwischen auch mit der schärfsten Nase. Denn die *Tuscaloosa* war ein Angriffsboot oder, wenn man wie viele U-Boot-Offiziere den älteren Begriff bevorzugte, ein Jagdboot. Vorne im Rumpf lag die Sonarabteilung, auch wenn die Sonar- und Echolot-Ausrüstung sich den knappen zur Verfügung stehenden Platz inzwischen mit Wärmesensorauswertung, Magnetometern und seit Neuestem auch mit der letzten Errungenschaft auf dem Gebiet der Unterwasserortung, der Reststoffanalyse, teilen mussten. Denn die *Tuscaloosa* konnte wirklich so etwas wie riechen und schmecken!

Das traf es zwar nicht ganz, aber irgendwie kam es Angela so vor. Die Realität war prosaischer. Ständig wurden automatisch Wasserproben gesammelt und auf bestimmte Reststoffe hin ebenso automatisch analysiert. Es gab viele solcher Reststoffe, die den Computer dazu veranlassen konnten, den Sonaroffizier, der traditionell die gesamte Unterwasserortung kommandierte, zu informieren.

Es war ein hochkompliziertes System, das ihr zum Beispiel mitteilte, wenn etwa Dieselöl im Wasser war. In der Tiefe ein sicheres Anzeichen dafür, dass ein konventionelles U-Boot in der Nähe war. Oder der Computer teilte ihr mit, dass Reste von Gemüsesuppe bestimmter Rezepturen im Wasser waren. Es könnte sich ja um Borschtsch handeln, ein auf russischen Schiffen und U-Booten immer sehr beliebtes Gericht. Alles basierte auf Technik, aber für Angela war es immer, als würde die *Tuscaloosa* ständig im Wasser herumschnüffeln. Wie für viele Seeleute war das Boot für sie so etwas wie ein lebendiges Wesen, viel mehr als nur ein Gebilde aus Stahl und Computern.

In der Sonarzentrale saßen zwei Mann. Normalerweise, wenn das Boot gefechtsbereit war, war sie mit zehn Leuten besetzt, die versuchten, jede Bewegung außerhalb des Bootes mitzubekommen. Wer im Gefecht leiser war und besser hörte, der gewann. Der andere starb. Denn selbst wenn ihr Bereich inzwischen mit allen erdenklichen Neuerungen vollgestopft war, so waren es letzten Endes doch die Fähigkeiten des hoch entwickelten Sonarsystems und der Leute dahinter, die das Boot im Gefecht in Angriffsposition hinter dem Gegner brachten. Die Daten aus den Computern würden die Mk48-Torpedos steuern, die dann mit einer Geschwindigkeit von über fünfundfünfzig Knoten ihre Ziele ansteuerten und zerstörten.

Angela überflog automatisch die leuchtenden Displays in der Dunkelheit. Hier brannte selten mehr als ein schwaches Licht. Die meisten Sonarleute glaubten daran, dass dies dazu beitrüge, ihr Gehör zu schärfen. Es war vielleicht ein Aberglaube, denn gesicherte medizinische Erkenntnisse darüber gab es nicht, aber man konnte ja schließlich nie wissen ...

Alles schien normal zu sein, aber wichtiger noch als das Funktionieren der Systeme waren für sie die Informationen, die sie in aller Eile aufnahm. Tiefe, Kurs und Geschwindigkeit. Ihre Sonarkonsole konnte ihr nicht zeigen, wo sie waren, aber zumindest sah sie, in welche Richtung sie sich bewegten. Sie musste sich zusammenreißen, um ihre Überraschung nicht zu zeigen. Nachdenklich strich sie eine Strähne hellblonden Haares aus dem Gesicht. Kurs eins-sechs-acht, dreißig Knoten bei einer Tauchtiefe von sechshundert Fuß. Mit anderen Worten, die *Tuscaloosa* machte sich auf dem schnellsten Wege auf und davon nach Süden!

Einer der schwarz gekleideten Terroristen erhob sich von ihrem Platz an der Sonarkonsole und deutete auf die Displays. »Sie sollten sich das anhören, Ma'am! Haben Sie eine Idee, was das sein könnte?«

Gehorsam nahm sie Platz und streifte sich die Kopfhörer über. Einen Moment lang schloss sie die Augen und verdrängte die Männer um sich herum aus ihrem Kopf. Das hatte sie die letzten Tage vermisst. Ihr Sonar, die Verbindung zur Außenwelt. Ein Luxus, den die wenigsten Besatzungsmitglieder überhaupt erahnen konnten. Es war, als wäre sie draußen im freien Wasser, außerhalb der engen Stahlhülle. Der Ozean war nicht still und leer. Im Gegenteil, er war ständig voller Geräusche und Leben. Ein riesiger freier Raum, voller Wasser, aufgeteilt in verschiedene Schichten unterschiedlicher Temperaturen und unterschiedlichen Salzgehaltes. Jede für sich hatte andere akustische Eigenschaften und beherbergte andere Bewohner. Es war wie ein akustisches Labyrinth, aber eines, in dem sich Angela Hunt und die *Tuscaloosa* perfekt auskannten.

Auf Anhieb und auch ohne die Hilfe von Computeranalysen identifizierte sie mindestens ein Dutzend Geräusche. Dort draußen war eine völlig andere Welt, zu der sie nur Zugang über die raffinierte technische Ausstattung um sie herum hatte. Zusammen mit den elektronischen Sinnen des Bootes bildete sie eine Einheit, ein Unterwasserwesen, das in der Tiefe beinahe genauso heimisch war wie die natürlichen Bewohner des Ozeans. Steuerbord voraus, aber einige Meilen entfernt, hörte sie den Gesang einiger Buckelwale, irgendwo anderthalb Meilen tief unter dem Boot ertönte unablässig das leise ferne Blubbern unterseeischer Geysire, und in ein paar Meilen Entfernung zog ein einsamer Frachter seine Bahn. Hörte sich an wie eine normale Dieselmaschine, nichts Großes. Das Fehlen ständiger Geräusche von der Wasseroberfläche verriet ihr, dass weit über ihnen eine ruhige, beinahe spiegelglatte See lag. Die unglaublich scharfen Sinne des Bootes verstärkten ihre eigenen Möglichkeiten so sehr, dass sie fast schon sehen konnte, was sie hörte. Als wäre sie selbst zu einem Teil des Bootes geworden.

Sie musste sich beinahe zwingen, die Augen zu öffnen und in die Enge des U-Bootes zurückzukehren. Der kurze Moment der Entspannung verflog. »Was meinen Sie? Ich höre eine ganze Menge. Den alten Frachter?«

Während der Mann, der sie hierher gebracht hatte, schweigend abwartete, schüttelte der zweite Mann am Horchgerät den Kopf. »Den haben wir. Dieselmaschine, sechzehn Knoten, Kurs null-neun-fünf. Will wahrscheinlich nach Gib.« Er beugte sich vor, um auf einen Monitor zu zeigen. »Was halten Sie von diesem Geräusch?«

Sie studierte die Hüllkurven, die von den computergestützten Filtern auf den Monitor gezeichnet wurden. Dann horchte sie selbst in die Peilung, aus der das seltsame Geräusch kam. Irgendwo steuerbord voraus, aber viel dichter an der Oberfläche. Die Gesänge der Wale dort waren schwer zu überhören, aber aus der gleichen Richtung kam ein weiteres Geräusch. Eine Art Schmatzen, das sich in unregelmäßigen Abständen zu wiederholen schien.

Mit einem süffisanten Lächeln wandte sie sich zu dem Mann neben ihr um. »Sie haben es mit dem Analysesystem probiert, und es kam gar nichts dabei heraus, nicht wahr?«

Der noch junge Mann nickte. »Genau. Für was halten Sie es denn?«

Sie dachte nach. Es mochte nichts schaden, zu demonstrieren, dass sie in ihrem Fach mehr draufhatte als die Entführer. »Die Software vermag Wale zu identifizieren, aber sie erkennt keine Walbabys. In Anbetracht der Jahreszeit würde ich sagen, es ist ein Walbaby, das gesäugt wird.«

»Wollen Sie uns verarschen?« Der Mann hinter ihr stieß ihr überraschend den Lauf der Maschinenpistole ins Genick. Voller Panik versteifte sie sich. »Ich ...« Der Schweiß brach ihr aus.

Der Mann neben ihr, der immer noch die Kopfhörer aufhatte, sah den Mann mit der Maschinenpistole an. »Warte, Bruder John.« Gespannt lauschte er auf die Geräusche in seinen Kopfhörern. »Ich erklärte ja schon vorhin, es ist etwas Lebendiges. Es könnte sein, dass sie mit ihrer Einschätzung richtig liegt.«

Erleichtert spürte sie, wie der metallene Druck aus ihrem Genick verschwand. Stattdessen knurrte der Mann, der Bruder John genannt worden war: »Mach keine Scherze mit uns. Das würde dir und deinen Leuten nicht gut bekommen.«

»Ich habe in Worte gefasst, was ich gehört habe. Ihre eigenen Leute sagen doch das Gleiche.« Immer noch zittrig schaltete sie das Geräusch auf einen Lautsprecher. Zwischen den Walgesängen und einem gelegentliche Schaben, wenn die Wale sich aneinander rieben, wurde ein lautes Schmatzen, gefolgt von einem leiseren Gluckern, hörbar. Die Männer wechselten ein paar Blicke, dann meinte der, der offenbar der Sonarspezialist der Truppe war: »Es hört sich für mich so an, als hätte sie Recht. Auf jeden Fall ist es kein U-Boot, denn das hätte der Computer wohl erkannt.«

Angela pflichtete ihm bei. »Dafür wurde das Programm geschrieben, aber eben nicht für Walbabys.«

»Trotzdem, keine Sperenzchen!« Offenbar war Bruder John sich immer noch nicht im Klaren darüber, ob er Angelas Meinung vertrauen sollte oder nicht. Sie streifte sich noch einmal die Kopfhörer über und lauschte langsam im Kreis herum. Wie üblich hörte sie im achteren Sektor nur die eigene Schraube. Egal, wie gut die Ausrüstung war, wenn ein anderes U-Boot ihnen folgte, würde es im Hecksektor bleiben. Nun ja, sie würde den Mistkerlen jedenfalls keinen Tipp geben. Viele Kommandanten schlugen von Zeit zu Zeit überraschende Haken, um eventuelle Verfolger zu erkennen. Nicht, dass so etwas immer half, aber es machte diesen das Leben schwer.

»John, John! Wer wird denn so unfreundlich zu einer Lady sein.« In der ruhigen Stimme klang leiser Spott mit, als würde sich der Sprecher amüsieren. Vorsichtig schwang Angela in ihrem Sessel herum. Unbemerkt war ein weiterer Mann hereingekommen. Sie holte tief Luft, als sie bemerkte, wie sich Bruder John und die beiden Männer aus dem Sonarraum vor dem Neuankömmling respektvoll verneigten.

Bruder John hielt den Kopf gesenkt. »Verzeiht, Meister!«

»Ach!« seufzte der Ankömmling. »Du nimmst manche Dinge einfach zu ernst, John.« Er wandte sich Angela zu. »Also kommt dieses Geräusch von einem nuckelnden Walbaby. Interessant. Die Natur ist voller Wunder.«

Angela betrachtete den Mann unverwandt. Der Fremde war genau wie seine Leute in Schwarz gekleidet, aber damit endete auch bereits die Ähnlichkeit. Das Gewand, das er trug, erinnerte Angela eher an eine Mönchskutte als an die eng anliegenden Overalls der anderen Männer. Er war anscheinend auch nicht bewaffnet, es sei denn, er trug eine Pistole unter der Robe.

Sie blickte in sein Gesicht. Er hatte eine ziemlich weiche und sanfte Stimme, fast ein bisschen feminin, wie sie fand. Aber in seinen Zügen war davon keine Spur zu bemerken. Es war ein sensibles, stark gebräuntes, aber durchaus männliches Gesicht, das von einem silbergrauen Vollbart und ebensolchen Haaren umrahmt wurde. Er musste schon an die sechzig Jahre alt sein, aber jenseits seines Alters und seines scheinbar harmlosen Aussehens spürte sie die charismatische Kraft, die von ihm ausging. Dieser Mann musste der Anführer sein, wahrscheinlich sogar der Kopf, der sich diese ganze Operation ausgedacht hatte.

Der Mann ließ die Musterung ein paar Augenblicke reglos über sich ergehen, bevor er spöttisch zwinkerte. »Verzeihen Sie meine Manieren. Mein Name ist Philippe Bocteau, aber meine Freunde nennen mich Vater oder Meister. Sehen Sie, wir alle glauben an die gleichen Dinge, die ich sie gelehrt habe.« Er lächelte verbindlich.

Sie sah ihn grimmig an. »Nun, Mr. Bocteau, Sie haben ein U-Boot der US Navy entführt. Was glauben Sie, wie lange es dauern wird, bis man sie erwischt?«

Er verzog gelangweilt das Gesicht. »Ach ja, die allmächtige U. S. Navy. Nun, ich denke, wir werden mehr als genug Zeit haben, um unsere Pläne auszuführen.« Er deutete ziellos auf die Vielzahl der Anzeigegeräte vor Angelas Platz. »Wie Sie sicher bereits an ihren technischen Spielzeugen ablesen konnten, habe ich offensichtlich nicht die Absicht, mich derzeit der amerikanischen Küste zu nähern. Ich denke, Ihre Admirale werden momentan jedes verfügbare Schiff auf See hetzen, um zuallererst ihr Heimatland zu schützen. Das beschert uns fürs Erste eine gewisse Bewegungsfreiheit, meinen Sie nicht?«

Sie spürte den Zorn, der in ihr aufwallte. Dabei wusste sie nur zu genau, dass Bocteau Recht hatte. Natürlich würde sich die Navy zuerst darauf einstellen, das amerikanische Festland zu schützen. An Bord der *Tuscaloosa* waren die Torpedos zwar nur mit konventionellen Sprengköpfen bestückt, aber in den zwölf vertikalen Abschussschächten war ein Dutzend Marschflugkörper gebunkert, bereit, jedes Ziel innerhalb von rund tausend Seemeilen zu vernichten. Im Augenblick waren acht der Tomahawks mit konventionellen Sprengköpfen ausgerüstet, aber vier weitere trugen einen W80, einen thermonuklearen Gefechtskopf, von jeweils fünfundsechzig Kilotonnen Sprengkraft, und im Waffenarsenal befanden sich weitere acht dieser Gefechtsköpfe in verschiedenen Konfigurationen zwischen fünf und einhundertfünfzig Kilotonnen Sprengkraft. Dazu kamen atomare Gefechtsköpfe für die Mk-48-Torpedos mit Konfigurationen zwischen fünf und fünfundzwanzig Kilotonnen.

Niemand würde sich darauf verlassen, dass die Entführer des Bootes keine Abschusscodes für diese Waffen besaßen. Also würde man von der Südspitze Floridas bis weit in den hohen Norden von Alaska die Batterien der Patriot-Raketenbasen in Alarmbereitschaft versetzen und gleichzeitig alles unternehmen, um zu verhindern, dass die *Tuscaloosa* der Küste auf tausend Meilen nahe kam. Wenn das nicht gelang, blieben nur noch zwei Optionen: Patriot und Starwars. Beide waren aber keine Garantie dafür, dass nicht doch einer der Gefechtsköpfe sein Ziel erreichte. Also würde keiner etwas riskieren.

Bocteaus Lächeln wurde etwas breiter, als er anscheinend erkannte, zu welchem Schluss sie gekommen war. Er nickte gleichmütig. »Sie sollten sich ohnehin wünschen, dass Ihre Kameraden uns nicht auf die Schliche kommen. Wenn man uns stellt, dann wird man dieses Boot versenken, gleichgültig, ob Sie und Ihre Leute noch an Bord sind. Aber vielleicht finden wir ja doch eine gütliche Lösung.« Er ließ seinen Worten Zeit, ihre Wirkung zu entfalten.

Angela betrachtete ihn schweigend. Sie konnte mit den etwas kryptischen Äußerungen nichts anfangen. Warum entführte jemand ein U-Boot mit Atomwaffen? Doch nur, um diese Waffen einzusetzen, oder etwa nicht? Die Gedanken rasten durch ihren Kopf. Vielleicht war Bocteau nur auf eine gewöhnliche Erpressung aus. Jedenfalls war er ganz und gar nicht so, wie sie sich einen Terroristen vorstellte. Vor allem schienen weder er noch seine Leute aus dem Nahen Osten zu stammen. Also vielleicht doch ganz gewöhnliche Gangster?

Abermals schien Bocteau ihre Gedanken zu erraten. Sein Gesicht wurde wieder ernst. »Wie Sie unzweifelhaft sehen können, nähern wir uns nicht der amerikanischen Küste, und ich versichere Ihnen, dass ich nicht die Absicht habe, Ihre wertvollen Cruise Missiles auf andere Ziele abzufeuern. Nein, ich habe ganz andere Dinge im Sinn, auch wenn es etwas kompliziert ist, das mal eben so zwischendurch zu erklären.«

Sie dachte über seine Äußerung nach. Genau genommen hatte er nicht gesagt, dass er nicht doch vorhätte, die Waffen auf die USA abzufeuern. Andererseits hatten sie es offensichtlich nicht mit islamischen Fundamentalisten zu tun. Verdammt! Bei denen wäre sie wenigstens sicher gewesen, worum es ihnen ging. Nachdenklich ließ sie den Blick über die vielen Kontrollpaneele gleiten, die beinahe jeden freien Fleck bedeckten. Doch sie kam zu keinem Entschluss. Sie fasste den Mann in der seltsamen Kutte ins Auge. »Wenn Sie nicht vorhaben, die Waffen abzufeuern, warum haben Sie dann überhaupt das Boot entführt?«

Plötzlich erschien das Lächeln wieder auf seinem Gesicht. »Nun, ganz einfach ...« Sein Blick wanderte ebenfalls über ihr technisches Reich, »... weil ich in erster Linie *das Boot* benötige.« Er zögerte und überlegte kurz. »Wenn Sie sich die Zeit nehmen, mit mir eine Tasse Kaffee zu trinken, dann erkläre ich es Ihnen, jedenfalls soweit es Sie betrifft.«

Sie konnte nicht verhindern, dass sie etwas sarkastisch klang: »Warum eigentlich nicht? Ich habe ohnehin gerade wenig Möglichkeiten, woanders hinzugehen.«

Bocteau ignorierte ihren Sarkasmus. »Nun, dann gehen wir in meine Kabine ...«, er stutzte kurz und verbesserte sich: »Kammer, auf einem U-Boot muss es wohl Kammer heißen.« Er deutete mit einer Handbewegung zum Schott an, dass sie vorausgehen sollte.

Sie erhob sich aus dem Stuhl und trat hinaus in den Gang. Einen Augenblick lang zögerte sie, dann schlug sie den Weg zur Kammer des Kommandanten ein. Es war der einzige Raum, der von nur einer Person bewohnt wurde. Bocteau folgte ihr, ohne etwas zu sagen. Also hatte sie richtig vermutet und er hatte sich dort einquartiert.

Auch die Kammer des Kommandanten war nicht gerade großzügig bemessen. Aber immerhin war es ein Ort, an den man sich zurückziehen konnte, und niemand brauchte ab und zu dringender einen Ort, an dem er mit seinen Gedanken alleine sein konnte, als der Kommandant, der draußen, jenseits der Tür, nur selten Besorgnis oder gar Ängste zeigen durfte. Hier drinnen war er allein mit seinen Plänen, seinen Befehlen und seinen Sorgen. Ein kleiner Esstisch, ein Schreibtisch und ein paar an der Wand festgeschraubte Schränke bildeten das ganze Mobiliar. Alles war zwar eng, aber von der Werft mit einem gewissen Maß an Liebe und Sorgfalt in den engen Raum hineingequetscht worden. Die Holzpaneele sahen unter diesen Umständen gar nicht so schlecht aus. Wenn man allerdings einen der Schränke öffnete, dann kamen dahinter auch wieder die allgegenwärtigen Kabel und Rohre zum Vorschein. Denn ein Kriegsschiff diente dem Krieg, die Menschen mussten sich mit dem Platz begnügen, den die Waffen und Maschinen übrig ließen, sogar der Kommandant. Nur die Koje war nebenan in einem zweiten winzigen Raum abgeteilt. Dort hatte er wenigstens auch eine eigene Dusche.

Angela ließ den Blick kurz durch die Kammer gleiten. Als sie zum letzten Mal hier gewesen war, bewohnte Commander McKay noch diesen Raum. Es hatte sich nicht viel verändert, aber trotzdem wirkte alles irgendwie leer und verwaist, als hätte erst der Kommandant dem Quartier Leben verliehen. Nun war McKay wahrscheinlich tot. Mit der Erinnerung an die ausgesetzten Offiziere kehrte ihre Angst zurück. Trotzdem musste sie sich zusammenreißen. Gespannt sah sie Bocteau an, der hinter ihnen die Tür schloss.

Höflich deutete er auf einen der Stühle. »Nehmen Sie Platz. Kaffee?«

Sie schüttelte den Kopf. »Nein, danke! Lieber wären mir ein paar Erklärungen, Mr. Bocteau.«

»Ja, so seid ihr Amerikaner, immer gleich auf das Ziel los. Egal, wie richtig oder falsch es auch sein mag.« Als er merkte, dass sie widersprechen wollte, hob er abwehrend die Hand. »Nein, wir sollten jetzt nicht über Politik diskutieren.« Wieder erschien das täuschend freundliche Lächeln auf seinen Lippen, aber es erreichte seine Augen nicht. Blau und kalt wie Eis beobachtete Bocteau die Sonarexpertin. »Sie fragen sich, wozu man ein Atom-U-Boot entführt, wenn man nicht vorhat, dessen Waffen einzusetzen?«

Sie konnte sich nicht erinnern, die Frage laut ausgesprochen zu haben. Es schien so, als könne Bocteau ihre Gedanken erraten. Mühsam räusperte sie sich. »Nun, so in etwa. Wer sind Sie und was haben Sie vor?«

Mit einer salbungsvollen Geste legte er die Fingerspitzen aneinander. »Meine Freunde und ich sind Mitglieder einer Glaubensgemeinschaft, der Kirche der letzten Tage. Doch ich nehme nicht an, dass Sie an religiösen Fragen interessiert sind. Im Augenblick wollen Sie nur wissen, was ich mit Ihrem wertvollen Boot und seinem Vernichtungspotential vorhabe.« Er seufzte leise. »Natürlich könnten Sie sich auch fragen, warum Menschen überhaupt mit so einem Waffenarsenal auf See herumfahren, aber so sind die Menschen eben.«

Sie blickte in sein Gesicht. »Es ist deswegen notwendig, weil andere mit ähnlichen Waffen ebenfalls hier herumfahren. Ganz einfach. Die Welt ist nicht gerade ein friedlicher Ort, und man muss ja auf alles vorbereitet sein.«

Er nickte gelangweilt. »Ja, es sind immer die anderen, die Sie zwingen, in fremde Länder einzufallen oder die Welt mit einem atomaren Holocaust zu bedrohen. Wahrscheinlich sagen die anderen, es sind wiederum die anderen und so weiter und so fort. Irgendwann schließt sich der Kreis.« Wieder seufzte er. »Ich glaube nicht daran, dass die Menschheit jemals lernen wird, dem Begriff Homo sapiens gerecht zu werden. Aber das ist im Moment auch gleichgültig.« Er beugte sich vor. »Sie haben von Anfang an die falsche Frage gestellt, Lieutenant Commander. Die richtige Frage lautet, warum jemand das U-Boot mit den besten Unterwasser-Suchgeräten der Welt entführt. Dieses Boot hat alles, Sonar, Magnetometer, Drucksensorik, und es kann nach meinen Informationen sogar unter Wasser riechen.«

Sie nickte bedächtig. »Es wird vieles geredet, und nicht alles, was man diesen Booten nachsagt, stimmt, aber tatsächlich muss man schon verdammt gut sein, um unentdeckt an diesem Boot vorbeizukommen. Ich vermute daher, Sie wollen jemand oder etwas suchen?«

»Ja, genau genommen sind wir auf einer Art von Schatzsuche. Wenn diese Operation erfolgreich abgeschlossen ist, interessiert mich die *Tuscaloosa* nicht weiter. Sie können dann, soweit es mich und meine Leute betrifft, machen, was Sie wollen.« Ein nachdenkliches Lächeln überzog sein Gesicht. »Wenn man es genau betrachtet, ist es völlig belanglos, was Sie dann tun werden.«

Angela Hunt starrte den Mann in der schwarzen Kutte an und wusste nicht, ob sie lachen oder weinen sollte. Für einen Augenblick rasten Gedanken und Fakten durch ihren Kopf. Sie runzelte die Stirn. »Wir sind nach Süden unterwegs?«

»Richtig!« Gespannt beugte er sich vor. »Was denken Sie?«

Sie rechnete. Dreißig Knoten und rund zweiundneunzig Stunden. Das bedeutete über zweitausendsiebenhundert Meilen. Aber die Position im Navigationsdisplay hatte ihr gezeigt, dass sie viel weiter im Osten standen, als sie auf direktem Südkurs hätten sein können. Also hatte sich Bocteau zunächst in Richtung Europa abgesetzt, bevor er sich nach Süden gewandt hatte. Sie versuchte es abzuschätzen. Etwas mehr als zwei Tage gegen die kalte Tiefenströmung, die unter dem Golfstrom lief. Das machte vielleicht dreizehnhundert Meilen über Grund, weil sie ja die Strömung abziehen musste. Und dann nach Süden, wieder gegen die Strömungen entlang dem europäischen Küstenschelf. Aber selbst dann! Auf diesem Kurs mussten sie bereits auf der Höhe von Marokko stehen. Leider hatte sie die Karten nicht im Kopf. Wenn er es also gar nicht auf die amerikanische Küste abgesehen und auch die Straße von Gibraltar bereits hinter sich gelassen hatte, dann konnte er nur noch weiter nach Süden wollen. Ungläubig sah sie ihn an. »Afrika?«

»Genauer: Südafrika. Vor langer Zeit ist dort ein Schiff gesunken, das mich sehr interessiert. Mehr darüber werden Sie zu gegebener Zeit erfahren. Beantworten Sie mir für den Augenblick nur eine Frage: Wie groß sind die Chancen, mit diesem Boot ein gesunkenes Schiff zu finden?«

Angela sah Bocteau nachdenklich an. Der Irre schien es ernst zu meinen, und er schien nicht die geringste Ahnung zu haben, wie schwierig so etwas sein konnte. Doch das konnte sie ihm wohl kaum sagen. Sie zuckte mit den Schultern. »Das kommt auf das Schiff an, wo es liegt und ob Sie nicht bei der Suche gestört werden.«

Erleichtert lehnte er sich zurück. »Nun, dann denken Sie darüber nach. Je schneller wir unser Ziel erreichen, desto schneller sind Sie uns los.« Er erhob sich abrupt. »Bruder John wird Sie zu Ihren Leuten zurückbringen.«

3. Kapitel

3. Tag, 08:00 Ortszeit (EDT), 12:00 Zulu – Langley

Flammen leckten überall um ihn her. Mit zusammengebissenen Zähnen versuchte er, sie an seinem brennenden Hosenbein mit bloßen Händen auszuschlagen. Der Qualm nahm ihm jede Sicht, und er konnte kaum noch atmen. Weiter vorn, irgendwo in dem dichten Rauch, der aus dem achteren Kontrollraum heranwallte, schrie ein Mann gellend auf, als das Feuer ihn erfasste. DiAngelo fühlte Übelkeit in sich aufsteigen …

Wütend schüttelte er die Hand an seiner Schulter ab und öffnete die Augen. Verwirrt starrte er den jungen Lieutenant an, der ihn geweckt hatte. Sein erschöpftes Hirn brauchte ein paar Augenblicke, um zu begreifen, dass der Alptraum vorbei war. Für dieses Mal.

Die Details waren jedes Mal anders, aber was immer blieb, das waren die Flammen, der Rauch und die Schreie der Männer, die in dem abgeschlossenen Raum verbrannten. Später hatten die Ärzte gesagt, er hätte viel Glück gehabt. DiAngelo schluckte den sauren Geschmack in seinem Mund hinunter. So ganz sicher war er sich da nicht.

»Danke!« Er sah den Lieutenant an, der ihm ungefragt einen Kaffeebecher reichte. Im Stillen fragte er sich, wie lange der Mann hier schon gestanden hatte.

Der junge Mann nickte und sah ihn mit neugierigen Augen an. »Funkspruch Sir! Sie wollten geweckt werden, wenn die *San Diego* das Operationsgebiet erreicht.«

»Richtig, Lieutenant.« Mit einer energischen Bewegung schüttelte er die Wolldecke ab und schwang die Beine von dem Feldbett. Der junge Offizier stand bereit, ihm zu helfen, aber DiAngelo wollte keine Hilfe, er wollte, dass sein Bein endlich wieder tat, was es sollte! Mit Hilfe seines Stockes trat er an das Waschbecken und klatschte sich einen Schwung kaltes Wasser ins Gesicht. Duschen konnte er später auch noch. Ohne sich nach dem Lieutenant umzudrehen, trat er durch die Tür.

Die Abteilung für strategische Analysen hatte sich in ein Wespennest verwandelt, jedenfalls gemessen an dem, was so herein- und hinausschwirrte. Den Mittelpunkt des Schwarms bildete Robert DiAngelo, bei dem alle Informationen zusammenliefen. Seine Aufgabe war es, das vermisste Boot zu finden, doch die Zeit wurde zusehends knapper.

Bereits in den ersten Stunden nach der Besprechung im Pentagon waren Funksprüche an eine Unzahl von Flotteneinheiten hinausgegangen. Zerstörer und Fregatten hatten ihre Stützpunkte entlang der US-Küste verlassen und steuerten Auffangpositionen an, um nötigenfalls die *Tuscaloosa* zu versenken, sollte sie sich der Küste nähern. Raketenbatterien wurden in Alarmbereitschaft versetzt, und die U-Jagd-Hubschrauber und Flugzeuge der Zerstörer und Träger waren rund um die Uhr in der Luft.

Auch die U-Boot-Basen in Norfolk und Boston waren nahezu entvölkert. Sogar die neuen, noch in der

Erprobung befindlichen Boote der Seawolf-Klasse, von denen es im Augenblick allerdings nur zwei gab, waren in den Atantik ausgelaufen, um die Tiefen nach der *Tuscaloosa* abzusuchen. Sollten sie das Boot finden, dann würde es zur Beute werden. Zu einer Beute allerdings, die zurückschlagen konnte.

Doch die wirkliche Suche fand in anderen Sphären statt. Neunhundert Kilometer über der Erde hatten die Satelliten des Keyhole-Programms angefangen, ihre Umlaufbahnen zu verändern. In einer Höhe von zweitausendachthundert Kilometern waren die Beobachtungssatelliten der Blackbird-Reihe neu konfiguriert worden, um nun in erster Linie ständig die weiten Wasserflächen des Atlantiks zu beobachten. Aber auch die Vipers, Killersatelliten und Raketenbasen der streng geheimen Programme des kalten Krieges in Umlaufbahnen zwischen neunhundert und zwölfhundert Kilometern waren online, und die Teile des Starwars-Programms, die bereits unter Bush Senior und Clinton installiert worden waren, hatten ihre Sensoren auf die US-Küste ausgerichtet.

Niemand außerhalb der USA wusste, wozu diese Waffensysteme wirklich fähig waren, auch wenn es viele Gerüchte gab. Tatsächlich gab es in weniger als neunhundert Kilometern so etwas wie Raketenplattformen, die im Grunde ähnlich arbeiteten wie die bodengestützten Patriots. Sie sollten mit Hilfe von Flugkörpern angreifende Raketen zerstören. Ob das allerdings gegen Cruise Missiles, die sich dicht über dem Boden mit mehrfacher Schallgeschwindigkeit auf ihre Ziele zubewegten, funktionieren würde, konnte niemand so genau sagen, denn es war in der Praxis noch nie ausprobiert worden. Trotzdem waren die Shield-Satelliten einsatzbereit, nur für den Fall, dass man sie benötigen würde. Denn auch wenn sie nicht die letzte Option waren, so war der Einsatz von Shield doch bereits sehr dicht am Ziehen des letzten Trumpfes dran. Dennoch ... der wahre letzte Trumpf war in rund sechsunddreißigtausend Kilometern Höhe im geostationären Orbit über der Erde stationiert. Dort hingen die Laserplattformen des Starwars-Projektes über genau festgelegten Punkten auf der Erdoberfläche. Sechsunddreißigtausend Kilometer sind nicht gerade wenig und entsprechen in etwa einer Reise rund um die Welt. Ein Laserstrahl allerdings braucht für diese Entfernung nur etwas mehr als eine Zehntelsekunde.

DiAngelo wusste, dass dort draußen mehr als zweihundert Einheiten unterwegs waren und dass scharfäugige Satelliten nur auf eine Spur des vermissten Bootes lauern würden. Aber er wusste auch, dass diese gewaltige Armada nicht einmal einen Bruchteil der Küsten wirklich schützen konnte. Die Chancen, die *Tuscaloosa* auf diesem Weg zu finden, waren gering. Vor allem, wenn sich die Entführer mit den Möglichkeiten des Bootes auskannten.

Für den Commander stand bereits fest, dass das Boot gekidnappt worden war, einfach weil sein Gefühl ihm sagte, dass Angela noch lebte. Dass die Fakten die gleiche Sprache sprachen, war daneben für ihn zweitrangig, nicht mehr als Anhaltspunkte, die ihm bei seiner Suche helfen konnten. Zwar war die *San Diego* auf seinen Wunsch hin zur Neufundlandbank gefahren, um nach Spuren eines möglichen Untergangs zu suchen, aber je mehr er darüber nachdachte, desto weniger konnte er es glauben. Wenn die *San Diego* bis zum Abend keine Spur fand und kein Funkkontakt mit der *Tuscaloosa* hergestellt werden konnte, dann war es sicher, dass sie ein gekidnapptes Boot verfolgen mussten.

DiAngelo sah den Leuten im Lageraum einen kurzen Augenblick lang reglos zu. Was aussah wie ein wildes Durcheinander, war in Wirklichkeit wohl koordiniert. Alle Augenblicke trafen neue Meldungen ein und wurden sofort am großen elektronischen Plottisch angezeigt. Er trat näher und sah sich die Bescherung an. In der Zwischenzeit hatten alle Einheiten ihre Positionen erreicht. Nun gab es mehrere Möglichkeiten. Minutenlang starrte er auf die große Karte des Atlantiks.

Selbst ein Eindringen ins Mittelmeer konnte er nicht ausschließen. Wenn das Boot dann weit genug nach Osten vordringen konnte, war auch ein Angriff auf Israel möglich. Dann war da noch England. Bisher hatte man zwar die verbündeten Staaten noch nicht informiert, aber das würde sich auch nicht unendlich lange hinauszögern lassen. Immerhin kamen die meisten Terroristen, mit denen die USA zu kämpfen hatten, aus dem islamistischen Lager. Das aber machte auch die Verbündeten zu möglichen Zielen. Wer Truppen in den Irak oder nach Afghanistan geschickt hatte, der musste nun gewarnt werden, denn er war ebenfalls zu einem möglichen Ziel für die Cruise Missiles der *Tuscaloosa* geworden. Nicht dass die meisten anderen NATO-Staaten in der Lage gewesen wären, etwas Wirksames gegen eine solche Bedrohung zu unternehmen.

DiAngelo wandte sich nicht um, als Colonel Bingham, sein Chef, neben ihn trat. Für einen Augenblick starrte auch der Leiter der strategischen Analyse auf den Plottisch, dann verzog er das Gesicht. »Wie beurteilen Sie die Chancen, Bob?«

»Irgendwo zwischen schlecht und gar nicht vorhanden, Sir.« Der Commander wirkte etwas unentschlossen. »Ich bin mir auch gar nicht sicher, ob wir die richtige Strategie verfolgen.«

Der Colonel blickte auf und studierte Roberts Nussknackergesicht. Der Commander wirkte äußerlich ruhig und gelassen, aber sein Chef wusste, dass dieser Eindruck täuschte. Gerade die ruhige Äußerung des Commanders ließ die Alarmglocken in ihm schrillen. »Wie meinen Sie das?«

DiAngelo blickte auf die großen Uhren an der Wand, suchte die richtige Zeitzone und rechnete kurz im Kopf. »Wenn jemand das Boot geentert hat, dann ist die Frage, wo er das getan hat. Es muss irgendwo südlich der Neufundlandbank gewesen sein, aber nicht sehr weit entfernt. Die Männer im Schlauchboot müssen also schon einige Zeit getrieben sein. Wir sind aber davon ausgegangen, dass der Tag, an dem der Trawler das Schlauchboot fand, auch der Tag war, an dem die *Tuscaloosa* verschwand. Doch das stimmt nicht. Addieren wir noch einmal einen oder zwei Tage dazu, dann wird die Sache realistisch.«

»Was bedeutet das für uns?«

DiAngelo hinkte an einen kleineren Tisch, auf dem eine normale Seekarte lag. Mit geübten Bewegungen nahm er Stechzirkel und Kursdreieck und begann zu zeichnen, wobei er erklärte: »Das ist der Weg der *Tuscaloosa*. Sie kam aus Norfolk, steuerte zunächst nach Osten und dann nach Norden, um dem Verkehr vor der Küste aus dem Weg zu gehen. Die übliche Route, wenn man unter das Eis will.«

Gespannt beugte der Colonel sich vor und betrachtete die Kurslinie. »Sie meinen, jemand hat das Boot irgendwo auf dem Weg nach Norden geschnappt?«

»Es kann nicht anders sein, Sir.« Robert DiAngelo maß mit dem Stechzirkel die Entfernungen ab. »Wenn ich mit einer Unsicherheit von einem Tag rechne, dann war die *Tuscaloosa* vier oder fünf Tage draußen. Ziehen wir einen halben Tag ab, bis der Kommandant mit den Tauchübungen zufrieden war, dann sind das zwischen achtzig und hundert Stunden bei rund fünfundzwanzig Knoten Marschgeschwindigkeit, denn McKay wird nicht volle Leistung gefahren haben, wenn der Einsatzplan ihm genügend Luft ließ, und vor allem, wenn er sowieso noch drei Monate unter dem Eis vor sich hatte. Das ergibt also zweitausend bis zweieinhalbtausend Meilen.« Er machte zwei Kreuze in die Karte. »Also hat jemand irgendwo zwischen diesen beiden Punkten unser Boot geschnappt.«

Bingham starrte ihn mit offenem Mund an. »Wieso hat daran noch keiner gedacht?«

»Nun, mir ist es auch gerade erst eingefallen. Die *San Diego* ist an der Neufundlandbank und beginnt mit ihrer Suche. Falls sie dort nichts findet und wenn es nicht gelingt, bis heute Abend Kontakt mit der *Tuscaloosa* aufzunehmen, dann haben wir definitiv einen Broken Arrow. Wenn ich an das Arsenal der *Tuscaloosa* denke, eher einen ganzen Köcher voll.«

»Sie rechnen also auch mit einem Anschlag auf die USA?«

»Nun ja …« DiAngelo starrte auf die Karte. »Eigentlich sollte ich das, aber ich kriege es nicht ganz auf die Reihe. Das Timing ergibt keinen Sinn.«

Colonel Bingham wusste, dass es wenig Sinn machte, DiAngelo zu drängen, während er seine Ideen entwickelte. Das Gesicht des Commanders wirkte abwesend, und Bingham wusste, dass Robert nur körperlich präsent war. Sein Geist jagte mit dem vermissten Boot durch die schwarzen Tiefen des Atlantiks, als wäre er es selbst, der mit der *Tuscaloosa* diese oder jene Mission durchführen sollte. Denn am Ende war für DiAngelo alles nur ein taktisches Problem.

Leise, fast beiläufig, begann der Commander zu sprechen. »Die Entführer haben das Boot seit ungefähr hundertvierzig Stunden im Besitz. Selbst wenn sie einen Tag verloren haben, um sich damit vertraut zu machen, dann ergibt das hundertzwanzig Stunden Fahrzeit. Also wiederum bei voller Leistung von fünfunddreißig Knoten eine Strecke von mehr als viertausend Meilen.« Ein flüchtiges Lächeln, das aber gar nicht freundlich wirkte, erschien auf seinem Gesicht. »So hätte ich es gemacht: Ich wäre mit voller Fahrt nach Südwesten eingedreht und hätte mich dann am Rande des Schelfs versteckt. Dort unten ist alles voller Felsen, regelrechte Unterwassergebirge, zwischen denen ein U-Boot so gut wie unauffindbar ist, wenn man ihm nicht zufällig sehr nahe kommt. Nur ...« DiAngelo zögerte.

»Was stört Sie an dieser Idee, Bob?«

Robert DiAngelo blickte überrascht auf, als hätte er seinen Chef völlig vergessen. Wahrscheinlich war es auch so. »Wie ... ach so, Sir. Ja, es stört mich einiges an dieser Idee. Denn wir haben so oder so zu spät reagiert. Wenn das Boot einen Angriff auf die USA hätte fahren wollen, dann wären Boston, New York oder auch Washington bereits in Reichweite gewesen, als wir noch im Pentagon saßen und überlegt haben, wo unser Boot wohl sein mag.«

»Sie meinen ...« Der Colonel brach ab und blickte DiAngelo aus weit aufgerissenen Augen an.

Der Commander verzog grimmig das Gesicht. »Richtig, wenn ich aus dieser Position einen Angriff auf die Ostküste hätte fahren müssen, dann hätte es längst gerummst, und wir brauchten uns keine Sorgen mehr zu machen. Vermutlich würde jeder andere Kommandant diese Chance auch nutzen.« Er zögerte. »Das gleiche gilt natürlich auch für die europäischen Staaten bis hinunter nach Spanien.«

Bingham schüttelte den Kopf. »Das kann nicht sein, Bob! Wenn es so ist, warum hat es dann noch nicht gerummst, wie Sie das so nett ausdrücken?«

»Sehen Sie, Sir, daran arbeite ich noch. Ich finde einfach keine Erklärung für die Tatsache, dass wir noch leben. Klingt etwas pervers, nicht wahr?«

Bingham grinste trocken. »Ich sehe schon, Sie entwickeln sich zu einem richtigen Sonnenschein, Bob.« Wieder betrachtete der Colonel die Karte. »Kann es also sein, dass die Entführer nicht wissen, wie man die Waffen einsetzt? Vielleicht fehlen ihnen doch die Abschusscodes?« Binghams Gesicht nahm so etwas wie einen hoffnungsvollen Ausdruck an.

»Nein, das glaube ich nicht. Es ist nicht einfach, so ein U-Boot zu kapern. Wer auch immer es war, er hat eine zu allem entschlossene und gut ausgebildete Crew. Würde jemand, der sich so etwas ausdenkt, nicht auch einen Weg finden, an die Abschusscodes zu kommen? McKay und sein Erster hatten ihre Schlüssel nicht bei sich, und die Codes müssen in der Kommandantenkammer im Safe gelegen haben. Nein, Sir, die haben die Codes.«

»Was ist es dann? Vielleicht ist die Crew nicht so gut, wie sie glauben?« Bingham dachte nach. So ganz konnte er sich anscheinend noch nicht mit dem Gedanken anfreunden, dass sie von Rechts wegen alle tot sein müssten und mit ihnen einige Millionen anderer Menschen.

Wieder schüttelte DiAngelo den Kopf. »Nein, wenn sie mit dem Boot nicht umgehen könnten, dann wüssten wir es auch schon. Entweder es wäre explodiert oder untergegangen. Ein U-Boot ist nicht wie ein Überwasserschiff, es muss ständig perfekt ausgetrimmt sein. Wenn man sich ein paar Tage nicht darum kümmert, dann versinkt es oder taucht ungeplant auf. Es gibt sehr viele Routineaufgaben, die ständig erledigt werden müssen. Nein, wenn sich die Burschen nicht auskennen würden, dann hätten sie längst Probleme, und wir wüssten, wo sie stecken. So oder so.« Er holte tief Luft. »Ich denke, es gibt nur eine Möglichkeit. Die Entführer planen im Augenblick keinen atomaren Angriff auf die Ostküste oder auf Westeuropa. Wenn sie das wollten, hätten sie bereits gehandelt. Also haben die Burschen irgendetwas anderes vor.« Er fuhr herum, und sein verletztes Bein drohte unter ihm nachzugeben. Einen Augenblick lang kämpfte er um Halt, aber seine Stimme klang trotzdem immer noch scharf: »Wilks!«

Der junge Lieutenant, der ihn geweckt hatte, eilte herbei und wollte ihn stützen, aber DiAngelo schüttelte die helfende Hand ab. Stattdessen sah er den Lieutenant an. »Setzen Sie Funksprüche und Fernschreiben auf. Höchste Sicherheitsstufe. CINCGIB, der NATO-Befehlshaber für den Gibraltarbereich, muss darauf achten, dass die *Tuscaloosa* nicht am Ende noch ins Mittelmeer eindringt. Ich rufe Boulden und Sharp an, die können daraus einen Befehl machen. Wenn die *Tuscaloosa* ins Mittelmeer will, dann wird es in der kommenden Nacht passieren oder in der darauf. Also ist Eile geboten. Sehen Sie zu, dass wir alle Kontaktberichte von Gibraltar bekommen.«

Bingham blickte ebenfalls den Lieutenant an. »Machen Sie hurtig, junger Mann!« Er wandte sich um. »Mittelmeer?«

»Vielleicht, aber es ist nur eine Option. Wir brauchen eine Spur zur Crew. Irgendwoher müssen die Burschen kommen. Wenn wir herausfinden, woher, kriegen wir raus, mit wem wir es zu tun haben.« DiAngelo rieb sich das Kinn, und seine Bartstoppeln erzeugten ein kratzendes Geräusch. Er wirkte unentschlossen, beinahe ratlos. »Woher bekommt man eine Crew, wenn nicht von der Navy?«

»Es könnten Russen oder Chinesen sein. Gerade bei den Russen schwirren viele ehemalige U-Boot-Leute herum, die im Augenblick nicht viel zu tun haben und dringend Geld brauchen. Bliebe die Frage, ob die überhaupt mit einem Boot der Los-Angeles-Klasse klarkommen können.«

DiAngelo grinste. »Die meisten Dinge würden sie wohl schon in den Griff kriegen.« Nachdenklich blickte er seinen Chef an. »Trotzdem, sie müssten ein paar Männer haben, die sich auf diesem Bootstyp auskennen. Eine neue Besatzung, selbst aus anderweitig erfahrenen Leuten, würde zu lange brauchen, um sich mit dem Boot vertraut zu machen. Wohin sie auch wollen, zuerst mussten sie möglichst schnell aus dem Gebiet entkommen, in dem sie das Boot gekidnappt hatten. Ihnen blieb keine Zeit, sich erst lange einzuarbeiten.«

»Gut, ich kümmere mich um Boulden und Sharp. Sie setzen sich mit Roger Marsden zusammen.«

»Marsden? Ich kenne niemanden, der so heißt.« DiAngelo runzelte die Stirn und sah seinen Chef irritiert an: »Wer ist das?«

Bingham lächelte dünn. »Marsden gibt es gar nicht, genauso wenig wie seine Leute. Seine interne Telefonnummer ist 4279. Wenn es jemanden nicht gibt, der Ihnen helfen kann, dann ist es Marsden.«

»Wieso ...«

»Nein, fragen Sie besser nicht, Bob. Rufen Sie ihn einfach an und erzählen Sie ihm, was Sie suchen. Wenn jemand es finden kann, dann Marsden.«

DiAngelo nickte zögernd. »Nun, dann hänge ich mich mal an die Strippe.«

3. Tag, 9:15 Ortszeit (EDT), 13:15 Zulu –
Langley, nur ein paar Stockwerke höher

Gillian McRye gähnte vor sich hin, nahm die Brille ab und massierte sich kurz die Nase. Dann setzte sie das etwas altmodische Gestell wieder auf und konzentrierte sich erneut auf den großen Monitor vor ihr. Sie war bereits seit kurz nach sechs Uhr an ihrem Arbeitsplatz. Genau wie die meisten Mitarbeiter der Bildauswertung musste sie im Augenblick Überstunden schieben, dass ihr schwarz vor Augen wurde. Trotzdem hatten ihre Vorgesetzten ihnen lediglich mitgeteilt, dass sie die Satellitenbilder des Nordatlantiks auf ungewöhnliche Vorkommnisse hin überprüfen sollten. Wäre nicht deren greifbare Nervosität so überaus spürbar gewesen, dann hätte Gillian das alles für einen Sturm im Wasserglas gehalten, wie er nach dem 11. September 2001 immer wieder gelegentlich auftrat. Terroristen waren so gut wie nie auf Satellitenbildern sichtbar, und wenn, dann inmitten großer Menschenansammlungen und nicht als Terroristen erkennbar.

Das Ganze war sowieso so eine Sache. Wie auch die weiträumige Überprüfung von Konten oder das routinemäßige Abhören von Telefonen. Terroristen kannten sich zumeist aus und wussten ihre Spuren zu verwischen, und sie verwendeten am Telefon nie die so genannten Auslösewörter, auf die ein Analysecomputer reagieren würde. Stattdessen brachen die Rechner immer wieder zusammen, wenn der Sommer anbrach und Scharen von Kids sich telefonisch zu heißen Treffen verabredeten, eine Surprise Bomb für eine Überraschungsparty bestellten oder über »echte Nachbrenner« redeten und dabei Treibstoffadditive für ihre frisierten Mopeds meinten.

Ungefähr genauso verhielt es sich auch mit der Auswertung von Satellitenbildern. Natürlich gab es Schiffe zu sehen, denn schließlich war der Atlantik voll davon. Das hier war nicht das Gleiche wie früher, wenn man eine abgelegene Ecke von Afghanistan auf ein neues Ausbildungscamp hin untersuchte. Die Zukunft der Terrorismusabwehr lag weder bei der Satellitenaufklärung noch bei der Telefonüberwachung. Gillian, von Haus aus Informatikerin, war fest davon überzeugt, dass die Zukunft im Internet lag, auch in dieser Hinsicht. Aber solange sie sich noch um eine kleine Tochter zu kümmern hatte und nur halbtags arbeiten konnte, musste sie sich eben mit Bildern befassen. Der Job war gut bezahlt, und mehr brauchte sie im Augenblick auch nicht. Selbst wenn diese Arbeit fürchterlich auf die Augen ging.

Wieder betrachtete sie für einen Augenblick das Bild auf ihrem Monitor. Was sie sah, war nur ein kleines Schiff. Es hatte leichte Schlagseite, und obwohl sie es nicht ganz klar erkennen konnte, glaubte sie etwas Rauch zu erkennen.

Sie blickte auf den Zeitstempel am Rand des Bildes. Wie üblich war es bereits fast eine Woche alt. Die

Menge an Bildmaterial, das es auszuwerten galt, war einfach zu groß, und sie hinkten mächtig hinterher. Es wurden zwar Millionen für Sicherheit ausgegeben, aber der größte Teil dieser Mittel floss in technische Spielereien, und Personal war trotz aller Budgetaufstockungen immer noch knapp. Es wurde gespart, koste es was es wolle.

Ein kleines Schiff nur, und es sah so aus, als wäre es in Schwierigkeiten. Ansonsten schien die Wasserfläche leer zu sein. Wieder ließ sie den Blick über das Bild gleiten. Man musste sich Zeit nehmen und immer wieder mal vom Monitor wegsehen, sonst spielten einem die übermüdeten Augen Streiche.

Sie blickte kurz aus dem Fenster. Die Sonne schien und der Himmel war strahlend blau. Vielleicht sollte sie am Wochenende doch einen Ausflug mit ihrer Tochter unternehmen.

Als sie den Blick wieder auf den Monitor wandte, sah sie *es*. Im ersten Moment war es nichts, was sie hätte konkret einordnen können. Eine winzige Störung der Wellen, nicht mehr. Ein kleiner Punkt, an dem das gleichmäßige Muster der Oberfläche irgendwie anders aussah. Gillian zoomte den entsprechenden Bildausschnitt auf die maximale Auflösung. Bei dieser Vergrößerung hätte sie das Kennzeichen eines Autos lesen können, obwohl der Blackbird, von dem diese Aufnahme stammte, immerhin zweitausendachthundert Kilometer über der Erdoberfläche kreiste. Doch das, was sie sah, war kleiner als ein Autokennzeichen. Vielleicht gerade einmal ein Viertel so groß. Es war nichts als ein grauer Punkt in der grauen Wasseroberfläche. Sie musste sich sehr bemühen, diesen Punkt nicht aus den Augen zu verlieren.

Ohne einen Blick auf die Tastatur zu werfen, holte

sie ein zweites Bild auf den Monitor. Es war die Infrarotaufnahme, die der Satellit gleichzeitig mit dem normalen Bild geschossen hatte. Der Computer legte das Bild wie eine transparente farbige Folie über das gezoomte Bild. Zuerst war alles sehr verwirrend. Der Frachter war deutlich wärmer als die Umgebung, aber selbst die Wasseroberfläche hatte nicht durchgehend die gleiche Temperatur. Stattdessen hatte sie ein Mosaik aus sehr vielen Blautönen vor sich. Verblüfft zwinkerte sie mit den Augen. Dann spielte sie mit der Empfindlichkeit der elektronischen Filter.

Wenn sie die Empfindlichkeit für die winzigen Temperaturunterschiede so weit heruntersetzte, dass die Wasseroberfläche eine Farbe hatte, dann unterdrückte sie Unterschiede von etwa zwei Zehntel Grad. Das war nicht viel, und der Frachter war immer deutlich sichtbar. Seine Maschine war zwar nicht heiß, aber sie strahlte Restwärme ab. Dazu kamen zwei sehr warme Punkte, einer mittschiffs und einer am Bug. Dort konnte sie im normalen Bild auch die Rauchwolken erkennen. Sie atmete tief durch. Also waren die Rauchwolken nicht Ergebnis ausgedehnter Brände, sondern sie stammten von zwei diskreten Stellen. Gezielte Brandstellen, vielleicht alte Fässer, in denen etwas verbrannt wurde, vielleicht ölige Lumpen, um Rauch zu produzieren. Das Schiff war also ein Köder, aber ein Köder wofür?

Sie wandte sich wieder der anderen Stelle des Bildes zu, die ihre Aufmerksamkeit erregt hatte, und drehte die Temperaturempfindlichkeit wieder höher. Sofort erschien wieder das Mosaik aus Blautönen. Doch dieses Mal, als sie ahnte, wonach sie suchte, fand sie es. Es war wie ein Gespenst, das in der Weite des Meeres lauerte. Für einen Augenblick war es da, einen Moment später war es wieder weg. Aber Gillian wusste, dass es sich nur um eine optische Täuschung handelte. In Wirklichkeit hatte das große U-Boot dicht unter der Oberfläche etwa die gleiche Temperatur und auch eine ähnliche Farbe wie die Wasseroberfläche. Was es jedoch verriet, waren die glatten langen Linien seiner Walform. Solche regelmäßigen Linien mussten menschlichen Ursprungs sein. Ihre Hand begann nach dem Telefon zu tasten.

3. Tag, 19:00 Ortszeit (NDT[5]), 21:30 Zulu –
Neufundlandbank, USS San Diego

Die Zentrale der *San Diego* war wie die aller Los-Angeles-Boote. Commander Roger Williams stand reglos vor dem Kartentisch und dachte nach. Die Männer um ihn herum warteten auf eine Entscheidung ihres U-Boot-Kommandanten. Doch Williams brauchte noch einen Augenblick, bevor er sich entschließen konnte, die Suche abzubrechen.

Endlich, nach einer Zeit, die den wartenden Männern wie eine Ewigkeit vorkam, erklärte er: »Wir gehen hoch. Rawlins, setzen Sie einen Funkspruch ab: Magnetometer negativ, Strahlung negativ, Reststoff negativ.« Der Kommandant warf nochmals einen Blick auf die Karte. »Wir setzen uns danach an den südlichen Rand der Bank ab, warten aber, bis wir eine Rückmeldung bekommen.«

»Sir! Das …« Der Erste Offizier Mayo trat einen kleinen Schritt vor, aber Williams erstickte seinen Einspruch mit einer kurzen, herrischen Geste im Ansatz.

---

[5] NDT = Newfoundland Daylight Saving Time.

»Es ist ungewöhnlich und steht nicht ganz im Einklang mit den Vorschriften, aber ich denke, es ist in dieser Situation angebracht, nicht die üblichen Empfangszeiten abzuwarten.«

Er strich den Ersten aus seinen Gedanken und wandte sich an Rawlins, den Funkoffizier: »Setzen Sie hinzu, dass wir auf weitere Befehle *unverzüglich* warten. Betonen Sie das *unverzüglich*.« Er grinste, obwohl ihm eigentlich nicht danach war. Doch die Stimmung an Bord war sowieso schon schlecht. Man hatte die *San Diego* in aller Eile losgehetzt, um an der Neufundlandbank nach den Überresten eines ihrer Schwesterboote zu suchen. Doch hier war nichts. Die *San Diego* hatte sogar die schützenden Tiefen verlassen, um unmittelbar über der Bank in Wassertiefen von nur etwas über zweihundertfünfzig Fuß zu suchen. Doch auch dort war das Ergebnis negativ gewesen.

Selbst wenn die *Tuscaloosa* jenseits der Bank auf den über zwölftausend Fuß tiefen Meeresgrund gesunken wäre, zweitausend Faden tief, dann hätten sie irgendwelche Spuren finden müssen. Strahlung aus dem Reaktor war nachweisbar, und das Magnetometer hätte ihnen gezeigt, wenn irgendwo die Metallmasse des gesunkenen Bootes gelegen hätte. Auch die Reststoffanalyse, ein System, über das bisher nur die vermisste *Tuscaloosa* und die *San Diego* verfügten, hatte nichts Ungewöhnliches registriert. Also lag das Boot auch nicht da unten. Jedenfalls nicht zerstört.

3. Tag, 18:45 Ortszeit (EDT), 22:45 Zulu – Langley

Bingham hielt DiAngelo den Zettel mit dem Funkspruch hin. Der Commander überflog ihn kurz. »Also keinerlei Spur von der *Tuscaloosa*. Ich hatte auch nicht damit gerechnet.«

»Dann gehe ich jetzt los und sage Boulden, dass unser Boot tatsächlich entführt wurde. Er wird nicht gerade begeistert sein.«

Lieutenant Wilks brachte ein weiteres Blatt. »Ein Fax. Von Admiral Sharp, soeben geschickt.«

DiAngelo las die Nachricht und zog ein überraschtes Gesicht. »Das verstehe ich nicht.«

Bingham nahm ihm das Fax ab. »Vice Admiral Sharp glaubt offenbar, dass sie das Boot noch brauchen. Gar nicht mal so abwegig, wenn Sie mich fragen. Sie kennen diesen Williams?«

»Roger und ich waren zusammen in Annapolis und später in Norfolk. Er wird wohl nicht erfreut sein, zu hören, dass er jetzt mir unterstellt ist.« Er schüttelte die Benommenheit ab und nickte entschlossen. »Williams soll nach Süden fahren, mit voller Kraft. Im Norden haben wir genug Boote, aber wenn der Kerl, der sich die *Tuscaloosa* unter den Nagel gerissen hat, nach Süden steuert, dann wird es dort eng.«

»Gut«, sagte Bingham. »Ich werde Boulden informieren. Er wird allerdings wie immer von mir wissen wollen, was er denn dem Präsidenten sagen soll.«

»Was ich schon immer erklärt habe. Die *Tuscaloosa* ist entführt worden, und wir wissen nicht, zu welchem Zweck. Allerdings sind jetzt schon wieder etliche Stunden vergangen, ohne dass es geknallt hat. Es sieht also immer weniger so aus, als seien wir das Ziel eines atomaren Anschlags.«

Bingham verzog das Gesicht. »Das klingt alles etwas dünn als Argumentation. Der Präsident jedenfalls wird nicht glücklich sein. Können wir eine Empfehlung abgeben, was zu tun ist? Haben Sie vielleicht schon etwas von Marsden gehört?«

DiAngelo grinste freudlos. »Ich habe mit ihm telefoniert und kurz mit ihm zu Mittag gegessen. Seine Kopfjäger sind unterwegs. Er hatte schon von unserem Problem gehört und tut, was in seiner Macht steht, aber es wird etwas dauern.«

»Wenn man demnach davon absieht, dass wir nicht wissen, was auf der *Tuscaloosa* vorgeht, dann sind wir also glückliche Menschen?«

»Nun ...«, DiAngelo zuckte mit den Schultern, »ganz so würde ich es nicht ausdrücken, Sir. Wenn die *Tuscaloosa* wirklich nach Süden fährt, dann haben wir dort unten keine Einheiten zur Verfügung, und damit sinken unsere Chancen weiter.«

Für einen Augenblick gestattete er sich wieder einen Gedanken an Angela. Wenn es nur eine Möglichkeit gäbe, Kontakt mit ihr aufzunehmen.

4. Kapitel

> 4. Tag, 04:30 Ortszeit (WAT[6]), 05:30 Zulu –
> Irgendwo im Südatlantik, USS Tuscaloosa

Die *Tuscaloosa* war seit einem Tag einem südöstlichen Kurs gefolgt. Mehrmals waren Angela Hunt und ein paar andere Besatzungsmitglieder geholt worden, um mit ihren Fachkenntnissen das eine oder andere Problem zu lösen, aber ansonsten war es ziemlich ruhig gewesen. Zu ruhig. Denn die Nerven der Männer lagen bloß. Schon mehrfach hatte es Streitereien gegeben, bei denen sie hatte eingreifen müssen. Und wie lange es noch einigermaßen friedlich bleiben würde, vermochte sie nicht zu sagen. Deutlich bröckelten die Schranken von Disziplin und Respekt vor ihrem Rang ab, aber sie wusste auch nicht, was sie dagegen tun sollte.

Wie viele andere jüngere Offiziere hatte sie immer geglaubt, eines Tages auch einmal ein Boot zu kommandieren, und natürlich war sie überzeugt davon gewesen, einen guten Kommandanten abzugeben. Einen besseren jedenfalls, dachte sie bitter, als ihr Exmann. Dennoch fragte sie sich instinktiv, wie er sich wohl in dieser Situation verhalten würde. Mit einem unwill-

---

[6] WAT = West Africa Time.

kürlichen Achselzucken schob sie den Gedanken beiseite. Viele Möglichkeiten hätte er wohl auch nicht gehabt.

Sie sah sich um. Einige der Männer wichen ihrem Blick aus. Andere erwiderten ihn, und sie erkannte die verschiedenen Stimmungen. Eine Hand voll war unverblümt dafür, das Boot zu sabotieren und es notfalls zu zerstören, unabhängig davon, was es sie selbst kosten würde. Es gab diverse Möglichkeiten, und so gut kannten die Entführer die *Tuscaloosa* nun auch wieder nicht, um dies verhindern zu können. Petty Officer Brian Smith hatte sich mehr oder weniger zum Anführer dieser Gruppe gemacht, nachdem er zweimal im Maschinenraum gewesen war. Noch hatte er nichts unternommen, oder zumindest hatte er nichts davon verlauten lassen. Aber Smith war ein mit allen Wassern gewaschener Maschinenmaat, und manchmal reichte es, ein Kabel anders anzuschließen oder einen bestimmten Schalter nicht umzulegen. Angela hatte zwar die Order ausgegeben, dergleichen unbedingt im Moment zu unterlassen, aber sie wusste, dass einige im Zweifelsfall ihren Befehl dennoch ignorieren würden.

Sie selbst war sich nicht schlüssig. Einerseits erforderte die Pflicht von ihr, etwas zu unternehmen, andererseits aber verlangte diese ebenso, dass sie alles tat, um ihre Männer heil nach Hause zu bringen. Dass sie zudem keinerlei Ahnung hatte, was bei der anderen Gruppe Gefangener vor sich ging, trug auch nicht gerade zur Beruhigung ihrer Nerven bei.

Das Geräusch rennender Männer auf dem Gang riss sie aus ihren trüben Gedanken. Auch die anderen hoben den Kopf. Nach der Monotonie der letzten Stunden erschien ihnen die Hektik wie ein Zeichen drohender Gefahr. Die Unruhe war spürbar, auch wenn niemand etwas sagte. Sie hing wie ein beinahe greifbares Fluidum in dem engen Raum.

Augenblicke später wurde die Tür aufgerissen, und Bruder John kam hereingestürmt. »Commander Hunt? Sie kommen mit.« Er deutete auf Wood, den Quartermaster, und Smith, den Maschinenmaat. »Sie auch!«

»Was ist los?« Smith erhob sich betont langsam.

Bruder John ignorierte ihn und wandte sich an zwei seiner eigenen Männer, die regungslos neben ihm standen. »Ihr bringt die Lady und den Gefechtsrudergänger nach vorne zum Meister, ich gehe nach hinten in den Maschinenraum.«

LCDR Hunt hörte aus seiner Stimme eine Spur von Panik heraus. Bruder John begann offenbar Nerven zu zeigen. Sie rappelte sich von ihrem Platz auf und trat hinaus auf den Gang.

Einer der beiden Männer schob sich hinter sie, die MP im Anschlag. »Vorwärts, aber dalli!« Angela tat, wie ihr geheißen.

In der Zentrale stand Bocteau, er wirkte kühl und distanziert. Der personifizierte Gegensatz zur allgemeinen Spannung, die in der Zentrale herrschte. Konzentriert lauschte er der Stimme aus dem kleinen Lautsprecher über der Gefechtsstation des Kommandanten. »... Kontakt zwei in Grün null-drei-null, Abstand achthundert Yards. Schnelldrehende Schrauben, Kurs ... eins-drei-acht, etwa fünfundzwanzig Knoten.«

Bocteau beugte sich zu dem Mikrofon hin, das ihn mit dem Sonarraum verband. »Gut, behaltet die beiden im Auge.« Er wandte sich um und erteilte ein paar Befehle: »Kurs halten, Geschwindigkeit auf zwanzig

Knoten reduzieren.« Dann drehte er sich zu Angela um. »Guten Morgen Commander. Wie Sie mitbekommen haben, geht es hier im Moment etwas turbulent zu.«

Sie ging nicht darauf ein, sondern fragte direkt: »Warum haben Sie mich rufen lassen?«

»Sagen wir, um Ihre Meinung zu hören.« Er lächelte verbindlich und bestellte einen Kaffee für die »Lady«.

Angela warf einen schnellen Blick auf die Plottafel und die ausliegende Karte. Bis zur Südspitze Afrikas mochten es vielleicht noch zweihundert Meilen sein. Sie hatten gute Fahrt gemacht, doch sie ignorierte diese Tatsache und studierte die Plottafel genauer.

Zwei Kontakte waren mit Fettstift eingezeichnet. Einer, etwa vier Meilen an Steuerbord vor der *Tuscaloosa* und auf nahezu gleichem Kurs, bedeutete mit Sicherheit ein Kriegsschiff. Bei dem anderen Kontakt, rund zehn Meilen hinter ihnen und ebenfalls auf Südwestkurs, war nicht direkt ersichtlich, um was es sich handeln konnte, denn achtzehn Knoten waren durchaus eine Geschwindigkeit, die auch von vielen Handelsschiffen und Tankern erreicht wurde.

Während sie tatsächlich einen Becher Kaffee gereicht bekam, versuchte sie sich die Situation vorzustellen. Dadurch, dass die *Tuscaloosa* nun langsamer als das Schiff vor ihnen lief, würde der Bursche bald aus der Reichweite ihrer Sensoren verschwinden. Dafür würde ihr Hintermann ihnen umso länger erhalten bleiben. Sie nahm erst einmal einen Schluck von dem heißen Getränk, um ihre plötzliche Erregung zu verbergen.

»Was meinen Sie zu den beiden?« Bocteau war neben sie getreten. »Wir hatten zuerst den einen erfasst, und als wir mit der Fahrt hochgingen, um ihm davonzulaufen, fand das Sonar plötzlich den anderen, der viel näher war.«

Die Stimme aus dem kleinen Lautsprecher enthob sie einer Antwort. »Meister, Kontakt eins nimmt Fahrt auf. Kurs gleichbleibend eins-drei-acht. Geschwindigkeit jetzt zwanzig, nein, einundzwanzig Knoten, steigend.«

Bocteau blickte sie an, und für einen Augenblick erkannte sie seine Unsicherheit. Dann war es, als würde er ein Visier fallen lassen, und wirkte wieder völlig beherrscht. Sie zuckte mit den Schultern. »Noch haben Sie etwas Spielraum. Ich habe keine Ahnung, was genau das für Schiffe sind, aber um Kriegsschiffe dürfte es sich in jedem Fall handeln.« Sie war von sich selbst beeindruckt, dass sie so kühl und gelassen über diese Tatsache sprechen konnte. »Ich sollte mir das selbst einmal anhören, wenn Sie gestatten.«

»Einverstanden. Aber keine Dummheiten, Sie wissen, was ich Ihnen gesagt habe.« Mit einem Wink bedeutete er einem seiner Männer, sie nach vorne zum Sonarcompartement zu bringen. Es folgte der Befehl: »Auf dreiundzwanzig Knoten gehen. Ruhe im Boot.« Das Gesicht zu einer leichten Grimasse verzogen, wandte sie sich ab. Vielleicht hatte der Mann zu viele schlechte U-Boot-Filme gesehen. Er machte seine Sache eigentlich nicht schlecht, aber eine Kleinigkeit war ihm wohl entgangen.

Der Sonarraum war wie üblich abgedunkelt, aber sie erkannte im Widerschein der Instrumentenbeleuchtungen zu ihrer Überraschung Wilkins, einen ihrer Petty Officers, der zwischen den beiden Entführern saß, die offensichtlich für das Sonar zuständig waren. Alle drei Männer hatten die Augen halb geschlossen und lauschten gespannt. Sie tippte Wilkins kurz auf die Schulter. »Na, Wilkins, was haben Sie?«

»Bin mir nicht ganz sicher, Ma'am.« Die Stimme des

Mannes war ein tiefes Brummen. Sie wusste, dass Wilkins gut war, wenn man ihm hinreichend Zeit ließ. Der Petty beugte sich vor und nahm eine kleine Korrektur an der Einstellung vor. Über die Schulter eines der Entführer hinweg las sie die Zahlen ab und zog eine Braue in die Höhe. Dann griff sie nach einem weiteren Kopfhörer und lauschte selbst. Nicht weit vor ihnen hallte ein regelmäßiges Wisch-Wisch-Wisch durch das Wasser. Bei genauerem Hinhören erkannte sie, dass es eine Art Echo gab. Sie drehte die Anzeige weiter.

Hinter ihnen, ebenfalls etwas nach Steuerbord versetzt, aber im Augenblick noch weiter entfernt, ortete sie den anderen Kontakt. Wiederum handelte es sich um zwei Schrauben, schnell drehend, relativ klein, aber geräuschmäßig ergänzt um eine Art Zischen. Ohne hinzusehen, schaltete sie auf ein anderes Analyseprogramm um. Währenddessen machte sich Wilkins zwischen den beiden schwarz gekleideten Männer breit und degradierte sie damit zu eher hilflosen Zuschauern. Einer von ihnen stand wortlos auf und räumte freiwillig seinen Platz für Angela.

Sie konnte seinen Atem hinter sich spüren, während sie weitere kleine Schaltungen vornahm. Aus den Augenwinkeln beobachtete sie dabei die Skalen vor dem Sonarmeister. Es kostete sie alle Beherrschung, nicht ebenfalls mal im Kreis herumzuhorchen, wie es Bob Wilkins tat. Stattdessen begann sie in schneller Folge an den Parametern des Analyseprogramms herumzustellen. Ihre Ausbilder hätten über diesen Unfug wahrscheinlich schallend gelacht, aber es reichte aus, um die beiden Entführer abzulenken.

Nach einer Weile blickte sie auf, und ihre Augen trafen die ihres Maats. Er nickte grimmig. »Wusste gar nicht, dass die Vögel hier üben.«

Beiläufig nickte sie und schaltete das Mikro ein. »Sonar an Zentrale ...« Sie brachte es nicht fertig, Bocteau als Kommandanten zu bezeichnen. »Sieht so aus, als wären wir zwischen einen Manöververband von Fregatten geraten. Ich kenne den Typ nicht genau, aber in dieser Gegend würde ich auf Südafrikaner tippen. Die lassen sich nur ungern von ihren afrikanischen Nachbarn auf die Finger schauen und fahren deswegen weit in den Atlantik hinaus. Könnten die neuen Amolas sein.«

»Was sind Amolas, und womit müssen wir rechnen?«, fragte Bocteau zurück.

Wilkins' starrer Blick war beinahe körperlich zu spüren. Sie holte tief Luft. »Angeblich sollen die Amolas etwas mehr als dreißig Knoten Höchstgeschwindigkeit laufen. Es handelt sich dabei um U-Abwehrschiffe, kleine Fregatten oder große Korvetten, ganz wie man es betrachtet. Sie sind sehr neu und noch in der Erprobung, soweit ich weiß. Auf jeden Fall bin ich mir nicht sicher, inwieweit sie uns schon erfasst haben.«

»Wieso hören wir kein Echolot von denen?« Bocteaus Stimme klang beinahe gelangweilt, doch sie wusste, dass alles von ihrer Antwort abhängen würde.

Angela verzog das Gesicht. »Weil die Burschen nicht scharf darauf sind, dass irgendwelche U-Boot ihre Präsenz sofort mitkriegen. Diese Schiffe können zudem, wenn sie wollen, genauso leise operieren wie wir, und für ein normales Radar sind diese Stealth-Fregatten an der Oberfläche beinahe unsichtbar.«

Wieder musste sie einen Augenblick warten, bis die nächste Frage kam, doch die richtete sich nicht an sie. »Bruder Jeremy, was meinst du?«

Der Angesprochene schob sich vor zum Mikrofon.

»Ich weiß nicht, es könnte sein. Aber die beiden Schiffe hörten sich für mich sehr unterschiedlich an.«

Angela lächelte freudlos in sich hinein. »Solche Fregatten haben zwei Antriebssysteme. Eines für Marschfahrt, um Treibstoff zu sparen, und eines, wenn es mal eilig wird. Als der Kontakt hinter uns Fahrt aufnahm, schaltete er um. Ich höre eine Presslufteinspritzung im Wasser, also bereitet er sich darauf vor, demnächst noch schneller zu werden. Kritisch wird es aber erst, wenn er ganz leise wird.« Sie zögerte, bevor sie fortfuhr. »Das alles könnte bedeuten, er hat uns erkannt, aber es kann auch sein, dass er etwas ganz anderes vorhat.«

Angela bemerkte, wie Wilkins sich entspannte, als sie die linke Hand etwas vom Hauptschalter des Aktivsonars entfernte. Vor ihrem geistigen Auge konnte sie sich vorstellen, was oben an der Oberfläche ablief. Sie waren knapp zweihundert Fuß tief. Die Fregatten konnten sie also wegen der hohen Fahrt, die das U-Boot vorher gelaufen war, bereits auf mehr als zehn Meilen erlauscht haben. Nun nahmen sie ihre Positionen ein. Die erste würde sich steuerbords vor ihnen halten, die zweite steuerbords hinter ihnen, und die dritte, die Wilkins belauschte, ohne dass die beiden Terroristen das schon begriffen hatten, würde hinter ihnen die nördliche Spitze des Dreiecks bilden. So würde immer eines der Kriegsschiffe lauschen können, während die anderen handlungsfähig blieben. Es war eine klassische U-Jagdtechnik. Ganz bestimmt würden die Südafrikaner kein Atom-U-Boot angreifen, und dass die *Tuscaloosa* eins war, verriet allein schon die Geschwindigkeit, mit der sie lief. Nicht auszuschließen aber war, dass sie das Boot als Übungsziel benutzen würden, ohne scharfe Waffen einzusetzen. Sollte die

Tuscaloosa seltsam reagieren, würden sie abdrehen und einen Funkspruch absetzen. Das mehr oder weniger übliche Verhalten aller Marinen.

Der zweite der schwarzen Brüder, der bisher unbeachtet in seine Kopfhörer gelauscht hatte, hob den Kopf. Automatisch konzentrierten sich alle Sonarleute wieder auf die Geräuschkulisse dort draußen im Wasser. Langsam sagte der Mann durch: »Einhundertfünfundvierzig ... einhundertfünfzig ... einhundertfünfundfünfzig ... einhundertsechzig.« Noch während das Kriegsschiff hinter ihnen nach Steuerbord drehte und auf einen südlicheren Kurs ging, hörte Angela, wie die Schrauben immer schneller schlugen. Gleichzeitig begann auch ihr Vordermann zu drehen und zu beschleunigen. Mit der Präzision einer Schweizer Taschenuhr drehte der Verband in Richtung Süden und nahm höhere Fahrt auf.

Beinahe gelangweilt wartete sie, bis der Mann, der Bruder Jeremy genannt worden war, sich versteifte und begann, hektisch an seinen Instrumenten zu drehen. »Dritter Kontakt, Meister, Entfernung sieben Meilen in Rot eins-eins-fünf, Kurs eins-sechs-fünf, Geschwindigkeit achtundzwanzig Knoten, steigend.«

Stümper!, dachte sie abfällig. Es war die klassische U-Jagdformation, und das Dreieck war bereits geschlossen. Bilder aus ihrer Kindheit stiegen aus der Erinnerung auf. Es war wie beim Versteckspiel. Nun würde es nicht mehr lange dauern, bis die Südafrikaner sich wunderten, selbst wenn sie das Boot nicht als Übungsziel benutzten. Es war nur eine Frage der Zeit, bis die Nachricht über diesen Kontakt auch die Amerikaner erreichen würde. Und dann würde ihnen vielleicht jemand diskret mitteilen, dass ein gewisses U-Boot auf der Abschussliste stand.

Lieutenant Commander Hunt dachte einen Augenblick lang darüber nach, ob sie nicht doch Bocteau einen kleinen Hinweis geben sollte. Mit voller Kraft, gegen den leichten Seegang, der oben zu herrschen schien, würden die Fregatten das Tempo der *Tuscaloosa* so gerade eben mithalten können, wahrscheinlich nicht einmal ganz. Dann stünden dem Franzosen wieder alle Optionen offen. Er könnte in größere Tiefen ausweichen, sich vielleicht eine Wasserschicht mit anderen Temperaturen oder einem anderen Salzgehalt suchen, unter der die Sonargeräte sie nicht aufspüren konnten, oder er könnte, das wäre eine eher konventionelle Taktik gewesen, einen zielsuchenden Torpedo auf die dritte Fregatte abfeuern. Bei dieser Erkenntnis gab sie die Idee, Bocteau einen Tipp zu geben, auf.

4. Tag, 05:30 Ortszeit (WAT), 06:30 Zulu –
Irgendwo im Südatlantik, USS Tuscaloosa

Petty Officer Smith stand immer noch gelangweilt gegen die Verkleidung des Frischwassererzeugers gelehnt. Um ihn herum tummelten sich mehrere der Terroristen, die aber mit anderen Dingen beschäftigt waren, als sich um ihn zu kümmern. Das Geräusch der rasenden Schrauben war nun auch ohne die Geräte zu hören. Ein ständiges Rauschen, als würde ein Expresszug über sie hinwegfahren. Im Gegensatz zu den Terroristen wartete er nicht auf krachende Donnerschläge. In heutiger Zeit warf niemand mehr Wasserbomben, außer vielleicht kleinere Ladungen zu Übungszwecken. Wenn sich jemand dort oben erst einmal entschieden hätte, der *Tuscaloosa* ans Leder zu wollen, dann würden ihre Schiffe sich zunächst einmal entfernen. Danach würden sie eine Rakete starten, vielleicht vom Typ Tarpoon, die beim Aufprall auf die Wasseroberfläche nicht weit von ihnen entfernt einen zielsuchenden Torpedo freisetzen würde.

Smith unterdrückte ein Gähnen, das nur seine Furcht gezeigt hätte. Was auch immer geschehen würde, es würde schnell gehen. Augenblicke bevor der Torpedo das Boot treffen würde, könnten sie vielleicht noch das Ping seines Sonarkopfes hören und ein kurzes Zischen von seinem Antrieb, aber die Zeit würde für die meisten der Männer hier zu kurz sein, um zu begreifen, was geschah.

Doch der Maschinenmaat zweifelte daran, dass es sich um amerikanische Schiffe handelte. Die würden schön vor der eigenen Küste bleiben und aufpassen, dass die *Tuscaloosa* nicht zu nahe kam. Der Lieutenant Commander hatte erwähnt, dass sie nach Süden fuhren, nach Südafrika. Petty Officer Smith verzog das Gesicht. Eigentlich war es egal, solange sie nur nicht nach Amerika fuhren. Trotzdem konnten die Schiffe dort oben eine Chance darstellen. Er grinste zu den Terroristen hinüber. Die Schrauben über ihnen klangen so dicht, als würden sie ihnen gleich einen Scheitel ziehen. »Na, Jungs, jetzt geht euch wohl der Hintern auf Grundeis?«

Einer der Männer, ein großer, hagerer Kerl, der sich im Schott nach vorn verkeilt hatte, zeigte ihm den Vogel. »Wir tun, was wir zu tun haben, und damit hat's sich. Du bist nur als Notnagel hier, um gegebenenfalls einzuspringen.«

»Wenn die Freunde da oben anfangen, das Spiel ernst zu nehmen, dann wird es hier ganz schön Flurschaden geben.« Brian Smith wirkte beinahe behaglich. »Könnte aber auch Totalschaden geben. Hast du deinen Meister schon gefragt, wie es mit der Wiederauferstehung zweitausend Faden unter Wasser aussieht?«

Zufrieden registrierte er, wie der Mann etwas blasser wurde, und beschloss, nach eins draufzusetzen. Beinahe beiläufig klopfte er mit dem Fingerknöchel seiner Linken gegen die gewölbte Außenwand. »Wir sind zweihundert Fuß tief, was nicht unbedingt viel ist. Das bedeutet aber dennoch, dass dort draußen ein Druck herrscht, der etwas mehr als siebenmal so hoch ist wie an der Oberfläche.« Er zuckte mit den Schultern. »Kein Problem für ein stabiles Boot, wir könnten auch viel tiefer gehen.« Wieder klopfte er gegen die Außenwand und nickte zufrieden. »Ist so weit alles in Ordnung, solange unsere Eierschale keinen Sprung kriegt. Denn dann drückt das Wasser mit vollem Druck ins Boot. Capito?«

Einige der Entführer brauchten einen Augenblick, bis sie begriffen, was er meinte, bei anderen klingelte es ziemlich schnell. Ein noch ziemlich junger Bursche sah ihn aus weit aufgerissenen Augen an. »Du meinst ...«

»Klar Junge, wir saufen dann ab wie die Ratten.« Smith blickte zur Bordwand, als erwartete er, dass sich bereits im nächsten Augenblick ein Riss auftun würde.

»Aber was ...« Der Junge kam ins Stottern.

»Quatsch ...« Der Mann, den alle Bruder John nannten, rückte sich seine MP etwas bequemer zurecht. »Alles Quatsch. Er will dir Angst machen, nicht mehr.« Er warf Smith einen forschenden Blick zu und begann zu grinsen. »Vielleicht hat er auch selber die Hosen gestrichen voll. Wer an nichts glaubt, der hat ganz schön Angst um sein bisschen Leben, nicht wahr?«

Smith verzog angewidert das Gesicht. »Ein Mann, der gar nichts fürchtet, ist meistens ein Trottel, weil er nichts begriffen hat, du Arschloch.«

Bruder John bewegte sich so schnell, dass Smith keine Chance hatte, dem Angriff zu entgehen. Ein gemeiner Tritt traf ihn zwischen den Beinen, und er klappte zusammen wie ein Taschenmesser. Keuchend krümmte er sich am Boden, doch das Augenmerk aller galt der Zange, die er hinter seinem Rücken verborgen gehalten hatte. Deutlich sichtbar klemmte sie an einem dünnen metallenen, jetzt zusammengequetschten Rohr. Einen Augenblick lang herrschte betretenes Schweigen, wenn man vom schmerzerfüllten Stöhnen des Petty Officers absah.

»So ist das also?« Bruder John betrachtete den überraschenden Fund genauer und wandte sich dann an einen der Männer im Maschinenraum. »Bruder Michael, was ist das für eine Leitung?«

Der große, hagere Mann rappelte sich von seinem Platz am Schott auf und kratzte sich etwas ratlos am Kopf. »Sieht nach einer Hochdruckleitung für Schmieröl aus.« Er blickte weiter nach achtern. »Ich hoffe nur, die geht nicht zur Schraubenwelle, Bruder John. Wir sollten besser dem Meister Bescheid geben.«

4. Tag, 05:40 Ortszeit (WAT), 04:40 Zulu –
Irgendwo im Südatlantik, SAS Amola

Captain Mbele Okawe war ein noch ziemlich junger Mann. Er gehörte einer neuen Generation von Offizieren in einer ebenso neuen südafrikanischen Marine an. Nicht, dass es nicht schon lange eine solche Marine gegeben hätte, aber es hatte sich so vieles verändert, dass man wirklich von einer neuen Marine sprechen konnte. Er blickte sich um. Weit mehr als die

Hälfte der Brückencrew bestand aus Farbigen. Früher wäre das undenkbar gewesen. Selbst nachdem das Apartheid-Regime gestürzt war, hatte es noch Jahre gedauert, bis es gut ausgebildete dunkelhäutige Offiziere und Unteroffiziere gab. Doch nach und nach hatten sich die Besatzungen, die politischen Gegebenheiten und die Strategien der SAN, der South African Navy, verändert.

Er unterdrückte ein zufriedenes Grinsen. Nicht nur all dies war anders, auch die Schiffe waren mittlerweile ersetzt worden. Die letzten größeren Einheiten der South African Navy waren alte Fregatten britischer Herkunft gewesen, die aus den späten fünfziger Jahren stammten. Die SAS *Amola* und ihre Schwestern hingegen waren hochmodern, schnell und tödlich, und seine Aufgabe bestand in deren Erprobung. Zwar waren zum Teil immer noch nicht alle Systeme installiert, und es kam auch immer wieder zu kleineren Störungen, aber für den Anfang reichte es. Amüsiert dachte er daran, dass sie bereits jetzt ständig Funksprüche absetzten, um andere Schiffe zu warnen, denn ihre in Deutschland gebauten Fregatten waren für ein normales Radar nahezu unsichtbar. Er fragte sich, was auf den Meeren wohl los sein würde, wenn Stealth-Schiffe erst einmal überall gang und gäbe waren.

Von der anderen Seite kam aus der Brückennock die Meldung: »Signal von *Imajtole*, sie läuft an!«

Okawe durchquerte mit einigen langen Schritten die Brücke und betrachtete den Anlauf des Schwesterschiffes auf das unbekannte U-Boot. Gemessen an der Geschwindigkeit konnte es sich nur um eines der amerikanischen Atom-U-Boote handeln. Zufrieden sah er, wie seine Männer jubelten, als SAS *Imajtole* einen

Schwimmkörper mit einer roten Rauchboje ins Wasser warf. Mbele Okawe hätte sich den kurzen Blick ins Innere der Brücke zum Zweiten U-Jagdoffizier, der mit der Operationszentrale tief im Rumpf verbunden war, sparen können. Er wusste auch so, dass ihr Schwesterschiff die Position des U-Bootes beinahe auf den Yard genau markiert hatte. Gelassen drehte er sich zum Signalmaat um. »Signal an *Imajtole*, Glückwunsch. Dann Signal an *Essawi*, sie ist dran.« Er schmunzelte zufrieden, nahm sich aber gleichzeitig vor, dafür zu sorgen, dass in Zukunft verstärkt Scheinwerfer und Flaggen statt UKW verwendet würden, um Signale von einem Schiff zum anderen zu geben. Dann wandte er sich in Gedanken wieder dem U-Boot zu.

Eigentlich waren die Amis sonst scheuer. Wenn man mal eines ihrer Boote erwischte, dann verschwand es meistens einfach mit großer Fahrt in der Tiefe. Selbst ihre hochmodernen Geräte hätten sich schwer getan, ein U-Boot bei über dreißig Knoten Fahrt noch sicher zu erfassen, vor allem dann, wenn es verschiedene Temperaturschichten gab, die alle Horchergebnisse verzerrten. Doch dieser Kommandant machte es ihnen einfach. Vielleicht weil er unerfahren war, vielleicht auch nur, um seiner Besatzung ebenfalls etwas die Langeweile zu vertreiben. Statt auf Tiefe zu gehen, schlug er nur immer stur Haken in ein und derselben Tiefe. Ein besseres Übungsziel für die Sonarcrews konnte es gar nicht geben. Fragte sich nur, wie lange die Amis den Spaß noch mitmachen würden.

4. Tag, 05:45 Ortszeit (WAT), 04:45 Zulu –
Irgendwo über dem Südatlantik

Die A-192 war ein Flugzeug, das es eigentlich nicht gab, auf einem Flug, den es eigentlich auch nicht gab. Der Nachfolger der bekannten Grumman 2 F, der berühmten »Hawkeye«, hörte intern bereits auf den Namen »Nightowl«. Der trägergestützte elektronische Aufklärer vom Typ Boeing basierte in vieler Hinsicht auf den Erkenntnissen der vorangegangenen Generation solcher Aufklärungsflugzeuge, wie der »Hawkeye« oder ihrer bekannteren landgestützten Halbschwester, der »AWACS«. Noch war »Nightowl« in der Erprobung, doch innerhalb der nächsten fünf Jahre würden sie die alten Systeme ablösen und für die Sicherheit der Trägerverbände sorgen.

Lieutenant Commander Brandon G. Farell blickte amüsiert nach rechts, wo sein Kopilot eifrig in einer Liste blätterte. »Nervös, Jack?«

Lieutenant Jack Allenby legte seine Stirn in Kummerfalten. »Das ist alles ziemlich neu für mich, Brandon. In dem Ding steht etwas von einem Onkel Howard, und ich kann mich beim besten Willen an keinen Onkel Howard erinnern.«

Der Pilot zuckte unbekümmert mit den Schultern. »Wenn er dicke Geschenke mitbringt, dann ist alles in bester Ordnung. Noch dauert es vierzehn Tage, bis wir abgelöst werden, erst dann wird es ernst für dich.« Er feixte fröhlich: »Oder willst du dich nicht doch lieber in den Fernen Osten versetzen lassen? Ich kenne jemand, der könnte da etwas …« Als er das Gesicht seines Kopiloten sah, brach er in Lachen aus und konnte nicht weitersprechen. Die bevorstehende Hochzeit des Lieutenants, Abkömmling einer steinreichen New-

England-Familie, war bereits seit Wochen ein beliebtes Gesprächsthema im gesamten Verband. Nicht wenige Offiziere würden sich in knapp drei Wochen auf der Junggesellen-Abschiedsparty einfinden.

Nachdem Farell wieder zu Atem gekommen war, blickte er auf die Uhr. »Zeit, dass wir uns auf den Heimweg machen. Wenn wir uns etwas beeilen, dann kommen wir rechtzeitig, um uns den Kinofilm anzusehen. Hast du eine Ahnung, was sie heute zeigen?«

»*Batman*, soviel ich weiß«, aber die Stimme des Lieutenants klang abwesend. Er blätterte schon wieder in seiner Liste. Mit einem Achselzucken drückte der Pilot einen Schalter und fragte in sein Mikrofon: »Whitey? Wie sieht es aus? Klar zum Heimflug?«

Lieutenant James White, der Chef der Aufklärungscrew, räusperte sich gut fünfzehn Yards weiter hinten in der mit Elektronik vollgestopften Kabine und meinte: »Kannst du mir noch zehn Minuten geben?«

»Habt ihr etwas Interessantes oder schaut ihr nur Baseball?«

White lachte kurz auf. »Schön wär's. Nein, aber ein paar Meilen südlich sind drei Südafrikaner dabei, eines von unseren U-Booten zu jagen. Natürlich nur zur Übung. Ich frag mich bloß, warum der Häuptling von dem Schlitten die Jungs nicht einfach stehen lässt.«

»Ein U-Boot? Eines von unseren Atom-U-Booten? Ich wüsste nicht, dass hier eines davon rumgurkt. Schau doch mal in den Lagebericht, James.«

Einen Augenblick lang war nur das Rascheln von Papier zu hören, dann meldete sich der Lieutenant wieder. »Nein, kein U-Boot in der Gegend. Könnte es ein Russe sein, oder vielleicht ein Engländer oder Franzose?«

Brandon Farell kam zu einer Entscheidung. »Du hast einen Mitschnitt?«

»Klar, Skipper. Die Jungs benutzen UKW wie die Weltmeister. Sind übrigens interessante Pötte, die unsere afrikanischen Freunde da fahren.«

»Okay, James, vermerk's in deinem Bericht. Wir machen Meldung, wenn wir wieder unten an Bord unseres Trägers sind.« Farell rechnete kurz: »So ungefähr in eineinhalb Stunden.«

4. Tag, 06:00 Ortszeit (WAT), 05:00 Zulu –
Irgendwo im Südatlantik, USS Tuscaloosa

Lieutenant Commander Angela Hunt starrte verzweifelt auf den Maschinenmaat. Smith war totenbleich, was in Anbetracht der Pistole, die Bocteau gegen seinen Kopf hielt, nicht verwunderlich war. Noch immer hielt sich der Mann den von dem schweren Tritt höllisch schmerzenden Unterleib.

»Nun, Commander, wie hätten Sie's gern? Ich kann ihn erschießen, schließlich hat er jeden an Bord unnötig in Gefahr gebracht. Oder Sie geben mir einen Grund, es nicht zu tun.« Der Meister sah sie abwartend an.

Sie versuchte sich zu konzentrieren. »Was erwarten Sie von mir, Bocteau?«

»Wie würden Sie die Vögel da oben abhängen? Sie greifen uns nicht an, aber jeder dumme Funkspruch kann uns genauso zur Beute machen. Ich will die Kerle loswerden. Schaffen Sie es, dann darf Ihr Mann zurück zu den anderen Gefangenen, und es wird ihm nichts weiter geschehen. Wenn nicht ...« Der Franzose ließ offen, was dann geschehen würde, aber es war ohnehin klar.

Mühsam riss sie sich zusammen. »Nun, vielleicht

klappt es.« Sie sah auf und ignorierte bewusst Bocteau, Smith und die drohende Pistole. Jetzt galt es, sich auf das zu besinnen, was sie in den Jahren auf U-Booten gelernt hatte. Sie blickte einen von Bocteaus jungen Männern an. »Der Maschinenraum soll melden, ob die Welle schlägt. Vielleicht müssen wir mit der Fahrt sogar runtergehen.«

»Guter Versuch, Lady, aber das werden wir wohl kaum tun, solange die Kerle noch hinter uns her sind.« In Bocteaus Augen lag ein gefährliches Glitzern.

Sie versuchte so beiläufig wie möglich zu klingen: »Entweder auf meine Art, Bocteau, oder gar nicht. Ohne Welle oder wenn das Ding laute Geräusche von sich gibt, sind Sie verraten und verratzt.«

Bocteau zögerte kurz. »Gut, machen Sie weiter.«

»Also, wenn die Welle in Ordnung ist, gehen wir auf Höchstfahrt und auf Kurs ... tja, was für einen eigentlich?« Nachdenklich trat sie an die Karte, doch in ihrem Kopf hörte sie immer noch das Rauschen der Oberflächenwellen, als würde sie vorn in der Sonarabteilung sitzen und lauschen. Sie nickte: »Kurs null-acht-null. Wir gehen dann nach einer Minute, sobald wir sicher sind, dass die Welle nicht schlägt, auf achthundert Fuß, reduzieren die Geschwindigkeit wieder und schleichen uns ganz leise nach Süden.«

Stöhnend begehrte Smith auf: »Ma'am, Sie können nicht ...«

Bocteau zog ihm den Lauf der Pistole über den Schädel. Wie ein Zementsack kippte der Mann um. Der Meister warf die Waffe beinahe angewidert Bruder John zu, der sie geschickt auffing, und deutete auf den bewusstlosen Mann zu seinen Füßen. »Sorg dafür, dass er nicht im Weg ist. Solange die Lady mitspielt, soll ihm kein Haar gekrümmt werden.«

Angela schluckte mühsam, aber ein kalter Blick aus Bocteaus Augen warnte sie davor, ein falsches Wort zu sagen. Stattdessen schaltete sie das Mikrofon über ihrem Kopf ein. »Wilkins!«

»Ma'am?«

Sie räusperte sich. »Wir hängen die Kerle ab. Sagen Sie mir durch, wenn sich der Seegang ändert. Derzeit Wind aus null-acht-null?«

»Aye, Ma'am, scheint stetig zu sein, würde schätzen Seegang vier, maximal fünf.«

»Dann los, wir warten nur noch auf eine Klarmeldung aus der Maschine.«

5. Kapitel

4. Tag, 11:30 Ortszeit (EDT), 15:30 Zulu – Langley

Commander Robert DiAngelo blickte über seine Schulter zurück, als Lieutenant Wilks eintrat. Der junge Offizier salutierte kurz. »Hier sind ein paar seltsame Dinge aufgelaufen, Sir. Alles in der letzten halben Stunde, aber das Letzte hier scheint wichtig zu sein.« Er reichte DiAngelo eine schmale Mappe und konzentrierte sich ansonsten darauf, die neugierigen Blicke der anderen Anwesenden zu ignorieren. Dabei war es sicherlich eine Versammlung, die junge Offiziere nicht alle Tage zu Gesicht bekamen.

Das Treffen hatte dieses Mal nicht im Pentagon stattgefunden, sondern in einem Besprechungsraum in Langley, um möglichst in der Nähe der Strategischen Analysen zu bleiben. William Boulden, der Berater des Präsidenten, wirkte nicht mehr so frisch wie bei der letzten Besprechung. Die Ereignisse begannen auch ihn sichtlich mitzunehmen.

Vice Admiral Sharp, der Befehlshaber der U-Boote, sah hingegen nahezu unverändert aus. Vielleicht, wenn man genau hinsah, konnte man erkennen, dass seine Rasur nicht ganz so perfekt war wie gewohnt, aber ansonsten wirkte der Admiral genauso angriffslustig wie immer, und auch seine Abneigung gegen Boulden, wie gegen Politiker im Allgemeinen, schien nicht durch die Tatsache gemindert zu sein, dass er in den letzten Tagen sein Hauptquartier so gut wie gar nicht verlassen hatte.

Neu in der Runde war Admiral Curtis, Mitglied oder, wenn man so wollte, der maritime Teil der Joint Chiefs, des militärischen Oberkommandos der amerikanischen Streitkräfte. Der Blick des hageren, groß gewachsenen Mannes verharrte mit besonderer Abneigung auf Lieutenant Wilks, der hinter Commander DiAngelo stehen geblieben war. Gerade war er dabei gewesen, Bingham und DiAngelo eine seiner Meinung nach verdiente Standpauke zu halten und sie dazu zu verdonnern, dieses verdammte U-Boot endlich zu finden. Auf Befehl des Präsidenten waren seit der Mittagszeit die amerikanischen Truppen und Einrichtungen rund um den Globus in Alarmbereitschaft versetzt worden. Denn wenn die *Tuscaloosa* ihre Atomwaffen auf irgendein Ziel abfeuern würde, dann war es nach Einschätzung der Politiker nicht unwahrscheinlich, dass in der Welt das pure Chaos ausbrechen würde. Es gab mehr als eine Atommacht, die abgesehen von ihrem Waffenarsenal nie über die politische Stabilität einer Nation der Dritten Welt hinausgelangt war. Mit anderen Worten, wenn irgendwo auf der Welt ein amerikanischer Atomsprengkopf explodierte, konnte es passieren, dass andere Leute irgendwo anders ebenfalls die berühmten Knöpfe drücken würden.

Allerdings waren seine bisherigen Vorhaltungen an Bingham und DiAngelo weitestgehend abgeprallt. Sie taten ohnehin bereits, was menschenmöglich war, und was sollten sie darüber hinaus noch unternehmen? Insofern war Curtis' Attacke bereits ins Leere gelaufen, bevor Wilks mit seinem Erscheinen für eine Unterbrechung gesorgt hatte.

Von all diesen Vorgängen war DiAngelo wenig anzumerken, als er die Unterlagen in der Mappe überflog. Während sein Chef neben ihm angelegentlich seine Fingernägel betrachtete, blätterte er ruhig Seite um Seite um.

Endlich, nach einer Zeit, die den meisten Anwesenden wie eine halbe Ewigkeit erschien, wandte er sich wieder seinem Adjutanten zu. »Sehr gut, Wilks. Die Mappe behalte ich hier. Ich rede mit Marsden nach der Besprechung, und Sie sehen zu, dass dieser Zieblowski erreichbar ist. Die sollen die Fotos so schnell wie möglich zu uns runterbringen.« Er wartete ab, bis der Lieutenant salutiert und den Raum verlassen hatte, bevor er das Wort an die Runde am Tisch richtete: »Meine Herren, es sieht so aus, als hätten wir eine Spur. Eine ›Nightowl‹, ein elektronisches Aufklärungsflugzeug des Trägers *Nimitz,* hat heute Morgen drei südafrikanische Fregatten erfasst, die ihrerseits Kontakt mit einem Atom-U-Boot hatten. Da wir meines Wissens keines unserer Boote vor der afrikanischen Küste im Einsatz haben, besteht eine hohe Wahrscheinlichkeit, dass es sich hierbei um die *Tuscaloosa* handelt.«

»Also schwimmt die *Tuscaloosa* noch?«, hakte Vice Admiral Sharp nach

»Eigentlich habe ich nie daran gezweifelt, Sir.«

Boulden, der Präsidentenberater, hob abwehrend die Hand. »Moment, Moment. Dieses Treffen wurde einberufen, weil laut Commander DiAngelo ein Angriff auf die USA längst stattgefunden hätte, falls ein solcher überhaupt geplant gewesen wäre. Nun taucht unser Boot anscheinend urplötzlich vor Afrika auf. Wie passt das zusammen?«

»Ja, Bob, was bedeutet das Ihrer Ansicht nach?«

Auch Bingham sah DiAngelo fragend von der Seite her an.

DiAngelo erhob sich ungelenk und hinkte zur Wand, an der eine große Weltkarte hing. Mit einem Laserpointer zeigte er auf den Nordatlantik. »Wir können uns ausrechnen, wo unser Boot war, als es entführt wurde. Es gibt ein Foto eines Aufklärungssatelliten, das meine ursprüngliche Theorie zu bestätigen scheint, aber das muss noch näher untersucht werden.« Er räusperte sich. »Wenn man von dieser Position ausgeht, dann hätte die *Tuscaloosa* innerhalb von rund sechzehn Stunden nach der Entführung eine Abschussposition erreichen können, von der aus sie ohne Schwierigkeiten die gesamte nördliche Ostküste hätte erreichen können. Noch einmal zehn Stunden später hätte sie alle Städte an der Ostküste erreichen können, unter anderem also auch New York und Washington, die für einen solchen Angriff die wahrscheinlichsten Ziele wären.« Abrupt drehte er sich um und sah die Männer an, die seinen Ausführungen gespannt folgten. »Sechsundzwanzig Stunden nach der Entführung hatten wir nur wenige Einheiten vor unserer Küste stehen, die *Tuscaloosa* wäre also so gut wie sicher zu dieser Position gekommen und hätte tun und lassen können, was sie wollte.«

»So weit, so gut, Commander«, erklärte Boulden. »Sie gehen also davon aus, dass von der *Tuscaloosa* aus kein Angriff auf die USA geplant war. Jetzt ist sie vor Südafrika. Was hat das Ihrer Ansicht nach zu bedeuten?«

»Darüber kann ich im Augenblick nur Vermutungen anstellen, Sir.«

»Dann lassen Sie mal hören, Commander«, sagte Boulden ohne sonderliche Begeisterung.

DiAngelo betrachtete den afrikanischen Kontinent auf der Karte und deutete mit dem Laserpointer auf die Westküste Afrikas. »In der gesamten Region gibt es immer noch eine Menge Konflikte. Außer für erpresserische Zwecke dürften irgendwelche Rebellengruppen wenig Verwendung für die Atomwaffen haben, wohingegen das konventionelle Arsenal der *Tuscaloosa* interessant sein könnte, um die Gewichte in dem einen oder anderen dieser Konflikte nachhaltig zu verschieben. Das wäre immerhin eine Möglichkeit.«

»Und die zweite Möglichkeit?« Admiral Curtis blickte den Commander immer noch leicht säuerlich an. »Immerhin reden wir über ein U-Boot, und dessen Einsatzmöglichkeiten scheinen mir in einem Dschungelkonflikt eher begrenzt zu sein.«

Robert DiAngelo verzog keine Miene. »Es sei denn, man würde aus Hunderten von Meilen Entfernung die Stellungen des Gegners unter Beschuss nehmen, wie man das mit Cruise Missiles locker zu tun vermag«, erklärte er trocken und wandte sich wieder der Karte zu. »Entlang dieser Küste gibt es große unkontrollierbare Bereiche. Wenn die *Tuscaloosa* zum Beispiel Männer an Bord nehmen oder absetzen müsste, dann wäre das eine Gegend, in der sie ein Treffen mit einem anderen Schiff durchführen könnte, ohne groß aufzufallen. Im Nordatlantik hätte sie sich in Küstennähe nicht an der Oberfläche blicken lassen können, ohne sofort entdeckt zu werden, aber im Südatlantik stehen die Chancen besser, vor allem vor der afrikanischen Küste. Und unsere eigene Überwachung ist dort deutlich schwächer. Sie könnte sich also dort in Ruhe verstecken, falls sie auf etwas wartet.«

»Und worauf?«, fragte Boulden und fingerte weiter unruhig an seiner Kaffeetasse herum.

»Das werden wir in den nächsten drei oder vier Tagen erfahren, Sir. Wenn Geld- oder politische Forderungen eingehen, dann wissen wir es. Wenn nicht ...«, DiAngelo zuckte mit den Schultern, »dann tappen wir weiter im Dunkeln, Sir. Bisher haben wir zu wenig Erkenntnisse, um auf die Absichten der Entführer schließen zu können. Aber eventuell hat die CIA eine heiße Spur.« Er deutete auf die Mappe. »Falls die Informationen stimmen, hat jemand versucht, U-Boot-Leute anzuwerben. Und wenn die nicht wollten, wurden sie anscheinend einfach umgelegt, damit es keine Zeugen gab.«

Colonel Bingham blickte überrascht auf. »Interessant! Und weiter?«

»Marsden von der Auslandsaufklärung hat wissen lassen, dass er etwas für uns hat, aber er ist erst ab halb eins wieder im Büro und kann dann vielleicht mehr sagen.«

»In Ordnung, Bob. Sie erwähnten vorhin auch noch den Namen Zieblowski. Ist das nicht der Chef der Satellitenbildaufklärung?«

DiAngelos Gesicht wurde hart, während er um den Tisch herumhinkte, um zu seinem Platz zu gelangen. Mit knappen Bewegungen nahm er ein großformatiges Foto aus der schmalen Mappe. »Das hier wurde vor einigen Tagen über dem Nordatlantik aufgenommen. So wie es jetzt aussieht, hat einer unserer Satelliten die Entführung unseres Bootes sogar fotografiert.« Wütend schleuderte er den Abzug auf den Tisch: »Es hat fast eine geschlagene Woche gedauert, bis dieses Bild zu uns gelangte. Seit vier Tagen herrscht bei uns Alarmzustand, und Zieblowski hat es nicht für nötig befunden, uns mitzuteilen, dass er ein U-Boot auf einem seiner Bildchen hat. Ich habe daher Wilks gebeten, uns schleunigst auch die anderen Bilder zu besorgen.«

Der alte Colonel schüttelte nur den Kopf. »Verstehe. Zu dem Mann gehe ich besser selber und mache Dampf.«

»Das wäre nett, Sir. Sie wissen, ich hab manchmal mit solchen Bürokraten so meine lieben Schwierigkeiten, Sir.«

Boulden, der schweigend zugehört hatte, schaltete sich nun ein. »Wenn er das Ding wirklich tagelang auf dem Schreibtisch liegen hatte, dann sagen Sie ihm einen schönen Gruß von mir und dem Weißen Haus.« Er grinste plötzlich. »Das wirkt und bringt den Amtsschimmel auf Trab, damit kenne ich mich zur Genüge aus.« Dann wurde er wieder ernst. »Soweit ich es verstehe, sind wir und unsere NATO-Partner in Europa also vorerst nicht unmittelbar bedroht. Glauben Sie, die *Tuscaloosa* wird um Afrika herumfahren und vielleicht Kurs auf den Nahen Osten nehmen?«

»Wenn sie in den Pazifik geht, dann werden wir erst eine Spur von ihr wieder finden, wenn sie sich entweder dem Persischen Golf oder unter Umständen auch Japan nähert. Ich kann Ihnen eine mögliche Zeittabelle zusammenstellen, wann sie frühestens auf bestimmten Positionen sein kann. Bis in den Persischen Golf wird sie mindestens noch sechs Tage brauchen.«

»Gut!« Der Präsidentenberater nickte. »Dann will ich, dass die Pazifikflotte ebenfalls alarmiert wird. Außerdem sollten wir schnellstens ein paar Zerstörer oder Fregatten da runterschicken für den Fall, dass sich die *Tuscaloosa* dort noch rumtreibt. Admiral, ich nehme an, jetzt, da wir nicht mehr mit einem unmittelbaren Angriff rechnen müssen, lässt sich das problemlos bewerkstelligen.«

Vice Admiral Sharp schüttelte betrübt den Kopf. »So einfach wird das nicht werden. Die Schiffe müssen rund viertausend Meilen zurücklegen. Wir werden sie also unterwegs mit Treibstoff versorgen müssen, und damit richtet sich die Geschwindigkeit des Verbands nach dem Tanker, den er mitführen muss. Es wird also mindestens neun Tage dauern, bis der Verband vor Südafrika einsatzbereit wäre.«

»Wieso so lange?« Boulden musterte die Karte an der Wand. »Die *Tuscaloosa* hat in kürzerer Zeit eine viel weitere Strecke zurückgelegt.«

»Die *Tuscaloosa* ist allerdings auch ein Atom-U-Boot, Sir. Sie kann zwei Jahre lang fahren, ohne Treibstoff aufzunehmen. Die Nahrungsmittelvorräte an Bord reichen für drei Monate, und Trinkwasser und Frischluft vermag sie aus Meerwasser selbst zu erzeugen. Die Zerstörer, die sie jagen sollen, können entweder mit weniger als zwanzig Knoten über den Atlantik tuckern, dann reicht der Treibstoff und sie können irgendwo in Afrika neu bunkern, oder sie laufen mit voller Kraft, brauchen dann aber irgendwo mitten im Atlantik einen Treff mit einem Tanker, um Treibstoff zu übernehmen.«

»Wenn das so ist, was tun wir dann?«, fragte Boulden unschlüssig.

»Wir werden mehrere Dinge tun, Sir«, erklärte DiAngelo. »Ich werde mich kundig machen, was es mit dieser Spur auf sich hat, die Marsden entdeckt hat. Außerdem werden wir ein paar U-Boot-Jäger in Marsch setzen, aber zunächst wird die *San Diego* nach Süden stoßen müssen. Vielleicht noch ein zweites Boot. Admiral Sharp, was meinen Sie, welche Boote kommen in Frage? Die Seawolves sind dafür wohl noch zu neu und unerprobt.«

Vice Admiral Sharp überlegte kurz. »Die *San Diego* habe ich Ihnen bereits zur Verfügung gestellt, sie steht am weitesten südlich, etwa auf der Höhe von Portugal. Alle anderen Boote brauchen rund eineinhalb Tage länger, selbst bei voller Kraft. Ich sehe zu, dass ich noch mindestens ein Boot in Marsch setze. Aber sie werden die *Tuscaloosa* natürlich nicht einholen können, falls die im Pazifik verschwinden sollte. Ich würde daher gerne auch Boote der Pazifikflotte einsetzen.«

Admiral Curtis, der bisher wenig zu dem Gespräch beigetragen hatte, erhob Bedenken. »Wir sind wegen Nordkorea immer noch in Alarmbereitschaft, und ich brauche die Boote in ihren Abschusspositionen.«

»Nun, ich denke, diese Entscheidung sollten wir dem Präsidenten überlassen, meinen Sie nicht auch, Admiral?« Boulden wich dem Blick des hageren Admirals nicht aus. »Ich glaube nicht, dass wir in den nächsten zwei Wochen wirklich mit einem Schlagabtausch mit Nordkorea rechnen müssen. Außerdem sind mehr als zwanzig Boote im Pazifik, nicht wahr?«

Dieses Mal sah DiAngelo wirklich beeindruckt zu dem Präsidentenberater hinüber. Nicht, dass er viel von Politikern hielt, aber wer in der Welt tat das schon? Allerdings hatte Boulden seine Hausaufgaben gemacht und sich offenbar schon vor diesem Treffen mit der Möglichkeit befasst, dass die *Tuscaloosa* das Kap der Guten Hoffnung runden könnte, um in den Weiten des Pazifiks zu verschwinden. Denn wenn sie das tat, dann würde keine Macht der Welt sie finden, bevor sie zuschlug. Er sah sich um. Anscheinend hatten alle einen Konsens gefunden, die einen mehr, die anderen weniger freiwillig. Schade, dass er es nicht dabei bewenden lassen konnte. »Sir«, sagte er, an die

Adresse Bouldens gerichtet, »wenn es sich machen lässt, sollten wir Kontakt mit den Südafrikanern aufnehmen. Sie haben unser Boot schon einmal aufgespürt, und immerhin sind sie gut ausgerüstet, motiviert und bereits vor Ort.«

Boulden schaute zunächst etwas überrascht drein: »Das ist nicht so einfach, Commander. Es gibt da politische Erwägungen, die berücksichtigt werden wollen.«

»Das bedeutet nein? Bitte bedenken Sie, dass dieser Vorschlag einzig und allein darauf abzielt, den Vorsprung der *Tuscaloosa* wieder wettzumachen.« DiAngelo sah den Politiker ausdruckslos an.

Boulden dachte nach und ließ sich Zeit, bevor er zögernd die Frage stellte: »Und was sollen Ihrer Meinung nach die Südafrikaner tun, wenn sie das Boot finden?«

»Dranbleiben, mehr nicht. Dranbleiben, bis wir übernehmen können. Im Augenblick möchte ich die *Tuscaloosa* noch nicht aufgeben.« Dass er dabei auch an Angela Hunt dachte, behielt der Commander wohlweislich für sich.

4. Tag, 13:30 Ortszeit (EDT), 17:30 Zulu – Langley

Roger Marsden schob DiAngelo einen Stapel Bilder über den Schreibtisch. »Diese Männer sind alle in den letzten Monaten an verschiedenen Orten in Europa ums Leben gekommen. Zwei wurden erschossen, einer starb bei einem Autounfall, ein anderer verbrannte in seiner Wohnung, weil er angeblich im Bett geraucht hatte.« Und ohne eine Spur falscher Bescheidenheit fügte er gelassen hinzu: »Es war nicht mal so schwer, sie zu finden, wie ich anfangs gedacht hatte.«

DiAngelo fasste sein Gegenüber genauer ins Auge. Marsden war klein und untersetzt und neigte vom Typ her dazu, Speck anzusetzen. So, wie er es sich in diesem Augenblick auf seinem Schreibtischstuhl bequem gemacht hatte, schien er kein Wässerchen trüben zu können. Doch der Eindruck täuschte, und DiAngelo war sich dessen jedes Mal bewusst, wenn er dem Mann in die Pupillen sah. Während Marsden auf den ersten Blick freundliche Jovialität ausstrahlte und beinahe übertrieben viel lächelte, blieben seine Augen davon völlig unberührt. Wasserblau, wie zwei polierte Kiesel, verrieten sie die Härte des Mannes, ohne etwas von seinen Gefühlen preiszugeben. Wobei fraglich war, wie viele Gefühle jemand hatte, der seit zwanzig Jahren im Dienst der Firma stand und unter anderem auch dafür zuständig war, wenn es notwendig wurde, den Befehl zu erteilen, Menschen zu liquidieren. Roger Marsden war eines jener seltenen Eigenprodukte der Firma, ein Mann, der sich von unten hochgearbeitet hatte und bis vor acht Jahren selbst noch im Außendienst tätig gewesen war und dabei mehr als einmal sein Leben riskiert hatte.

Die Welt, aus der Marsden stammte, funktionierte anders als der strikt reglementierte Kosmos der Navy, aber trotzdem fanden sich die beiden so unterschiedlichen Männer auf Anhieb sympathisch. Vielleicht auch nur deshalb, weil beide bereit waren, zu tun, was getan werden musste, jeder auf seine Art. DiAngelo warf einen Blick auf die Fotos und schob sie zurück.

»Was schließen Sie daraus?«

»Es handelt sich durch die Bank um ehemalige U-Boot-Fahrer von uns, die in Europa lebten. Es gibt davon insgesamt rund siebenhundert, die irgendwann einmal dort hängen geblieben sind. Meistens wegen irgendwelcher Frauen.« Marsden grinste, als würde ihn diese Tatsache belustigen. »Allerdings passten nur etwa zweihundert in das von Ihnen genannte Schema, und nur einige wenige waren nicht nur auf Los-Angeles-Booten im Einsatz, sondern hatten auch keine Familie oder dergleichen und waren erst weniger als zwei Jahre aus dem Dienst ausgeschieden.« Er lehnte sich zurück. »Ich habe mir die Unterlagen angesehen und bin der gleichen Meinung wie unsere Leute vor Ort: Die Sache stinkt.«

»Sie wurden also umgebracht?«

»Profiarbeit. Meine Leute sind noch dabei, detaillierter nachzuforschen, aber wir sind durch etwas Glück zumindest in einer Hinsicht fündig geworden. Zweien der Männer ging es ziemlich dreckig. Scheidung, Alkohol und so weiter. Sie befanden sich deutlich auf dem absteigenden Ast. Die beiden waren wohl eng miteinander befreundet, wobei noch ein Dritter im Bunde war, der spurlos verschwunden ist.«

»Dessen Leiche Sie aber noch nicht gefunden haben?«

»Das nun eben nicht ...« Marsdens Gesicht überzog sich mit einem strahlenden Lächeln. »Einer meiner Leute kam auf eine gute Idee und hat sein Foto ein paar Obdachlosen gezeigt. Der Knabe hatte sich eindeutig abgesetzt, und es gab Grund zu der Annahme, dass es keine Bleibe für ihn gab, wo er hätte unterschlüpfen können. Es hat die Firma ein paar Flaschen billigen Fusel gekostet, aber anscheinend hat unser Mann vorige Woche noch gelebt.«

DiAngelo riss erstaunt die Augen auf. »Sie meinen, wir können ihn kriegen?«

Marsden zuckte mit den Schultern. »Nicht ganz einfach. Er wechselt ständig den Aufenthaltsort und scheint auf der Flucht vor jemandem zu sein. Er hat einem der Penner eine entsprechende Geschichte erzählt, aber nichts Genaues. Auf jeden Fall hat er eine Heidenangst, und ich an seiner Stelle hätte die wohl auch.«

»Wieso das?« Robert sah Marsden fragend an.

Der Agent wedelte mit einer Mappe. »Ist es nicht bewundernswert, was Pathologen so alles herausfinden, wenn sie erst einmal gründlich hinsehen? Die Männer, die so plötzlich das Zeitliche segneten, wiesen alle Spuren von Folter auf. Bei allen fehlte der eine oder andere Fingernagel, bei dreien waren Zähne bis auf den Nerv angebohrt worden ...« Marsden zählte ruhig und mit der Beiläufigkeit, mit der man Baseballergebnisse herunterbetet, weitere Einzelheiten auf. »Sowohl die französische als auch die deutsche Polizei sind deswegen misstrauisch geworden und haben über Interpol Anfragen an alle möglichen Stellen gerichtet, aber niemand hat das beim FBI ernst genommen, und das Ministerium für Heimatverteidigung hat nicht einmal von dem Vorgang erfahren.«

DiAngelo konnte für einen Augenblick hinter die Maske seines Gegenübers schauen und erkannte dessen Frustration. Inzwischen gab es so viele staatliche Institutionen, die Anzeichen terroristischer Aktivitäten nachgingen, dass keine mehr wusste, was die andere tat. Also versandete vieles auf irgendwelchen Dienstwegen.

»Sein Name ist Jack Smith«, fuhr Marsden fort. »Auch ansonsten eher unauffällig, und das könnte ihm das Leben gerettet haben.«

»Bleiben Sie dran. Ich habe das Gefühl, das ist unsere Chance.«

»Scheint so.« Marsden lächelte nachdenklich. »Was machen wir, wenn wir ihn haben?«

»Dann stellen Sie fest, wer hinter ihm her ist. Denn wenn wir das wissen, dann wissen wir wahrscheinlich auch, wer die Leute sind, die unser U-Boot entführt haben.«

4. Tag, 23:15 Ortszeit (MESZ/CEST[7]), 21:15 Zulu – Hamburg

Jack Smith war klar, dass sie hinter ihm her waren. Er hatte es von dem Moment an geahnt, als er ihr Angebot zusammen mit seinen Freunden abgelehnt hatte. Seine Freunde gab es nicht mehr, und wenn er nicht zufällig im Suff auf den Sitzen einer Bushaltestelle eingepennt wäre … Obwohl Jack Smith nichts mehr besaß, für das es sich zu leben lohnte, hing er immer noch an seinem bisschen Leben. Nicht, dass er sich nicht schon bisweilen gefragte hatte, warum eigentlich. Immerhin, seit dem Tag, an dem er erfahren hatte, dass seine Freunde Arnold und Bob verschwunden waren, hatte er es geschafft, keinen Tropfen Alkohol mehr anzurühren. Er war zu einem gejagten Tier geworden, und in so einer Situation torkelte man nicht betrunken durch die Gegend. Jedenfalls nicht lange.

Mit einer seltsamen inneren Distanz beobachtete er die beiden Männer, die zwischen den offenen Feuern am Rande des Parks umhergingen und verschiedenen Leuten Fotos zeigten. Er wusste, dass sein Konterfei auf den Bildern zu sehen war, aber er hatte sein Äußeres so weit verändert, dass er sich relativ sicher fühlte. Nachdenklich hob er die Wermutflasche wieder an die

---

[7] MESZ = Mitteleuropäische Sommerzeit; engl.: CEST = Central European Summer Time.

Lippen. Es war zwar nur dünner Tee drin, den er in der Bahnhofsmission geschnorrt hatte, aber zumindest erhielt er seine Tarnung aufrecht.

Einer der beiden Männer kam näher, und Jack hörte, wie er eine Gruppe Penner ansprach, die nicht weit von ihm an einem Feuer hockten. Die Hälfte von ihnen war bereits ziemlich zugedröhnt, und entsprechend fielen die Kommentare aus.

»Nee, nie gesehn, Alter! Hast'n bisschen Kleingeld?« Der Punk, der den Mann im dunklen Mantel anmachte, bekam große Augen, als der Fremde tatsächlich in die Tasche griff und einen Zehneuroschein hervorholte.

Nächtens in so einem Park, der seit Stunden eigentlich für die Öffentlichkeit geschlossen war, dazu der Anzug, die auf Hochglanz polierten Schuhe, und dann noch mit Geld herumzuwedeln – so bescheuert konnte doch eigentlich niemand sein.

Verblüfft betrachtete Smith den Mann genauer. Die Typen, die bisher hinter ihm her gewesen waren, hatten einen eher unauffälligen Auftritt bevorzugt. Jeans, Hemden, leichte Sommerjacken und Turnschuhe. Der hier war irgendwie anders. Das galt auch für dessen Partner, der im Moment etwas weiter weg stand. Beide bewegten sich mit erstaunlicher Selbstsicherheit.

Zunächst aber lief alles weiter so ab, wie er es hatte kommen sehen. Im Licht der flackernden Flammen schimmerte Stahl rötlich auf, und der Punk stürzte vorwärts. Wie in Zeitlupe nahm Jack Smith die Ereignisse wahr. Die Gesetze der Schwerkraft schienen aufgehoben, als der Mann im Anzug den Punk mit einem gekonnten Jiu-Jitsu-Griff aufs Kreuz legte. In der plötzlich einsetzenden Stille wirkte das nachfolgende

Knacken eines brechenden Armes laut wie ein Donnerschlag. Zwei Kumpel des Punks machten Anstalten, sich hochzurappeln, große junge Männer, einer mit Irokesenschnitt, der andere mit einer abenteuerlichen Tolle aus lauter abstehenden Stacheln.

An anderen Feuern entstand Bewegung, und Messer, Ketten und Schlagringe wurden gezückt. Die Meute hatte Blut gewittert, und für den Fremden sah es nicht gut aus. Trotzdem schienen weder er noch sein Kollege besorgt zu sein. Mit einem fast geringschätzigen Lächeln betrachtete der Mann im Anzug den Punk, dem er gerade den Arm gebrochen hatte, während sein Partner beinahe gelangweilt zu ihm herübergeschlendert kam.

Der Punk mit dem Stachelschnitt hatte es mittlerweile geschafft, auf die Beine zu kommen, doch ein Schuss, abgefeuert aus einer großkalibrigen Waffe, warf ihn sofort wieder zu Boden. Blut und Knochensplitter spritzten in der Gegend herum, und ein Mädchen schrie gellend auf. Beide Männer hielten nun Pistolen in den Händen und richteten sie auf die sich zusammenrottenden Obdachlosen. Was waren das nur für verdammte Narren! Jack rannte los.

Einer der beiden Männer hörte seine Schritte und wirbelte herum.

»Don't shoot, nicht schießen!«, schrie Jack.

Es nutzte nichts mehr, und Jack spürte einen heftigen Schlag gegen den Oberschenkel. Im ersten Moment tat es gar nicht weh. Etwas Warmes breitete sich an seinem Bein aus, und er verlor die Kontrolle. Haltlos stürzte er zu Boden. Alles drehte sich um ihn, und das Blut pulsierte im Rhythmus seines Herzschlags aus der Wunde. Er merkte, wie ihm die Tränen über die Wangen liefen. Narren, verdammte Narren.

Ein Gesicht beugte sich über ihn, und er erkannte den Mann, der ihn angeschossen hatte. Mit plötzlichem Zorn krallte er sich in das Revers von dessen Anzug: »I'm the man – Ich bin der, den ihr sucht, du Arsch!«

»Jack Smith?« Der texanische Akzent war unverkennbar.

Smith nickte und sammelte die verbliebenen Kräfte. »Bocteau, Philippe Bocteau! Bruderschaft ...« Er wollte noch mehr sagen, aber die eisige Kälte, die von seinem verletzten Bein aufstieg, erreichte sein Herz früher. Aus weit aufgerissenen Augen starrte er den CIA-Agenten an und erschauerte. Dann lag er still.

Gerald Anderson löste die verkrampfte Hand von seinem Anzug. Zurück blieb ein blutiger Abdruck, wie von einer Klaue. Nachdenklich betrachtete er den Toten. Die Penner um sie herum waren immer noch unentschlossen, ob sie angreifen oder sich besser zurückziehen sollten. Anderson fühlte sich müde und ausgelaugt. Seit drei Tagen waren sie ohne Unterlass hinter diesem Smith her gewesen, und nun hatte er ihn versehentlich erschossen. Nicht, dass es Anderson viel ausgemacht hätte, jemanden umzulegen, über so etwas war er lange hinaus. Er hasste es nur, wenn es zufällig einen erwischt hatte, den er zuvor noch gern etwas ausgequetscht hätte. Mit einer knappen Handbewegung rückte er das Kehlkopfmikrofon zurecht und sagte zu den Leuten im Überwachungswagen vor dem Park: »We got him – leider tot. Ihr könnt ihn abholen, und wenn's geht, etwas plötzlich!«

Eine raue Stimme meldete sich über seinen Ohrwurm: »Wird erledigt, drei Minuten. Godfather hat ein Auge auf euch.« Der Sprecher zögerte. »Hat er noch etwas sagen können?«

»Nur einen Namen. Philippe Bocteau. Hört sich für mich französisch an.« Er peilte die Lage. »Und richten Sie Godfather aus, er soll weiterhin schön auf uns aufpassen.«

Der Scharfschütze im Hintergrund genehmigte sich ein dünnes Grinsen. Durch das starke Nachtzielfernrohr seiner schweren Präzisionswaffe beobachtete er jede Bewegung im Park. Keiner der Penner würde mehr als zwei Schritte weit kommen. Soweit es ihn betraf, handelte es sich bei ihnen ohnehin nur um lebende Zielscheiben.

6. Kapitel

6. Tag, 04:30 Ortszeit (WAT), 03:30 Zulu –
Vor Südafrika, USS Tuscaloosa

Weit oben, über Wasser, wurde der Himmel langsam heller, doch im Inneren des Bootes blieb alles gleich. Das elektrische Licht und der rund um die Uhr laufende Bordbetrieb verwischten die Grenzen des Tag- und-Nacht-Gefühls. Doch der menschliche Biorhythmus ließ sich nicht einfach ausschalten.

Angela Hunt fühlte sich wie gerädert. Der Platz in der Kammer, in der sie die meiste Zeit über gefangen gehalten wurde, war zu begrenzt, um sich für einen erholsamen Schlaf auszustrecken, und es waren auch einfach zu viele Leute in dem engen Raum eingepfercht. Daher hatte sie seit Tagen nicht vernünftig geschlafen, zumal sie auch noch von bösen Träumen geplagt wurde. Der Stress und die Last der Verantwortung begannen ihren Tribut zu fordern. Nun, da sie selbst der ranghöchste Offizier an Bord war, noch dazu in einer Situation, in der ihr die Hände gebunden waren, begann sie, den Unterschied zwischen einem Offizier und einem Kommandanten zu spüren.

Obwohl sie nun schon so lange in der Navy diente, hatte es immer jemanden gegeben, den sie fragen konnte, wenn sie unsicher war. Natürlich war das im Laufe der Zeit immer seltener vorgekommen, aber es war dennoch ein beruhigendes Gefühl gewesen, zu wissen, dass es Commander McKay, den Kommandanten, gab. Selbst wenn er ihr nach einer kurzen Klärung manchmal sagte, darauf hätte sie auch selbst kommen können, so hatte sie doch immerhin fragen können. Doch damit war es vorbei. Nun musste sie selbst der immer beherrschte Kommandant sein, der McKay gewesen war. Jemand, zu dem die Besatzung aufblicken konnte. Statt selbst Halt zu suchen, war sie jetzt diejenige, die Halt geben musste.

Obwohl sie versuchte, jedes Gefühl in sich zu unterdrücken und sich nicht von ihrer Einsamkeit überwältigen zu lassen, dachte sie dennoch manchmal nachts, wenn die Männer in dem engen Raum um sie herum schnarchten, an Bob, ihren Exmann. Bis zum Zeitpunkt der Feuerkatastrophe war er Kommandant der *Buffalo* gewesen. Sie selbst hatte nie unter ihm gedient, ihr jüngerer Bruder hingegen schon und hatte von daher Bob auf mehreren Fahrten erlebt. Michael hatte ihn bewundert und regelrecht auf Bob als Kommandanten geschworen. Angela ignorierte den bitteren Geschmack, der sich plötzlich in ihrem Mund ausbreitete, als sie sich zum x-ten Male ausmalte, wie Michael sich an jenem Tag gefühlt haben musste, als das Feuer ausbrach, sich das Stahlschott vor ihm schloss und ihn und seine Männer dem Tod auslieferte. Auf Bobs Befehl.

Die Frage, wie sie in dieser Situation gehandelt hätte, hatte sie sich schon unendlich oft gestellt. Sie wusste es nicht, es fehlte ihr auch die Ruhe und Abgeschlossenheit, um eine Antwort darauf zu finden, und so blieb für sie nicht nur offen, ob sie selbst zum Kommandanten geeignet war, sondern auch, ob sie Bob nicht zu Unrecht verurteilt hatte.

Immerhin hatte sie nun öfter Gelegenheit, ihr beengtes Zwangsquartier zu verlassen, seit sie den afrikanischen Fregatten entkommen waren. Bocteau hatte sich angewöhnt, sie über Stunden hinweg in die Zentrale oder den Sonarraum bringen zu lassen. Natürlich immer unter Bewachung, aber so hatte sie wenigstens wieder den für sie notwendigen Kontakt zu der Welt außerhalb ihres Gefängnisses.

Doch an diesem frühen Morgen konnte das ihre Laune auch nicht bessern. Missmutig blickte sie Bocteau an, der in Anbetracht der Uhrzeit beinahe widerlich frisch wirkte. »Also wollen Sie von mir, dass ich ab morgen mit diesem Boot nach einem Wrack suche?«

Der Guru nickte geduldig. »Es ist an der Zeit, dass Sie mehr erfahren. Das Schiff ist ein alter Kreuzer aus dem Krieg. Ich kann ihnen in meiner Kammer einige Unterlagen zeigen, die Ihnen vielleicht helfen. Der Deal ist ganz einfach: Finden Sie dieses Schiff und ein paar Tage später sind Sie uns los.«

»Und was haben Sie mit dem Schiff vor?«

Bocteau lachte leise. »An Bord befindet sich etwas, das für uns von großem Wert ist. Nennen Sie es meinetwegen eine Art Reliquie.« Wieder ertönte das unheimliche Lachen, und Angela spürte, dass die dünne Wand zwischen Normalität und Wahnsinn im Falle von Bocteau mehr und mehr Risse aufwies. Vielleicht machte sich der Stress der Situation auch bei ihm langsam bemerkbar.

Sie dachte nach, aber ihr müdes Hirn arbeitete nicht mit der gewohnten Geschwindigkeit. Für einen Augenblick hing Schweigen im Raum, nur durchbrochen von den leisen Befehlen, die erteilt wurden, um das U-Boot auf Kurs zu halten. Endlich blickte sie auf. Ihren Kenntnissen nach hatte es im Zweiten Weltkrieg nichts gegeben, das gefährlicher gewesen wäre als das Atomwaffenarsenal, das sich bereits in Bocteaus Gewalt befand. Soweit sie es also beurteilen konnte, würde die Suche keine zusätzlichen Gefahrenrisiken, für wen auch immer, heraufbeschwören.

Zudem würde eine derartige Aktion am Meeresgrund Zeit kosten und damit die Chancen der Überwasserstreitkräfte, die zweifellos nach ihnen suchten, erhöhen. Seit der Begegnung mit den Fregatten musste die Flotte wissen, dass sie sich im Südatlantik herumtrieben. Vielleicht hingen die Südafrikaner auch noch in der Nähe herum, denn Angela konnte sich eigentlich nicht vorstellen, sie mit ihrem Schulbuchmanöver auf Dauer abgehängt zu haben.

»Also gut, Mr. Bocteau, zeigen Sie mir Ihre Unterlagen, dann sehen wir weiter. Aber machen Sie sich nicht zu viele Hoffnungen – das ist ein Kampfboot, kein Spezialfahrzeug für Unterwasserbergung.«

»Sie werden sicherlich Ihr Bestes tun, Commander.« Bocteau schenkte ihr ein strahlendes Lächeln. »Davon bin ich überzeugt. Schon in Interesse Ihrer Besatzung. Ihr Maschinenmaat lebt sozusagen auf Bewährung.«

Schwer hing die Drohung im Raum. Wenn sie dieses Schiff nicht fand, würde Bocteau anfangen, ihre Leute zu erschießen, so einfach war das. Handlungsspielraum hatte sie damit so gut wie keinen.

6. Tag, 04:36 Ortszeit (WAT), 03:36 Zulu –
800 Meilen vor Kapstadt, USS John P. Ashton

Rear Admiral Curt Walker war immer schon ein Frühaufsteher gewesen. Nun, da sich sein Verband mit voller Fahrt auf dem Marsch nach Südosten befand, fiel es ihm noch schwerer, die Ruhe zu bewahren, die er nach außen hin immer auszustrahlen versuchte. Vor allem schien er seit Tagen unfähig, wenigstens so lange im Bett zu bleiben, bis es Zeit zum Frühstück war. Fullspeed Walker, wie er von seinen Leuten genannt wurde, war sich, wenn überhaupt, dann nur in sehr begrenztem Maße darüber im Klaren, dass sein Bemühen, als die Ruhe in Person zu erscheinen, nahezu aussichtslos war. Seine Männer wussten ohnehin, woran sie mit ihm waren. So ging die Brückencrew auch jetzt, trotz der Anwesenheit ihres Admirals, unbeeindruckt ihren gewohnten Tätigkeiten nach.

Für einen Augenblick nahm Walker einfach die Atmosphäre in sich auf. Die Szenerie war die gleiche wie auf Tausenden anderer Schiffe auf den Weltmeeren. Nun, vielleicht war die Brückenwache des Zerstörers etwas größer als die eines Frachters, der gemütlich seinem Kurs folgte, aber auch dort würden metallene Kaffeebecher leise scheppern, wenn jemand das Geschirr einräumte. Das ständige gleichmäßige Ping des Echolots und das unterschwellige Summen einer Vielzahl elektronischer Geräte war auch auf modernen Handelsschiffen zu einem ständigen Teil der Geräuschkulisse geworden.

Der Admiral blickte sich noch einmal kurz um. Viele der Männer hielten sich ständig mit einer Hand fest oder versuchten, sich irgendwo einzukeilen, denn die USS *John P. Ashton* nahm den kurzen, etwas kabbeligen Seegang mit voller Fahrt. Bei etwas mehr als sechsunddreißig Knoten, also allem, was die Maschinen hergaben, schien das Schiff wie über eine unebene Straße zu holpern. Die Wellen waren zu niedrig, um den Gleitrumpf des Zerstörers bei dieser Fahrt stampfen zu lassen. So gab es nur ab und zu plötzliche Rollbewegungen, die meist mit einer Kaskade von Flüchen quittiert wurden.

Walker grinste freudlos. Wahrscheinlich würden die Smuts auch heute wieder viel vom Mittelwächter, dem traditionellen Schnellfrühstück für die Wache, die ab vier Uhr übernahm, übrig behalten. Was ihn nicht davon abhalten würde, pünktlich in zwanzig Minuten in der Messe aufzutauchen. Bei dem erfreulichen Gedanken an eine kräftige Portion Eier mit Speck, der in einigen der jüngeren Besatzungsmitglieder wahrscheinlich Selbstmordgedanken ausgelöst hätte, griff er nach seinem Fernglas und trat hinaus in die Brückennock.

Immer noch war es dunkel, aber dem Admiral schien es, als helle sich der Horizont im Osten vor ihnen langsam auf. Ein Sonnenaufgang auf See war immer etwas Besonderes für Walker. Auch jetzt noch, nach mehr als dreißig Jahren in der Navy. Es waren die Augenblicke, in denen sich zuerst der leichte rosa Schein über dem Meer zeigte, der immer heller wurde, bis die Sonne selbst wie ein Feuerball aus der See zu steigen schien und für einige Minuten alles in ein farbiges Spektrum aus Rottönen tauchte. »Weiterverpflichtungsbilder« nannten die jungen Seeleute solche Anblicke. Für Walker war es einfach die Bestätigung, dass er genau den richtigen Beruf hatte.

Er richtete sein Fernglas nach achteraus. Die anderen drei Zerstörer folgten in Kiellinie wie bei einem Manöver, aber die breiten Gischtfontänen an beiden Seiten der scharf geschnittenen Schiffsnasen zeigten, wie viel Fahrt die Schiffe liefen. Besorgt dachte Walker über den Treibstoffverbrauch nach. Schon jetzt lagen die Zerstörer unruhig in See, weil die Bunker fast leer waren. Laut Plan würden sie bald auf einen Tanker stoßen, der ihnen von Kapstadt aus entgegenkam. Dann würde diese Sorge vorerst ein Ende haben, jedenfalls wenn alles auch so klappte.

Die vier Zerstörer, USS *Dalleigh,* USS *Robert King,* USS *Mahan* und das Flaggschiff, seine *John P. Ashton,* waren kampfwertaufgerüstete Zerstörer der Arleigh-Burke-Klasse. Manche Leute sahen die ab 1991 gebauten Schiffe bereits als veraltet an, aber Walker war genauso wie jeder seiner Kommandanten bereit, auf diese Lenkwaffenzerstörer zu wetten. In den offiziellen Unterlagen waren die Schiffe mit einer Geschwindigkeit von mehr als dreißig Knoten angegeben, und inoffiziell war Bath Iron, die Bauwerft, bereit, zu beschwören, dass die Schiffe auch eine Geschwindigkeit von dreiunddreißig Knoten schaffen würden, auch bei einem Dauerbetrieb über zwölf Stunden hinweg. Der Verband von Fullspeed Walker, der nur die besten seiner Schiffe auf diese Mission mitgenommen hatte, lief jetzt bereits seit zweieinhalb Tagen nahezu ununterbrochen mit über sechsunddreißig Knoten. Nur um mitten im Atlantik Sprit aus dem Tanker eines Trägerverbandes nachzufassen, waren sie kurzfristig mit der Fahrt heruntergegangen, da der Tender nicht mehr als zwanzig Knoten laufen konnte. Und selbst dabei hatte es dem armen Kasten wahrscheinlich schon halb die Eingeweide herausgerissen. Doch nun waren es nur noch rund achthundert Meilen bis Kapstadt. Noch einmal vierundzwanzig Stunden, und bisher hatte keiner der Zerstörer Probleme gemeldet. Wie ein Rudel Raubtiere hetzten sie unbeirrt durch die letzten Minuten der Nacht.

6. Tag, 04:45 Ortszeit (WAT), 03:45 Zulu –
Wieder vor Südafrika, SAS Amola

Captain Mbele Okawe verfolgte ebenfalls das Kommen und Gehen auf der Brücke mit beiläufigem Interesse. Seine Gedanken beschäftigten sich immer noch mit dem Funkspruch, den er von seiner Admiralität bekommen hatte. Von einer Minute zur anderen hatte sich alles geändert. Irgendwer wollte, dass sie dem fremden U-Boot auf der Fährte blieben und auf einen Verband schwererer amerikanischer Einheiten warteten, die seines Wissens bereits auf dem Weg waren. Auch Einheiten der amerikanischen Pazifikflotte waren auf dem Marsch zum Kap.

Besorgt beobachtete er seine Schiffe. Die Amolas waren neu und unerprobt, und obgleich seine Besatzungen hoch motiviert waren, so zweifelte er dennoch daran, dass ihre Erfahrung im Ernstfall ausreichen würde. Er war ehrlich genug sich selbst gegenüber, um zuzugeben, dass dieser Einsatz auch das erste Mal war, dass er Jagd auf ein U-Boot machen musste. Wahrscheinlich würde sich also alle Theorie bald als grau erweisen.

Die *Imajtole* hielt sich an Backbord. Ihre Silhouette hob sich in fünf Meilen Entfernung schwarz gegen den flammenden Sonnenaufgang ab. Das dritte Schwesterschiff an Steuerbord der *Amola* fuhr dagegen noch für einige Minuten durch die Dunkelheit, bis auch sie vom Licht der aufgehenden Sonne erreicht wurde. Das breite Kielwasser der Fregatte glitzerte auf der dunklen See wie eine lange weiße Schleppe.

Der Verband würde diese Fahrt noch etwa acht Stunden durchhalten können, bevor er die Verfolgung wegen Treibstoffmangels abbrechen musste. Okawe fragte sich, was den schlauen Köpfen im Hauptquartier bis dahin einfallen würde. In acht Stunden würden sie beinahe dreihundertfünfzig Meilen weiter südlich stehen, am äußersten Zipfel des Kaps. Was auch immer das U-Boot vorhatte, es schien jedenfalls nicht die Absicht zu haben, den Kurs zu wechseln.

Der Captain bezweifelte, dass man sich an Bord des Bootes der Verfolgung bewusst war. Immerhin hielten sie sich immer brav im Hecksektor des U-Bootes. Die fünf Meilen, die sich SAS *Imajtole* und SAS *Essawi* nach Backbord beziehungsweise Steuerbord abgesetzt hielten, spielten bei einer Entfernung von beinahe fünfundzwanzig Meilen seiner Meinung nach auch keine wesentliche Rolle.

6. Tag, 03:30 Ortszeit (EDT), 07:30 Zulu – Langley

»Wann fliegen Sie, Bob?« Colonel Bingham betrachtete DiAngelo besorgt. Der Commander wirkte müde und erschöpft. Kein Wunder, nachdem er in den letzten Tagen kaum eine Mütze Schlaf bekommen hatte.

Robert DiAngelo blickte auf die große Wanduhr. »Gegen acht Uhr. Die Maschine wird in der Luft aufgetankt. Ich sollte also ungefähr gegen sechs Uhr abends in Kapstadt landen. Je nachdem, ob Admiral Walker Probleme bekommt, fliegen mich die Südafrikaner entweder zur *San Diego,* die sich bereits am Nachmittag mit Walkers Verband trifft, oder zuerst auf eine ihrer eigenen Fregatten.«

»Die Afrikaner spielen also mit und machen ihre Sache gut?« Bingham schien immer noch ein paar Vorbehalte zu haben.

DiAngelo winkte ab. »Keine Probleme, Sir. Die tun

alles, was in ihrer Macht steht. Aber sie werden Glück brauchen. Bis ich in Kapstadt lande, werden wir wissen, ob es ihnen gelungen ist, der *Tuscaloosa* auf der Fährte zu bleiben oder nicht. Aus dem Pazifik kommt ihnen ein Verband mit drei Zerstörern und einem Kreuzer entgegen, und auf Befehl des Präsidenten hat man sogar einen alten Träger der Midway-Klasse in Marsch gesetzt. Natürlich wird er erst übermorgen das Operationsgebiet erreichen, aber immerhin hat er genügend U-Jagd-Hubschrauber an Bord.«

»Sie wissen, wo das hinführen kann? Ich kann auch jemand anderes schicken, Bob.«

Einen Moment lang schwieg DiAngelo. Sein Blick irrte unsicher durch das kleine Büro, als fühle er sich darin gefangen. Dann riss er sich wieder zusammen. »Es ist mir klar, Sir. Genau deswegen muss ich dorthin. Vielleicht kann ich das Schlimmste verhindern, und wenn nicht ...« Unvermittelt brach er ab.

Bingham gab ihm einen Augenblick Zeit, sich wieder zu fangen. »Also gut, Sie fliegen. Wir tun unser Bestes, herauszufinden, was es mit diesem Bocteau für eine Bewandtnis haben könnte.«

»Es ist eine verdammte Sauerei, dass unsere Leute von der CIA diesen Jack Smith erschossen haben.« DiAngelo holte tief Luft. »Ich bin sicher, der hätte mehr ausgepackt als diesen Namen, der nur Teil des Puzzles ist.«

Der Colonel verzog das Gesicht zu einer Grimasse. »Unversucht bleibt nichts. Interpol, nationale Behörden, Geheimdienstkontakte. Bisher kam aber nicht viel, dazu läuft die Aktion einfach noch nicht lange genug.«

»Hat eigentlich schon jemand an die Finanzämter gedacht? Die Geheimdienste nehmen immer nur einzelne Leute oder bestimmte Gruppen ins Visier, aber die europäischen Finanzbehörden beschnüffeln alles und jeden.«

Bingham grinste säuerlich. »Auf diese Idee sind unsere schlauen Europaexperten auch schon gekommen, aber haben Sie schon einmal versucht, Finanzbeamte zur Mitarbeit zu animieren? Das scheint selbst die Möglichkeiten und Mittel der CIA zu überfordern.«

Der Punkt war damit abgehakt, und DiAngelo kam zum nächsten. »Gibt es irgendeinen Hinweis darauf, was man mit einem U-Boot vor Südafrika anstellen kann? Ich meine, außer ein paar Cruise Missiles reinzufeuern?«

»Bislang wird noch immer nach Hinweisen geforscht, die für eine Versorgungsaktion sprechen könnten. Natürlich gibt es bei so etwas immer einen Haufen Spuren, aber die meisten verlaufen im Sande.«

»Geschenkt. Ich habe die Liste gesehen. Da wir nicht wissen, worum es geht, und keinen blassen Schimmer haben, was für eine Art von Fracht für die *Tuscaloosa* unter Umständen bereitgestellt wird, gleicht das Ganze der berühmten Suche nach einer Nadel im Heuhaufen.«

»Das stimmt leider«, pflichtete Bingham ihm bei. »Unsere bisherigen Schiffskontrollen in den Häfen in Hinblick auf eine wie auch immer geartete Versorgungsaktion haben absolut nichts erbracht. Bei der Lage der Dinge nicht weiter verwunderlich. Doch was anderes: Weiß man denn inzwischen schon mehr über das Schiff, von dem die Entführung ausging?«

»Merkwürdigerweise nein. Ich verstehe nicht, wie der Zossen einfach so mir nichts, dir nichts verschwinden konnte, aber er hat es geschafft. Trotzdem kann er jetzt wohl kaum vor Südafrika stehen und die *Tus*-

caloosa mit irgendetwas versorgen. Dazu ist er zu langsam.«

»Ich verstehe, was Sie meinen, Bob. Es muss also dort unten ein zweites Schiff geben, das zum Unternehmen Bocteau gehört.« Fragend blickte er den Commander an. »Und wonach sollen wir Ausschau halten?«

Robert DiAngelo zuckte mit den Schultern. »Es gibt einfach zu viele Stückgutfrachter oder Containerschiffe, die dafür in Frage kämen.«

»Sie machen mir nicht gerade Mut, Bob.«

»Sekunde ...« DiAngelo starrte konzentriert seine Weltkarte an. Ohne weiter auf das verdutzte Gesicht seines Vorgesetzten zu achten, hinkte er zur Tür, riss sie auf und rief: »Lieutenant Wilks, ich brauche eine zusätzliche Seekarte von Südafrika, aber nicht die aus dem Lagerraum.«

»Geben Sie mir zehn Minuten, Sir!«

»Das reicht! Und kommen Sie dann einfach rein damit.« DiAngelo schloss die Tür wieder und begab sich zu seinem Platz zurück. »Gewähren Sie mir bitte auch einen Augenblick, Sir, ich will nur etwas nachschlagen.« Aus seinem Bücherregal angelte er sich zwei dunkelblaue Bände.

Neugierig beugte Bingham sich vor und las die Titel: *Nautisches Seehandbuch Südafrika, Angola,* Band I und Band IV. Er zwinkerte mit den Augen. »Welch große Geheimnisse wollen Sie denn darin entdecken?«

Der Commander grinste. »Keine. Ich versuche nur, etwas Offensichtliches in Erfahrung zu bringen.« Er blätterte in Band I und nickte zufrieden, als er fündig wurde: »Da haben wir's, Sir. Die Gefahr sogenannter Monsterwellen ist südlich des Kaps erheblich höher als in anderen Seegebieten. Aus diesem Grund wird hier eine Kursempfehlung angegeben.« Eifrig griff er nach dem Band IV und begann, darin nach weiteren Informationen zu suchen. Fasziniert beobachtete Colonel Bingham, wie DiAngelo anfing, kryptische Notizen auf einen Block zu schreiben: »GT Blz 3 sek gn, 34° 58′ S, 20° O« Eine ganze Reihe weiterer solcher Notizen schloss sich an.

Bingham runzelte die Stirn. Die nautischen Positionsangaben waren natürlich nicht zu übersehen, aber die Abkürzungen davor waren ihm als ehemaligem Flieger unbekannt. Gespannt wartete er ab.

Einen Augenblick später kam Lieutenant Wilks, mit einer aufgerollten Karte wedelnd, zur Tür herein. »Hier, bitte, Sir.«

DiAngelo stand auf und deutete auf den Tisch. »Schaffen Sie sich etwas Platz und breiten Sie das Ding da aus. Mal sehen, wie gut Sie in Navigation sind.«

Der Commander drückte ihm einen Stechzirkel und einen Bleistift in die Hand. »Wir haben eine Großtonne auf vierunddreißig Grad achtundfünfzig Minuten Süd und genau zwanzig Grad Ost. Die Tonne blitzt alle drei Sekunden grün.«

Wilks beugte sich über die Karte und nahm schnell am Kartenrand eine Entfernung in den Stechzirkel. Geduldig sah Bingham dem kleinen Ritual zu. Diese Seeoffiziere hatten offensichtlich eine andere Art, mit Navigation umzugehen. Als Flieger hätte er sich wenig um die Tonne geschert, zumal sie bei Mach zwei nicht einmal für den Bruchteil einer Sekunde im Blickfeld eines Piloten erschienen wäre, aber für die beiden Navy-Offiziere hatten diese und die Reihe weiterer Tonnen offenbar eine ganz andere Bedeutung. Endlich richteten sich Wilks und DiAngelo wieder auf und grinsten sich an wie zwei Verschwörer.

Der Commander deutete auf die Karte. »Sehen Sie,

Sir? Die Südafrikaner haben mehrere Großtonnen ausgelegt, weil der empfohlene Weg am Küstenschelf entlangführt. Die Wassertiefe dort beträgt rund sechshundert Fuß; es ist also nicht ganz einfach gewesen, die Tonnen sicher zu verankern. Zur Küste hin wird es natürlich irgendwann flacher.« Nachdenklich blickte DiAngelo Wilks an: »Also, wenn Sie ein normaler Handelsfahrer wären, welche Kurse würden Sie steuern?«

Wilks zog eine Braue hoch. »Sollte ich von Westen kommen und in den Pazifik wollen, dann so, dass ich die Tonnen immer in ein paar Meilen Abstand an Backbord habe, oder, falls ich aus dem Pazifik komme, dann entsprechend ebenfalls so, dass ich sie immer an Steuerbord habe. Ich muss nur aufpassen, wenn ich hier in das Verkehrstrennungsgebiet komme, weil hier die Schiffe, die nach Mossel Bay wollen, nach Norden drehen. Das Gleiche habe ich hier, wo der Tiefwasserweg nach Port Elizabeth abzweigt.«

»Schön, Lieutenant. Wo also würden Sie *nicht* fahren, wenn Sie bei Nacht und Nebel ein gestohlenes U-Boot versorgen müssten?«

Wilks tippte auf die Karte. »Eigentlich genau hier, aber ...« Er zögerte und sah DiAngelo an.

»Eben, Wilks. Das Aber ist entscheidend!«

Bingham schob sich nach vorn und blickte die beiden Offiziere an. »Machen Sie mich auch schlau?«

»Es ist ganz einfach, ich bin nur nicht gleich darauf gekommen, Sir. Es gibt Lotsenstellen, die den Verkehr längs der Küste mit Radar überwachen. Auch wenn keine formale Lotsenpflicht besteht, meldet sich jedes Schiff dort per Funk. So behalten die Leute den Überblick, und es gibt dort kaum Kollisionen trotz des starken Verkehrs. Ungewöhnlich ist eigentlich nur, dass dieser Tiefwasserweg weit außerhalb der offiziellen Hoheitsgewässer liegt. Und natürlich auch die Vielzahl der Schiffe.«

»Also muss der Bursche, wer auch immer er ist, sich entweder an die Spielregeln gehalten haben, oder er ist aufgefallen.«

»Schon möglich, Sir, er kann aber auch innerhalb der üblichen Verhaltensmuster auffällig geworden sein. Immer vorausgesetzt, es geht überhaupt um eine Versorgung in See. Sollte sich nämlich aus der Auswertung der Beobachtungen der letzten Tage ein unauffälliges Schiff herausfiltern lassen, das die Melde-Usancen eingehalten hat, aber dennoch nur hin und her gefahren ist oder sich ständig weit außerhalb der Fünfzig-Meilen-Zone vor der Küste aufgehalten hat, dann hätten Sie Ihren Kandidaten, Sir.«

6. Tag, 09:30 Ortszeit (EDT), 13:30 Zulu – Langley

Roger Marsden durchblätterte interessiert die Seiten, die aus dem Faxgerät quollen. Noch während die letzten in den Korb fielen, begann er bereits, die ersten zu lesen. »Verdammter Mist«, murmelte er nach einigen Minuten vor sich hin, »das wird jemandem gar nicht gefallen.«

Nachdenklich wählte er die Durchwahl von Commander DiAngelo, aber nachdem es dreimal in der Leitung getutet hatte, vernahm er das typische Knacken der automatischen Weiterleitung. Dann tutete es erneut. Marsden wollte bereits auflegen, als sich eine ihm fremde Stimme meldete: »Bingham.«

»Colonel Bingham?«

»Ja, am Apparat. Sie sind Marsden?« Binghams

Stimme nahm den Ton gespannter Aufmerksamkeit an.

»Und ich versuche, Commander DiAngelo zu erreichen.«

»Der ist seit einer knappen Dreiviertelstunde weg und sitzt in der Zwischenzeit wohl schon in einem Flieger.«

»Schade.« Roger Marsden seufzte. »Ich hätte hier nämlich etwas für ihn.«

Bingham verdrehte an seinem Ende der Leitung die Augen. »Selbstverständlich können Sie auch mir sagen, worum es geht.«

Innerlich verfluchte Marsden diesen verdammten Halbprofi, an den er da anscheinend geraten war, zwang sich aber, seine Stimme auch weiterhin ruhig klingen zu lassen. »Derartige Dinge bespricht man selbst auf einer internen Leitung nicht am Telefon.«

»Also gut, Sie sind in Ihrem Büro? Ich bin in fünf Minuten bei Ihnen.« Binghams Tonfall war plötzlich energisch geworden.

Marsden zog eine Braue in die Höhe. Sollte er sich in dem ihm unbekannten Colonel getäuscht haben? »Ich werde hier sein, Colonel«, sagte er lapidar und legte auf.

Fünf Minuten waren nicht viel, aber sie reichten dem Leiter der Feldabteilung aus, seinen Untergebenen noch rasch ein paar Anweisungen zu erteilen. Kaum war das erledigt, da platzte auch schon Colonel Bingham herein.

Der untersetzte Mann sprühte vor Energie und schnappte sich einen der Besucherstühle. »Also, was haben Sie in petto?«

Marsden schwieg und warf zunächst einen Blick auf den Monitor seines Notebooks. Erst nachdem er das

Gesicht vor sich mit dem Bild auf dem Computer verglichen hatte, bequemte er sich zu antworten. »Eine ganze Menge, Colonel. Ich fürchte nur, es wird Ihnen nicht gefallen.«

»Schießen Sie los!«

Marsden griff sich das oberste Blatt der Faxseiten und überflog es nochmals: »Philippe Bocteau, Jahrgang 1960. Er ist bei verschiedenen europäischen Behörden kein Unbekannter, seit er vor etlichen Jahren eine Art Endzeitsekte gegründet hat. Jedenfalls predigt er, dass die Menschheit zu krank sei, um zu überleben.«

Bingham versuchte, das Gehörte zu verarbeiten. »Ein netter Zeitgenosse. Nur was hatte dieser Jack Smith mit ihm zu tun?«

»Vermutlich waren es Bocteaus Leute, die hinter ihm her waren. Wir wissen nicht, ob er Bocteau jemals persönlich getroffen hat oder wie er sonst auf den Namen gekommen ist.« Marsden zuckte mit den Schultern. »Was wir wissen, ist, dass seine Organisation relativ viele Anhänger hat. Sie sind gut organisiert und anscheinend auch gut trainiert. Es existieren einige reiche Spender, die wohl mit der Sekte sympathisieren oder ihr angehören, und wir haben mindestens drei Fälle, in denen verstorbene Mitglieder große Vermögen an Bocteaus Kirche vererbt haben. Die Staatsanwaltschaften in Deutschland und Frankreich versuchen immer noch, dahinterzukommen, ob dabei alles mit rechten Dingen zugegangen ist.«

»Der Mann hätte also sowohl die Leute als auch das nötige Geld für eine derartige Operation zur Verfügung? Woher aber kommt das Know-how über unser Boot?«

Marsden blätterte in seinen Unterlagen. »Wie es

aussieht, gibt es etliche relativ versierte Techniker in der Sekte. Außerdem sind einige unserer ehemaligen U-Boot-Leute wie vom Erdboden verschwunden. Die Annahme, dass es Bocteaus Organisation gelungen ist, das notwendige Know-how zu beschaffen, gegebenenfalls auch gewaltsam, ist von daher nicht abwegig. Wir haben es nicht mit einem kleinen Spinner zu tun! Seine Kirche der letzten Tage verfügt über Bruderschaften oder Gemeinden in aller Welt. Laut eigenen Angaben hat er über hunderttausend Anhänger. Ich halte diese Zahl für grob übertrieben, aber rund zwanzigtausend können es durchaus sein!«

Bingham pfiff durch die Zähne. »Zwanzigtausend? Weltweit?«

Marsden nickte grimmig. »So sieht es aus. Soweit wir das in der Kürze der Zeit recherchieren konnten, beläuft sich Bocteaus Privatvermögen auf etwa siebzig Millionen Dollar, aber der Wert aller Grundstücke und Gebäude der Sekte dürfte ein Vielfaches davon betragen. Geldprobleme hat er ganz sicher keine. Meine Leute versuchen festzustellen, wo sich der Mann aufhält, aber soweit wir im Moment wissen, ist er seit fast drei Wochen von niemandem mehr gesehen worden.«

»Also gehen Sie davon aus, dass Bocteau die *Tuscaloosa* hat?«

»Ja, denn es müsste schon mit dem Teufel zugegangen sein, wenn zwei Vereine gleichzeitig hinter ehemaligen U-Boot-Männern her gewesen wären. Ich würde auf den Mann wetten.«

Bingham machte ein sorgenvolles Gesicht. »Also ein Verrückter. Das macht die Situation nicht gerade überschaubarer.«

»Ein Verrückter? Nun ja, einerseits sicherlich. Andererseits scheint er in dem Ruf zu stehen, bisweilen regelrecht genial zu sein. Was immer das heißen mag. Auf jeden Fall würde ich ihn nicht unterschätzen.« Marsden blätterte durch die Unterlagen. »Ich lasse Ihnen schnell Kopien machen, Colonel.« Ohne eine Antwort abzuwarten, erhob sich der korpulente Agent überraschend beweglich und ging zu Tür. Bingham konnte nicht sehen, mit wem er sprach, aber ein paar Augenblicke später kam eine junge Dame herein und brachte die Kopien.

Mit gerunzelter Stirn überflog Colonel Bingham die Blätter und sah dann Marsden an. »Ich sehe zu, dass Commander DiAngelo diese Informationen so schnell wie möglich erhält. Leider kann ich in dem Material keinen Anhaltspunkt entdecken, aus dem hervorginge, was der Mann mit unserem Boot vor Südafrika eigentlich beabsichtigt. Falls Sie dazu was herausfinden sollten, brauchen wir die Information möglichst vorgestern.«

Marsden lächelte verbindlich. »Wir werden tun, was in unserer Macht steht. Und glauben Sie mir, manchmal sind wir wirklich um Welten besser als unser Ruf.«

7. Kapitel

7. Tag, 02:30 Ortszeit (SAST[8]), 00:30 Zulu –
Port Elizabeth/Südafrika

Robert DiAngelo fühlte sich nicht so alt, wie er war, er kam sich vor wie zwischen neunzig und scheintot. Mit einem letzten missmutigen Blick auf die Militärmaschine, die ihn hierher gebracht hatte, wandte er sich um und ging auf den wartenden Wagen zu. In Gedanken war er wieder bei den Funksprüchen, die ihn während des Fluges erreicht hatten. Zum Glück hatte der Akku seines Notebooks lange genug durchgehalten, um alles zu entschlüsseln.

Frederic Bowman, stellvertretender Kulturattaché der Vereinigten Staaten in der Republik Südafrika und damit für Eingeweihte als der örtliche Spitzenvertreter der CIA deutlich identifizierbar, wartete bereits ungeduldig. Bowman war ein großer, schwer gebauter Mann mit einem Bürstenhaarschnitt aus trotzig aufgerichteten rotblonden Haaren und einem Südstaatenakzent, der in seiner Breite unmöglich zu überbieten war. Mit anderen Worten, der Mann war eine Mischung aus John Wayne und KuKluxKlan und sah aus wie eine Kreuzung aus einem Igel und einem angreifenden Stier. DiAngelo warf ihm einen prüfenden

---

[8] SAST = South Africa Summer Time.

Blick zu. Wenn er die Laune des Mannes richtig einschätzte, dann würde er es wahrscheinlich mit dem angreifenden Stier zu tun bekommen.

»Beeilen Sie sich Commander. Wir sind in einer halben Stunde mit dem Admiral verabredet.«

Obwohl es tiefste Nacht war, war es angenehm warm. Was aber wiederum auch bedeutete, dass es tagsüber verdammt heiß sein würde. Mit einem Seufzer ließ sich der Commander in die Polster der großen Limousine fallen.

Eigentlich entsprach der Wagen nicht dem, was er sich unter einem unauffälligen Fahrzeug vorstellte, aber nach zehn Stunden in der mehr als spartanischen Kabine eines C-135 Langstreckentransporters war er für jeden Luxus dankbar. Er wartete ab, bis Bowman eingestiegen war und dem Fahrer ein Zeichen gegeben hatte, bevor er ihn ansprach. »In einer halben Stunde? Das bedeutet, der Admiral ist die Nacht über im Stützpunkt?«

Bowman blies die Backen auf. »Admiral Bill Turner ist noch ein Mann der alten Schule. Immerhin weiß er, was zu tun ist, wenn es eine Krise gibt.«

»Was wollen Sie mir damit sagen?«, fragte DiAngelo etwas verwundert.

»Die meisten der Farbigen hierzulande sind nicht sehr kooperativ, aber Turner tut, was er kann. Als ich vor einer Stunde mit ihm telefoniert habe, waren seine Schiffe bereits wieder im Operationsgebiet. Es war höllisch knapp, aber trotz der gemischten Besatzungen haben seine Jungs es geschafft.« Bowman lachte trocken. »Auch wenn das letzten Endes den amerikanischen Steuerzahler eine hübsche Stange Geld kosten wird.«

DiAngelo verzog keine Miene, obwohl er spürte,

wie seine Abneigung gegen den Kulturattaché wuchs. Bowman war ein Schwätzer. Alles, wonach der Commander sich jetzt sehnte, war eine heiße Dusche und ein paar Stunden Ruhe. Doch stattdessen wartete ein Admiral auf ihn. Wahrscheinlich ein weißes Überbleibsel aus der Zeit der Apartheid. Missmutig rückte er sein schmerzendes Bein etwas bequemer zurecht. Beiläufig fragte er: »Turner ist ein Weißer? Jemand aus der guten alten Zeit?«

Offensichtlich entging Bowman der Sarkasmus, denn er sagte selbstzufrieden: »Natürlich ist er ein Weißer, was soll er denn sonst sein?«

»Mir egal! Solange er auf unserer Seite steht, kann er sein, was er will. Wie ist die Situation?«

Der stellvertretende Kulturattaché verzog das Gesicht zu einem breiten Grinsen, das wohl jovial wirken sollte, aber DiAngelo so falsch erschien wie der ganze Mann. »Also, die drei Fregatten der Afrikaner sind dem Boot bis zum späten Nachmittag gefolgt. Hubschrauber mit Sonarbojen haben dann die weitere Verfolgung übernommen, während die Kriegsschiffe aus einem Tanker versorgt wurden, um danach wieder mit voller Kraft aufzuholen. Sie haben es nach dem, was ich vor einer Stunde hörte, geschafft.«

»Sehr schön!« DiAngelo rechnete kurz im Kopf nach. Wenn die Versorgung zwei Stunden gedauert hatte, bei vielleicht fünfzehn Knoten, dann hatte die *Tuscaloosa* ungefähr vierzig Meilen Vorsprung gewonnen. Wenn die Fregatten diesen Vorsprung bis vor einer Stunde wieder eingeholt hatten, dann lief das Boot nicht mehr volle Fahrt, sondern nur noch rund fünfundzwanzig Knoten. Bedeutete das, die *Tuscaloosa* war irgendwie beschädigt und konnte nicht mehr mit voller Kraft laufen, oder hatte die Fahrtverminderung eine andere Ursache? »Welche Kurse ist das Boot gelaufen?«

»Turner sagte etwas darüber, dass es Süd steuert, zeitweilig auch Südsüdwest.« Der Kulturattaché im Dienste der CIA sah ihn missbilligend an. »Hören Sie mir mal gut zu. Ihre kleine Schweinerei schlägt hier unten ganz schöne Wellen. Versuchen Sie also bitte, etwas leise aufzutreten.«

Für einen Augenblick war DiAngelo zu verblüfft, um etwas zu sagen, und blickte aus dem Fenster. Port Elizabeth war für südafrikanische Verhältnisse eine Großstadt. Selbst in den Armenvierteln, die sie durchfuhren, kam das Leben deswegen nie zur Ruhe. Kleine schiefe Hütten wechselten sich entlang der Straße mit Gebäuden mittlerer Größe ab, die offenbar schon bessere Tage gesehen hatten. Für viele der Menschen hier hatte sich wirtschaftlich nicht viel verändert, seit die farbige Mehrheit die Regierung übernommen hatte. Noch immer lag ein großer Anteil des Reichtums Südafrikas in weißen Händen, und so blieben Teile der Städte das, was sie immer gewesen waren, von Farbigen und Asiaten bewohnte Slums. Auch nach all den Jahren war Südafrika immer noch ein Land im Umbruch. Doch für jemanden wie Frederic Bowman waren die Dinge anscheinend einfacher. DiAngelos Blick blieb an einer verblassten Coke-Reklame haften. Wenn Amerika der Welt nicht mehr zu bieten hätte als Limonade und Fred Bowman, dann wäre das traurig.

7. Tag, 04:30 Ortszeit (SAST), 02:30 Zulu – 50 Meilen südlich von Kap Agulhas, SS Celebes

Der kleine Frachter stampfte schwer in der langen Dünung. Dabei war das Wetter gar nicht einmal besonders schlecht. Nur trafen hier an der Südspitze des afrikanischen Kontinents zwei Strömungen aufeinander und sorgten ständig für einen unangenehmen Seegang aus kreuz und quer laufenden Wellenbergen.

Die *Celebes* hatte schon bessere Zeiten erlebt in den langen Jahren, seit sie in den Fünfzigern am Clyde auf der John-Brown-Werft auf Kiel gelegt worden war. Sie war ein gutes und stabiles Schiff, aber mit ihren gerade einmal siebentausend Tonnen Verdrängung einfach zu klein, um im internationalen Wettbewerb um Frachtaufträge zu bestehen. So war sie mit allerlei Gelegenheitsaufträgen in der Welt unterwegs gewesen, von einem unbekannten Hafen zum nächsten, bis ihre Eigner, zuletzt eine griechische Reederei, das Schiff an ein zypriotisches Konsortium verkauften. Dann war sie verschwunden. Für einige Monate hatte niemand die *Celebes* mehr zu Gesicht bekommen. Doch als sie nach dieser Zeit die kleine Werft in den Palästinensergebieten verließ, hätte niemand behaupten können, dass sie besser aussah als der abgehalfterte Trampdampfer, der sie immer gewesen war. Dahinter steckte Methode, und es war auch so gewollt.

Hans Diekmann oder, wie er an Bord genannt wurde, Bruder Johannes ließ den Blick über die Brücke schweifen. Alles ging ruhig und diszipliniert zu. Jeder der Männer und Frauen schien völlig in der jeweiligen Aufgabe aufzugehen, und Bruder Johannes wusste, dass dieser Eindruck kein Irrtum war. Doch auch wenn er sich auf seine Besatzung verlassen konnte, so wusste er auch, dass es Risiken gab, die nicht vorherzusehen waren.

Er dreht sich kurz um, als er Schritte neben sich hörte. »Guten Morgen, Bruder Jacob.«

Sein erster Offizier verzog wie üblich keine Miene. »Einen gesegneten Morgen, Bruder Johannes.«

»Du hast so weit alles vorbereitet?«

»Aye, aye.« Aus dem Mund von Bruder Jacob klang es, als wollte er sagen: Natürlich.

Diekmann unterdrückte ein Schmunzeln. Er selbst war viele Jahre zur See gefahren und hatte auf verschiedenen Wegen, die ihn über Umweltschutzorganisationen, politische Parteien und zwei gescheiterte Ehen führten, zur Kirche der letzten Tage gefunden. Es wäre ihm schwergefallen, sich darauf festzulegen, ob er in erster Linie Gläubiger oder Seemann war. Vielleicht so etwas wie *der* Schiffsführer des Meisters.

Bruder Jacob hingegen hatte noch vor einem Jahr Gebrauchtwagen verkauft und war jeden Abend zu den Treffen gekommen, an denen er mit offenem Mund den Lehren des Meisters gelauscht hatte.

Doch trotz aller Vorbehalte wegen seiner mangelnden Erfahrung hatte sich Jake Doyle als talentierter Seemann entpuppt. Das bewies er auch gleich wieder aufs Neue, als er sich seinem Kapitän zuwandte. »Ich habe Bruder Werner angewiesen, am Tauchboot weitere Ketten anschlagen zu lassen, für den Fall, dass eine brechen sollte.«

Das Tauchboot! Wenn damit etwas schief gehen sollte, dann war wahrscheinlich die ganze Operation zum Scheitern verurteilt. Tief unten im Rumpf des alten Frachters, im ehemaligen Frachtraum drei, befand sich das gute Stück, im Augenblick gehalten von einem Netz von Stahlketten. Doch darunter befand sich seit dem Umbau kein Schiffsboden mehr, sondern nur noch Wasser. In ihrer momentanen Position zweieinhalbtausend Faden tief. Das waren, wie Diekmann sich sagte, zweieinhalbtausend Gründe, keinerlei Risiko einzugehen.

Der Kapitän nickte nachdenklich. »Heute Abend werden wir den Meister treffen.«

Bruder Jacob setzte eine feierliche Miene auf. »Es gibt nichts, was ihn aufhalten kann.«

Heute Abend oder gar nicht, dachte Diekmann, aber er sprach es nicht aus. Sorgenvoll blickte er zum Himmel empor. In einigen Stunden würden dort wieder die Aufklärer der Südafrikaner unterwegs sein, wie immer.

7. Tag, 08:45 Ortszeit (SAST), 06:45 Zulu –
100 Meilen westlich von Kap Agulhas, USS Tuscaloosa

Bocteau betrachtete die Seekarte, aber seinem abwesenden Gesichtsausdruck nach zu urteilen, war er in Gedanken ganz woanders. Noch rund hundert Meilen bis zum Treffpunkt mit der *Celebes*. Wenn er den Befehl für eine höhere Fahrt gab, konnte er in vier Stunden dort sein. Aber dann würde es kurz nach Mittag sein, also hellster Sonnenschein. Zu früh. Er bezwang seine Unruhe und gab sich selber mehr Zeit. Auf ein paar Stunden mehr oder weniger kam es jetzt auch nicht mehr an.

Wieder ging er alle Schritte seines Plans durch. Er hatte das bestimmt tausendfach getan, seit Gott zum ersten Mal zu ihm gesprochen hatte. Denn Gott verließ sich auf die Tüchtigen, auf wen sollte er jetzt auch sonst bauen, nachdem das große Experiment gescheitert war?

Der Franzose wusste, dass er tüchtig war. Er war es immer gewesen, und auch wenn er einige eher unkonventionelle Wege eingeschlagen hatte, um zum Erfolg zu kommen, so waren es doch seine Intelligenz und Zähigkeit gewesen, die ihn so weit gebracht hatten. Heute jedoch, im Nachhinein, sah er viele Dinge anders. Er hatte die Kirche der letzten Tage gegründet, und das war ein geschäftlicher Witz gewesen. Schließlich waren Sekten die einzige Zuwachsbranche in einem Europa, in dem viele keine Perspektive mehr hatten. So liefen sie reihenweise den verschiedensten Gurus in die Arme. Also warum hätte er nicht mitverdienen sollen an diesem lukrativen Geschäft? Skrupel hatte er schon damals keine gehabt.

Alles war so einfach gewesen. Das Geld war die eine Seite der Medaille, die Verehrung seiner Anhänger die andere. Zum ersten Mal spürte er, dass er die Menschen führen konnte. Doch er hatte selbst nicht die geringste Vorstellung davon, wohin. Selbst bewusstseinserweiternde Drogen, von denen er eine Zeit lang sehr viel konsumierte, konnten ihm nicht weiterhelfen. Alles, was er erreichte, war, über seine Kräfte zu leben. Er hatte gespürt, wie die Fassade, die er geschaffen hatte, anfing zu bröckeln. Alles, was er aufgebaut hatte, begann sein Fundament zu verlieren, und das Schicksal drohte ihn wieder in die tiefe Schlucht der Bedeutungslosigkeit zu stürzen. Er hatte sich nicht einmal mehr seinen Anhängern zeigen können, und alles schien verloren. Doch dann hatte Gott zu ihm gesprochen.

Das große Experiment war gescheitert, trotz allem, was Gott getan hatte, um die Menschheit wieder auf den richtigen Weg zu führen. Doch die Menschen hatten nichts gelernt. Er sah sich um. Auch dieses U-Boot war ein typisches Beispiel dafür. Sie hatten nichts begriffen. Es wurde Zeit, damit abzuschließen. Hatte Gott nicht schon einmal ein solches Experiment beendet und seinen treuen Diener Noah dazu berufen, nur die in eine neue Welt zu führen, die würdig waren? Nun war er es, der dazu berufen war, eine ähnlich große Aufgabe zu bewältigen. Doch auch wenn Gott auf seiner Seite stand, auch sein Widersacher würde nicht weit entfernt sein und versuchen, ihn aufzuhalten.

Mit plötzlichem Misstrauen betrachtete er die Karte. Es war, als hätte die Stimme in seinem Kopf ihn deutlich gewarnt. Etwas stimmte nicht. Aber was?

7. Tag, 08:00 Ortszeit (WAT), 07:00 Zulu –
300 Meilen nordwestlich von Kapstadt, USS San Diego

Commander Roger Williams, Kommandant des Atom-U-Bootes USS *San Diego*, klappte die Griffe des Periskops zusammen. »Einfahren!«, ordnete er an.

»Aye Sir.« Beim Anblick des Jungen, der dem Befehl nachkam, fühlte Roger Williams einmal mehr die Last seiner Jahre. Dabei war er gerade mal eben sechsunddreißig, also im besten Alter, wie es so schön hieß. Es waren nur die vielen jungen Besatzungsmitglieder, die ihm das Gefühl gaben, langsam alt zu werden.

Sein Blick fiel auf Chief Petty Officer Gregory Brown, der hinter den beiden Tiefenrudergängern stand. Brown war knapp fünfzig Jahre alt und sein ganzes Leben auf U-Booten gefahren. Ein bewährter Mann, doch Williams fragte sich, ob der Petty Officer nicht manchmal doch reif zum Aussteigen war.

Rawlins, der Funkoffizier der *San Diego*, steckte

den Kopf aus dem engen Funkraum, in dem er mit einem seiner Petty Officers hockte, und zeigte dem Kommandanten einen hochgereckten Daumen. »Alles klar, Sir. Unser Signal ist raus. Wir haben alle Wiederholungssprüche der letzten Stunden aufgenommen. Der Computer arbeitet an der Entschlüsselung.«

»Danke, Lieutenant!« Der Kommandant wandte sich um. »Frage Radar?«

Aus dem vorderen Teil der Zentrale meldete sich der Erste Offizier. »Nichts Sir, aber wenn wir ganz auftauchen, habe ich eine bessere Chance. Oder wir gehen auf Tiefe und versuchen, den Verband mit Sonar zu erfassen.«

Einen Augenblick dachte Williams nach, dann kam er zu einer Entscheidung. »Alles klar zum Auftauchen. Vielleicht kann der Zerstörerverband uns erfassen, wenn wir ihn schon nicht auf den Schirm kriegen. IO, ich gebe ihnen eine Viertelstunde! Chief Brown, lassen Sie das Boot gut durchlüften.«

Zwanzig Sekunden später durchbrach die *San Diego* die Wasseroberfläche wie ein Meeresungeheuer. Selbst beim besten Willen konnte ein Atom-U-Boot nie den Eindruck erwecken, als würde es wie ein normales Schiff an die Oberfläche gehören. Genauso wenig wie die Besatzung, die mehr an das ruhige Dahingleiten in der sicheren Tiefe gewohnt war und nun die plötzlich einsetzenden Schiffsbewegungen mit einigen kräftigen Seemannsflüchen kommentierte.

Roger Williams stand oben auf der Flosse, dem hohen Turm des Bootes. Hinter ihm fuhr der Radarmast aus, und die Antenne begann sich zu drehen. Ein Pfeifen drang aus einem Sprachrohr, und Williams öffnete den Verschluss. »Kommandant!«

Die Stimme seines Ersten Offiziers Tom Mayo klang

blechern. »Kein Kontakt, Sir. Wir versuchen es weiter.«

Commander Williams konnte sich die Situation zwei Decks unter sich gut vorstellen. In der Zentrale würde nun Mayo im Mittelpunkt stehen und alles mit Argusaugen kontrollieren, während der Operationsoffizier Maxwell mit seinen Radarleuten versuchen würde, den Zerstörerverband von Rear Admiral Walker zu finden.

Williams suchte Halt, als das Boot sich im Seegang leicht überlegte. Der Wind hatte zugenommen und damit auch der Seegang. Die weißen Schaumkronen zeigten ihm auch ohne Instrumente an, dass es mindestens Seegang fünf oder gar schon sechs war. Er grinste schmallippig. Für ihn als U-Boot-Fahrer bedeutete Seegang eher eine taktische Größe als eine echte Unbequemlichkeit. Doch für die Zerstörer war das anders. Schließlich konnten die nicht einfach im Keller verschwinden, wenn es oben ungemütlich wurde.

Er betrachtete kurz das Gesicht eines Signalgasten, das eine grünlich fahle Farbe angenommen hatte. Soweit er es sehen konnte, war es höchste Zeit, wieder im Keller zu verschwinden. Nicht nur, dass er sich nach all den Jahren hier oben wie nackt fühlte, auch seine Besatzung schien mit der normalen Seefahrt nichts zu tun haben zu wollen. Mit einem plötzlichen Grinsen sagte er zu dem jungen Seemann: »Ein paar Minuten noch, dann geht es wieder runter.« Er wandte sich ab, drehte sich dann aber nochmals herum, als sei es ihm gerade erst wieder eingefallen: »Ach ja, und falls Ihnen übel wird, Seemann, mit dem Wind, immer mit dem Wind.«

Zufrieden sah er zu, wie der Mann anfing, etwas

kläglich zu grinsen. »Ein bisschen halte ich noch durch, Sir!«

»Dann mal los. Halten Sie den Horizont im Auge.«

Lieutenant Rawlins, der gerade die stählerne Leiter zum Turm hinaufstieg, hatte die kleine Szene beobachtet. Nun wandte er sich an seinen Kommandanten und reichte ihm einen Zettel. Für einen Augenblick trafen sich die Blicke der beiden Männer. Rawlins war auf Zerstörern und Fregatten gefahren, und selbst starker Seegang konnte ihm nichts anhaben.

Williams las die Notiz und runzelte die Stirn. »Na, das ist ja ein schönes Durcheinander. Sagen Sie bitte dem Ersten, er soll einen Kurs nach Süden absetzen, und dann setzen Sie einen weiteren Spruch auf: Steuern weiter nach Süden. Abwarten Verband Walker erscheint nach taktischer Lage nicht sinnvoll.« Er dachte nach. »Der NO soll Ihnen die mögliche ETA für Port Elizabeth geben.«

»Aye, Sir!« Der Funkoffizier grüßte flüchtig und wandte sich zum Turmluk um, aber die Stimme des Kommandanten hielt ihn zurück: »Sagen Sie bitte dem Ersten, dass ich ihn nach dem Tauchen in meiner Kammer sprechen möchte.«

Rawlins zögerte kurz. Mehr instinktiv spürte er die Besorgnis seines Kommandanten, doch er verstand sie nicht. Sie hatten doch gute Fahrt gemacht. So gut, dass sie jetzt einige Stunden vor dem Zerstörerverband standen. Was also bedrückte den Kommandanten? Doch irgendeine höhere Eingebung warnte ihn davor, Fragen zu stellen, und so verschwand er wortlos durch das Luk hinunter in die Zentrale.

Commander Roger Williams ließ den Blick über die See schweifen, doch dieses Mal konnte ihm auch die unendliche Weite keinen Trost bieten. Er fragte sich, was sein Erster von der Sache halten würde. Auch wenn es noch nichts Offizielles gab, wurde Williams mehr und mehr klar, dass man ihnen befehlen würde, die eigenen Kameraden umzubringen. Sein Blick glitt über sein Boot. Die vorderen Tiefenruder standen wie zwei scharfe Ohren vom Bug ab, während die hinteren Ruder durch den wirbelnden Kielstrom seinem Blick entzogen waren. Doch dazwischen, direkt hinter der Sonarsektion, lagen die vier Torpedorohre des Bootes. In jedem von ihnen lag ein Mk.48 ADCAP bereit, seine tödliche Ladung von sechshundertfünfzig Pfund hochexplosivem Sprengstoff mit einer Geschwindigkeit von fünfundfünfzig Knoten ins Ziel zu bringen.

Er zündete sich zum Leidwesen des jungen Signalgasten, der sich unbeachtet in eine Ecke drückte, eine Zigarre an. Seine Aufgabe als Kommandant würde es sein, die *San Diego* auf fünf Meilen an das Ziel heranzuführen. Danach würden Computer den Rest übernehmen. Er würde nur noch den Befehl geben müssen. Doch schon der Gedanke daran ließ seine Hände zittern. Erschrocken ließ Williams die Zigarre in den Windschatten der Turmverkleidung fallen. Den jungen Seemann in der Ecke hatte er völlig vergessen.

7. Tag, 14:00 Ortszeit (SAST), 12:00 Zulu –
Port Elizabeth

Robert DiAngelo hatte ein paar Stunden geschlafen und sich eine kalte Dusche gegönnt. Es würde noch einige Zeit dauern, bis die *San Diego* in Reichweite eines Hubschraubers kam. So lange galt es abzuwarten.

Die Südafrikaner hatten ihm ein kleines Büro im

Hauptquartier zur Verfügung gestellt, aber die meiste Zeit hielt er sich im großen Lageraum auf. Die Einrichtung ähnelte mehr oder weniger vergleichbaren Räumlichkeiten in allen Marinen der Welt, und auch die dort herrschende Atmosphäre rastloser Langeweile war typisch. Auf der großen Karte in der Mitte des Raumes war das Küstengebiet von Kap Agulhas bis Port Elizabeth abgebildet. Ein Messtischblatt zeigte auf den ersten Blick beinahe nur eine weite hellblaue Fläche, doch die Tiefenangaben verrieten dem geschulten Auge DiAngelos mehr. Der Meeresboden stieg rund fünfzig Meilen, in Ausläufern bis zu achtzig Meilen vor der Küste steil an, um dann bei rund sechshundert Fuß konstant zu bleiben. Nur vereinzelt ragten die Spitzen unterseeischer Erhebungen bis in eine Tiefe von nur siebzig Fuß unter der Wasseroberfläche empor. Was also an der Oberfläche aussah wie eine große Wasserwüste, stellte für ein U-Boot eine große Ebene unter Wasser dar, aus der sich gelegentlich Berge erhoben. Genauer gesagt, ganze Hügelketten.

DiAngelo fiel es nicht schwer, sich die *Tuscaloosa* vorzustellen, die sich zwischen diesen unterseeischen Gebirgsketten ihren Weg suchte. Allerdings wusste er aus Erfahrung, dass es möglich war, sich in so einem Gebiet zu verstecken. Während des Kalten Krieges hatten russische U-Boote mit ballistischen Raketen gern solche Gebirgsmassive als Deckung benutzt, und natürlich waren ihnen die amerikanischen Angriffsboote in diese Unterwasserlabyrinthe gefolgt, um im Falle eines Falles in deren Nähe zu sein. Es war ein lebensgefährliches Katz-und-Maus-Spiel gewesen. Bei einer Geschwindigkeit von über fünfundzwanzig Knoten, mit der die Boote durch die engen Gräben glitten, und einem »Bremsweg« von mehr als vier nautischen Meilen blieben den Besatzungen in den Zentralen nur höllisch knappe Reaktionszeiten, um zu verhindern, dass sie in einigen hundert Fuß Tiefe an eine Felswand gerieten und gnadenlos zerquetscht wurden.

Wenn die reguläre Besatzung der *Tuscaloosa* das Boot geführt hätte, dann hätte sich DiAngelo weniger Sorgen gemacht, aber die Fähigkeiten der Entführer konnte er nicht einschätzen. Würde deren Seemannschaft ausreichen, die Gefahren zu erkennen und zu meistern? Die Informationen, die ihm Colonel Bingham übermittelt hatte, klangen wenig erfreulich. Es sah zwar so aus, als sei die Operation von langer Hand vorbereitet worden, doch trotzdem blieb unklar, über wie viele erfahrene U-Boot-Leute dieser Bocteau wirklich verfügte. Wahrscheinlich nicht allzu viele.

Der Commander warf erneut einen Blick auf die Karte. Das Szenario blieb bisher einigermaßen übersichtlich. Der normale Schiffsverkehr hielt sich an die vorgegebenen Routen. Den Weg der *Tuscaloosa* verfolgten Hubschrauber, die ihn mit Sonarbojen markierten. Die drei südafrikanischen Fregatten hielten ihrerseits zwar einen relativ großen Abstand, waren jedoch bereit, jederzeit einzugreifen – auch unter Einsatz ihrer Waffen.

Nur hatte Admiral Turner, den er bereits am frühen Morgen getroffen hatte, keinen Zweifel daran gelassen, dass derartige Maßnahmen nur in Frage kämen, wenn die *Tuscaloosa* entweder in südafrikanische Hoheitsgewässer eindringen würde oder aber die klare Gefahr eines Angriffs auf südafrikanisches Territorium bestünde. Mit anderen Worten, die Südafrikaner waren nicht gewillt, die Drecksarbeit für die US Navy zu machen.

Dass DiAngelo über diese Aussage sichtlich erfreut war, hatte den Admiral etwas verwundert, aber er hatte keine Fragen gestellt. Im Moment jedenfalls waren sie, bis entweder Walkers Zerstörer aus dem Nordatlantik oder aber die Kampfgruppe aus dem Pazifik eintrafen, zur Untätigkeit verdammt. Die endlose Warterei strapazierte die Nerven aller.

DiAngelo zuckte zusammen, als eines der Funkschreibgeräte einen Streifen Papier ausspuckte. Sofort war einer der jungen Offiziere zur Stelle und riss die Meldung ab. Der amerikanische Commander blickte über den großen Lagetisch hinweg zu Captain Haru Matele, dem Stabschef.

Matele streckte dem Lieutenant fordernd die Hand entgegen, überflog die Nachricht und sagte dann zu DiAngelo: »Es sieht so aus, als würde Ihr Boot nun doch nicht in den Pazifik wollen. Die *Tuscaloosa* scheint sich seit einer halben Stunde wieder vom Kap zu entfernen. Dieser Meldung zufolge läuft sie mit zwanzig Knoten nach Süden, hat allerdings angefangen, Haken zu schlagen.« Er blickte DiAngelo ernst in die Augen. »Ihnen ist klar, was das bedeuten könnte?«

»Auf jeden Fall gehe ich nicht unbedingt davon aus, dass die Entführer Ihre Einheiten bemerkt haben. Ihre Schiffe befanden sich während der letzten Stunde an der Grenze der Sonarreichweite. Es müsste schon ein Riesenzufall gewesen sein, wenn jemand genau in dem Moment in die exakt richtige Richtung gehorcht hätte, als eine Sonarboje durch die Wasseroberfläche brach.«

»Und was glauben Sie stattdessen?«

DiAngelo dachte nach. Bisher hatte er sich auf die

Bewegungen des Bootes keinen rechten Reim machen können, aber vielleicht ergab sich ja nun doch ein Bild. Er hinkte zur Karte und fragte beiläufig: »Wie ist das Wetter im Operationsgebiet?«

Einer der jüngsten afrikanischen Offiziere blickte in die letzten Wettermeldungen. »Wind und Seegang fünf aus nordwestlicher Richtung. Zunehmend.« Etwas leiser setze er »Sir« hinzu. Ein Commander war ein Commander, selbst noch an den Pforten der Hölle und sogar dann, wenn er zu einer anderen Marine gehörte.

»Danke, Sub.« DiAngelo betrachtete nachdenklich die Markierungen, die der andere Lieutenant gerade in die Karte eingezeichnet hatte, dann wandte er sich an den Stabschef. Es war mehr eine Feststellung denn eine Frage. »Die *Tuscaloosa* zackt also?«

»Mal ein paar Minuten mehr östlich und dann ein paar Minuten mehr westlich«, erklärte Matele. »Generalkurs laut unseren Helikoptern ist eins-neun-null.«

Der Commander griff nach einem Lineal und verlängerte die generelle Kurslinie des U-Bootes. Noch für etwa vierzig Meilen würde der Kurs die *Tuscaloosa* über den eher ungefährlichen Teil des Küstenschelfs führen, bevor sie danach wieder tiefes Wasser unter dem Kiel hatte. Links und rechts der Kurslinie, die er eingezeichnet hatte, waren auf der Karte bereits verschiedene andere Markierungen angebracht worden.

Mit dem Finger tippte DiAngelo der Reihe nach auf drei von ihnen. »Diese Schiffe kreuzen den Generalkurs der *Tuscaloosa* in den nächsten Stunden und kommen ihr dabei so nahe, dass sie vom Sonar erkannt werden können.«

»Dann ist eines von denen der Versorger, den wir suchen.« Der Stabschef las die Namen von den Eintragungen ab: »*Mount Silver, Belgrano* und *Celebes*«, und merkte an: »Alle drei weit außerhalb unserer eigenen Gewässer. Wir haben also keine Handhabe, um sie zu stoppen und zu inspizieren.«

DiAngelo blickte auf die Uhr und rechnete. »Wir haben rund sechs Stunden Zeit, weil die *Tuscaloosa* ständig hin und her zackt. Möglicherweise sind sich die Entführer nicht klar, ob der Versorger sich auch wirklich am vereinbarten Treffpunkt befindet, und suchen deswegen ein erweitertes Gebiet ab. Fragt sich nur, was das Boot so lange auf dem Schelf gesucht hat. Es könnte natürlich auch sein, dass sie vielleicht einfach nur die verabredete Uhrzeit einhalten wollen.« Er wandte sich nun wieder direkt Haru Matele zu. »Ich muss einen verschlüsselten Funkspruch absetzen. Der Trägerverband aus dem Pazifik steht zwar noch siebenhundert Meilen ab, was zu weit für Hubschrauber ist, aber zumindest kann von dort aus Aufklärung geflogen werden.«

Der Südafrikaner sah den Commander einen Augenblick lang reglos an, konnte sich aber dann ein Schmunzeln doch nicht verkneifen. »Ich glaube nicht, dass Admiral Turner Einwände gegen Aufklärung haben wird.«

DiAngelo lächelte schelmisch zurück. »Wenn wir viel Glück haben und Sie uns gestatten, einen Ihrer Flugplätze zu benutzen, können wir die Burschen vielleicht sogar mit heruntergelassenen Hosen erwischen. Ich hab da so eine Idee.«

8. Kapitel

*7. Tag, 21:30 Ortszeit (SAST), 19:30 Zulu –
Port Elizabeth*

Alle waren müde und trotzdem aufgeputscht. Nicht wenige der älteren Seeoffiziere kannten diesen Zustand. Sie kannten ihn aus langen Sturmnächten im Atlantik, aus den Taifunzonen des Pazifiks und aus den langen Nächten, wenn Marineeinheiten mal wieder nach diesem oder jenem verloren gegangenen Schiff suchten. Sie kannten diesen Zustand aus den Tagen und Nächten, wenn die Politik mal wieder mit den Muskeln spielte und deswegen zu viele Kriegsschiffe in einem zu kleinen Seegebiet mit aktivierten Waffensystemen kreuzten, bereit, bei der geringsten Provokation die Welt in Brand zu setzen.

Wenn die jungen Wachoffiziere nach einem langen Dienst die Brücken verließen und erschöpft in die Kojen fielen, wenn sie nach einigen Stunden wieder zur nächsten Wache erschienen, immer fanden sie die schweigende Gestalt des Kommandanten vor. Vielleicht hielt er ein Nickerchen in einem Brückenstuhl, vielleicht stand er in der Brückennock, um etwas genauer zu betrachten, oder vielleicht unterhielt er sich gerade mit einem der Wachgänger. Doch immer war er bereit, von einem Augenblick auf den anderen zu reagieren. Gleichgültig, wie lange er schon auf der Brücke war und über wie viele Tage er jeweils nur eine kurze Mütze Schlaf in der kleinen Seekabine hinter der Brücke oder Operationszentrale genommen hatte.

Und genau aus diesem Holz geschnitzt waren auch, wie DiAngelo registrierte, die südafrikanischen Offiziere um ihn herum. Etliche von ihnen hatten Schiffe kommandiert, bevor sie in den Stab gelangt waren.

Admiral Turner, der ranghöchste Offizier im Lageraum, blickte auf die Uhr. »Jetzt müsste es bald losgehen.« Seine Stimme war mehr ein Knurren, aber keiner schien sich daran zu stören. Tatsächlich musste DiAngelo vor sich selber zugeben, dass er sich in Turner gründlich getäuscht hatte. Haru Matele, der dunkelhäutige Stabschef, schien seinen Vorgesetzten jedenfalls zu schätzen, und auch die anderen Offiziere, gleichgültig ob Farbige oder nicht, taten dies offenbar nicht minder.

»Fünf Minuten, bis die letzte Meldung der Aufklärer kommt«, erklärte der einzige Offizier, der statt der weißen Marineuniform Camouflage trug »Dann muss der Befehl erfolgen, oder ich muss unsere Leute abdrehen lassen.«

DiAngelo musterte Tom Brown vom US Marine Corps ohne äußerliche Regung. Dem Major unterstanden zwei Gruppen SEALs. Sollte ihm die wenig beneidenswerte Lage seiner Männer in irgendeiner Form Sorgen machen, so zeigte er es zumindest nicht. Falls seine Leute ebenso gelassen in ihrem Geschäft waren, dann hatten sie eine faire Chance.

Dennoch, letzten Endes war es seine Entscheidung und nicht die des Majors. Mit steifen Knochen erhob er sich aus dem Stuhl in der Ecke. »Gibt's noch Kaffee?«

Einer der Sublieutenants, von denen es hier zu wimmeln schien, sprang regelrecht auf. »Sofort, Sir!«

Als DiAngelo ihn gebracht bekam, dankte er dem jungen Mann mit einem Nicken. Es war für ihn immer noch ungewohnt, wieder Uniform zu tragen. Seine eigene hatte er seit seiner Entlassung aus dem aktiven Dienst nicht mehr aus dem Schrank geholt, aber in Anbetracht der Gegebenheiten war es der amerikanischen Botschaft sinnvoll erschienen, auch äußerlich sichtbar zu demonstrieren, wer der ranghöchste US-Offizier vor Ort war, und da sich Marineuniformen, abgesehen von Details, in der ganzen Welt glichen, hatte es keine Schwierigkeiten bereitet, ihn entsprechend auszustaffieren.

Der Admiral sah den Commander fragend an. »Wie wird Ihr Befehl lauten, Commander?« Vorsichtshalber hob er aber gleichzeitig abwehrend die Hände und fügte hinzu: »Meine Schiffe stehen bereit einzugreifen, wenn sie uns nur den geringsten Vorwand geben, aber bisher ist die Geschichte eine amerikanische Angelegenheit.«

Commander DiAngelo wich dem Blick des Admirals nicht aus. »Danke, Sir. Sie und Ihre Männer haben wirklich bereits sehr viel für uns getan.«

Turner ignorierte die große Gestalt des Majors, der von der Seite an sie herantrat, und nickte dem Commander zu. Dann wandte er sich abrupt zu seinem Stabschef um. »Captain Matele, können Sie eines unserer jungen Talente dazu bewegen, eine Funkverbindung zu dem amerikanischen Aufklärer herzustellen?«

»Schon geschehen, Sir.«

Augenblicke später knackte es in den Lautsprechern, und eine Stimme mit unverkennbar amerikanischem

Akzent drang zu ihnen: »... wie Baseball? Ich wusste gar nicht, dass ihr bei euch Baseball spielt ...«

Turner, der sich scheinbar blind darauf verließ, dass irgendwo in seiner Nähe ein Mikrofon offen war, rief: »Ja, wer auch immer Sie sind, wir spielen hier auch Baseball, und zwar verdammt gut. Und Schluss jetzt mit dem Quatsch, wir erwarten hier eine Meldung.«

»Drei Minuten noch. Darf ich fragen, wer Sie überhaupt sind, Sir?«

»Turner, Admiral und Kommandierender der SAN. Und bevor Sie jetzt erschrocken vom Himmel stürzen, Verehrtester, gebe ich Sie an Ihre eigenen Leute weiter.« Wieder ignorierte er den dunkelhäutigen Major und gab DiAngelo ein Zeichen.

»Hier spricht Commander DiAngelo. Wie sieht es aus?«

»Ich bin Lieutenant Commander Jack Lorne. Bisher haben wir keine elektronischen Signaturen. Laut Radar geht die *Celebes* mit der Fahrt herunter, genau wie Sie vorhergesagt haben.«

DiAngelo biss sich kurz auf die Lippen, bevor er an den Major die Frage richtete: »Sie haben nach wie vor Kontakt?«

Major Brown winkte zustimmend. Zufrieden nahm DiAngelo den Dialog mit dem Piloten wieder auf. »Commander Lorne, bevor wir nicht wissen, ob ein U-Boot auftaucht, kann ich keinen Einsatzbefehl geben.«

»Verstehe, wir bleiben dran.«

7. Tag, 23:15 Ortszeit (SAST), 21:15 Zulu – 50 Meilen südlich von Kap Agulhas

Lieutenant Daniel Brewster zog sich an der Sicherungsleine etwas näher an Lieutenant Moses Smith heran und wedelte mit einem Streifen Kaugummi. »Tausche das hier gegen einen Schokoriegel.«

»Zu spät, mein Freund.«

Captain Hugh Masters blickte sich um. Trotz des Seegangs, der aber nicht beunruhigend hoch war, hatte er gerade das Kunststück vollbracht, ein Sandwich zu essen, ohne dass allzu viel Salzwasser darauf gelandet war.

Bisher schien alles nach Plan zu verlaufen, soweit das, was sie hier unternahmen, als solcher bezeichnet werden konnte. Er und seine Männer trieben, verbunden durch eine dünne Leine, mitten im Meer, getragen von ihren eigenen Taucherwesten, weil jemand ausgerechnet hatte, dass die Strömung sie zu einer bestimmten Uhrzeit dahin tragen würde, wo sich ein U-Boot und ein Handelsschiff treffen würden. Die Aufgabe seines Teams würde es dann sein, das U-Boot zu entern, während Captain Walker und seine Leute, die ebenfalls hier herumtrieben, sich um den Frachter kümmern würden. Captain Masters war keineswegs davon überzeugt, dass das, was sie hier veranstalteten, der militärischen Weisheit letzter Schluss war. Doch was sollte es, er hatte seine Befehle, und es nützte jetzt nichts, sich aufzuregen. Seine Männer waren jedenfalls bereit, alles durchzuziehen, was von ihnen gefordert wurde.

Als Sergeant Wilcox mit einigen langen Zügen auf ihn zuschwamm, spürte er den gewohnten Adrenalinstoß. Der Kommunikationsspezialist, wie man Funker neuerdings nannte, grinste offenbar breit, was aber nur daran zu erkennen war, dass sich seine weißen Zähne in der Dunkelheit von dem geschwärzten Gesicht abhoben. »Kurzmessage, Sir!«

»Ich höre, Wilcox, oder muss ich raten?«

»Es scheint zu klappen. Laut Aufklärung ist das Schiff knapp drei Meilen entfernt.«

»Da kann ja jemand rechnen. Und sollen wir jetzt dahin?« Die Aussicht, drei Meilen mit voller Ausrüstung schwimmend zurückzulegen, bereitete ihm nicht im mindesten Kopfzerbrechen.

»Ein Einsatzbefehl steht noch aus, Sir! Sie haben das U-Boot noch nicht.«

7. Tag, 23:15 Ortszeit (SAST), 21:15 Zulu –
50 Meilen südlich von Kap Agulhas, SS Celebes

Hans Diekmann, alias Bruder Johannes, stützte sich auf die Reling und blickte über das Deck seines Schiffes. Nun würde es nicht mehr lange dauern, bis das U-Boot sie erreichte. Auch wenn hier oben an Deck Ruhe zu herrschen schien, so wurde unten im Rumpf bereits das kleine Bergungs-U-Boot klargemacht. Von daher bestand gar keine Notwendigkeit für die *Tuscaloosa* aufzutauchen. Trotzdem war Vorsicht die Mutter der Porzellankiste.

Ein letztes Mal warf er einen Blick auf die Tochteranzeige des Radars, aber nichts deutete darauf hin, dass sich jemand in der Nähe herumdrückte. Trotzdem konnte er nicht so ganz ein mulmiges Gefühl kaschieren, als er zu Bruder Jacob sagte: »Ich mache mich dann auf den Weg. Du kennst deine Aufgabe, Bruder?«

Der verneigte sich geradezu würdevoll. »Mach dir

keine Sorgen und überbringe dem Meister meine Segenswünsche für ein gutes Gelingen.« Er lächelte beinahe sanft. »Wir werden uns alle wieder treffen, wenn das hier hinter uns liegt.«

Für einen Augenblick sahen die beiden ungleichen Männer einander schweigend in die Augen, dann senkte Diekmann den Blick. »Also gut, ich melde mich hiermit von Bord.«

7. Tag, 23:30 Ortszeit (SAST), 21:30 Zulu –
35 Meilen südlich von Kap Agulhas, USS San Diego

Noch immer lief der Reaktor der *San Diego* mit einhundertfünf Prozent der Sollleistung. Mit einer Fahrt, die seit den Werfterprobungen vor einigen Jahren nicht mehr erreicht worden war, glitt das Boot durch die Tiefe. Doch das würde gleich ein Ende haben. Sie hatten ihr Operationsgebiet erreicht.

»Gehen Sie runter auf fünfundzwanzig Knoten«, wies Commander Williams seinen IWO an.

»Aye Sir!« Tom Mayo übermittelte den Befehl an den Leitstand und fügte für die Tiefenrudergänger hinzu: »Auf Vertikalströmungen achten.«

Demnächst würde Williams eine Beurteilung über seinen Ersten abgeben müssen. Ihm war klar, dass Tom Mayo nicht das Zeug zu einem wirklich guten Kommandanten hatte, weil er sich in seiner fantasielosen Sturheit nie Gedanken über irgendetwas machte. Heute aber würde er der richtige Mann am richtigen Ort sein, und Roger Williams baute fest auf ihn, gerade weil er Befehle blind ausführte.

Commander Williams verdrängte diese Gedanken und griff zum Mikro. »Sonar?«

Lieutenant Jeffrey Tennant meldete sich so prompt, als hätte er bereits auf die Frage des Kommandanten gewartet, was wahrscheinlich sogar den Tatsachen entsprach. »Kontakt in Rot null-drei-zwo, Entfernung siebzehn Meilen.«

»Fahrt und Kurs?«

»Keine Fahrt, er treibt mit der Strömung, Sir. Wir hören nur seine Hilfsmaschinen.«

Ein schmales Lächeln umspielte die Lippen des Kommandanten. »Gut gemacht, Tennant. Sieht so aus, als haben wir unseren Kunden. Schon eine Spur von der *Tuscaloosa*?«

Tennants Stimme wurde unsicher. »Nein, im Augenblick nicht. Wenn ich fragen darf, Sir, könnten wir nicht mal einen engen Kreis fahren? Nur für den Fall, dass ...«

»Für den Fall, dass ...« Roger Williams dachte kurz nach. Das war eine jener Formulierungen, die es für jeden Kommandanten in sich hatten. Er kam zu einer Entscheidung. »Okay, Sie bekommen Ihren Kreis, Lieutenant. Nutzen Sie ihn.« Abrupt hängte er das Mikro wieder in die dafür vorgesehene Halterung und gab die entsprechenden Befehle.

Tom Mayo sah seinen Kommandanten fragend an. »Sir, wenn wir so eng drehen, dann ...«

»Ich weiß, wir machen mehr Lärm als nötig und wecken die Fische. Aber ich will die *Tuscaloosa*.«

»Und wenn wir sie haben?«

Roger Williams verzog keine Miene. »Dann werden wir uns ganz leise in ihren Hecksektor schleichen.«

7. Tag, 00:00 Ortszeit (SAST), 22:00 Zulu – Port Elizabeth

Noch immer tat sich nichts. Die *Celebes* trieb langsam mit der Strömung auf die SEALs zu, die ihrerseits erwartungsgemäß stärker vom Wind dem Frachter entgegengetrieben wurden. Es war das klassische Spiel der Navigation mit zwei Kräften. Die Kampfschwimmer agierten an der Oberfläche, und da sie im Gegensatz zum Schiff keinen Tiefgang hatten, unterlagen sie den dort wirkenden Kräften wesentlich stärker.

Commander DiAngelo unterdrückte den Impuls, auf und ab zu tigern. Nicht nur, dass es nichts gebracht hätte, außer Schmerzen in seinem Bein, es hätte auch den anderen seine innere Unruhe gezeigt.

Ein Telefon klingelte im Hintergrund, und er hörte jemanden leise in den Hörer sprechen. Mühsam entspannte er sich wieder. Wenn es etwas Wichtiges war, dann würde der Sub es mitteilen. Für ihn zählte nur der Lautsprecher, aus dem die Stimme des Piloten der Aufklärungsmaschine drang: »Noch immer nichts, Sir!«

»Danke, suchen Sie weiter und finden Sie das Boot, wenn es an die Oberfläche kommt.«

»Wir tun unser Bestes.«

DiAngelo bemühte sich, seiner Stimme die Enttäuschung nicht anmerken zu lassen. »Ich weiß, Commander.«

Major Tom Brown blickte auf die Uhr. »Uns verbleibt noch eine Restzeit von etwa zehn Minuten, um so oder so eine Entscheidung zu treffen, Sir.«

DiAngelo setzte an, etwas dazu zu sagen, als ein Zuruf des Sub am Telefon ihn stoppte. »Sir, das hier scheint dringend und wichtig zu sein.«

»Was ist denn?«

»Die Luftwaffe ist dran. Eines ihrer Flugzeuge hat Landeerlaubnis bekommen und wird gleich runterkommen. An Bord ist ein Lieutenant Wilks, der sofort zu Ihnen will.« Aufgeregt wedelte er mit dem Hörer.

Admiral Turner fuhr auf dem Absatz herum. »Sagen Sie denen, dass ich den Mann in acht Minuten hier haben will, egal wie! Direkter Befehl von mir, Sub.«

Der junge Offizier sprach in den Hörer und nickte kurz, bevor er auflegte. »Sie lassen einen Hubschrauber warmlaufen.«

DiAngelo straffte sich. »Danke, Admiral!«

»Nichts zu danken, Commander. Vermutlich wird dieser Wilks ohnehin zu spät kommen.«

Nachdenklich nickte DiAngelo. »Mag sein, aber zumindest wissen wir jetzt, dass sich etwas Neues ergeben hat. Das U-Boot muss so oder so zur *Celebes* kommen.« Der Commander stockte, und man merkte ihm sein Ringen um die richtige Entscheidung förmlich an. Traf er die falsche, dann war vermutlich die letzte Chance vertan, die *Tuscaloosa* doch noch in die Hände zu bekommen und das Leben der Besatzung und damit auch das von Angela Hunt zu retten.

Lief die Sache schief, dann blieben als Option nur die *San Diego* und in ein paar Stunden die Kampfverbände aus Atlantik und Pazifik. Doch die Zeit bis dahin würde dem Boot vielleicht reichen, um irgendwo im Ozean zu verschwinden. Zusammen mit den Atomwaffen.

Keiner der Anwesenden sagte ein Wort. Niemand schien ihn stören zu wollen, aber vielleicht wollte auch nur niemand an einer Entscheidung teilhaben, die genauso richtig wie falsch sein konnte. Eine unbegründete Sorge, denn egal, was er entschied, letzten

Endes würde er die alleinige Verantwortung dafür tragen müssen. Dass er im Falle einer Fehlentscheidung seine neue Karriere zerstören würde, war dabei noch sein geringstes Problem. Dennoch! Wer wusste schon, ob es eine zweite Chance geben würde. »Major! Geben Sie an Ihre Männer durch, sie sollen die *Celebes* entern und halten, bis das U-Boot auftaucht.«

»Sir, Sie wissen, dass es ohne das U-Boot keinen Rechtfertigungsgrund gibt, so zu handeln, und die Welt aufschreien wird, das sei Piraterie gewesen.«

DiAngelo lächelte müde. »Zum Glück ist es nicht Ihre Entscheidung.«

»Ich wollte in keinster Weise andeuten, Sir, dass ich …«, der Major brach ab, als DiAngelo unwillig abwinkte.

»Es ist meine Entscheidung, Major, und mein Befehl. Vermerken Sie das notfalls in Ihrem Notizbuch. Und nun geben Sie meinen Befehl weiter!«

7. Tag, 00:45 Ortszeit (SAST), 22:45 Zulu –
50 Meilen südlich von Kap Agulhas, SS Celebes

Als der Befehl kam, war die *Celebes* für die SEALs schon als schwarzer Schatten gegen den Sternenhimmel sichtbar geworden. Sie hatten nicht mehr als ein paar kräftige Flossenschläge gebraucht, um sich in den Weg des treibenden Frachters zu bringen. Aus der Gruppe junger Männer, die versucht hatten, trotz des Seegangs eine Art Imbiss zu sich zu nehmen, waren schwarze tödliche Schatten geworden, die sich nur acht Fuß unter Wasser an den rostigen Rumpf heranschlichen.

Captain Masters tauchte als Erster auf. Die Taucherbrille hatte er schon im Aufstieg durch das Nachtsichtgerät ersetzt. Vorsichtig spähte er die Bordwand entlang, doch nirgendwo konnte er einen helleren Punkt entdecken, der auf einen Wachposten hingedeutet hätte. Das schloss natürlich nicht aus, dass irgendwo einer hinter den Aufbauten steckte. Aber dieses Risiko musste er eingehen.

Lieutenant Moses Smith tauchte knapp neben ihm auf. Der schwarze Neoprenanzug glänzte vor Nässe. Masters zeigte kurz mit zwei Fingern auf seine eigenen Augen und reckte dann eine geschlossene Faust in die Höhe.

Smith verstand und nickte. Wachposten gab es also keine. Während die anderen beiden Männer ihres Teams bei ihnen auftauchten, wartete Smith auf weitere Handzeichen des Captains. Gesprochen wurde kein Wort. Die Männer wussten, dass sie von dem Schiff aus ohnehin praktisch unsichtbar waren. Unhörbar waren sie nicht.

Masters deutete auf Smith und dann auf eine Stelle im Schatten des achteren Aufbaus. Eigentlich eine gute Wahl, es sei denn, der Lieutenant würde sein Ziel verfehlen, denn dann würden sie mächtig zu tun haben, um die abtreibende *Celebes* wieder einzuholen. Allerdings war Moses Smith bekannt für seine Präzision.

Was er aus den Gurten an seinem Oberschenkel holte, ähnelte der Miniaturausgabe einer mittelalterlichen Armbrust. Allerdings bestand dieses Modell aus Fiberglas und einem starken Nylondraht als Sehne. Beinahe geruhsam spannte Smith die Waffe und legte einen Pfeil ein, dessen Spitze die Form eines kleinen Enterhakens hatte. Alles zusammen wirkte eher wie ein Kinderspielzeug, auch wenn es alles andere als das war. Gespannt warteten die Männer im Wasser auf den Schuss.

Als der Lieutenant endlich abdrückte, wirkte das leise Surren des Enterpfeils wie eine Erlösung. Dann ging alles auf einmal ganz schnell. Das dünne Seil straffte sich, und die Kampfschwimmer begannen, sich Hand über Hand an die rostige Bordwand heranzuziehen. Zwei Minuten später glitt Captain Masters über die Reling. Augenblicke später war das ganze Team mit der kompletten Ausrüstung an Bord. Mit den Schalldämpfern sahen die Spezialausführungen ihrer Heckler & Koch eher klobig aus, aber die Keramikwaffen waren nicht nur für Metalldetektoren unsichtbar, sondern vor allem auch unempfindlich gegen Wasser. Außerdem waren sie relativ leise und konnten ein Magazin von vierzig Schuss, Kaliber 4,6 mm, innerhalb von Sekunden abfeuern. Ein durchschlagkräftiges Argument bei Erstürmungen jeder Art. Der Tod war an Bord der *Celebes* gekommen.

In Windeseile hatten sich die schwarzen Schatten an Deck verteilt. Walkers Team, das Masters' Trupp von der anderen Seite entgegenkam, besetzte die restlichen strategisch wichtigen Punkte. Verblüfft sahen sich die beiden Captains, die sich im Schatten einer Luke trafen, an. »Absolut tote Hose hier, Hugh!«, stellte Walker fest.

Masters nickte. »Die Burschen müssen alle unter Deck sein. Du nimmst den Brückenaufbau und passt auf das Deck auf. Wir schauen mal in die Unterkünfte und gehen dann durch die Laderäume. Gib mir zwei Minuten.«

»Okay.«

Masters sammelte seine Männer um sich. Ohne das geringste Geräusch zu verursachen, erreichten sie die

Messe, doch auch hier trafen sie auf niemanden. Während Lieutenant Brewster ihm den Rücken deckte, drückte Masters aus der Hocke eine der leichten Metalltüren zum ersten Wohndeck auf. Stille empfing ihn. Lautlos und vorsichtig schlich er weiter, die Waffe im Anschlag. Alle Kojen waren leer. Mit einem leisen Seufzer wandte er sich um. Ihm kam zu Bewusstsein, wie gespenstisch die Situation war. Auf der Back standen noch immer Teller mit den Resten der letzten Mahlzeit.

Das Aufpeitschen von Schüssen ließ ihn herumfahren. Durch das offene Schott sah er, wie Brewster von der Wucht der Einschläge von den Füßen gerissen wurde. Mit einem Fluch sprang er zur Tür. Moses Smith und Sergeant Wilcox waren auf der anderen Seite und er daher auf sich allein angewiesen. Ohne zu zögern, riss er eine Handgranate von einem D-Ring an seiner Ausrüstung und zog den Sicherungsstift. Als er die Granate nach rechts in den Gang warf, hörte er Schreckensrufe. Dann folgte die Explosion.

In dem engen Gang klang der Schlag dumpf. Splitter sausten durch die Luft, und erneut wummerte eine MP los. Flach auf dem Boden liegend, streckte er einhändig seine Heckler & Koch in den Gang und rotzte das ganze Magazin hinaus. Querschläger pfiffen durch die Gegend, und irgendwo in dem Lärm meinte er zu hören, wie etwas Schweres zu Boden fiel.

Dann herrschte plötzlich Stille, nur unterbrochen von einem leisen Stöhnen. Masters' Augen suchten den Gang ab. Die weiß gestrichenen Metallwände wiesen rote Streifen auf, wo die Explosion der Handgranate eine schwarz gekleidete Gestalt gegen die Wand geschleudert hatte. Die Reste lagen wie eine zur Unkenntlichkeit verdrehte Puppe am Boden. Ein lebloser

Arm an der Ecke deutete darauf hin, dass noch mehr Tote dort lagen. Den letzten hatte es erwischt, als er in den Gang gestürmt war. Seine Augen standen offen und schienen Masters verwundert anzustarren, aber die blutigen Wunden auf der Brust des Toten zeigten, dass der Mann in dieser Welt keine Fragen mehr stellen würde.

Masters' Gehirn funktionierte mit der Präzision einer Rechenmaschine. Gefühle waren sinnlos und störten im Augenblick nur. Automatisch rammte er ein neues Magazin in seine Waffe und kroch rückwärts zu dem stöhnenden Brewster.

Der junge Lieutenant sah ihn aus weit aufgerissenen Augen an und bleckte vor Schmerz die Zähne. »Verdammt, ich habe nur einen Augenblick …«, versuchte er mit schwacher Stimme zu erklären, doch als der Captain ihm einen Finger auf die Lippen legte, verstummte er. Schwer atmend lag Brewster am Boden und versuchte, seine Eingeweide daran zu hindern, aus dem aufgerissenen Taucheranzug zu quellen.

Mit fliegenden Fingern holte Masters eine Morphiumspritze aus einer Tasche und drückte sie durch den Anzug in Brewsters Arm. Augenblicke später entspannte sich der junge Lieutenant. Seine Augen begegneten Masters' Blick. »Danke.« Er brauchte einen Moment, um Kraft zu sammeln: »Gehen Sie … die anderen … die haben mich erledigt, Sir.«

Masters sah auf, als aus einem anderen Teil des Schiffes Schüsse hallten. Dann begann er, Brewster in das leere Wohndeck zu zerren.

Moses Smith schwante, dass alles irgendwie schief zu gehen drohte. Wütend feuerte er zwei Schuss dorthin, wo er den Gegner vermutete, aber trotz Nachtsichtgerät konnte er nicht erkennen, ob er getroffen hatte. Mit einem Fluch klappte er das Gerät nach oben und verließ sich wieder auf die eigenen Augen. Die vielen Heißdampfrohre in diesem Bereich störten das Infrarotbild zu stark.

Etwas klapperte, und instinktiv zog er den Kopf ein, als Sergeant Wilcox' Handgranate explodierte. Dann sprang er vorwärts, solange noch alle verwirrt waren. Einer von den Kerlen kam hinter seiner Deckung hoch, doch die kurze Garbe aus Smiths Maschinenpistole warf ihn zurück wie ein Bündel Lumpen. Dafür pfiffen jetzt von der anderen Seite her Geschosse um ihn herum. Verzweifelt hechtete er vorwärts, während der Sergeant begann, den Maschinenraum mit Kugeln einzudecken. Die Landung auf dem Stahldeck war hart, und er hatte keinen Platz, um abzurollen. Sein Gesicht verzog sich schmerzhaft, als er mit dem Knie auf das Maschinenfundament aufschlug.

In seinem Ohrhörer vernahm er Rufe. Dann drang Walkers Stimme durch. »Gart und Lester, ihr kämpft euch backbords durch. Tom, wir versuchen Masters zu finden.« Er wartete ab, bis die Männer bestätigt hatten, und meldete sich dann per Kehlkopfmikrofon. »Hier Smith, wir stecken im Maschinenraum fest und kommen nicht weiter. Backbord war vorhin frei, an Steuerbord muss irgendwo Captain Masters sein.«

»Danke, hier Gart Jackson. Halten Sie drei Minuten durch, wir sind unterwegs.«

Wieder schoss Wilcox in den dunklen Maschinenraum, und dieses Mal zeigte ein Schrei an, dass er getroffen hatte. Wütend rappelte Smith sich auf und deckte das Schott, das nach vorne in die Laderäume führte. Dann sah er sich um.

Wilcox, der eigentlich zu ihm hätte kommen müssen, deutete aufgeregt auf einen großen Metallkasten, der am Motorenfundament angeschweißt war. »Sir, sehen Sie sich das hier mal an!«

Wütend humpelte Smith hinüber, während nun Wilcox seine Waffe auf das Schott gerichtet hielt. Dann stießen auch schon die beiden anderen SEALs aus Walkers Team zu ihnen. Schnell verständigten sich die Männer durch ein paar Handzeichen. Während Wilcox, Gart und Smith den Maschinenraum sicherten, öffnete Lester den Kasten und pfiff unmelodisch durch die Zähne. Smith blickte kurz über die Schulter zurück. Der stämmige Sergeant aus Captain Walkers Team blickte ihn ernst an. »Eine Bombe Sir. Ein verdammt großer Brocken. Die wollen das Schiff sprengen!«

»Schaffen Sie es, das Ding zu entschärfen?«

Der Mann schaute sich den Mechanismus an. »Sieht nicht sehr kompliziert aus.«

»Versuchen Sie es!« Smith sah sich um. Captain Walker und Captain Masters mussten mitgehört haben, also erübrigte sich eine Meldung. Wieder sprang er vor und sicherte das Schott. »Wilcox, schauen Sie nach, ob auf der anderen Seite auch noch eine Bombe angebracht ist.«

Er spürte, wie ihm der Schweiß über die Stirn lief. Wieso wollten die verdammten Spinner ihr eigenes Schiff in die Luft jagen? Lieutenant Moses Smith wusste, dass sie sich beeilen mussten. Ein kurzer Wink zu Gart genügte. Vorsichtig stiegen die beiden SEALs durch das geöffnete Schott in den Laderaum Nummer fünf.

Bis auf ein paar Kisten war er leer. Jedes Geräusch hallte unheimlich von den nackten Metallwänden wider. Smith vermochte deutlich das Geräusch der Wellen zu hören, die draußen gegen den Rumpf schlugen. Und er vernahm gedämpft einen seltsamen Sprechgesang, der aus dem nur angelehnten Schott zu Laderaum vier drang und klang, als würden irgendwelche Leute gemeinsam in einem großen leeren Ölfass vor sich hin murmeln. Vom Maschinenraumschott her gab ihm Wilcox ein Zeichen. Offenbar hatte er eine zweite Sprengladung entdeckt und unschädlich gemacht. Als auch Wilcox den Gesang aus dem angrenzenden Laderaum registrierte und das gedämpfte rötliche Licht sah, das durch das Schott fiel, ließ er verblüfft die Waffe sinken und starrte seinen Lieutenant an.

Gedanken rasten Smith durchs Hirn. Völlig unvermittelt stiegen Bilder aus seiner Kindheit in ihm auf und begannen sich in das plötzliche Begreifen zu mischen. Seine Stimme klang schrill vor Panik, als er den Befehl in sein Mikrofon rief: »Raus hier! Nichts wie raus!« Er setzte sich in Bewegung, so schnell er konnte. Auch die anderen Kampfschwimmer rannten, aber es war zu spät. Sie hatten zwar die Sprengladungen entschärft, aber gegen den Torpedo, der unter Wasser auf sein Ziel zuraste, konnten sie nichts unternehmen.

Für die Besatzung des Aufklärers schien es, als wäre ein unterirdischer Vulkan unter der *Celebes* ausgebrochen. Für Augenblicke leuchtete es unter der Wasseroberfläche feurig auf. Wie mit einer mächtigen Faust hob die Druckwelle den Frachter mittschiffs empor und brach dem zum Untergang verurteilten Schiff das Rückgrat. Es zerbarst auf Höhe des Laderaums drei, in dem der Schiffsboden entfernt worden war, um dem Tauchboot ein Schlupfloch zu schaffen.

Das Vorschiff versank, bevor die Amerikaner in luftiger Höhe überhaupt begriffen, was vor sich ging.

Aus unerfindlichen Gründen schwamm das Achterschiff noch für einige Augenblicke. Die Mannschaft der *Celebes* starb nicht durch die Druckwelle, und sie wurde auch nicht durch eine eindringende Wasserwand kurz und schmerzlos ertränkt. Stattdessen wurden die Anhänger des Gurus von heißem Dampf lebendig gekocht, sobald das eindringende Seewasser die Maschinen erreicht hatte. Grauenvolle Schreie hallten durch den zum Andachtsraum umgestalteten großen Laderaum vier, als die Wolken hochgespannten Dampfes aus den geborstenen Rohren der Maschinenanlage in die Laderäume fünf und vier entwichen.

Moses Smith und seine Leute schafften es noch bis in den achteren Aufbau, doch dann rollte das Achterschiff herum und machte ein Entkommen unmöglich. Minutenlang kämpften sie einen aussichtslosen Kampf gegen den eigenen Atemreflex, bis sie, bereits halb ohnmächtig, gezwungen waren, doch Luft zu holen. Nur dass sie immer noch in den Räumen des sinkenden Rumpfes gefangen waren, die sich schnell mit Wasser gefüllt hatten. So war es keine Luft, die sie atmeten. Eiskalt drang das Wasser in die Lungen, und für einige letzte Augenblicke erlitten die Männer alle Qualen, die ein verzweifelt kämpfender Körper nur durchleiden kann, bis eine gnädige Agonie sie in ewiger Dunkelheit versinken ließ. Als das Achterschiff der *Celebes* in knapp zweitausend Faden Tiefe am Fuß des Schelfs auf den sandigen Meeresgrund schlug, gab es keine Luftblasen mehr, in denen noch jemand lebte.

9. Kapitel

*7. Tag, 00:00 Ortszeit (SAST), 23:00 Zulu –
50 Meilen südlich von Kap Agulhas, USS San Diego*

»Torpedo im Wasser«, in der Stimme des Sonaroffiziers schwang leichte Panik mit.

Commander Williams ignorierte diese Gefühlsanwandlung und bellte ohne nennenswerte Verzögerung in das Mikrofon: »Frage Peilung. Machen Sie Ihren Job anständig, Mann!«

»Verzeihung Sir! Rot null-eins-fünf, Entfernung elf Meilen, Kurs eins-sieben-zwei, Geschwindigkeit fünfundvierzig Knoten, steigend. Vierhundert Fuß, steuert zur Oberfläche.« Lieutenant Tennant hatte es vorn in der Sonarsektion offenbar geschafft, sich zusammenzureißen, denn seine Zahlenangaben waren so präzise wie immer.

Auch Commander Roger Williams kannte die Angst. Nur Narren war sie fremd. Gleichgültig, ob unter dem Eis der Polkappe oder hier vor Südafrikas Küste mit einem anderen U-Boot, sie war der ständige Begleiter aller U-Boot-Fahrer. Nur zeigen durfte man sie tunlichst nicht, und als Kommandant schon gar nicht. Trotzdem konnte man sehen, wie Williams sich entspannte, als klar wurde, dass der abgefeuerte Torpedo nicht der *San Diego* galt. Einer der Tiefenrudergänger entließ pfeifend die Luft aus seinen Lungen, was ihm einen strafenden Blick von Tom Mayo, dem Ersten, einbrachte.

Der Kommandant ignorierte das ganze Drumherum, und sein Gehirn tat das, was viele Jahre der Ausbildung und eine Unzahl von Übungen ihm beigebracht hatten: Es verwandelte sich in eine gefühllose Rechenmaschine. Die Peilungen, die weiterhin laufend vom Sonar durchgegeben wurden, die Position des Frachters, ihre eigene Position, alles verwandelte sich im Kopf des Kommandanten zu einem taktischen Szenario.

Williams griff nach dem Mikrofon. »Tennant, wo ist das verdammte U-Boot? Es muss fast direkt vor uns sein.« Er wartete die Antwort nicht ab, sondern blickte zu Mayo hinüber. »Umdrehungen für fünf Knoten, auf Schleichfahrt gehen. Absolute Ruhe im Boot. Wir gehen auf sechshundert Fuß.«

Mayo blickte ihn überrascht an. »Sir!«

»Ich weiß, aber wir haben noch ein paar Fuß Reserve. Nach Sonar steuern.« Der Kommandant zwang sich zu einem Grinsen, obwohl er keine Fröhlichkeit empfand. »Wer wird schon annehmen, dass wir hier unten durch den Schlamm kriechen.«

Wortlos stießen zwei Matrosen der Brückencrew sich in die Rippen. Der Alte machte Witze, also konnte die Lage gar nicht so ernst sein. Doch sie war es, auch wenn ein Großteil der Besatzung das noch gar nicht mitbekommen hatte. Sie waren anscheinend auf weniger als elf Meilen an die *Tuscaloosa* herangekommen, die offenbar deutlich tiefer stand als sie.

»NO, wie lange noch bis zum Drop-off?«

Navigationsoffizier Dan Kearny hob nur leicht die Stimme. »Noch drei Meilen. Bei dieser Geschwindigkeit sechsunddreißig Minuten, Sir!«

Sechsunddreißig Minuten! Die *Tuscaloosa* hingegen war längst über den Drop-off hinaus und hatte damit wieder unbegrenzt Wasser unter dem Kiel. Für die nächste halbe Stunde war sie also im Vorteil.

»Schwaches Schraubengeräusch in Lage Null, Tiefe vierhundertfünfzig Fuß, Geschwindigkeit zehn Knoten.« Tennant machte eine Pause. »Sir, der Torpedo läuft auf die *Celebes* zu. Unsere Leute ...«

Williams Stimme klang unbewegt. »Ignorieren Sie den Torpedo. Was macht die *Tuscaloosa*?«

Er hörte den Sonaroffizier leise schlucken. Das Schweigen in der Zentrale schien plötzlich noch schwerer auf den Männern zu lasten, als auch dem Letzten klar wurde, dass der Kommandant die SEALs bereits abgeschrieben hatte.

Als der Torpedo unter der *Celebes* explodierte, erschien es den Männern, als würde ein urweltliches Grollen durch die Tiefe rollen. Dann schrie gequälter Stahl grell auf, als der Frachter zerbrach. Der plötzliche Lärm schien kein Ende zu nehmen. Auch nachdem die *Celebes* bereits unter der Wasseroberfläche verschwunden war, konnten sie immer noch mit bloßen Ohren hören, wie Schotten brachen und schwere Maschinenteile durch den sinkenden Rumpf polterten.

Tom Mayo betrachtete seinen Kommandanten verstohlen. Doch Williams' Gesicht zeigte keine Regung. Zoll für Zoll strahlte er eisige Beherrschung aus. Dann aber fiel der Blick des Ersten auf die Hände des Kommandanten. So fest umklammerte er den Rand des Plottisches, dass die Knöchel weiß hervortraten. Erschrocken wandte Mayo den Blick ab. Es war niemals gut, hinter die Maske eines anderen zu sehen.

Während die letzten Reste der *Celebes* den Grund

erreichten, drang wieder die Stimme des Sonaroffiziers aus dem Lautsprecher. »Sir, ich verliere den Kontakt zur *Tuscaloosa*.«

»Umdrehungen für zehn Knoten. Sonar laufend Abstand durchsagen.« Die gelassene Stimme des Kommandanten riss die Männer aus ihrer Erstarrung. »Wir halten uns hinter ihr.« Er zögerte einen Augenblick, dann gab er sich einen Ruck. »Ops, Feuerleitlösung. Torpedorohre bewässern, aber Bugklappen noch nicht öffnen.«

Angela Hunt zitterte am ganzen Körper. Noch Minuten nach dem Torpedoeinschlag und der Kakophonie des Todes stand sie am Kartentisch und musste sich festhalten. In ihrem Kopf drehte sich alles.

Bocteau wandte sich an alle in der Zentrale. »Gedenkt unserer Brüder. Sie sind uns auf dem großen Weg vorangegangen.« Das Schweigen der Sektierer war kein erschrockenes, schockiertes Schweigen wie in der Zentrale der *San Diego*. Stattdessen schienen die schwarz gekleideten Gestalten ehrfürchtig in ein Gebet zu versinken. Die wenigen regulären Besatzungsmitglieder der *Tuscaloosa*, die hier zum Dienst geholt worden waren, starrten einander totenbleich an.

Es war wiederum die Stimme Bocteaus, die durch die Stille drang. »Amen! Wir wollen uns unserer Brüder würdig erweisen, indem auch wir unsere Aufgabe erfüllen.« Es dauerte einen Augenblick, bis die Sektierer aus ihrer Erstarrung erwachten. Erst Augenblicke danach wurde Angela klar, dass, wenn es jemals eine Sekunde zum Handeln gegeben hatte, diese gerade verstrichen war.

»Sonar? Brüder, habt ihr Kontakt zu Bruder Johannes?«

Die Stimme des Sonarmannes kam prompt: »Entfernung sechs Meilen, Geschwindigkeit drei Knoten. Er sinkt noch. Jetzt bei einhundertfünfzig Fuß.«

Bocteau nickte zufrieden. »Auf alles achten, was rundherum vorgeht.« Plötzlich drehte er sich um und deutete auf Angela Hunt. »Bruder John, bring die Lady in den Sonarraum.« Er dachte kurz nach. »Und diesen Petty Officer auch. Wilkins oder wie er heißt.«

Verblüfft sah Angela Bocteau an. Erwartete dieser Mann ernsthaft, dass sie ihm jetzt noch helfen würden? Gerade erst hatte er ein Schiff mit einem Torpedo versenkt.

Wieder einmal schien es, als könne Bocteau ihre Gedanken lesen. »Sie verstehen das alles nicht und sind verwirrt. Die Brüder und Schwestern an Bord des Schiffes wussten, was geschehen würde. Es gehörte zu ihrer großen Aufgabe. Keiner von uns hat Angst davor, diese Welt zu verlassen.« Nachdenklich lächelte er sie an. »Glauben Sie, dass Sie das auch von Ihren Leuten sagen können?«

Schweigend starrte sie ihn an. Wieder einmal hatte er sie geschlagen. Doch im Grunde wusste sie, dass sie der notwendigen Entscheidung nur auswich. Genau betrachtet hatte er gerade eines seiner eigenen Schiffe versenkt. Wenn er dazu nicht ein U-Boot der US Navy verwendet hätte, dann würde jeder Vorgesetzte ihr den Befehl geben wegzusehen. So lagen die Dinge anders. Missmutig setzte sie sich in Bewegung. Doch sie hatte das Schott noch nicht erreicht, als eine weitere Meldung aus dem Lautsprecher kam: »Neuer Kontakt an der Oberfläche, Meister. Grün null-eins-null, Entfernung sechsundzwanzig Meilen, Geschwindigkeit vierunddreißig Knoten, Kurs eins-sechs-acht. Kriegsschiff, Meister, definitiv ein Kriegsschiff, Meister!«

Bocteau erstarrte zur Salzsäure. »Was …?«

Angela Hunt schloss die Augen. Ein Kriegsschiff, das mit dieser Geschwindigkeit dorthin fuhr, wo gerade ein Torpedo detoniert war, würde nicht allein sein.

»Neuer Kontakt, Meister. Oberfläche, Grün null-eins-zwo, Entfernung sechsundzwanzig Meilen, Geschwindigkeit vierunddreißig Knoten, Kurs eins-sieben-fünf.« Der Stimme nach zu urteilen, hatte der Sonarmann resigniert. Gespannt wartete Angela auf weitere Meldungen. Es dauerte auch nur einen Augenblick. »Es sind amerikanische Lenkwaffenzerstörer der Arleigh-Burke-Klasse.«

Bocteau starrte Lieutenant Commander Hunt an. »Was haben die vor? Sagen Sie es mir, oder ich lasse Ihre Leute, einen nach dem anderen, erschießen!«

Angela spürte, wie sich klarsichtige Gewissheit ihrer bemächtigte. »Die Mühe können Sie sich sparen, Bocteau.« Verwundert nahm sie wahr, wie kühl und gelassen ihre Stimme klang, als spräche sie mit Bocteau über nichts Wesentlicheres als den Speiseplan für die nächste Woche. Nur dass es für sie keine nächste Woche mehr geben würde. Sie brachte sogar ein kleines trauriges Lächeln zustande. »Die da oben werden das in Bälde viel schneller erledigen.«

»Was werden die tun?«

»Wir befinden uns bereits in Waffenreichweite. Und was das in letzter Konsequenz bedeutet, können Sie sich denken.« Ruhig lehnte sie sich an den Kartentisch. Ganz plötzlich war sich Angela bewusst, was sich die ganze Zeit über in ihrem Innersten abgespielt hatte. Die Verantwortung, die ständige selbstzweiflerische Frage nach der richtigen Vorgehensweise, all das hatte an ihr genagt. Das Bewusstsein, dass das Leben ihrer Besatzung in ihrer Hand lag, war viel größer gewesen als die Angst um das eigene kleine Leben. Nun war ihr die ultimative Entscheidung abgenommen worden, und ihr blieb nichts anderes übrig, als auf den Tod zu warten. Sie musste an ihren Exmann denken. Sie wusste nun, dass sie die Entscheidung, die er getroffen hatte, nie hätte treffen können. Denn er war damals das, was sie nie sein würde. Kommandant, Master next to God.

Wie zur Bestätigung drang die Stimme aus dem Sonarraum zu ihnen: »Neuer Oberflächenkontakt. Rot null-null-fünf, Entfernung vierundzwanzig Meilen, Kurs eins-sechs-null bei sechsunddreißig Knoten.« Also drei zu eins. Die Navy war da!

Rear Admiral Curt Walker spürte, wie sich die Armlehne in seine Rippen drückte, als sich der Zerstörer hart überlegte. Doch er ignorierte das unangenehme Gefühl. »USW, wiederholen Sie!«

Lieutenant John Ridgeway, der U-Jagdoffizier der *John P. Ashton,* versuchte verzweifelt, seinen Computern eine genauere Analyse zu entlocken. »Doppelkontakt Sir! Einer hört sich an wie die *San Diego*. Tiefe sechshundert Fuß, Geschwindigkeit zehn Knoten, ziemlich genau in Lage Null. Aber ich kriege keinen Abstand, Sir.«

»Sie sind der Experte, Lieutenant. Wie lautet Ihre Einschätzung?«

Ridgeway und sein Sonarunteroffizier wechselten tief unten im Rumpf einen kurzen Blick miteinander. Dann wandte der USW sich wieder an den Admiral fünf Decks höher. »Ich höre ein leichtes Wellenschaben. Irgendjemand hat dort eine Schraubenwelle, die bald den Geist aufgeben wird. Ich glaube nicht, dass es die *San Diego* ist, Sir. Auch wenn das Geräusch aus der gleichen Peilung kommt.«

Fullspeed Walker blickte durch die Brückenfenster nach vorn. Der Zerstörer schien über das Wasser zu fliegen. Vor ihnen waren *zwei* U-Boote, ziemlich genau in der gleichen Peilung. Es musste einfach so sein. Für einen Augenblick zögerte er, dann wandte er sich um. »Kommandant? Sie haben alles gehört?«

»Aye, Sir! Was haben Sie vor?«

Der Admiral warf einen Blick auf die dunkle See. Wenn sie Pech hatten, dann würden sie unter Umständen mit voller Fahrt in irgendwelche treibende Wrackteile des versenkten Schiffes rauschen. Er verzog das Gesicht. »Ich werde der *Dalleigh* und der *Robert King* befehlen, weiter auszuschwärmen. Mit Zickzack, Captain.«

Lieutenant Tennant an Bord der *San Diego* verlor die *Tuscaloosa* zeitweilig immer wieder aus dem Passivsonar. Einer seiner Petty Officers gab laufend die Peilungen durch. Tennant selbst lauschte immer wieder mit seinen elektronisch verstärkten Sinnen in den Bereich vor dem Boot. Immer wieder hörte er für kurze Augenblicke das Geräusch, das auch seinem Kameraden an Bord der *John P. Ashton* aufgefallen war. Etwas stimmte nicht mit der Schraubenwelle der *Tuscaloosa*. Das Geräusch hatte sich verändert, seit die Computer das letzte Mal mit den Daten des Schwesterbootes gefüttert worden waren. Es war ein leichtes Pfeifen hinzugekommen. Nicht sehr stark, jedenfalls erkannte das Analyseprogramm die *Tuscaloosa* immer noch an ihrem typischen Schraubengeräusch. Aber es gab eben ein Wellenpfeifen.

In der Zentrale lauschte Roger Williams etwas ratlos den Peilungen, die ihm der Petty Officer für die Zerstörer aus Walkers Kampfverband durchgab. Wo war das vierte Schiff? Hatte Walker noch einen Trumpf im Ärmel, oder hatte er seinen vierten Zerstörer zurücklassen müssen?

Wieder kam eine Meldung aus dem Lautsprecher. »Kontakt eins dreht nach Backbord, eins-sechs-null geht durch. Kontakt zwei beginnt ebenfalls zu drehen, nach Backbord. Kontakt drei beginnt ebenfalls. Der dreht nach Steuerbord, Sir!« Es hörte sich an, als hätte der Petty Officer in seiner Verblüffung über das plötzliche Manöver völlig vergessen, wie eine ordentliche Meldung lautete.

Auch der Kommandant der *San Diego* war einen Augenblick überrascht, bis er begriff, was vor sich ging. Abrupt fuhr er herum. »Schotten schließen! Klar für Notaufstieg! Ops, Abwehrmaßnamen vorbereiten.«

»Aber wieso ... Sir?«, fragte sein Erster sichtlich perplex.

Doch der Kommandant nahm sich nicht die Zeit, Erklärungen zu geben. Seine nächsten Befehle gingen an die Rudergänger: »Steuerbord zwanzig«, »Maschine AK voraus!«

Der Erste fasste sich wieder, als die schweren Stahlschotten zuschlugen. »Neuer Kurs, Sir?«

»Neuer Kurs wird zwo-sieben-null.« Hinter dem Kommandanten wurde auch das Zentraleschott geschlossen. Die *San Diego* war nun in mehrere wasserdichte Abteilungen unterteilt. Theoretisch konnte sie selbst dann wieder an die Oberfläche kommen, wenn drei dieser Abteilungen voll gelaufen waren. Was die Männer in den Abteilungen davon halten würden, war eine andere Sache. Williams hatte bisher darauf verzichtet, die Schotten schließen zu lassen, weil bei einem Treffer durch einen schweren U-Boot-Torpedo ohnehin nichts anderes als ein Totalschaden herauskommen konnte. In so einem Fall machten die Schotten keinen Unterschied mehr, aber die psychische Belastung der Besatzung würde dadurch, dass sie in kleine stählerne Grüfte eingeschlossen war, ins Unendliche wachsen.

Die Erregung aus den Stimmen der Offiziere schwand, und mit ausdrucksloser Sachlichkeit gaben sie ihre Befehle. »Aufkommen«, der Erste konzentrierte sich auf die abrupte Kursänderung, »Stützruder, gehen Sie auf zwo-sieben-null.«

Plötzlich wütend, griff der Navigationsoffizier nach einem Bleistift, der über die Karte rollte, als das Boot sich überlegte. Ein Schweißtropfen fiel auf die Karte, und Dan Kearny wischte sich verstohlen über die Stirn. Kearny war jung und ehrgeizig. Der Posten des Navigationsoffiziers erschien ihm als gutes Sprungbrett für seine weitere Karriere, jedenfalls hatte er das bis zu diesem Augenblick angenommen. Doch nun hatte der Kommandant die Hosen heruntergelassen. Bei der Show, die sie hier veranstalteten, mussten die Burschen auf der *Tuscaloosa* schon taub sein, um sie nicht zu orten. Im Geiste sah Kearny bereits die Torpedos des anderen Bootes durch das klare Wasser auf sie zurasen.

Angela Hunt horchte angestrengt in die dunkle Tiefe. Das Meer war voller Geräusche. Die Zerstörer fuhren Zickzack, um kein Ziel zu bieten. Nicht, dass diese Taktik im Falle eines Falles wirklich Sicherheit bieten würde. Dennoch schworen alle Zerstörerkommandanten darauf. Die vorläufige Folge war zumindest, dass es etwas länger dauern würde, bis die Kriegsschiffe in Reichweite der Waffensysteme der *Tuscaloosa* kamen.

Verblüfft registrierte sie ein neues Geräusch. Der Sonarmann der Sektierer, Bruder Jeremy, hob ebenfalls den Kopf. Dann griff er zum Mikrofon. »Neuer Kontakt, U-Boot in Lage hundertachtzig, dreht nach rechts aus, Tiefe sechshundert Fuß, Geschwindigkeit zwanzig Knoten, steigend.«

In der Zentrale meldete sich Bocteau. »Nun, Mrs. Hunt? Was haben Sie mir dazu mitzuteilen?« Seine Stimme klang beinahe gelangweilt.

Angela warf einen kurzen Blick zum rückwärtigen Schott. Petty Officer Wilkins kniete auf dem Stahldeck, und Bruder John hielt ihm eine Waffe an den Kopf. In der düsteren Beleuchtung des Sonarraumes sah der Mann aus, als wäre er bereits tot. Trotzdem hielt er den Blick starr auf sie gerichtet. Mehr als ein »Nein, Ma'am ...« brachte er nicht hervor, weil Bruder John ihm kurzerhand den Lauf über den Schädel zog.

»Bastard!« Wütend funkelte sie ihn an.

Bruder John blickte ungerührt auf die Gestalt zu seinen Füßen. »Ich glaube, der Meister erwartet immer noch eine Antwort.«

»Es ist ein Angriffsboot, Los-Angeles-Klasse«, sagte sie ins Mikrofon, dann fragend zu dem Sonarmann am anderen Pult: »Analyse?«

»Läuft bereits, Ma'am.«

»Vergessen Sie es!« Ihre Stimme klang beherrscht. »Es handelt sich um die *San Diego*. Ich erkenne sie an ihrem Strömungsgeräusch.«

»Bruder Jeremy?«

Der Sonarmann beugte sich vor. »Los Angeles, definitiv. Mehr kann ich dazu nicht sagen.«

»Was tut sie? Das ist viel wichtiger.«

»Meister, sie dreht weiter nach Westen ein und erhöht die Geschwindigkeit.« Bruder Gerard drehte hektisch an den Einstellungen. »Sie scheint vor uns zu flüchten.«

Einen Augenblick herrschte Stille. Da hörte Angela durch die Sprechverbindung, wie Bocteau begann, Befehle zu erteilen. »Auf fünfzehn Knoten gehen. Auf Bruder Johannes zusteuern, wir nehmen das Tauchboot auf.«

Angela spürte, wie die *Tuscaloosa* sich hart überlegte, als das Boot den Kurs wechselte.

Lieutenant Ridgeway, U-Jagdoffizier an Bord der *John P. Ashton*, verfolgte gespannt die Manöver der beiden U-Boote und gab ständig Meldungen an die Operationszentrale und den Admiral auf der Brücke weiter. »Es sind beides Los-Angeles-Boote, Sir.«

»Sie können aber nicht genau identifizieren, welches der beiden Boote die *Tuscaloosa* ist?«, fragte der Admiral gespannt zurück.

»Es ist schwer zu sagen, es gibt Strömungen mit unterschiedlicher Temperatur im Wasser. Alles ist verzerrt. Wir bräuchten einen Hubschrauber samt Sonarbojen, um uns unter den Wasserschichten umzuhören.«

»Können Sie sich auf den Hubschrauber der *Mahan* aufschalten?«, erkundigte sich Walker.

»Wenn der USW der *Mahan* mitspielt? Wie weit ist die *Mahan* entfernt, Sir?«

Die ruhige Stimme des Kommandanten mischte sich ein. »Der NO versichert mir, dass die *Mahan* knapp dreißig Meilen entfernt ist. Wenn wir hier eine Weile Zickzack fahren, dann kann sie aufholen, Sir«

Walker nickte zustimmend und wandte sich direkt an einen Signalgast. »Signal an *Mahan*, sie sollen ihren Hubschrauber starten. Sagen Sie denen, wir haben zwei Kontakte und können nicht mit der Fahrt runtergehen. *Mahan* soll deswegen für uns Auge und Ohr spielen.« Ein grimmiges Lächeln spielte um seine Lippen. Natürlich würde es dem Kommandanten der *Mahan* kaum gefallen, nicht an der Jagd beteiligt zu sein, aber wer zu spät kam, den bestrafte eben das Leben.

Commander Williams verzog angewidert das Gesicht. Mit voller Kraft glitt das U-Boot über den Rand des Schelfs. Ab jetzt hatte er Handlungsfreiheit. Das bedeutete, dass er nun die volle Tauchtiefe und Beweglichkeit seiner *San Diego* ausnutzen konnte. Ab jetzt spielten die *San Diego* und die *Tuscaloosa* unter gleichen Bedingungen. Nur dass er wenig Neigung spürte, das eigene Schwesterboot zu versenken. Der gegenwärtige Kommandant der *Tuscaloosa* mochte in dieser Hinsicht etwas andere Gedanken hegen.

Wer auch immer sein Gegenspieler sein mochte, er war ein gewitzter Hund. Statt sich hinter die *San Diego* zu klemmen, als er versucht hatte, den Zerstörern klarzumachen, wer Jäger und wer Gejagter war, hatte der Bursche selbst angefangen, mehr Lärm zu machen, und war nach links abgeschwenkt. Womit die da oben wieder das Problem hatten, herauszufinden, welches Boot eigentlich die *Tuscaloosa* war. Hier unten war immer alles einfach, aber oberhalb der schützenden Sprungschichten würden die Sonarleute kaum eine Chance haben, die feinen Unterschiede herauszuhören. Die Verzerrungen durch die unterschiedlichen Wasserschichten würden zu groß sein.

Folglich würden sie einen Hubschrauber losschicken, was aber zugleich bedeutete, dass einer der Zerstörer sich dazu zurückfallen lassen musste, denn der Helikopter konnte kaum bei voller Fahrt starten, während das Schiff gegen den Seegang stampfte. Also waren die Zerstörer im Augenblick aus der Partie raus, weil sie nicht wussten, wen sie ins Visier nehmen sollten, und damit war die *San Diego* wieder einmal auf sich allein gestellt. Was für ein Schlamassel!

Der Kommandant wandte sich um. »Sonar! Was haben wir für Sprungschichten?«

Die Antwort von Tennant kam prompt. »Auf dreihundertachtzig Fuß bis weit unter vierhundert, und dann erst wieder ab siebenhundertsechzig Fuß. So wie es aussieht, knapp unter tausend Fuß noch eine dritte Sprungschicht mit einer starken Querströmung.« In der Stimme schwang Bedauern mit. Tausend Fuß. Die Sprungschicht war zu verlockend. Dick und mit querströmendem kälterem Wasser durchsetzt, war sie für jedes U-Boot so etwas wie Laurins schützender Tarnmantel. Selbst das beste Sonar der Welt konnte ein schnelles Boot in diesem Durcheinander nicht ausmachen. Doch tausend Fuß waren verdammt viel selbst für die Los-Angeles-Klasse, deren maximale Tauchtiefe ungefähr bei achthundert Fuß plus x lag. Dieses x konnte verdammt groß sein, aber wenn er es überschritt, würde das Boot zerquetscht werden wie eine leere Blechbüchse. Bei tausend Fuß hatte die *San Diego* wohl nicht mehr viel von diesem x übrig.

Williams hatte sich entschieden. »Number One, wir nehmen die mittlere Schicht bei siebenhundertsechzig Fuß. Bringen Sie uns runter.«

Der Hubschrauber war nur eine Minute zu spät dran. Als die Sonarboje die Wasseroberfläche durchbrach, waren beide Boote bereits in den Sprungschichten verschwunden. Mehr oder weniger orientierungslos kreisten die Zerstörer wie ein Rudel wütender Jagdhunde, das die Spur verloren hat.

Für Augenblicke herrschte in den Zentralen beider Boote atemloses Schweigen. Während die *San Diego* durch die Geräuschentwicklung der Zerstörer den Kontakt verloren hatte, war das Sonar der *Tuscaloosa* zeitweilig dadurch behindert, dass direkt vor der Sonarsphäre in der Bugsektion das kleine Tauchboot der *Celebes* alle anderen Geräusche überdeckte. Doch nun saß das Tauchboot huckepack fest verankert auf der achteren Luke. Die *Tuscaloosa* war bereit, sich auf die nächste Etappe ihrer Reise zu begeben. Wenn nur nicht irgendwo in der Finsternis ein anderes U-Boot auf sie lauerte.

Angela Hunt registrierte das Geräusch, kaum dass es aufgetaucht war. Mit aller Kraft musste sie den Impuls unterdrücken, dem Kommandanten in der Zentrale eine sofortige Warnung zukommen zu lassen. Doch Bruder John hatte bemerkt, wie sie sich auf die Lippen biss. Wütend drückte er ihr den Lauf seiner MP gegen den Hinterkopf. »Los, spucken Sie aus, was es gibt!«

Sie biss sich so heftig auf die Unterlippe, dass ein Tropfen Blut hervortrat. Langsam schloss sie die Augen. Sie brauchte die Computer nicht, um zu wissen, dass das Objekt schnell Fahrt aufnahm. Dem schrillen Surren der Schraube nach zu urteilen, musste der Torpedo bereits nahezu auf Spitzengeschwindigkeit sein.

»Torpedo im Wasser. Peilung zwo-vier-null, fünfzig

Knoten«, brüllte der Sonarmann neben ihr entsetzt in das Mikrofon. Angela ignorierte ihn.

Das erste Ping des Aktivsonars traf die Hülle der *Tuscaloosa*. Geisterhaft hallte der Ton durch den metallenen Rumpf. Ein Geräusch, das sich seit den Zeiten des letzten Weltkrieges nicht verändert hatte. Ein Klang, der in jedem U-Boot-Fahrer Urängste auslöste. Als Angela den hohen Ton hörte, wusste sie, dass der Torpedo nun auf sein internes Zielsuchsystem umgeschaltet hatte. Sie versuchte sich an ein Gebet aus ihrer Kindheit zu erinnern, brachte aber keines mehr zusammen. Alles was ihr einfiel, waren ein paar Worte: »… beschütze uns jetzt und in der Stunde unseres Todes …«

Das zweite Ping traf die Hülle und schnitt wie ein scharfes Skalpell in die Schädel aller. Bocteau in der Zentrale überwand seine Lähmung. »Volle Kraft, Kurs null-vier-fünf. Runter, runter so schnell es geht!«

Die schwere Walform der *Tuscaloosa* begann sich abrupt in eine Schraubenkurve zu legen und den Bug steil nach unten zu richten. In der Gefangenenkammer riss es die Männer von den Beinen. Flüche und Schreckensrufe mischten sich zu einem wilden Durcheinander. Einer hielt sich im Schottrahmen fest und hämmerte mit aller Kraft gegen das Metall. »Lasst uns raus, ihr Hunde …« Doch die Wachposten draußen hatten sich längst instinktiv unter dem achteren Wartungsschott versammelt, dem einzigen Fluchtweg aus dem stählernen Sarg, den sie sahen. Auch wenn es in dieser Tiefe so und so kein Entrinnen mehr gab.

»Abwehrmaßnahmen einleiten!« Bocteaus Stimme klang schriller als sonst, ein Zeichen, dass auch er die Kontrolle verlor. Doch in der allgemeinen Panik fiel das keinem auf.

Am Achterschiff stieß die *Tuscaloosa* zwei Geräuschbojen aus, die sofort große Blasenwolken zu produzieren begannen.

Der Torpedo verlor sein Ziel für einige kurze Momente aus den Sensoren. Sein Passivsonar reagierte auf die Geräuschentwicklung der beiden Täuschkörper, sein Aktivsonar konnte zwar die beiden Festkörper nicht einpeilen, doch auch die Entfernungs- und Richtungspeilung zum U-Boot war nicht eindeutig, weil der Echolot-Impuls auf dem Weg zur *Tuscaloosa* zweimal die Blasenwolke passieren musste. Das klassische Manöver wäre es nun gewesen, steil aufzusteigen und durch den Auftrieb und die Kraft der Schrauben so schnell zu werden, dass der Torpedo den Kontakt verlor. Spätestens die Geräuschentwicklung, wenn ein großes Atom-U-Boot im Notmanöver die Wasseroberfläche durchbrach und bis zur Höhe des Turmes steil in die Luft ragte, bevor die Schwerkraft es wieder einholte und wie einen springenden Wal wieder ins Wasser zwang, hätte dem vergleichsweise einfachen Suchkopf des Torpedos jede Chance genommen, die Spur weiter zu verfolgen. Soweit jedenfalls die Theorie.

Die *Tuscaloosa* jedoch tauchte immer tiefer. Einige Besatzungsmitglieder blickten erschrocken auf, als sich zu dem Ping des Torpedos ein weiteres unheimliches Geräusch gesellte. Zuerst war es nur ein leises Knacken, aber als der zunehmende Druck immer stärkere Kräfte entwickelte, knirschte plötzlich die ganze Hülle.

Als das Boot die achthundert Fuß passierte, schossen zwei Torpedos aus den Rohren drei und vier, die ihrerseits sofort Fahrt aufnahmen und auf die *San Diego* zusteuerten, die gerade einen neuen Bogen schlug, um aus sicherem Abstand die weiteren Ereignisse zu verfolgen.

Roger Williams entschied sich für die Lehrbuchlösung, die von der Navy für Situationen wie diese angegeben war. Die *San Diego* stieß ebenfalls zwei Täuschkörper aus, begann dann aber sofort mit einem rasanten Aufstiegsmanöver. Allerdings hatte in der Praxis noch nie jemand ernsthaft versuchen müssen, einem scharfen Torpedo auf diese Art und Weise zu entkommen. Das Boot stieg so schnell nach oben, dass er sich wie alle anderen seiner Besatzung festklammern musste, um nicht einfach nach achtern zu rutschen.

Was von der Theorie her aber nicht abgedeckt wurde, war ein an sich unwahrscheinliches Problem. Was würde geschehen, wenn das Aktivsonar eines Torpedos tatsächlich den Metallkörper eines Täuschkörpers selbst einfing?

Die *San Diego* war nur einige hundert Yards von ihren eigenen Täuschkörpern entfernt, als der erste Torpedo einschlug. Er traf nicht das U-Boot, aber er detonierte an dem mit äußerster Genauigkeit eingepeilten Metallfass. Die Nahdetonation von sechshundertfünfzig Pfund hochbrisantem Sprengstoff löste eine Druckwelle aus, die sich mit einer viel höheren Geschwindigkeit bewegte als jeder Torpedo. Nur Sekundenbruchteile später folgte die zweite Druckwelle, als der Sprengmechanismus des zweiten Torpedos durch die erste Explosion ebenfalls ausgelöst wurde.

Die Wucht der beiden Nahdetonationen traf die *San Diego* wie ein gewaltiger Schmiedehammer. Der gesamte Rumpf wurde geschüttelt wie eine Ratte im Maul eines Terriers. Das Licht flackerte kurz, bevor es ganz erlosch. Schreckensrufe ertönten, lose Gegenstände flogen durch die Dunkelheit, und Männer, die den Halt verloren, purzelten übereinander oder rutschten gegen das achtere Schott. Die elektrische Steuerung der achteren Tiefenruder fiel aus. Einen Augenblick später durchbrach die außer Kontrolle geratene *San Diego* die Wasseroberfläche mit der kombinierten Kraft ihres Auftriebes und ihrer großen Schraube.

Einen wie eine Ewigkeit erscheinenden Augenblick lang sah es von den in der Nähe kreuzenden Zerstörern aus so aus, als würde das Boot tatsächlich aus dem Wasser springen. Erst als bereits nahezu hundert Fuß des Bootes aus dem Wasser ragten, rissen die Kräfte der Schwerkraft den schweren Rumpf wieder herab, und mit einer gigantischen Bugwelle fiel die *San Diego* zurück ins Wasser. Da alle Tauchtanks ausgeblasen waren und zudem die achteren Tiefenruder Auftrieb produzierten, setzte das Boot noch für Minuten seine Fahrt an der Oberfläche fort, bevor die Besatzung es wieder in den Griff bekam. Im Inneren wirkten die Männer im schwachen Licht der Notbeleuchtung wie wandelnde Tote, aber sie waren noch einmal davongekommen.

USS *Dalleigh* fing eine weitere Explosion auf. Irgendwo in großer Tiefe war ein Torpedo explodiert. Aber es gab keine Folgeexplosionen. Als nur Minuten später Hubschrauber Sonarbojen einsetzten, konnten sie keine Spur der *Tuscaloosa* mehr finden. Auch die *San Diego*, die zwar leicht beschädigt, aber trotzdem noch einsatzbereit war, suchte vergeblich mit all ihrer Technik. Wieder einmal war die *Tuscaloosa* verschwunden.

10. Kapitel

7. Tag, 01:30 Ortszeit (SAST), 23:30 Zulu – Port Elizabeth

DiAngelo und die anderen Männer im Stab hatten die Ereignisse vor Kap Agulhas per Funk mitverfolgt. Nachdem die *Tuscaloosa* beinahe die *San Diego* versenkt hatte, kam auch der erste Bericht von Commander Williams herein.

Betretenes Schweigen erfüllte das große Lagezimmer, DiAngelo aber konnte nur an eines denken: Angela lebt! Alles andere erschien dagegen unwichtig. Er hätte vor Erleichterung an die Decke springen können, aber wahrscheinlich hätten die anderen Offiziere ihn dann nur irritiert angesehen.

Er unterdrückte seine Freude und zwang sich, einen unbewegten Gesichtsausdruck zu bewahren. Er wandte sich an einen der südafrikanischen Offiziere. »Ich brauche einen Transfer zur *San Diego*. Das Boot wird sicherlich noch zwei oder drei Stunden lang die Gegend dort absuchen.«

Der junge Mann nickte und machte sich auf den Weg, um alles Erforderliche zu veranlassen. Admiral Turner blickte DiAngelo nachdenklich an. »Wohin ist Ihr Boot entwischt? Zurück in den Atlantik oder in den Pazifik? Was glauben Sie?«

»Gute Frage, Sir. Die Wahrscheinlichkeit spricht für

den Pazifik. Warum sonst hätte die *Tuscaloosa* bis hier herunter fahren sollen?«

Turner warf einen prüfenden Blick in das Gesicht des Commanders. »Sie glauben aber nicht wirklich daran?«

»Ich weiß nicht, was ich glauben soll, Sir. Irgendetwas stimmt nicht an der Sache. Ich komme nur nicht darauf, was.«

Turner drehte sich kurz zu seinem Stabschef um. »Haru, der Commander und ich sind in meinem Büro. Sagen Sie Bescheid, wenn sich unsere Fregatten melden oder wenn der Hubschrauber für Commander DiAngelo bereitsteht.«

»Aye Sir!« Der Stabschef salutierte kurz, aber sein Blick war auf DiAngelo gerichtet. »Und falls wir uns nicht mehr sehen, Commander, viel Glück!«

»Danke, ich werd's brauchen können«, sagte DiAngelo und folgte Turner in dessen Büro, das nicht weit entfernt am Gang lag.

Achtlos deutete der Admiral auf einen Sessel. »Setzen Sie sich, DiAngelo. Bourbon oder lieber Scotch?« Ohne auf eine Antwort zu warten, öffnete er eine gut sortierte Bar.

Robert streckte erst einmal vorsichtig das schmerzende Bein aus. »Bourbon, Sir, wenn es recht ist.«

Der Admiral kam mit zwei Gläsern und reichte eines davon dem Commander. Nachdenklich ließ DiAngelo die Eiswürfel klingen. Seit diese verdammte Geschichte losgegangen war, hatte er keinen Tropfen Alkohol mehr angerührt. Vielleicht war es das, was er jetzt brauchte, einen Augenblick des Vergessens. Doch noch war Angela irgendwo da draußen.

Turner hob sein Glas. »Prost, Commander.« Er kippte den Drink in einem Zug und lehnte sich zurück. Wieder betrachtete er DiAngelo prüfend. »Sie scheinen mir nicht sehr unglücklich darüber zu sein, dass Ihre Leute das Boot nicht erwischt haben?«

»Es ist meine Aufgabe, das Boot zu finden.«

»Zu finden? Oder zu versenken?« Turner ließ sich nicht beirren.

DiAngelo zuckte mit den Schultern. »Wenn es sich machen lässt, würde ich alles gerne zu Ende bringen, ohne das Boot zu versenken.«

»Sie haben jemand an Bord?«

DiAngelo grinste säuerlich. »Bin ich so leicht zu durchschauen?« Zur Ablenkung nahm er einen Schluck von seinem Bourbon. Der Geschmack des Alkohols vertrieb die Benommenheit aus seinem Hirn.

»Ich bin ein alter Mann und habe schon einiges erlebt, Commander«, erklärte Turner gelassen. »Was halten Sie übrigens von folgender Frage: Warum entführt jemand ausgerechnet ein Jagd-U-Boot? Wäre es wirklich nach dem, was Ihre Leute schon herausgefunden haben, so viel schwieriger gewesen, eines Ihrer Raketenboote zu entführen?«

Langsam stellte Robert sein Whiskeyglas auf dem Schreibtisch des Admirals ab. »Darüber grüble ich schon die ganze Zeit nach, Sir, bin aber noch zu keiner Erleuchtung gekommen.«

»Worin«, fragte Turner, »besteht eigentlich der Unterschied zwischen einem Jagdboot und einem ballistischen Boot?«

»Nun, das Raketenboot bleibt in tiefem Wasser und schießt seine Raketen auf Festlandsziele ab, das Jagdboot dagegen kann überall stecken und andere U-Boote diskret verfolgen. Es ist, wie der Name schon sagt, ein Jäger.«

Turner schüttelte den Kopf. »Sie denken zu kompliziert, Commander. Zunächst einmal kann Ihr Boot große Metallmassen im Meer finden, und es kann alles finden, was Geräusche verursacht. Oder habe ich etwas vergessen?«

»Im Falle der *Tuscaloosa* kommt hinzu, dass sie sozusagen unter Wasser riechen kann. Das ist aber geheim, Admiral.«

»Etwa so geheim wie die Tatsache, dass jemand Ihnen ein Boot gestohlen hat?« Turner lächelte vielsagend. »Soweit ich weiß, hat *Jane's* bereits vor einem Jahr davon berichtet, dass einige Ihrer Boote derartige Systeme testen. Also ist die *Tuscaloosa* mit so etwas ausgerüstet? Interessant, vor allem im Zusammenhang mit Ihrem kleinen Problem.«

»Inwiefern?« DiAngelo beugte sich vor.

Turner spielte nachdenklich mit einem Stift. »Waren Sie mal auf Hawaii, Commander? In Pearl Harbour im Arizona Memorial?«

»Natürlich, Sir!«

»Gut ...«, energisch warf der Admiral den Stift auf den Tisch, »denn das Schlachtschiff *Arizona* wurde am 7. Dezember 1941 versenkt, aber noch heute tritt Öl aus ihren Bunkern aus.« Er holte tief Luft. »Ich will es einmal anders formulieren, Commander. Ist Ihnen klar, dass wir uns in einem Seegebiet mit einer der größten Wrackdichten der Welt befinden? Ihre *Tuscaloosa* ist in der Lage, diese Schiffe zu inspizieren und eventuell sogar eines dieser Wracks zu bergen. Könnte das der Grund sein, warum dieser Bocteau ein Angriffsboot gestohlen hat statt eines Raketenbootes? Weil er keinen Atomwaffenangriff plant, sondern ein Wrack sucht?«

DiAngelo machte ein zweifelndes Gesicht. »Sie meinen, Bocteau ist ein gewöhnlicher Schatzsucher?«

»Es klingt abwegig, aber ich gebe zu, mir fällt kein anderer Grund ein, warum er statt eines Ihrer ballistischen Boote die *Tuscaloosa* gekapert hat. Wenn Sie herausbekommen, welches Wrack er sucht, können Sie ihn dort erwischen, aber ich fürchte, das wird Ihr anderes Problem nicht lösen.«

DiAngelo schüttelte den Kopf. »Nein, Sir, das wird es wohl nicht.« Entschlossen kippte er den Rest seines Drinks runter. »Ich muss mal in den Staaten anrufen, Sir.«

8. Tag, 21:30 Ortszeit (EDT), 01:30 Zulu – Langley

Roger Marsden war müde und frustriert. Seit Tagen hockte er zum Teil die ganze Nacht über im Büro. Seine Frau war es zwar gewohnt, dass es solche Zeiten gab, aber auch nach all diesen Jahren verspürte er immer noch ein schlechtes Gewissen deswegen. Doch der Gedanke an seine Frau war nicht die einzige Last auf seiner Seele.

Überall auf der Welt waren seine Leute im Einsatz und drehten buchstäblich jeden Stein um. Aber was dabei zum Vorschein kam, ergab kein Bild. Jedenfalls ließ sich kein Anhaltspunkt herleiten, worauf Bocteau es abgesehen hatte. Soweit sie es jetzt überblickten, verfolgte der Franzose keinerlei rassistische Motive, worauf Marsden zuerst gehofft hatte. Der Franzose schien alle Menschen gleichermaßen zu verabscheuen.

Auch die Durchleuchtung der Finanzen der Sekte kam nicht richtig voran. Bis vor einigen Jahren war Bocteau mehr oder weniger einer der vielen Möchtegern-Gurus gewesen. So, wie es aussah, war er ziemlich auf dem absteigenden Ast gewesen. Doch dann, von einem Tag zum anderen, war ein ganz anderer Bocteau zum Vorschein gekommen, der sich als charismatischer Anführer entpuppte. Er entwickelte plötzlich die Visionen, die ihm früher gefehlt hatten. Hatte also jemand anders eingegriffen, oder hatte sich etwas in Bocteau verändert?

Jedenfalls hatte die Sekte einen steilen Aufstieg genommen. Ein radikales Umweltverständnis und die totale Ablehnung jedweder weltlichen Gewalt mussten in einem Europa, in dem immer mehr Menschen staatlicher Macht misstrauten, auf einen gewissen Zuspruch stoßen. In Amerika hingegen war Bocteau mit seiner Kirche der letzten Tage nicht sonderlich gut angekommen und hatte nur sporadisch einige wenige kleine Gemeindezellen bilden können. Was den Franzosen aber nicht davon abgehalten hatte, in Europa seine Bastionen weiter auszubauen. Doch irgendwo hinter dieser Kulisse musste Bocteau den Plan ausgeheckt haben, sich eines U-Boots zu bemächtigen.

Es gab verschiedene Indizien, dass etwas vorging, aber weder Marsden noch einer seiner Analytiker konnte dahinter ein Schema erkennen. Offenbar hatte der Guru sich eine Art Fachbibliothek zugelegt. Zudem waren mehrere Sektenmitglieder in Zusammenhang mit einem Einbruch in die Registratur des Imperial War Museum in London gebracht worden, aber alles war im Sande verlaufen, zumal offenbar nichts gestohlen worden war. Dann wiederum war ein amerikanisches Sektenmitglied wegen einer relativ unbedeutenden Unterschlagung aus einem amerikanischen Werftunternehmen entlassen worden. Zwei weitere Sektenmitglieder hatten in einem Archiv der deutschen U-Boot-Waffe einen ansehnlichen Stapel Unterlagen kopiert, die aber sämtlich Boote des Zweiten Weltkrieges betrafen, die in allen Teilen der

Welt eingesetzt worden waren. Ein spezielles Interesse Bocteaus für eine bestimmte Region ließ sich von daher nicht erkennen.

Mit einem Seufzer beschloss der Agent, Schluss zu machen und nach Hause zu gehen. Er hatte bereits seinen Mantel angezogen und den Türgriff in der Hand, als das Telefon klingelte. Missmutig warf der korpulente Mann einen Blick auf den Apparat. Eigentlich hatte er nicht mehr die geringste Lust ranzugehen, aber das Pflichtgefühl siegte, wenn auch nur knapp.

»Marsden!« Es war mehr ein Bellen als das Nennen eines Namens.

Die Verbindung war nicht besonders gut, aber immerhin durch Scrambler gesichert, wie Marsden an einer grünen Diode erkannte, die ihn beruhigend anblinzelte.

»DiAngelo!«

»Schön, mal wieder was von Ihnen zu hören. Gibt es bei Ihnen was Positives?«

DiAngelo lachte trocken auf. »Wir hatten sie, aber sie ist uns wieder entwischt.«

»Nicht schön, aber deswegen rufen Sie mich doch nicht an. Was kann ich für Sie tun?« Marsden hatte mit Erleichterung bemerkt, wie vorsichtig der Commander sich ausdrückte. Er hoffte nur, dass DiAngelo dabei blieb. Für einen Augenblick dachte er darüber nach, ob er dem Mann einen Tipp geben sollte, aber er war nicht deswegen noch am Leben, weil er unnötig vielen Leuten vertraut hatte. Also wartete er geduldig ab, was DiAngelo auf dem Herzen hatte.

»Ich suche ein Schiff, ein Schiff, das vielleicht schon vor sehr langer Zeit gesunken ist. Gibt es Hinweise in der Vergangenheit unseres speziellen Freundes auf so etwas?«

»Es gibt unglaublich viele Hinweise auf unglaublich viele Dinge. Haben Sie etwas Bestimmtes im Sinn?«

»Es ist im Augenblick nur so eine Idee.« DiAngelo schien nachzudenken. »Es muss ein Schiff sein, das vor Südafrika gesunken ist. Eventuell Südspitze. Die meisten der Pötte, die hier auf Grund liegen, sind englische Schiffe aus dem Krieg.«

»Ein Typ, oder eine Zeit?« Marsden kritzelte hektisch ein paar Notizen auf seinen Block.

Bedauern klang in der Stimme des Commanders mit. »Leider nein. Ich suche eine Möglichkeit, aber ich habe nichts in der Hand.«

Marsden blätterte durch die dicken Berichtsstapel. »Kann es sein, dass wir ein deutsches U-Boot aus dem Krieg suchen? Oder ein britisches Schiff, das von so einem U-Boot versenkt worden ist?«

DiAngelo klang plötzlich hellwach. »Gibt es einen Hinweis darauf?«

»Vielleicht, aber im Augenblick nichts Konkretes. Wo erreiche ich sie in den nächsten zwölf Stunden?«

»Wahrscheinlich nur zu den normalen Funkzeiten auf der *San Diego*.«

»Alle sechs Stunden? Das übliche Verfahren?«

»Genau.« Einen Augenblick lang fragte sich der Commander, wieso der Agent über die Meldeverfahren für U-Boote Bescheid wusste, aber dann schob er die Überlegung beiseite. Bei einem Mann wie Marsden wunderte man sich am besten über gar nichts.

»Also gut, ich klemme mich dahinter.« Der Agent zögerte. »Ich habe so ein Gefühl, wir kommen der Sache näher. Aber seien Sie vorsichtig, es könnte sein, dass auch unser Gegner sehr lange Ohren hat.« Ohne abzuwarten, was der Commander vielleicht noch zu sagen hatte, legte er auf. Dann sah er sich kurz in seinem Büro um, bevor er mit einem deftigen Fluch den Mantel wieder auszog. Er würde sich wohl eine Pizza kommen lassen.

8. Tag, 21:00 Ortszeit (WAT), 20:00 Zulu –
110 Meilen südwestlich von Kap Agulhas, USS Tuscaloosa

Müde sah Angela Hunt sich um. Alle Männer schliefen. Der Raum war von ungleichmäßigem Schnarchen erfüllt, und die Luft war zum Schneiden dick. Doch das waren nicht die Gründe, die sie daran hinderten, Schlaf zu finden.

Verzweifelt ließ sie die vergangenen Stunden Revue passieren. Die Erregung und die Angst, als die *Tuscaloosa* zum gejagten Wild geworden war. Doch sie hatte keinen Finger gerührt. Die eigene Furcht hatte sie daran gehindert, etwas zu unternehmen. Es wäre so einfach gewesen, auch wenn außer den Kommandanten nur die Sonaroffiziere die Schwachstelle der leistungsfähigen Computersysteme kannten. Denn alle Rechner an Bord waren miteinander vernetzt. Nur alle zusammen erhielten das Boot aktionsfähig. Doch das Sonarsystem mit seiner Analysesoftware und den dazugehörigen umfangreichen Datenbanken war trotzdem ein eigenständiges Subsystem. Wenn nun aus irgendwelchen Gründen die Sicherungen dieses Systems über das bordeigene Netzwerk eingespielt wurden, was der Sonaroffizier von seinem Pult aus initiieren konnte, und wenn dann zufällig gleichzeitig Operationsrechner und Navigations- und Plotsystem online und im Gefechtsmodus waren, dann passierte etwas, das jeder Computerbenutzer kannte. Das Netzwerk war überlastet, und alles blieb stehen. Doch die

Ruhelage der ebenfalls computergesteuerten Tiefenruder war nicht etwa Nulllage, sondern oben fünfzehn. Mit anderen Worten, das Boot würde sich auf die Nase stellen und auf Tiefe gehen, bevor jemand etwas dagegen unternehmen konnte. So einfach war das.

Sie hatte mehrfach die Finger an der Konsole gehabt. Wahrscheinlich wäre es ihr gelungen, die notwendigen Befehle einzugeben, bevor der allgegenwärtige Bruder John begriffen hätte, dass es kein normaler Sonarparameter gewesen wäre, den sie da eingab. Doch sie hatte gezögert. Dann, als das Boot vor dem Torpedo in die Tiefe ging, war sie, wie fast jeder an Bord, vor Schrecken wie gelähmt gewesen. Der Rumpf hatte geächzt und gestöhnt, als die Tiefenruder das Boot immer tiefer in die Dunkelheit drückten. Der Bug war so steil nach unten gerichtet, dass es schwierig gewesen war, sich auf den Füßen zu halten. Es war ein klassisches Alarmtauchmanöver, nur dass die *Tuscaloosa* nicht vor einem Flugzeug geflohen war, sondern dass ein Torpedo hinter ihnen her war, der sie in seinem Peilsystem hatte.

Die Täuschkörper hatten die Waffe nur für Sekunden aufgehalten. Nachdem der Torpedo an den beiden Blasenwolken vorbeigestoßen war, hatte er nur Bruchteile einer Sekunde gebraucht, um die abtauchende *Tuscaloosa* neu zu erfassen.

Sowohl der Torpedo als auch das U-Boot waren für Tauchtiefen bis etwa achthundert Fuß konstruiert. Wie tief es wirklich ging, wusste niemand, aber sie wussten nun genau, dass der Torpedo etwas mehr als tausend Fuß geschafft hatte. Als der Druck auf der Hülle pro Quadratzoll in etwa dem Gewicht eines Mittelklassewagens entsprach, gab die Hülle nach. Irgendetwas in dem Metallfisch löste die Sprengladung aus, und der Torpedo detonierte nur dreihundert Yards hinter der *Tuscaloosa*. Sie erinnerte sich nur noch daran, wie sie die Zahlen auf dem Monitor angestarrt hatte, während das nervenzerfetzende Ping des Sonars jeden Winkel des Bootes ausfüllte. Dann war der Schlag gekommen.

Der ungeheure Wasserdruck verhinderte das Schlimmste, weil die Kraft der Sprengladung sich einfach totlief. Dennoch wurde die Hülle der *Tuscaloosa* bis zur Bruchgrenze belastet. Durch zwei kleine Risse spritzte das Wasser mit dem vollen Außendruck hinein und zerfetzte Leitungen und Gerätegehäuse. Als nach scheinbar endlosen Sekunden die Notbeleuchtung anging, war Angela aus ihrer Erstarrung erwacht und hatte eine Entscheidung getroffen. Es war mehr instinktiv gewesen. So schnell sie ihre Beine trugen, war sie in die Zentrale gerannt und hatte das Boot in die inzwischen über ihnen liegende dritte Sprungschicht auf tausend Fuß manövriert. Mit Schleichfahrt und Unterstützung durch die Kaltwasserströmung hatten sie sich langsam und sicher aus dem Kampfgebiet davongemacht. Bocteau hatte keinen Ton dazu gesagt. Auch nicht, als sie, zwei Stunden nachdem sie den letzten Kontakt verloren hatten, ohne ein Wort die Zentrale verlassen und sich in ihr Gefängnis zurückgezogen hatte.

Mittlerweile lagen die erschöpften Männer in tiefem Schlaf. Auch Angela fühlte sich am ganzen Körper wie zerschlagen. Nachdem sich das Adrenalin verflüchtigt hatte, war es, als hätte ihr jemand den Boden unter den Füßen weggezogen. Doch Schlaf wollte sich bei ihr nicht einstellen. So saß sie da und grübelte.

Kommandant würde sie nie und nimmer sein wollen. Und sollten ihre Vorgesetzten in einem Anfall geistiger Umnachtung doch einmal auf diese Idee kommen, würde sie ablehnen. Als der Torpedo hinter ihnen her war, war auf einmal vieles für sie klar geworden.

McKay, das war ein richtiger Kommandant gewesen. Er hätte sicher nicht gezögert, sein Boot mit Mann und Maus für immer auf Tiefe zu schicken. Alles war besser, als die Atomwaffen einem Irren zu überlassen. Er wäre zu einer endgültigen Entscheidung fähig gewesen.

Auch Bocteau besaß Kommandantenqualitäten. Als es hart auf hart gekommen war, hatte er konsequent gehandelt. Die Situation war für ihn ebenso unvorhersehbar gewesen wie für sie, aber er hatte nicht gezögert, sondern war gnadenlos bereit gewesen, alles für seine Mission zu opfern.

Sie zögerte bei dem Gedanken. Sogar ihr Exmann war ein besserer Kommandant gewesen, als sie es jemals sein konnte. Es war zu einfach gewesen, ihn zu verurteilen. Er war es gewesen, der Michael, ihren Bruder, geopfert hatte, als es auf seinem Boot im Hilfsmaschinenraum gebrannt hatte. Immer wieder hatte sie ihm vorgeworfen, er hätte versuchen müssen, die Männer irgendwie zu retten, aber sie hatte es immer vermieden, darüber nachzudenken, was für Möglichkeiten sie in seiner Situation gehabt hätte. Nun wusste sie, dass sie nie seine Entscheidung hätte treffen können. Nicht aus Angst um ihr Leben, sondern weil ihr eine entscheidende Fähigkeit fehlte.

Was machte einen Kommandanten aus? Sicher die Fähigkeit, Leute zu führen. Andererseits war das etwas, das die meisten Offiziere irgendwann lernten. Auch die Fähigkeit, in einer Krise die Nerven zu behalten, war nicht auf Kommandanten begrenzt. Doch es gab zwei Dinge, die den Kommandanten von seinen Offizieren unterschieden: Er konnte niemanden fragen, wenn er unsicher war, und er musste bereit sein, das Leben seiner Männer zu opfern. Was das eine betraf, würde sie damit vielleicht klarkommen, auch wenn sie nicht wusste, wie. Aber das andere würde für sie ein unüberwindliches Hindernis darstellen.

Genau wie Bocteau wussten auch viele ihrer Männer, dass sie das Boot vor den eigenen Leuten gerettet hatte. Vielleicht würde man sie dafür später vor ein Kriegsgericht stellen, aber das würde zumindest bedeuten, dass sie das alles überlebt hatten. Bis dahin würde sie versuchen, zumindest ihre Mannschaft am Leben zu erhalten. Sollte Bocteau die Cruise Missiles einsetzen oder seinerseits andere Schiffe angreifen, dann würde sie noch einmal neu nachdenken müssen.

Hätte Robert von diesen Überlegungen gewusst, so hätte er dazu vermutlich nur milde lächelnd angemerkt, sie sei inkonsequent. Womit er zu ihrem Ärger Recht gehabt hätte. Und dennoch vermochte sie nicht zu leugnen, wie sehr sie ihn vermisste. Ihre Scheidung lag lange genug zurück, um sich daran gewöhnt zu haben, wieder allein zu leben. Doch irgendwie stimmte das nicht. Alles stimmte einfach nicht mehr, und das nicht erst, seit Bocteau dieses verdammte Boot gekapert hatte.

Wehmütig erinnerte sie sich daran, dass Bob immer Kinder gewollt hatte, eine richtige Familie. Aber das hätte bedeutet, dass sie ihre Karriere hätte aufgeben müssen.

Noch während sie den Erinnerungen an ihre Ehe nachhing, an die gemeinsamen Kinobesuche, an Candlelight Dinners und an seine ganz besondere Art, sie in den Arm zu nehmen, entspannte sie sich unmerklich. Ohne dass es ihr bewusst wurde, fielen ihr die Augen zu. Ihr letzter Gedanke war, dass sie dankbar sein musste, dass nicht Bob hinter der *Tuscaloosa* her war, denn vor jenem Unfall hatte er die drei letzten Gefechtsübungen gegen McKay jedes Mal gewonnen. Trotzdem lag ein Lächeln auf ihrem Gesicht, als sie einschlief.

8. Tag, 22:30 Ortszeit (BST[9]), 21:30 Zulu – London

Die Männer blickten einander bedeutungsvoll an. »Wir sind uns also einig?«

Der Mann am Kopfende des Besprechungstisches sah sich um. »Sie versichern mir also, dass diese ... Lukretia ... wieder da ist? Es ist kein blinder Alarm?«

»Alles deutet darauf hin, Premier.« Der Sprecher war ein großer schlanker Mann mit pechschwarzem Haar. Jede seiner Bewegungen war sparsam, als würde er seine Kräfte sorgsam rationieren. Im Gegensatz zum Premierminister wirkte er keineswegs müde. Er hob ratlos die Hände. »Das Schiff liegt so tief, dass damals niemand auch nur im Entferntesten an eine Bergung dachte. Mittlerweile jedoch ...« Er brach ab. Es gab nichts mehr dazu zu sagen.

Der Premier nickte. »Ich verstehe, was Sie meinen, Jack. Trotzdem würde es mich interessieren, wie lange Sie schon etwas von der Geschichte ahnten.«

»Nun, es gab vereinzelt immer mal wieder vage Hinweise, aber wir konnten uns keinen Reim darauf machen. Jetzt, im Zuge der jüngsten Erkenntnisse, er-

---

[9] BST = British Summer Time = Britische Sommerzeit.

scheint natürlich alles in neuem Licht.« Der Mann, der mit Jack angesprochen worden war, wich dem Blick des Premiers nicht aus. Trotzdem war ihm klar, dass die anderen Männer am Tisch etwas von ihm abrückten, als wäre Misserfolg eine ansteckende Krankheit.

Er unterdrückte ein abfälliges Grinsen. Der Geheimdienst wusste über manche Kabinettsmitglieder alles und über einige viel. Auf jeden Fall verfügte MI5 über genügend Material, um gegen Angriffe auf sich gewappnet zu sein. Der Mann, der Jack genannt wurde, war sich ziemlich sicher, dass er auch diese Krise unbeschadet überstehen würde. Schließlich hatte er schon sämtliche Vorgänger dieser Minister überlebt.

»Gut, Jack«, sagte der Premier kühl, »dann haben wir keine andere Wahl. Wir werden den Amerikanern reinen Wein einschenken müssen. Soweit ich weiß, ist es dort jetzt früher Abend. Sie sollten also noch jemanden erreichen.«

Der schlanke Mann erhob sich. »Wie Sie wünschen, Herr Premierminister.« Er wandte sich zum Gehen.

Kurz vor der Tür stoppte ihn die Stimme des Premiers. »Und morgen früh hätte ich gern eine Liste aller möglichen Leichen, die in dieser Richtung sonst noch im Keller liegen, auf meinem Schreibtisch. Ich hoffe, wir haben uns verstanden, Jack?«

»Voll und ganz, Herr Premierminister.«

»Sehr gut.« Der Premier sah in seine Unterlagen. »Wenn also keine weiteren dringenden Punkte mehr anliegen, würde ich vorschlagen, diese Sitzung zu beenden. Bitte stellen Sie aber sicher, innerhalb kürzester Zeit verfügbar zu sein, meine Herren.« Er blickte ernst in die Runde. »Es könnte sein, dass wir uns in dieser Angelegenheit nicht auf vornehme Zurückhaltung beschränken können.«

8. Tag, 17:40 Ortszeit (EDT), 21:40 Zulu – Langley

Roger Marsden hatte sich wenigstens zum Lunch kurz mit seiner Frau getroffen und am Nachmittag ein paar Stunden auf einer Liege im Büro geschlafen. Er rechnete damit, dass es eine turbulente Nacht werden könnte. Eingedenk der Zeitverschiebung würde es in Langley nach Mitternacht sein, wenn die ersten Morgenberichte aus Europa eintrafen, doch bis dahin würden noch einige Stunden vergehen.

Als das Telefon klingelte, blickte er überrascht über den Rand seiner Kaffeetasse. Das Display zeigte ihm, dass seine Sekretärin dran war. Er nahm den Hörer ab. »Ja?«

Sally schien widerlich frisch zu sein, dabei endete ihre Schicht demnächst. Vielleicht war sie deswegen so gut gelaunt. »Ich habe jemanden aus England an der Strippe. Er will seinen Namen nicht nennen, Sir. Er sagt, es ginge um ein gesunkenes Schiff. Soll ich ihn durchstellen?«

Im Kopf von Roger Marsden gingen ein gutes Dutzend Warnlampen gleichzeitig an. Trotzdem klang seine Stimme ruhig. »Ja, bitte. Ist die Leitung abhörsicher?«

»Stufe drei, Sir. Ich stelle durch.«

Es klickte kurz, dann drang eine Männerstimme aus dem Hörer. »Marsden?«

»Am Apparat.« Marsden schielte auf das Display. Scrambler, digitale Krypto und eine gesonderte Satellitenleitung. Der Mann gab sich wirklich Mühe.

»Wir kennen uns von einer Sitzung in Toronto, Roger. Nennen Sie mich Jack.«

Marsden verzog das Gesicht. Jack aus Toronto war sein Pendant beim britischen MI5. Wenn er trotz aller

Sicherheitsmaßnahmen nur um den heißen Brei herumreden wollte, dann musste ihm bildlich gesprochen der Kittel brennen. Er beschloss, etwas auf den Busch zu klopfen. »Sie bedeuteten meiner Sekretärin, dass Sie etwas über ein gesunkenes Schiff haben?«

»Es könnte sein, dass es jenes Schiff ist, das Ihre Leute suchen und zu dem Sie uns ja vor ein paar Stunden eine Anfrage geschickt haben.« Jacks Stimme klang unsicher. »Vielleicht erinnern Sie sich noch an 1945 und dass von Ihrer Seite aus ursprünglich geplant war, die Atombombe über Deutschland einzusetzen, aber mit der Mai-Kapitulation war dort der Krieg zu Ende. Also entschied man sich, die Bomben in Japan, über Hiroshima und Nagasaki, abzuwerfen. Es existiert ein Protokoll, aus dem hervorgeht, welches Angriffsziel das dritte sein sollte. Wahrscheinlich finden Sie es in ihrem eigenen Archiv. Dieser dritte Angriff unterblieb jedoch, weil Japan Anfang September kapitulierte.«

Marsden wunderte sich, warum Jack mit solchen nicht allzu geheimen Geschichten ankam. Nachdenklich malte er auf seinem Notizblock Männchen und meinte beiläufig: »Tokio, wenn ich mich richtig erinnere.«

Jack lachte leise auf. »Richtig. Was aber aus besagtem Protokoll nicht hervorgeht, ist, dass für Tokio nicht die Atombombe, sondern ein völlig anderer Waffentyp vorgesehen war. Wie Ihnen ja nicht ganz unbekannt sein dürfte, waren wir damals auf unserer Seite des Großen Teiches auf einem ganz speziellen Entwicklungssektor führend.«

»Ich habe es aber immer für ein Gerücht gehalten.« Marsden fühlte einen kalten Schauer über seinen Rücken laufen. »Was hat das aber mit Südafrika zu tun?«

»Nun, sagen wir mal so: Der für Tokio vorgesehene Prototyp war noch nicht ganz ausgereift. Einige Fakten, die wir heute kennen, waren damals noch unbekannt. Dennoch wurde er auf den Weg gebracht. Unglücklicherweise erlitt unser Schiff das, was Ihrem Kreuzer damals auf dem Rückweg von der Atombombenablieferung auch passiert ist. Leider geschah das schon auf dem Hinweg, irgendwo an der Südspitze Afrikas.«

Marsden fühlte, wie ihm immer mulmiger wurde, und vergewisserte sich daher nochmals: »Ein noch nicht ausgereifter Prototyp also?«

»Ja, so kann man es ausdrücken. Das Projekt hieß Lukretia, falls dieser Name irgendwo in Ihren Unterlagen auftauchen sollte.« Jack räusperte sich. »Ich habe jemanden mit den notwendigen Dokumenten zu Ihnen in Marsch gesetzt. Er wird sich bei Ihnen morgen früh Ihrer Zeit melden.«

Marsden nickte, obwohl sein Gegenüber das nicht sehen konnte. »Ich danke Ihnen. Es kann sein, dass ich auf Sie zurückkommen muss.«

»Wir werden Ihnen helfen, soweit es uns möglich ist. Sie werden sicher verstehen, dass wir diese Sache ungern an die große Glocke gehängt sehen würden?«

»Wir werden tun, was wir können, Jack.«

»Ich danke Ihnen, Roger.« Jack legte auf.

Für einige Augenblicke starrte Marsden den Hörer an, bevor er ihn vorsichtig ebenfalls auflegte. Innerlich kochte er allerdings vor Wut. Diese Bastarde hatten 1945 eine B-Waffe verloren, die jetzt noch immer auf dem Meeresgrund vor Südafrika lag. Verglichen damit war eine Atombombe eine kalkulierbare Größe.

1945 noch nicht ausgereift? Soweit er wusste, hatten die Engländer im Krieg mit Anthrax gearbeitet und das Zeug dann gut im Griff gehabt, nachdem sie versehentlich eine kleine Testinsel mit Milzbrand völlig verseucht hatten. Danach hatten sie sich verstärkt mit Lungenpesterregern beschäftigt. Doch diese Serien wurden wohl nie einsatzreif. Was, wenn der von Jack erwähnte Prototyp tatsächlich diesen biologischen Kampfstoff enthielt? Marsden griff zum Telefon und wählte eine interne Nummer. Es tutete ein paar Mal, bevor sich jemand meldete: »Bingham.«

Er grinste leicht boshaft. Es wurde Zeit, dass er zur Abwechslung einmal jemand anders den Abend verdarb. »Colonel, ich fürchte, wir haben eine neue Krise.«

11. Kapitel

9. Tag, 05:30 Ortszeit (SAST), 03:30 Zulu –
50 Meilen südlich von Kap Agulhas, USS San Diego

In der Zwischenzeit hatte sich die Wetterlage verändert. In langen Reihen rollten Wellenkämme mit weißen Schaumkronen auf die Küste zu. Auch der Wind war stärker geworden, er hatte nach Südwest gedreht und würde noch weiter drehen. Eine Sturmfront zog von Westen heran. Noch war das Zentrum rund einhundertachtzig Meilen entfernt, aber der Seegang deutete bereits die Stärke des nahenden Sturmes an. Bereits als der Hubschrauber mit DiAngelo über dem Turm der schlingernden *San Diego* gekreist war, hatte das Instrument in der Kommandantenkammer des Bootes nur noch neunhundertzehn Millibar angezeigt und war danach stetig weiter gefallen.

Für den Piloten war es verdammt schwierig gewesen, den an der Winsch hängenden Commander auf dem Turm abzusetzen, denn das U-Boot folgte den Bewegungen des Wassers und der Hubschrauber denen der Luft. Mehrmals wurde DiAngelo beinahe gegen den Turm geschleudert und konnte nur mit Mühe den Schwung mit den Beinen abfangen, was seinem verletzten Bein alles andere als gut bekommen war.

Schließlich war es dem Ersten und dem Bootsmann

dann doch gelungen, ihn zu packen und hinter den Windschutz zu zerren. Der Hubschrauber zog, so schnell es ging, das Kabel mit der Winsch ein und entschwand in für ihn sicherere Höhen. Auch die *San Diego* tauchte zur Erleichterung ihrer Besatzung wieder ab und verschwand in ihrem Element, kaum dass man den pitschnassen und mit etlichen blauen Flecken versehenen Commander in die Kammer des Kommandanten geleitet hatte.

Ein junger Seemann brachte ihm erst einmal ein heißes Getränk. Vorsichtig schnüffelte er. Jemand hatte es gut mit ihm gemeint. In dem Kaffee war mindestens ein dreistöckiger Whiskey. Wohlig spürte er die Wärme des Alkohols durch seinen Körper rieseln.

Er blickte auf, als die Tür sich öffnete, Roger Williams eintrat und ihm die Hand reichte. »Schön, dich zu sehen, Bob, wobei ich echt hoffe, keinen so mitgenommenen Eindruck zu machen wie du jetzt gerade.«

»Roger, du siehst phantastisch aus, wie immer«, sagte DiAngelo mit gespielter Begeisterung.

Beide Männer lachten. Sie kannten sich seit vielen Jahren. Schon in Annapolis waren sie Zimmergenossen gewesen. Trotzdem hatte sich DiAngelo so seine Gedanken gemacht, denn schließlich schmeckte es keinem Kommandanten, einen Vorgesetzten an Bord zu bekommen. Und der Vice Admiral hatte die *San Diego* jetzt ihm unterstellt.

Auch Williams hatte sich natürlich mit dieser Situation beschäftigt, wenn auch in einer ganz anderen Richtung. »Angela ist immer noch auf der *Tuscaloosa*?«

Stumm nickte Robert.

»Oh Mann, oh Mann. Es ist keine vier Wochen her, dass ich Dick McKay getroffen habe, und nun ist er tot. Und wir sind hinter seinem Boot her. Eine schöne Scheiße!« Wütend schlug er mit der flachen Hand auf den Tisch.

»Wir sind lange genug bei diesem Verein, um zu wissen, dass man so etwas nicht ausschließen kann, Roger.« Er schluckte trocken. »Ich kenne natürlich auch deine Anweisungen.«

»Wir werden die *Tuscaloosa* finden, kein Zweifel. Aber was dann?«

»Einen Torpedo hast du heute bereits auf sie gefeuert, Roger.« Als Williams etwas erwidern wollte, hob er abwehrend die Hand. »Nein, keine Entschuldigungen. Wir kennen beide die Befehle.« Er holte tief Luft. »Es kann sein, dass du es noch mal tun musst, Roger, denn ich werde nicht die Kraft dazu aufbringen. Du verstehst mich?«

Hart packte Roger Williams seinen Freund am Handgelenk. »Wenn es sein muss, werde ich es tun, aber nicht, bevor wir alle anderen Möglichkeiten ausgeschöpft haben. Bis dahin stehen wir voll zu deiner Verfügung, Bob. So lauten meine Befehle. Also, was tun wir?«

Für einen Augenblick sahen die beiden Männer einander in die Augen, dann nickte DiAngelo langsam. »Danke, Roger.« Seine Stimme klang unsicher.

Als der junge Seemann ein paar Minuten später kurz anklopfte und den Kopf hereinsteckte, um zu fragen, ob er noch Kaffee bringen sollte, sah er nur zwei Commander, die ihre Köpfe über einer Seekarte zusammensteckten. Ihre Stimmen klangen wie immer, ruhig und ausdruckslos.

**9. Tag, 06:00 Ortszeit (SAST), 04:00 Zulu –
20 Meilen südlich von Kap Agulhas, USS Tuscaloosa**

Die *Tuscaloosa* war wieder in ihr Operationsgebiet zurückgekehrt. Noch während der Nacht waren die meisten Schäden an Bord behoben worden. Trotzdem blieben zwei winzig kleine Risse in der Hülle, die im Augenblick notdürftig überschweißt waren. Momentan schien das Provisorium zu halten, und es kam kein Wasser durch die Metallflicken. Aber im Augenblick waren sie auch gerade einmal dreihundert Fuß tief. Der Grund lag immerhin noch zweihundert Fuß tiefer.

Angela begann mit der ersten Rundumpeilung, wobei sie das gesamte elektronische Arsenal des Bootes einsetzte. Bei der geringen Fahrt, die sie liefen, sollte es ihr doch möglich sein, sich einen umfassenden Überblick zu verschaffen. Es dauerte nur Sekunden, bis die ersten Kontakte auf ihren Monitoren erschienen. Neben ihr saß Wilkins, während die beiden Sonarleute der Sektierer hinter ihnen standen und alles überwachten. Zusätzlich waren zwei weitere Männer mit Maschinenpistolen aufgezogen. Nur für den Fall, dass sie etwas Dummes versuchten, wie Bruder John sich ausgedrückt hatte.

Sie ignorierte die schwarzen Gestalten und begann, die Peilungen durchzugeben: »Kontakt in Rot null-sieben-null, am Grund, keine Fahrt.«

»Magnetometer etwa sechstausend bis siebentausend Tonnen«, ergänzte Wilkins.

»Zu klein, streichen.«

Unvermittelt drang Bocteaus Stimme aus dem Lautsprecher über ihnen. »Lady, wieso zu klein? Das Schiff, das wir suchen, hat rund siebentausend Tonnen.«

Angela bemühte sich, sich ihre Gereiztheit nicht anmerken zu lassen. »Das Magnetometer ermittelt die Gewichtstonnen, nicht die Registertonnage. Der olle Zossen, den Sie finden wollen, dürfte bei rund achtzehntausend Gewichtstonnen liegen, eventuell sogar noch mehr. Aber machen Sie sich nichts vor, auch in dieser Größe kann es hier unten eine Menge Wracks geben.«

Bocteau zögerte kurz, dann meinte er: »Gut, machen Sie weiter.«

Sie blickte auf die Anzeige. Diese Suche würde Stunden, wenn nicht Tage dauern, und irgendwann musste jemand beinahe zwangsläufig mitbekommen, dass hier ein U-Boot herumkroch und fleißig das Aktivsonar einsetzte. Das Ping musste jedem Passivsonar innerhalb von beinahe dreißig Meilen auffallen. Falls nicht alle längst nach Westen abgelaufen waren, um dort nach ihnen zu suchen.

Mit ruhiger Stimme gab sie die nächste Peilung durch: »Grün null-eins-null, am Grund, Entfernung vier Meilen.«

»Masse siebzehntausend«, Wilkins sah sie von der Seite an. Sie gab für die Zentrale durch: »Markieren!«

Weiter ging die ruhige Fahrt. Erneut ein Kontakt: »Rot null-vier-fünf, Entfernung vierzehn Meilen, am Grund.«

Wilkins blickte auf seine Anzeigen. »Vierzigtausend.« Unmelodisch pfiff er durch die Zähne. »Dicker Brocken, Ma'am.«

»Eventuell ein Tanker.«

Nach und nach grasten sie in stundenlanger Kleinarbeit diesen Schiffsfriedhof ab. Von 1941 an hatten zuerst deutsche U-Boote in dem Gebiet Einsatz gefahren, und später hatten sogar die Japaner hier auf Beute gelauert. Deutsche Hilfskreuzer hatten zeitweilig sogar Minensperren gelegt. Und auch die Stürme, die in diesem Seegebiet ziemlich heftig werden konnten, hatten nebst den gefürchteten Monsterwellen, die ein Schiff zerbrechen konnten wie eine Streichholzschachtel, ihre Opfer gefordert.

Sie fanden sie zu Dutzenden. Schiffe in allen Größen wurden von Sonar und Magnetometer erfasst. Die elektronische Nase erwies sich als mehr oder weniger nutzlos, da aus vielen Wracks noch immer Öl austrat, auch viele Jahrzehnte nach ihrem Untergang. Unter der *Tuscaloosa* lag am Grunde des Meeres ein Sammelsurium rostender Schiffsleiber, viele von ihnen die Grüfte ihrer Besatzungen, versunken in die schweigende Dunkelheit vor mehr als sechs Dekaden.

Dennoch gab es Leben hier. Angelockt durch die ungewöhnliche Aktivität, folgten Haie dem stählernen Ungeheuer, dessen empfindliche Systeme nur ab und zu den einen oder anderen der wahren Herrscher der Tiefe erfassen konnten.

9. Tag, 08:30 Ortszeit, 06:30 Zulu –
50 Meilen südlich von Kap Agulhas, USS San Diego

Ungläubig las DiAngelo den entschlüsselten Funkspruch noch einmal und reichte ihn dann weiter an Williams. Der Kommandant pfiff schrill durch die Zähne. »Das ist ein dicker Hund.«

DiAngelo sah ihn ruhig an. »Wenn der Mistkerl so eiskalt ist, wie ich denke, dann hat er gewartet, bis unsere Schiffe abzogen, um weiter nördlich nach seiner Spur zu suchen. Er muss zudem mitgekriegt haben, dass er dich nicht erwischt hat.«

»Gemäß diesen Informationen hier verlief die damalige Schiffsroute dichter um das Kap. Was heißt das für dich und uns?«

»Anschleichen, aber zur Abwechslung dieses Mal nicht im Keller.«

»Könnte klappen. Die starren garantiert alle wie hypnotisierte Kaninchen auf die Wracks. Trotzdem sollten wir uns auf eine etwas heikle Situation gefasst machen. Wenn da unten tatsächlich so viele versunkene Schiffe rumliegen, wie behauptet wird, dann ist das ein lausig schlechtes Terrain für Torpedos.«

Robert runzelte die Stirn. »Laut den vorliegenden Angaben ist dieses bakterielle Teufelszeug unkritisch, falls es uns gelingen sollte, es unter Wasser freizusetzen. Die Frage ist, ob wir uns darauf verlassen sollen.«

»Was hast du vor?«, fragte Roger.

»In allererster Linie müssen wir zunächst verhindern, dass die Burschen den Kreuzer finden.«

»Du meinst …«, Roger Williams grinste plötzlich, »falls er nicht an das Teufelszeug rankommt, ist es Essig mit seinem Plan, und wenn wir Glück haben, gibt er eventuell auf. Hoffst du darauf?«

DiAngelo zuckte mit den Schultern. »Entweder das, oder er dreht völlig durch. Eine Fifty-fifty-Chance. Mehr habe ich Angela nicht zu bieten.«

»Du liebst sie immer noch?«

Robert sah seinen Freund offen an. »Ich habe nie aufgehört, sie zu lieben.«

»Auch nicht, nachdem sie dir diese Vorwürfe gemacht hat?« Die Frage war Roger wichtiger, als es den Anschein hatte.

DiAngelo griff nach seinem Kaffeebecher. »Auch dann nicht. Aber um deine Frage zu beantworten, nein, ich würde nicht dein Boot für ihres opfern.«

Seine Stimme klang überraschend leise. »Ich glaube nicht, dass sie damit leben könnte. Es wäre von daher also völlig sinnlos.«

Man merkte Roger Williams seine Erleichterung an. »Und wie gehen wir vor?«

»Ganz einfach.« Robert zeigte ein dünnes Lächeln. »Wir werden einen Torpedo auf dumm programmieren müssen. Dann pirschen wir uns ganz vorsichtig an. Da er sein Aktivsonar zur Wracksuche einsetzen muss, werden wir kaum Mühe haben, die *Tuscaloosa* aufzuspüren.«

9. Tag, 02:30 Ortszeit (EDT), 06:30 Zulu –
Irgendwo in einem Vorort von Washington DC

»Ich weiß, es ist spät, aber es hat im Büro länger gedauert.« Die Frau in der Telefonzelle sah sich kurz um, aber nichts weckte ihr Misstrauen. Die Straße schien menschenleer zu sein.

Die Männerstimme am Telefon räusperte sich kurz. »Ja, schon gut. Vater hat sich schon Sorgen gemacht.«

»Ich weiß …«, besorgt biss sie sich kurz auf die Unterlippe, »aber es ging nicht früher. Wie geht es Vater?«

Der Mann lachte trocken. »Nach dem, was ich gehört habe, scheint er wieder ein Spiel gewonnen zu haben, aber es muss sehr eng gewesen sein.«

»Ich wollte, ich wäre dort gewesen.« Ihre Stimme klang leise, trotzdem spürte er die unausgesprochenen Zweifel.

Er überlegte fieberhaft. »Du weißt, dass Vater nicht aufzuhalten ist. Gott ist auf seiner Seite. Wir anderen müssen unsere Aufgabe erfüllen, wo Gott uns hingestellt hat.«

»Vielleicht ist mein Glaube nicht so stark wie deiner.«

»Dann bete, Schwester. Die Kraft des Gebets wird dich erleuchten.«

»Können wir uns treffen?«

Wieder rasten Gedanken durch seinen Kopf. Die Frau am Telefon war ein paar Jahre älter als er, und sie sah alles andere als attraktiv aus. Ein blasses, molliges Büromäuschen, aber im Bett lieb, zärtlich und langweilig.

Er drehte sich um. Hinter der geschlossenen Tür zum Schlafzimmer wartete ein knapp achtzehnjähriges Mädchen aus dem Erleuchtungszentrum in New York. Er hatte sie erst gestern hierher gebracht. Eine Tigerkatze mit einer Figur, von der ein Mann nur träumen konnte. Für einen Augenblick dachte er darüber nach, die Frau am Telefon abzuwimmeln, aber dann besann er sich. Sie war wichtig, jedenfalls soweit überhaupt noch etwas wichtig sein konnte auf dieser verfluchten Welt. Er versuchte seiner Stimme einen weichen Klang zu geben. »Ich sehne mich nach dir, Baby. Wie lange brauchst du?«

»Jetzt um diese Zeit?« Sie überlegte kurz: »Etwa eine Stunde, dafür muss ich morgen erst später zum Dienst.«

»Okay, Baby. Bis dann also, an unserem üblichen Ort.« Er beendete das Gespräch und legte das Handy zur Seite. Jetzt brauchte er nur eine Ausrede, aber das sollte ihm nicht schwer fallen.

Die Frau in der Telefonzelle hängte ein und sah sich noch einmal prüfend um. Nichts erschien ihr verdächtig. Entschlossen verließ sie die Telefonzelle. Sie wusste, es war gefährlich, was sie tat, aber sie wusste auch, dass es wichtig war für die Welt. Zudem war die Sehnsucht nach ihrem Freund sowieso größer als ihre Furcht. Wenn nur diese Zweifel nicht gewesen wären.

In einem der am Straßenrand abgestellten Wagen wechselten zwei Männer einen vielsagenden Blick, dann griff der eine zu seinem Handy und tippte eine Nummer ein.

Nach dreimaligem Klingeln meldete sich eine Frauenstimme. »Central Pizza Service. Was kann ich für Sie tun?«

»Einmal Pepperoni bitte, Nummer sechzehn auf der Karte.«

Die junge Frau in der CIA-Zentrale runzelte die Stirn. Pepperoni bedeutete, dass eine Observation sich als heiß erwies, wobei die genannte Nummer der Personenbezeichnung galt. Sie reagierte genau nach Dienstanweisung: »Alles klar. Möchten Sie sonst noch irgendetwas?«

Bestellmäßig sprach der Mann weiter, obwohl er den benutzten Code albern fand. »Ein Hühnchen nebst zwei Flaschen Wein wäre auch nicht schlecht.«

»Ist notiert, Sir«, sagte die Frau. »Und wie lautet die Lieferadresse?«

»Smith, Henderson sechsundfünfzig.«

Die Frage nach der Adresse war völlig belanglos und nur gestellt worden, weil dies eben so üblich war. Für den Fall, dass jemand das Gespräch mithörte. »Es kann eine halbe Stunde dauern, Sir.«

»So lange werden wir überleben.« Der Mann beendete das Gespräch, und die Frau wählte die Nummer des Einsatzleiters vom Dienst. Eine Viertelstunde später hob ein Hubschrauber, das erwähnte Hühnchen, ab, um die Überwachung aus der Luft zu übernehmen. Die beiden Flaschen Wein, zwei weitere unauffällige Fahrzeuge zur Beschattung, näherten sich bereits dem ersten Wagen, der laufend ein Peilsignal abstrahlte, das auf den verschlungenen Pfaden der elektronischen Überwachung in einer der Einsatzzentralen auf eine große Karte projiziert wurde und dort den zuständigen Führungsagenten ständig über die aktuelle Position informierte.

Von alledem ahnte die observierte Frau nichts. Unbekümmert fuhr sie in Richtung Stadtzentrum.

9. Tag, 09:45 Ortszeit (SAST), 07:45 Zulu –
20 Meilen südlich Kap Agulhas, USS Tuscaloosa

Noch immer folgte das U-Boot seinen gleichmäßigen Suchkursen, eine ebenso langweilige wie zeitraubende Prozedur. Bocteau hatte sich eigentlich immer vorgestellt, der britische Kreuzer *Agamemnon*, der 1945 das Lukretia-Bakterium transportiert hatte, würde irgendwo einsam am Meeresgrund liegen.

Äußerlich ruhig blickte der Meister auf die Plottafel. Mittlerweile gab es bereits mehr als zwanzig Wracks, die einer näheren Überprüfung wert waren. Und wer konnte schon sagen, ob die *Agamemnon* nicht schon längst mit dabei war. Er lauschte in sich hinein, ob Gott ihm vielleicht einen Hinweis geben würde, aber außer den drückenden Kopfschmerzen, die in letzter Zeit gar nicht mehr wichen, spürte er nichts.

Bocteau fühlte die Einsamkeit. Gott sprach nicht mehr mit ihm. Gut, es waren erst ein paar Tage, und vielleicht bedeutete das auch nur, dass er alles richtig machte. Doch es fiel ihm von Stunde zu Stunde schwerer, die Zuversicht zu wahren.

Dabei hatte Gott ihm schon so oft geholfen, seit er

diese Mission begonnen hatte. Alles war beinahe schon lächerlich einfach gewesen. Die Tatsache, dass die Briten mit Bakterien experimentiert und diese Forschungen abgebrochen hatten, als ihnen klar wurde, dass sie die Wirkung dieser B-Waffen nicht wieder würden eindämmen können, war nicht nur in der einschlägigen Fachliteratur nachzulesen. Zu dem Thema hatte es sogar Fernsehdokumentationen gegeben, in denen auch Zeitzeugen zu Wort kamen. Alte Männer, Biologen, Soldaten oder einfach Menschen, die irgendwie mit diesen Dingen in Berührung gekommen waren. Er hatte nichts weiter zu tun brauchen, als sich einige Namen zu merken und ein paar seiner treuesten Anhänger auf sie anzusetzen.

Der Professor, den sie entführt hatten, um mehr zu erfahren, hatte sich zuerst geweigert zu reden, aber einige Stunden später wussten sie trotzdem Bescheid. Alles fügte sich vom ersten Moment an zusammen wie eine perfekte Maschinerie. Sie mussten lediglich herauskriegen, wo es den Kreuzer erwischt hatte.

Nun hingen sie hier unten herum, und die Gegend lag voller Wracks. Über Lautsprecher meldete Angela Hunt einen weiteren Fund: »Neuer Kontakt Grün null-zwo-fünf am Grund.« Und wie üblich folgte die Stimme des Mannes: »Dreiundzwanzigtausend Tonnen.«

Bruder Daniel, ein junges Mitglied der Crew, markierte die Position mit den Daten in der Plotkarte. Nummer 26. Bocteau machte sich nichts vor. Wenn sie alle diese Schiffe mit dem Tauchboot abklappern mussten, dann würde dies Tage dauern. Zu lange, denn ihre Zeit lief ab. Irgendwann würden die Zerstörer zurückkommen, und dann mussten sie hier weg sein.

Bocteau zwang sich zu seinem berühmten strahlenden Lächeln. »Nun, Brüder, ich sehe, dass ihr alles unter Kontrolle habt. Bruder Johannes, du übernimmst.« Ohne sich noch einmal umzusehen, verließ er die Zentrale. Auf dem Gang begegneten ihm zwei Schwestern, denen er leutselig zunickte, dann hatte er die Kommandantenkammer erreicht. Leise schloss er die Tür hinter sich und trat an sein Bett. Langsam ließ er sich auf die Knie sinken, und heiße Tränen liefen über seine Wangen. »Mein Gott, o mein Gott, warum hast Du mich verlassen?«

Doch niemand antwortete. Nur der Kopfschmerz wurde stärker.

9. Tag, 10:15 Ortszeit (SAST), 08:15 Zulu –
20 Meilen südlich von Kap Agulhas, USS San Diego

Mit dem Tempo eines langsamen Radfahrers schlich die *San Diego* hinter ihrem ahnungslosen Gegner her. Genau im Hecksektor und nur fünfzig Fuß tiefer folgte sie den Impulsen des Aktivsonars, die mit quälender Regelmäßigkeit von der *Tuscaloosa* nur vier Meilen vor ihnen ausgesandt wurden.

Als die ersten Impulse die *San Diego* direkt getroffen hatten, waren alle zusammengezuckt, aber inzwischen hatten sie sich etwas entspannt. Die *Tuscaloosa* suchte eindeutig den Meeresboden und nicht die Wassersektoren hinter ihrem Heck ab.

Robert DiAngelo saß an der Gefechtsstation des Kommandanten, während Roger Williams an seinem Lieblingsplatz am Plottisch stand. Falls es die Besatzung irritierte, dass sie auf einmal zwei Kommandanten hatte, dann zeigte sie es zumindest nicht. Doch obwohl DiAngelo nichts mehr reizte, als endlich mal wieder ein Boot zu kommandieren, hielt er sich zurück. Die *San Diego* war Rogers Boot, und es gab nichts an seiner Schiffsführung auszusetzen. Er handhabte das Boot mit der Leichtigkeit eines Virtuosen und übersah dabei nichts.

Roger blickte ihn an. »Sieht so aus, als hätte unser Freund ein Problem, denn mit einem riesigen Schiffsfriedhof dürfte er wohl nicht gerechnet haben. Was meinst du, wie weit er die Suche noch ausdehnen wird?«

Robert blickte auf die Karte des Kommandantenmonitors. Die *Tuscaloosa* stand jetzt fast zwanzig Meilen westlich des Kaps. »Ich nehme an, er wird bald wenden.« Er wandte sich zu dem Navigationsoffizier um, der die Wracks, welche die *San Diego* mit dem Magnetometer erfasste, in die Karte eintrug. »Was hat die letzte Viertelstunde erbracht?«

»Nur noch zwei, Sir.«

Commander DiAngelo zwinkerte seinem Freund zu. »Wo willst du parken?«

Tom Mayo, der Erste, lauschte neugierig dem Gespräch seiner beiden Vorgesetzten. Beide redeten immer ruhig und beiläufig, als könnte nichts auf der Welt ihnen die Laune verderben. Dabei strich das Boot gerade einmal ein paar wenige Fuß über irgendwelche scharfkantigen Wracks hinweg.

»Haben Sie vielleicht noch einen Kaffee für mich, Sawle?« Mit sich und seinem Namensgedächtnis zufrieden, quittierte DiAngelo das Lächeln des Läufers Brücke. In ein paar Stunden würden sie vielleicht alle tot sein, wenn sie es verbockten, aber im Augenblick freute sich der Junge darüber, dass sich der Commander gemerkt hatte, wie er hieß. Mit einem dankbaren Nicken nahm DiAngelo die gefüllte Kanne in Empfang.

Commander Williams blickte auf die Karte. »Das nächste Wrack ist unseres. Einen oder zwei Pings können wir uns schon leisten. Wer will hier schon unterscheiden, ob wir es waren oder ein Echo von deren Sonar?«

DiAngelo nickte und lehnte sich etwas bequemer zurecht. Die ganze Sache konnte sich noch länger hinziehen, und solange dieser Bocteau seinen Kreuzer nicht gefunden hatte, mussten sie sich zurückhalten. Hauptsache, sie fielen der *Tuscaloosa* nicht auf, denn dann würde ihnen kaum eine andere Wahl bleiben, als zum zweiten Mal einen scharfen Torpedo auf ihr Schwesterboot abzufeuern.

Mit plötzlicher Sorge überdachte er nochmals die Lage. In Rohr eins, ein Deck tiefer, lag jener Torpedo bereit, den der Torpedooffizier »dumm« programmiert hatte. Dieser Aal würde, egal, was es zu peilen gab, einfach nur stur geradeaus laufen. Williams würde folglich mit dem gesamten Boot zielen müssen, um ihn exakt auszurichten. Wenn das Ziel sich allerdings nicht relativ ruhig verhielt, dann war die Trefferwahrscheinlichkeit mehr als gering.

Die Torpedos in den Rohren zwei bis vier hingegen waren voll funktionsfähig. Doch wie die sich verhalten würden, wenn ihre Homing-Systeme von überallher Echos empfingen, war eine offene Frage. Ob Wracks oder U-Boot, sie bestanden aus Metall, waren magnetisch und reflektierten Schall. Es konnte also passieren, dass die Torpedos einfach orientierungslos zwischen den Wracks kreisten, bis sie am Ende ihrer Laufzeit detonierten.

Lieutenant Tennant meldete sich aus dem Sonarraum: »Kontakt Grün null-eins-fünf, am Grund. Laut Magnetometer neunundzwanzigtausend Tonnen. Entfernung drei Meilen.«

Beinahe reflexartig wollte DiAngelo darauf reagieren, überließ es aber dann doch Commander Williams, der den Ersten anwies: »Steuerbord zehn, Umdrehungen für drei Knoten.«

Mit quälender Langsamkeit begann das Boot nach Steuerbord zu drehen. Bei der geringen Fahrt zeigte das Ruder nur wenig Wirkung. Gelassen griff Williams nach dem Mikro. »Lieutenant, laufend Richtung zu dem Wrack vor uns melden.«

»Aye Sir. Null-eins-zwo ... null-eins-null ... null-null-acht ...«

Commander DiAngelo mimte den äußerlich gelassenen Zuschauer. Williams ließ sich Zeit. Er selbst hätte das Manöver etwas energischer gefahren. Aber es war Rogers Boot, nicht seines. Laut und vernehmlich fragte er den Kommandanten: »Was macht die *Tuscaloosa*?«

»Tennant? Sie haben den Commander gehört? Was macht die *Tuscaloosa*?«

Die Reaktion erfolgte sofort. »Kontakt in Rot null-eins-fünf, Entfernung etwas mehr als vier Meilen.« Dann nach einer kurzen Pause: »Wrack in null-null-zwo.«

»Stützruder, neuer Kurs wird zwo-neun-null«, wies Williams den Ersten an. »John, bringen Sie uns an die Steuerbordseite des Wracks. Meldung bei fünfhundert Yards.«

»Wrack wandert nach Backbord aus«, gab Tennant weiter durch. »Rot null-null-zwo. *Tuscaloosa* in fünf Meilen, rot null-null-zwo, Geschwindigkeit fünf Knoten.« Seine Stimme wurde plötzlich eine Nuance aufgeregter: »Änderung!«

Williams und DiAngelo reagierten gleichzeitig. »Was macht sie?«

»Moment.«

Im Hintergrund gab Mayo dem Rudergänger ein paar kurze Anweisungen. Mit Hartruder drehte das Boot auf das Wrack ein. »Ein Ping, um das Wrack zu peilen«, ordnete Williams an. »Wenn wir seitlich davon sind, gehen wir runter.«

Laut hallte das Ping durch das Wasser. Dann kam Tennants Meldung: »*Tuscaloosa* dreht nach Backbord. Kurs zwo-drei-fünf geht durch. Wrack eine Meile in null-null-fünf.«

»Runter auf vierhundertfünfzig Fuß«, befahl der Kommandant seinem Ersten. »Umdrehungen für sechs Knoten.«

Vor seinem geistigen Auge sah DiAngelo das Wrack vor sich. Von den Dimensionen her wahrscheinlich ein Frachter mit einer Metallmasse von etwas mehr als der Größe der *San Diego*. In etwa einer halben Minute würden sie aus der Sicht der *Tuscaloosa* hinter dem Wrack verschwunden sein. Wenn nicht gerade ein sehr erfahrener Experte am Sonar der *Tuscaloosa* saß, dann würde nicht einmal das leise Geräusch auffallen, wenn sich das Boot in den Schlamm am Grund legte. Außerdem würde die *Tuscaloosa* kaum völlig genaue Peilungen bekommen, solange sie selbst drehte. Roger hatte wirklich den letzten Augenblick genutzt.

12. Kapitel

9. Tag, 12:30 Ortszeit (SAST), 10:30 Zulu –
70 Meilen westlich von Kap Agulhas, USS John P. Ashton

Rear Admiral Curt Walker beobachtete durch sein Fernglas, wie die *Dalleigh* von dem Tanker wegschor. In Anbetracht des mittlerweile herrschenden Seegangs war es auch höchste Zeit dafür. Der Zerstörer war der Letzte seines Verbandes, der beölt hatte. Nun waren seine Schiffe wieder bis zur Halskrause mit Treibstoff versorgt.

Noch immer grämte sich der Admiral über den Misserfolg beim Kap. Wenn ihm die *San Diego* nicht in die Quere gekommen wäre, dann hätte er die *Tuscaloosa* erwischt. Der Verlust des Bootes hätte natürlich schwer gewogen, aber die weit größere Katastrophe würde der Einsatz der Atomwaffen heraufbeschwören, die es an Bord trug.

Nachdem sie die Spur verloren hatten, hatte er seine Zerstörer in einer Dwarslinie entlang der Küste nach Westen gehetzt, ohne dass sie dabei fündig geworden waren. Seit gestern hatte er zudem von der *San Diego* auch nichts mehr gehört. Das konnte bedeuten, dass deren Schäden schlimmer waren als zuerst angenommen und sie immer noch am Kap herumhing. Nicht auszuschließen war aber auch, dass sich Commander

Williams nach wie vor irgendwo hier herumtrieb und den Job gegebenenfalls sogar schon erledigt hatte.

Nachdenklich ging er in die Brücke. Der Petty Officer, der in dieser Wache an der Karte fuhr, trat respektvoll zur Seite, doch der Admiral nahm ihn gar nicht wahr. Er blickte aus den Brückenfenstern und sah zu, wie der scharfe Steven seiner *John P. Ashton* sich wieder in den nächsten Brecher bohrte. Für Augenblicke brandete die See über das Vorschiff, bis sich der Bug wieder hob und die weiß schäumende Flut durch die Speigatten ablief.

Walker konzentrierte sich nun auf die Karte. Die südliche Spitze Afrikas bildete ein großes braunes Dreieck, um das rundherum eine mittelblaue breite Linie verlief. Die Tiefenangaben lagen meistens um die fünfhundert bis sechshundert Fuß. Nach Norden hin wurde es etwas flacher, aber noch bestand kein Grund zur Besorgnis. Doch wenn der erwartete Sturm voll über sie hereinbrach, dann hätte er lieber etwas mehr freien Seeraum zwischen sich und der Küste gewusst. Nachdenklich nahm er mit dem Stechzirkel eine Entfernung aus der Karte. Das Resultat befriedigte ihn nicht besonders.

Ärgerlich schleuderte er den Zirkel auf die Karte zurück und wandte sich an den Kommandanten, der in seinem hohen Brückenstuhl jede Bewegung verfolgte. »Egal, was wir machen, die Chancen stehen gegen uns. Laufen wir weiter nach Westen und Norden, dann sind wir ohnehin langsamer als die *Tuscaloosa*. Gehen wir nach Osten, Richtung Pazifik, dann müssen wir uns dicht an der Küste halten, und das ist ein Risiko mit dem Sturm im Rücken. Verdammter Mist.«

Der Kommandant sah seinen Vorgesetzten nachdenklich an. Besser deine Entscheidung als meine, dachte er sich. Aber das konnte er dem Admiral wohl kaum sagen. Langsam rappelte er sich aus seinem Stuhl auf. Seine Knochen schmerzten, und er fühlte sich unendlich müde. Seit vier Tagen hatte er sich nur ab und zu ein kurzes Nickerchen in seiner engen Seekabine gegönnt. Die meiste Zeit hatte er sich in der Operationszentrale aufgehalten und vorherzusagen versucht, was dieser Verrückte mit der *Tuscaloosa* anstellen würde. Nun verlangte sein ganzer Körper dringend nach Schlaf, aber irgendwo hier trieb sich wahrscheinlich ein U-Boot herum, und die wenigen Sekunden, die er länger brauchte, um auf Gefechtsstation zu kommen, konnten unter Umständen entscheidend sein.

Er starrte einen Augenblick auf die Karte, aber in Wirklichkeit kämpfte er nur mit seiner Benommenheit. Doch als er sprach, klang seine Stimme so ruhig und sachlich wie immer. »Wie mir die Sache erscheint, Sir, sind wir sowohl im Norden als auch im Süden falsch. Wir sollten hier bleiben. Entweder der Bursche ist bereits nach Norden durchgebrochen, dann kriegen zwar wir ihn nicht mehr, aber spätestens auf der Höhe von Gibraltar können andere ihn erwischen, oder er ist noch südöstlich von uns, dann muss er irgendwann hier vorbeikommen, oder er bricht in den Pazifik aus. Dann kann ihn der Trägerverband packen.«

»Er kann genauso gut in den Atlantik steuern und uns in einem weiten Bogen umgehen. Dann haben wir ihn auch verloren.« Der Kommandant spürte die Energie, die von dem Admiral ausging, und dabei hatte der Mann wahrscheinlich genauso wenig geschlafen wie er selbst. Für einen Augenblick sah er sich um. Die Frauen und Männer auf der Brücke, einschließlich des Admirals, hatten nur noch entfernt Ähnlichkeit mit den adretten Seeleuten bei Paraden, die für die Menschen an Land den Eindruck von der Navy prägten. Die Leute waren ausgelaugt und müde, denn der Zerstörer lief bereits seit vier Tagen unter Kriegsmarschbedingungen. Die leichten Bordkombinationen waren verschwitzt und angeschmutzt, und einige der Männer hatten bereits Stoppelbärte. Doch der Kommandant kannte seine Crew. Wenn es Alarm gab, dann würden alle auf Zack sein.

Der Admiral gab sich einen Ruck. »Formieren Sie die Schiffe zu einer weiten Linie. Abstand, sagen wir jeweils fünfzehn Meilen. Wir laufen mit zehn Knoten nach Osten zurück.«

»Aye, Sir.« Der Kommandant salutierte und wandte sich ab, um den Signalmaat zu instruieren, aber die Stimme des Admirals hielt ihn auf. »Und danach übernimmt Ihr Erster. Ich brauche Sie hellwach und fit, wenn wir im Sturm nahe der Küste laufen.« Seine Stimme wurde eine Winzigkeit schärfer. »Haben wir uns verstanden?«

Der Kommandant zögerte einen Augenblick. Wieder hob sich der schlanke Rumpf des Zerstörers, als ein Wellenberg unter ihm durchlief. Dann nickte er. »Jawohl, Sir.«

9. Tag, 08:00 Ortszeit (EDT), 12:00 Zulu – Langley

Es war einer dieser Tage, an denen Roger Marsden selbst die Pfunde nervten, die er sich im Laufe der Jahre genüsslich zugelegt hatte. Frustriert blickte er durch den Einwegspiegel. Eigentlich hätte er ein Hochgefühl verspüren müssen, denn zum ersten Mal, seit sie in diese verrückte Geschichte verwickelt waren, hatten sie jemanden an der Angel, der ihnen ein paar Anhaltspunkte liefern konnte. Nicht, dass sie nicht schon sehr viel selbst herausbekommen hatten, aber eine wichtige Information fehlte ihnen nach wie vor: Wo wollte Bocteau zuschlagen und wie? Es konnte sein, dass diese Information irgendwann über Sein oder Nichtsein entschied, und wenn Marsden seinen Instinkten noch trauen konnte, dann war dieser Zeitpunkt nicht mehr sehr fern.

Zudem plagten ihn so langsam gewisse Zweifel, dass es gelingen würde, das entführte U-Boot rechtzeitig unschädlich zu machen. Sicher, die Navy tat vermutlich, was ihr möglich war, nur gebracht hatte es bisher nichts. Entweder hatte sich die Navy nicht geschickt genug angestellt, oder Bocteau war einfach cleverer gewesen, was am Ende auf das gleiche Ergebnis hinauslief.

Der Agent hegte auch eine gehörige Portion Skepsis, ob Commander DiAngelo, wenn die Ereignisse auf die Spitze trieben, in der Lage sein würde, eine finale Entscheidung zu treffen, die irgendwann unausweichlich sein würde. Den Befehl zu geben, ausgerechnet das U-Boot zu versenken, auf dem seine Exfrau fuhr, traute Marsden ihm nicht wirklich zu. In der Zwischenzeit hatte er über so ziemlich jeden der Beteiligten genügend Auskünfte eingeholt. Einige der Lebensläufe lasen sich sehr interessant, vor allem wenn man eine undichte Stelle suchte. Irgendjemand musste Bocteau schließlich Informationen über die *Tuscaloosa* zugespielt haben, denn wie anders hätte der Franzose das Boot überhaupt aufbringen können?

DiAngelo war zunächst der typische Verdächtige.

Ein Mann, der wenig zu verlieren hatte, weil er bereits zu viel verloren hatte. Dazu kam, dass der Commander nach dem, was seine Leute herausgefunden hatten, dabei gewesen war, ein echtes Alkoholproblem zu entwickeln. Nicht, dass er bereits ein richtiger Säufer gewesen wäre, aber er hatte zumindest eine gewisse Tendenz gezeigt. Und ein Mann, der seinen Halt verloren hatte, konnte durchaus auch für die Ideen einer Sekte anfällig sein.

Doch diesen Gedanken hatte Marsden beinahe sofort wieder verworfen, nachdem er DiAngelo kennen gelernt hatte. Irgendwo steckte in dem Offizier mit dem verkrüppelten Bein nach wie vor der Mann, der noch vor zwei Jahren einer der fähigsten Kommandanten einer Waffengattung gewesen war, die ohnehin nur die Besten nahm. Ein Kämpfer, ein Stratege und ein gewiefter Taktiker, der einfach mehr auf dem Kasten hatte als bloßes Lehrbuchwissen. Wenn dieser Unfall an Bord seiner *Buffalo* nicht gewesen wäre, dann hätte er wahrscheinlich eine steile Karriere vor sich gehabt. Doch den Brand im Hilfsmaschinenraum hatte es nun mal gegeben, und der dort diensthabende Zweite Ingenieur war sein Schwager gewesen.

Marsden hatte lange sowohl über den Unfallprotokollen als auch den Unterlagen der späteren Scheidung gegrübelt. Die Untersuchungskommission hatte sich, wie so oft in derartigen Fällen, sehr verklausuliert ausgedrückt. Doch zwischen den Zeilen stand mehr oder weniger, was sich wirklich abgespielt hatte. Michael Hunt hatte ein paar Anzeigen und Meldungen schlicht und ergreifend ignoriert, wahrscheinlich weil er sie nicht richtig einordnen konnte. Zu diesem Zeitpunkt wäre es noch möglich gewesen, die Katastrophe abzuwenden, aber Hunt hatte weder selbst etwas unternommen noch Meldung an die Zentrale gemacht. Als dann der Schwelbrand eine Hochdruckpumpe erreichte, explodierte das austretende Öl-Luft-Gemisch.

DiAngelo hatte seinem Ersten befohlen, das Boot nach oben zu bringen, und war sofort selbst zum Hilfsmaschinenraum geeilt. Um zu retten, was zu retten war, hatte er das schwere Schott hinter sich geschlossen. Mit vereinten Kräften, unter seinem Kommando, gelang es, das Feuer unter Kontrolle zu bringen, aber Michael Hunt und drei seiner Männer erlagen ihren schweren Brandverletzungen. DiAngelo trug ein verkrüppeltes Bein davon, er würde den Rest seines Leben hinken und Schmerzen haben. Seine Karriere war damit beendet, obwohl die Untersuchungskommission ihn nicht nur von jeder Schuld freigesprochen, sondern sein Handeln sogar in den höchsten Tönen gelobt hatte. Das sämtlichen Vorschriften hohnsprechende Fehlverhalten von Lieutenant Michael Hunt hatte man allerdings im Abschlussbericht dezent unter den Tisch fallen lassen.

Die nachfolgende Scheidung war eine schmutzige Geschichte gewesen. Angela DiAngelos Anwalt hatte mehr oder weniger argumentiert, dass es für sie unzumutbar sei, mit dem Mann zusammenzuleben, der ihren Bruder getötet hatte. Was Marsden zunächst irritiert hatte, war, dass Michael Hunts Fehler auch im Scheidungsverfahren ausgeblendet blieb, obwohl Roberts Anwalt die Fakten kannte.

Dann hatte Marsden begriffen, warum dies so geschehen war. Robert DiAngelo war eher bereit gewesen, die Frau, die er liebte, aufzugeben, als ihr zu sagen, dass sich ihr Bruder als verantwortungsloser Trottel aufgeführt hatte, der nicht nur schuld an seinem eigenen Tod, sondern auch an dem von dreien seiner Leute war. Doch wenn der Commander seine Frau so sehr liebte, dass sie ihm wichtiger war als sein eigenes Wohlergehen, dann würde er wohl kaum den tödlichen Befehl zur Versenkung der *Tuscaloosa* erteilen. Eher würde er sich selbst und vielleicht sogar die *San Diego* opfern, wenn er dadurch Angela Hunt retten konnte. Doch die Wege der Navy waren nicht die seinen, und was die Wege der CIA anging, so stand er ohnehin nicht in dem Ruf, sich an die Regeln zu halten. Er tat seinen Job, und die anderen hatten ihren zu tun.

Er wandte sich von dem Einwegspiegel ab. Schon seit Stunden saß der Mann dort drinnen im Vernehmungsraum und gab außer seinem Namen und seinen persönlichen Daten, die sie ohnehin schon kannten, nicht das Geringste preis. Das konnte noch ewig so weitergehen. In den guten alten Zeiten hätte Marsden sich den Mann in einer diskreten Ecke selbst vorgeknöpft und alles aus ihm herausgeprügelt. Aber seit die Medien begonnen hatten, die Geheimdienste gründlicher unter die Lupe zu nehmen als jeder Feind, war so etwas nicht mehr üblich. Trotzdem würde es nicht mehr lange dauern, bis sie die Samthandschuhe ausziehen mussten.

Er ging zu dem Tisch, der mitten im Raum stand, und blätterte in den beiden dünnen Dossiers. »Jack, gehen wir es noch einmal durch. Was haben wir?«

»Elizabeth Franklin, eine Sekretärin aus der Abteilung für strategische Analysen, hat diesen Mann angerufen. Er heißt Peter Richards, aber er hat auch schon etliche andere Namen benutzt. Laut seiner Akte ist er immer ein kleiner Drogendealer gewesen, der meistens irgendwelche obskuren Clubs und Bands mit

Hasch und LSD versorgt hat. Dann saß er eine Weile und kam wohl mit ein paar anderen Leuten in Berührung. Unsere Leute sind noch dran, aber wie es aussieht, ist er tatsächlich Mitglied in Bocteaus Kirche.«

»Schön! Wir müssen wissen, wem er berichtete. Dieser kleine Pinscher scheint nicht gerade der Typ zu sein, dem Bocteau sein Ohr geliehen haben würde. Es muss also in der Hierarchie noch jemanden dazwischen geben. Klemmen Sie sich dahinter.«

Jack nickte und sah seinen Chef an. »Und was machen wir mit Miss Franklin?«

»Miss?«

»Nie verheiratet und, soweit wir es bisher herausbekommen haben, auch so gut wie keine Männergeschichten.«

Marsden verzog das Gesicht. »Verstaubte Jungfer oder Lesbe?«

»Verstaubt, Sir. Kirchlich stark engagiert, vier Katzen und ihr Job, aber ansonsten gar nichts.« Jack schüttelte den Kopf. »Etwa so aufregend wie ein Stück Gemüse.«

»Vierunddreißig Jahre alt, steht hier. Arbeitet schon seit mehr als zehn Jahren für unseren Verein. Zuerst Satellitenauswertung und später Strategische Analysen, wo sie jetzt seit sechs Jahren ist.« Marsden versuchte sich ein Bild von der Frau zu machen. Da war etwas, aber er konnte es noch nicht greifen. »Kriegen wir es eventuell hin, eine unserer eigenen Abteilungen etwas zu durchleuchten, ohne dass es jemand mitbekommt?«

In Jacks Augen trat ein kaltes Glitzern. »Möglich ist alles, wie Sie selbst am besten wissen, Sir. Wenn Sie mir sagen, was wir suchen, kann ich Ihnen vielleicht helfen.«

»Wir suchen nicht etwas, sondern jemand. Aber ich habe nur einen Verdacht. Bisher fehlen mir die Beweise, obwohl wir den Mann bereits rund um die Uhr beschatten.«

»Wer ist es?«

Marsden nannte den Namen und sah zufrieden zu, wie sich die Augen des Agenten erstaunt weiteten. »Okay, Jack, drehen Sie jeden Stein um. Morgen will ich alles wissen, inklusive wer seine Großmutter entjungfert hat.«

9. Tag, 17:30 Ortszeit (SAST), 15:30 Zulu –
20 Meilen südlich von Kap Agulhas, USS Tuscaloosa

Angela und Bocteau maßen sich mit prüfenden Blicken. Die dritte Person am Tisch spielte de facto keine Rolle, obwohl sie dem stummen Duell aufmerksam folgte.

Bocteau war es, der schließlich das Schweigen brach. »Also, wir haben es jetzt, nachdem wir uns eine Übersicht verschafft haben, mit einunddreißig Wracks zu tun, die der Größe nach die *Agamemnon* sein könnten, doch wir haben praktisch keine Möglichkeit, auf die Schnelle festzustellen, welches das richtige ist.«

Bruder Johannes, der ehemalige Kapitän der versenkten *Celebes*, wirkte ratlos. »Wenn wir das Tauchboot einsetzen, dann würden wir es herausbekommen, aber das dürfte dauern.«

Lieutenant Commander Hunt blickte auf ihre Hände. Falls sie jedes Wrack mit dem kleinen Tauchboot inspizieren würden, dann konnte das weitere zwei Tage oder länger dauern. Immerhin musste das kleine Boot jedes Mal erst von der *Tuscaloosa* abdocken, über das Wrack tauchen und dann wieder andocken. Ein paar der Wracks konnten eventuell in einem Tauchgang untersucht werden, aber der Luftvorrat an Bord reichte nur für sechs Stunden. Angela blickte auf. »Zu lange, wir brauchen eine andere Vorgehensweise.«

»Commander?« Bocteau sah sie erstaunt an. »Sie haben eine Vorstellung, wie Sie uns helfen können?«

»Sie und Ihr Wrack sind mir völlig schnuppe, Bocteau. Aber Sie haben mir zugesagt, wenn Sie haben, was Sie wollen, dann kommt meine Besatzung frei. Gilt dieses Versprechen noch?«

Um die Lippen des Franzosen spielte ein nachdenkliches Lächeln. »Wenn wir haben, was wir wollen, dann setzen wir Ihre Besatzung an Land, einverstanden?«

»Gut, ich muss mich dann eben auf Ihr Wort verlassen, Bocteau.«

»Und was haben Sie für eine Idee?« Der Sektenführer sah sie lauernd an. Auch Bruder Johannes hatte sich neugierig vorgebeugt.

»Es handelt sich um drei verschiedene Ansätze, aber alle sind noch nicht so richtig ausgearbeitet. Auf jeden Fall werde ich Ihre Sonarleute dazu brauchen.« Fragend blickte sie Diekmann an. »Ich nehme an, Sie sind für die eigentliche Bergungsoperation zuständig?«

»So ist es«, erklärte der Deutsche. »Ich bin für das Tauchboot zuständig, und Schwester Ruth bedient unseren Roboter.«

Angela zeigte ein dünnes Lächeln. »Ich gehe davon aus, dass Sie sich im Vorfeld bereits etwas näher mit dem Kreuzer befasst haben. Die Frage ist nämlich, ob es gewisse bauliche Erkennungsmerkmale gibt.«

»Tja, die Aufbauten sehen zum Beispiel etwas ungewöhnlich aus.« Bruder Johannes gestikulierte unsicher mit den Händen in der Luft herum. »Sie müssten mir nur etwas genauer sagen, worum es geht.«

Nachdenklich angelte sie einen Stift aus der Tasche und griff nach einem Block, der auf dem Tisch lag. »Wenn wir im Norden unter dem Eis sind, können wir mit Hilfe des Sonars ein genaues Profil erstellen. Das Ganze sieht aus wie ein auf den Kopf gestelltes Gebirge.« Mit schnellen Strichen zeichnete sie eine grobe Skizze des U-Bootes unter dem Eis. »Theoretisch können wir das auch für den Grund unter uns tun. Es wird kein besonders genaues Bild werden, aber vielleicht kann man etwas mehr erkennen und so einige der Wracks ausschließen. Das wäre die erste Idee.« Sie atmete tief durch. »Ich denke auch darüber nach, ob wir das Magnetometer nicht gezielter einsetzen können. Bisher haben wir versucht, die Gesamtgröße der Schiffe zu bestimmen. Rund achttausend Registertonnen Verdrängung machen eine Masse von etwa vierundzwanzigtausend Gewichtstonnen aus.« Schnell kritzelte sie ein paar Zahlen und Formeln auf das Papier. »Wobei der Kreuzer wahrscheinlich etwas größer erscheinen wird, da er ein gepanzertes Schiff war. Durch die kompakte Bauweise wird es also wahrscheinlich ziemliche Fehlmessungen nach oben geben. Ich schätze, wir sollten ohnehin mit den Wracks anfangen, die zwischen vierundzwanzigtausend und dreißigtausend Tonnen liegen.«

Bruder Johannes warf einen Blick auf das Papier. »Das klingt logisch, aber wie wollen Sie über das Magnetometer mehr als die Masse herausbekommen?«

»Haben Sie in Ihren Unterlagen etwas über die Panzerung? Wurde dafür ein spezielles Material verwendet?«

»Nickelstahl, zumindest was den Gürtelpanzer angeht. Verstehe ich Sie recht: Sie wollen also nach einer Teilmasse innerhalb der Gesamtmasse suchen? Dazu müssten sie aber an den Analyseprogrammen ganz schön herumdoktern.«

Angela nickte. »Ja, ich bin mir auch nicht ganz sicher, ob das tatsächlich klappt, es wäre aber einen Versuch wert.« Sie zuckte unschlüssig mit den Schultern. »Wir müssten auf jeden Fall an die Einstellungen des Sonars wie des Magnetometers ran. Aber beides ist nicht so wild, wie es sich anhört, und wir könnten relativ schnell herausfinden, ob es funktioniert, jedenfalls wenn mir nicht jemand dauernd mit einer Maschinenpistole dazwischenfummelt.«

Bocteau, der schweigend der Unterhaltung der Experten gefolgt war, sah sie an. »Sie sprachen noch von einer dritten Idee?«

»Wir haben immer noch die Reststoff-Sensorik«, sagte Angela, »aber die zeigt uns im Augenblick nur an, dass aus vielen der Wracks Öl austritt. Wenn es etwas gäbe, das die *Agamemnon* anderweitig von den restlichen Wracks unterscheidet, dann können wir sie eventuell erschnüffeln.«

Bruder Johannes blätterte in seinen Unterlagen. »Es müssen nahezu hundert Wasserbomben an Bord gewesen sein, befüllt mit jeweils vierhundertfünfunddreißig Pfund Amatol. Vielleicht wäre das ja eine Möglichkeit.«

»Oh …«, meinte Angela und dachte nach. »Warum eigentlich nicht. Ich muss allerdings erst mal checken, ob die Datenbank der Reststoff-Sensorik dazu was hergibt.«

Bocteau sah sie prüfend an. »Also, was brauchen Sie, und wo steckt der Haken?«

»Ich brauche Wilkins, Ihre Sonarleute sowie Bruder Johannes und sein Wissen über das Schiff, das wir suchen.« Ihr Gesicht zeigte keine Regung. »Der Haken an der Sache? Innerhalb der nächsten Stunden wird immer mal wieder das eine oder andere System nicht zur Verfügung stehen, und wir werden ein paar Kreise fahren müssen, bis ich alles neu kalibriert habe.«

»Mit anderen Worten, wir werden zeitweilig blind und taub sein«, stellte Bocteau mit wenig Begeisterung fest.

»Ganz so dramatisch wird es wohl nicht werden. Das Passivsonar wird nur ein paar Minuten ausfallen, während ich die Umschaltungen vornehme.«

»Das Passivsonar?« Neugierig beugte sich Bruder Johannes vor. »Was haben Sie damit vor?«

Sie lächelte unschuldig. »Eigentlich gar nichts, aber ich muss es erst von den anderen Systemen abkoppeln, bevor ich die Analyse neu einstelle, denn sonst sind wir tatsächlich taub.«

Als Bruder Johannes zustimmend nickte und sich zurücklehnte, musste sie sich zwingen, keine Erleichterung zu zeigen.

»Also gut, wir versuchen es«, entschied Bocteau.

Angela wusste, dass sie ein riskantes Spiel trieb. Was passieren würde, wenn Bocteau herausfand, warum sie die Systeme tatsächlich neu einstellen wollte, mochte sie sich besser nicht vorstellen. Auf jeden Fall würden solche kleinen Ungereimtheiten wie plötzlich aufwallende Schlammwolken in nächster Zukunft dem Sonar entgehen. Mehr konnte sie für die *San Diego* nicht tun. Auf jeden Fall wurde es Zeit, dass sie dieses verdammte Wrack fanden, denn ewig konnte das andere Boot auch nicht hinter ihnen herschleichen, ohne dass Bocteaus eigene Leute etwas mitbekamen. Es sei denn, es gelang ihr, die *Tuscaloosa,* bildlich gesprochen, wirklich auf einem Auge blind zu machen.

Der Gedanke an die *San Diego* hatte zudem etwas

Tröstliches für Angela. Die Taktik, der *Tuscaloosa* zu folgen, bis sie den Kreuzer entdeckt hatte, erweckte nicht gerade den Eindruck, als stamme sie von Commander Williams. Dafür war sie einfach zu unkonventionell, jedenfalls für Roger. Sie unterdrückte ein Lächeln – diese Handschrift kannte sie. Sie konnte sich irren, aber wie viele Leute gab es schon, die man auf die Jagd nach einem entführten U-Boot schicken würde? Nicht sehr viele. Und nur wenige von ihnen hätten darauf verzichtet, das Problem einfach mit ein paar Torpedos zu lösen, nachdem es ihnen schon einmal gelungen war, unbemerkt im Hecksektor mit nur vier Meilen Abstand hinter der *Tuscaloosa* herzudackeln. Sie fragte sich nur, was Robert plante, wenn sie das Wrack gefunden hatten. Aber auf jeden Fall war sie nicht mehr allein.

9. Tag, 18:30 Ortszeit (SAST), 16:30 Zulu –
20 Meilen südlich von Kap Agulhas, USS San Diego

Commander Robert DiAngelo lag auf der Koje und starrte blicklos den seiner Funktion beraubten Ventilator an der Decke an. Von Roger Williams war ihm zwar die Kommandantenkammer angeboten worden, aber Robert hatte dankend abgelehnt. Zu gut wusste er selbst, wie sehr jeder Kommandant die Abgeschiedenheit, die kurzen Zeiten des Alleinseins, brauchte. Doch jetzt wünschte er sich, er hätte Rogers Angebot angenommen.

Die Luft hinter dem zugezogenen Vorhang war warm und verbraucht, aber außerhalb der Koje würde sie auch keinen Deut besser sein. Schon den ganzen Tag über waren alle unnötigen Geräte abgeschaltet worden, um den Geräuschpegel so niedrig wie möglich zu halten. Für die Besatzung stellte dies kein Risiko dar, denn noch immer wurde Kohlendioxid aus der Luft gefiltert, aber es war eine weitere Unbequemlichkeit, genauso wie die Notwendigkeit, sich mit äußerster Lautlosigkeit zu bewegen, wenn der Dienst es verlangte, sich an irgendeine andere Stelle des Bootes zu begeben.

Durch den geschlossenen Vorhang schimmerte Licht. Zwei Männer saßen draußen an der Back und flüsterten miteinander. Anscheinend ging es um eine junge Dame von zweifelhaftem Ruf, aber einem schon beinahe artistischen Geschick im Bett. Geschichten, wie sie Seeleute aller Zeiten und aller Nationen auf Schiffen aller Art erzählten.

DiAngelo strich die beiden Gestalten aus seinen Gedanken und wandte sich wieder den eigenen Problemen zu. Immer und immer wieder ging er seinen Plan durch und versuchte zu ergründen, wie die Chancen wirklich standen. Das Ganze glich einer komplizierten mathematischen Formel mit etlichen Unbekannten. So, wie die Dinge im Augenblick lagen, setzte er die *San Diego* einem erhöhten Risiko aus.

Seit sie wie ein Schatten der *Tuscaloosa* folgten, hatten sie mindestens zwanzig Mal eine Schussposition innegehabt, die der sogenannten optimalen Feuerleitlösung so nahe kam, wie es überhaupt möglich war. Nach den Regeln moderner U-Boot-Taktik hätte die *Tuscaloosa* schon Geschichte sein müssen. Doch statt die Chancen zu nutzen, schlichen sie weiter hinter ihr her.

Er brauchte sich nicht groß Rechenschaft darüber abzulegen, warum er zögerte. Weil an Bord die einzige Frau war, die er immer noch liebte.

13. Kapitel

9. Tag, 13:00 Ortszeit (EDT), 17:00 Zulu – New York

Das grosse vierstöckige Haus aus den fünfziger Jahren lag in Greenwich Village, einem der eher guten Wohnviertel von New York. Wenn nicht ein blank poliertes Messingschild darauf hingewiesen hätte, dass sich hier ein Meditations- und Erleuchtungszentrum der Kirche der letzten Tage befand, dann hätte es sich äusserlich durch nichts, aber auch gar nichts von seiner Nachbarschaft unterschieden.

Auf der Strasse vor dem Haus verlief das Leben wie jeden Tag. Frauen kehrten mit Einkäufen in ihre Wohnungen zurück, Kinder spielten, und ältere Leute führten ihre Hunde in den nahe gelegenen Park. Gegenüber dem Sektenzentrum waren zwei Mitarbeiter der Stadtwerke mit Reparaturarbeiten in einem Telefonschacht beschäftigt, an der Ecke warteten zwei Beamte des NYPD an einem kleinen Stand auf ihre Hotdogs, und noch ein Stückchen weiter standen drei Frauen und unterhielten sich. Ein mobiler Eisverkäufer wartete auf Kundschaft. Ein typischer Vormittag eben.

Etwas später als üblich bog ein grosser Müllwagen in die Strasse ein und hielt in zweiter Reihe an. Ein Kleintransporter, der nach ihm um die Ecke kam, konnte unmöglich an der Müllkutsche vorbei und musste warten.

In einem am Straßenrand parkenden Van fragte ein Mann in sein Mikrofon: »Whiskey zwölf?«

»Alles klar.«

»Whiskey dreizehn?«

Dieses Mal war die Antwort nur schwer zu verstehen. »Wir hängen zwei Blocks entfernt in Position.« Der Helikopterpilot lachte trocken auf. »Ich habe mir das Dach mal mit dem Fernglas angesehen. Da stehen vier Mann rum.«

»Wachposten?«

»Sieht so aus. Soll Whiskey drei sich darum kümmern, oder sind wir zuständig?«

»Wer kann die Wachposten auf dem Dach erreichen?«, erkundigte sich der Einsatzleiter bei seinen Leuten. »Whiskey drei?«

»Negativ!«

»Whiskey vier?«

»Negativ!«

Der Reihe nach fragte er die Scharfschützen ab, immer mit dem gleichen Ergebnis. Resigniert wandte er sich wieder an den Hubschrauber. »Whiskey dreizehn! Kriegen Sie die Männer?«

Der Pilot blickte kurz über die Schulter zurück. Einer der Männer im schwarzen Kampfanzug nickte ihm bestätigend zu.

Ruhig wandte der Pilot sich wieder nach vorn und bestätigte: »Wir machen sie platt, anders geht es nicht.«

»Positiv, Sie haben Freigabe nach Einsatzbefehl.« Der Einsatzleiter räusperte sich. »Whiskey eins an alle: Beachten Sie, dass der Gegner Wachposten aufgestellt hat. Hauptziel ist die Sicherung von Informationen und Spuren, also ist Widerstand ohne Verzögerung zu brechen.«

Die Besatzungen der Streifenwagen, die in den Seitenstraßen bereitstanden, den Block abzuriegeln, empfingen die Durchsage ebenfalls. Auch wenn einige sich verdutzt ansahen, sagte keiner etwas. Die Befehle kamen in diesem Fall von ganz oben, und auch wenn die Einsatzteams deutlich sichtbar den Aufdruck »FBI« auf ihren Jacken trugen, musste man schon ausgesprochen grün hinter den Ohren sein, um nicht sofort auf drei andere Buchstaben zu kommen. Besser, man mischte sich da nicht ein. Außerdem blieb ihnen nicht viel Zeit, darüber nachzudenken, denn die Stimme des Einsatzleiters drang wieder aus den Funkgeräten: »Einsatz in zehn ... neun ... acht ...«

In Sekundenschnelle veränderte sich die Situation. Telefontechniker, Eisverkäufer und tratschende Hausfrauen zückten Waffen und sprinteten auf die Haustür zu. Aus dem Lieferwagen stürmten Männer in schwarzen Kampfanzügen.

Während unten im Erdgeschoß die ersten Rauchbomben detonierten, wurden die Wachen auf dem Dach von Maschinengewehrgarben aus dem anfliegenden Hubschrauber so schnell niedergemäht, dass nicht einer dazu kam, seine Waffe zu gebrauchen. Sekunden später seilten sich die Männer des Einsatzkommandos aus dem Helikopter ab.

Die Männer, die sich vom Dach her nach unten vorkämpfen sollten, kamen bis zur Treppe, bevor heftiges Feuer aus Maschinenpistolen sie zurücktrieb. Trotz Helmen und kugelsicheren Westen blieben zwei von ihnen reglos am Boden liegen. Dennoch wagten die Agenten umgehend einen weiteren Vorstoß. Unter dem Einsatz von Tränengas rückten sie vor und warfen Handgranaten in den Gang. Todesschreie quittierten die Wirkung.

Unverzüglich stürmten die restlichen vier Mann des

Einsatzteams weiter, aber als sie den Gang passierten, explodierten in den Wänden versteckte Splitterbomben. Übrig blieb ein rauchendes Trümmerfeld aus den Resten der Gipskartonwände und zerfetzten Gliedmaßen, vereint zu einem blutigen Mosaik.

Das Bodenkommando, das vom Erdgeschoss her vordrang, hatte es zunächst einfacher. Nachdem sie die Haustür kurz und schmerzlos eingeschlagen hatten, stießen die Männer lediglich auf überraschte Sektenmitglieder, die in dunklen weiten Gewändern kreischend durcheinanderrannten. Erst im zweiten Stock blockierte eine Stahltür die Treppe zur dritten Etage. Eine kleine Sprengladung räumte das Hindernis beiseite, aber der erste der Männer, der die Stufen hinaufstürmte, wurde sofort von dem Feuerstoß einer Maschinenpistole niedergestreckt. Was für eine Art Munition diese Leute auch verwenden mochten, die angeblich schusssicheren Schutzwesten waren ihr nicht gewachsen.

Verzweifelt wandte sich der Einsatzleiter an die Zentrale. »Das geht schief, Sir! Wir kommen an die Burschen, die sich in den oberen beiden Stockwerken verschanzt haben, ohne Verstärkung einfach nicht ran.«

Marsden, der in der Zentrale in Langley über Funk sämtliche Gespräche mitverfolgte, räusperte sich. »Dauert zu lange«, konstatierte er. »Ziehen Sie Ihre Leute aus dem Bau raus und lassen Sie ihn von den harmlosen Spinnern räumen. Dann soll sich der Hubschrauber mit seinen Sparrows der beiden oberen Stockwerke annehmen. Sie haben exakt zwei Minuten.« Marsdens Stimme klang hart.

Der Einsatzleiter erteilte mit heiserer Stimme seine Befehle. Auf die Sekunde pünktlich flog der Kampfhubschrauber in einer weiten Kurve heran und feuerte aus dreihundert Yards vier Raketen aus den Waffencontainern unter seinen Stummelflügeln ab.

Es dauerte nur Augenblicke, bis die Druckwellen der Explosionen jedwedem Leben in den Obergeschossen ein Ende bereiteten und Splitter und Trümmerteile auf die Straße regnen ließen.

Über die Zentrale in Langley hatte sich Schweigen gesenkt. Einige Mitarbeiter starrten entsetzt Marsden an, der diesen Befehl gegeben hatte.

Sentimentale Narren, dachte Marsden. »Ich will in zehn Minuten die Spurensicherung dort haben. Jeder der Spinner ist festzunehmen. Quetscht sie aus. Jeder noch so kleine Hinweis kann wichtig sein. An die Arbeit!«

Ein paar Stockwerke tiefer kümmerte sich in diesem Moment ein Arzt um Peter Richards, der aussah, als wäre er unter eine Dampfwalze geraten. Aus dick zugeschwollenen Augen sah er den Mediziner an, sagte aber nichts. Mehr als ein undeutliches Genuschel hätte er ohnehin nicht zustande gebracht, nachdem er mehr als der Hälfte seiner Zähne verlustig gegangen war. Dabei hatte der dickliche Schreibtischhengst, der alleine gekommen war, um ihn zu verhören, zunächst einen ganz harmlosen Eindruck gemacht. Aber eine halbe Stunde später hatte er ausgepackt. Schlotternd vor Angst hatte er Marsden alles erzählt, sogar wo sich die Zentrale in New York befand, an die er berichtete.

**9. Tag, 22:45 Ortszeit (SAST), 20:45 Zulu –
20 Meilen vor Kap Agulhas, USS San Diego**

Die *San Diego* nutzte jede Deckung. Die meiste Zeit verbarg sie sich im Strömungsschatten eines großen Wracks und versuchte, aus den verwirrenden Manövern der *Tuscaloosa* schlau zu werden.

Robert DiAngelo stand neben dem Kommandanten und kaute an einem Stück Brot mit Corned Beef. Warmes Essen würde es auf der *San Diego* erst wieder geben, wenn man wieder riskieren konnte, dass mal mit einem Topf geklappert wurde. Die beiden Commander lauschten den leisen Meldungen aus der Sonarabteilung. »*Tuscaloosa* dreht immer noch.«

»Damit ist sie gleich wieder einmal im Kreis herum«, stellte Roger Williams mit gelinder Verwunderung fest. »Tanzt der Kerl Walzer oder was?«

»Die wievielte Ehrenrunde war das jetzt eigentlich?«, fragte DiAngelo.

»Die dritte nach Steuerbord und vorher schon eine nach Backbord«, warf Tom Mayo helfend ein.

»Wenn es nicht so blöd klingen würde, dann würde ich sagen, er kalibriert seine Systeme neu. Aber hier und in dieser Situation?«

Roger Williams sah ihn einen Augenblick starr an. »Vor allem, wie will er das bewerkstelligen?«

»Nur der Sonaroffizier …« Robert brach ab, als ihm klar wurde, dass dies zumindest bedeutete, dass Angela noch am Leben war. Die Systeme zu bedienen war eine Sache, aber sie völlig neu zu kalibrieren eine ganz andere. DiAngelo atmete tief durch. Wenn Angela die Systeme neu konfigurierte, dann führte sie irgendetwas im Schilde. Zwar würde man sie garantiert nicht ohne Bewachung an den Konsolen arbeiten lassen, aber konnte man wirklich alles kontrollieren, was sie tat?

Er selbst war Navigationsoffizier und Erster Offizier auf anderen Booten gewesen, bevor er sein eigenes Kommando bekam. Was er brauchte, war ein Sonarexperte. Er wandte sich an Roger. »Von einer Systemkalibrierung müssten wir zumindest beim Aktivsonar etwas mitkriegen.«

Roger schaltete sofort und griff zum Mikrofon. »Tennant, können Sie mal kurz an ihren Petty Officer abgeben und in der Zentrale vorbeischauen? Oder sind Sie da vorne unabkömmlich? Wir brauchen einen Spezialisten, um ein paar Antworten zu finden.«

»Für ein paar Minuten kann ich hier weg«, erwiderte der Lieutenant. »Ich bin gleich bei Ihnen, Sir!«

9. Tag, 17:00 Ortszeit, 21:00 Zulu – Langley

Auch in anderen Städten hatten Aktionen gegen die Sekte stattgefunden, waren aber bei weitem nicht so spektakulär wie in New York verlaufen. Den ersten Berichten der Spurensicherung zufolge waren in den beiden oberen Stockwerken des Gebäudes nicht nur die Überreste von Computern gefunden worden, sondern auch von aller Art moderner Telekommunikation. Die Ermittler hatten insofern Glück, als ein großer Panzerschrank mit Datensicherungen und Unterlagen den Angriff überstanden hatte. Den verbeulten Tresor mit Schneidbrennern aufzukriegen war nicht ganz einfach gewesen, aber die Mühe hatte sich gelohnt.

Für Roger Marsden, der sich in sein Büro zurückgezogen hatte, würde es wieder ein langer Abend werden. Im Augenblick hielt ihn nur noch starker Kaffee auf den Beinen. Trotzdem riss er sich zusammen und konzentrierte sich auf die Unterlagen vor ihm. Sie bestanden aus einem Lebenslauf und einer komplette Personalakte. Eigentlich hätte, wie er fand, im Hintergrund Harfenmusik ertönen müssen, denn der Inhalt der Ausdrucke war von einem strahlenden Weiß. Marsden hielt sich nicht gerade für einen Zyniker, obwohl ihm manche Leute in dieser Hinsicht widersprochen hätten. Trotzdem – wenn ein Lebenslauf so völlig sauber war, dann war der Betreffende entweder ein völlig unauffälliger Durchschnittsmensch, der für bestimmte Aufgaben kaum Eignung besaß, oder die Vita war geschönt. Marsden schüttelte den Kopf. Dieser Mann, um den es ging, hatte oft genug gezeigt, dass er ausgesprochen findig war, stark im Organisieren und Menschen führen konnte. Jemand, der haargenau wusste, was seine Leute konnten und was nicht.

Noch einmal ging er die Unterlagen durch. Es gab zwei private Brüche im Leben des Mannes, die kurz aufeinander gefolgt waren. Vor zwei Jahren war seine Frau nach sechsunddreißig Jahren Ehe gestorben, und nur knapp zwei Monate später waren sein Sohn und seine Schwiegertochter bei einem Raubüberfall getötet worden.

Der Polizeibericht über den Raubüberfall war wenig ergiebig. Der oder die Täter waren nie gefasst worden. Mit neu erwachtem Interesse blätterte er weiter, bis er gefunden hatte, was er suchte. Seine Leute hatten innerhalb der kurzen Zeit erstklassige Arbeit geleistet. Er überflog die Dokumente und pfiff schrill durch die Zähne. Eleonore Bingham war von einem betrunkenen Autofahrer außerhalb von Washington von der Straße abgedrängt worden. Der Mann war geflüchtet und hatte die schwer verletzte Frau im

Wrack ihres Autos zurückgelassen, wo sie ihren inneren Verletzungen erlag. Es hatte nur ein paar Tage gedauert, bis die Polizei den Täter gefasst hatte, einen bis dato unbescholtenen Bürger. Das und ein guter Anwalt brachten ihm lediglich zwei Jahre auf Bewährung nebst einer Geldstrafe ein.

Interessanter für Marsden war jedoch die Tatsache, dass Cole Thompson, der Mann, der Eleonore Bingham auf dem Gewissen hatte, nur vier Wochen nach der Urteilsverkündung, die ihm die Freiheit einbrachte, bei lebendigem Leib in seiner Wohnung verbrannt war. Nachdenklich sah er sich den Bericht der Polizei und der Branduntersuchung an. Angeblich hatte der Mann im Bett geraucht. Marsden grinste trocken. Profiarbeit.

Er dachte nach. Ein mögliches Motiv war damit gegeben, aber mehr auch nicht. Im Vergleich etwa zur Polizeiarbeit spielten in Geheimdienstkreisen gerichtsverwertbare Beweise nicht unbedingt die ganz große Rolle, aber trotzdem wollte er sichergehen. Nachdem der Sektensitz in New York nicht mehr existierte, war Bingham isoliert. Es wurde Zeit, sich mit Miss Elizabeth Franklin zu unterhalten, die immer noch in den unterirdischen Trakten der CIA vor sich hin schmorte.

9. Tag, 23:30 Ortszeit (SAST), 21:30 Zulu –
15 Seemeilen westlich von Kap Agulhas, USS John P. Ashton

Der Sturm tobte mit voller Stärke, das Meer hatte sich in einen Hexenkessel verwandelt. Die Zerstörer hielten sich in einer langgezogenen Linie auf südwestlichem Kurs, um die mächtigen Wellenberge in einem möglichst günstigen Winkel zu schneiden.

Übellaunig klopfte Fullspeed Walker zum hundertsten Male mit den Fingerknöcheln gegen das Brückenbarometer. Doch das Instrument ließ sich davon nicht beeindrucken und zeigte weiterhin stur den niedrigsten Wert an, den der Admiral in seinen mehr als dreißig Jahren Seefahrt jemals erlebt hatte.

Erneut rollte ein schwerer Brecher über das Vordeck. Die weiß schäumende Brandung spülte um den Geschützturm, als wolle sie ihn wegreißen. Fluchend polterten ein paar Seeleute den Niedergang vom Signaldeck herunter. Der Brückenmaat knallte das Schott hinter ihnen zu, bevor die nächste Regenbö hereingewirbelt kam. Die Ausgucke wurden alle dreißig Minuten abgelöst. Eine halbe Stunde war mehr als genug für Männer, die durchnässt und halb blind in den Regen starrten.

Der Admiral war sich der Gefahren bewusst. Da der Sturm in einem schrägen Winkel zur Strömung lief, konnte ein ähnliches Phänomen wie vor Australien auftreten: Monsterwellen von der Größe mehrstöckiger Wohnhäuser türmten sich auf, die selbst für moderne Schiffen verhängnisvoll sein konnten. Oder es geschah genau das Gegenteil und der Wind riss gegen die Strömung regelrechte Löcher in die Wasserwüste. Wehe dem Schiff, das in so ein Loch fuhr, denn der Bug konnte sich nicht mehr aufrichten, bevor der nächste Brecher herangerollt kam. Und weil sich diese Art von Bedrohungen von den elektronischen Augen der Radargeräte der *John P. Ashton* nicht erfassen ließ, waren die Männer auf Ausguck in solchen Situationen überlebenswichtig.

Wieder wehte eine Regenbö ins Innere der Brücke, als das Schott zur Steuerbordbrückennock aufgedrückt wurde. Der Parka des Kommandanten glänzte vor Nässe, und er schüttelte sich wie ein Hund. »Verdammtes Sauwetter! Verzeihung Sir!«

»Sie haben ja Recht«, sagte Walker. »Aber warum gehen Sie eigentlich außen herum statt durch das Schiff?«

»Wollte nur mal an Oberdeck nach dem Rechten sehen, Sir. Aber der Bootsmann ist auf Zack.«

»Ja, gute Leute braucht man ...« Der Admiral wollte noch eine Bemerkung machen, aber der Lautsprecher erwachte plötzlich zum Leben. »Kontakt in Grün eins-drei-fünf, Tiefe etwa dreihundert Fuß, Entfernung fünfzehn Meilen, Geschwindigkeit etwa fünf bis zehn Knoten, Kurs zwo-sieben-null. U-Boot, verwendet Aktivsonar.«

Walker sprang ans Mikro. »Ist es die *Tuscaloosa*?«

»Schwer zu sagen, Sir. Ich habe nur ein Aktivsonar. Es ist ziemlich seltsam.«

Der Admiral sah, wie der Kommandant neben ihn trat, aber er konzentrierte sich auf das Mikrofon. Der junge Offizier hatte wirklich gute Arbeit geleistet. Ihn jetzt zu hetzen konnte nur zu Fehlern führen. Ruhig fragte er nach: »Aktivsonar auf fünfzehn Meilen bei diesem Wetter? Nicht schlecht, USW. Wieso kommt es Ihnen seltsam vor?«

»Ich habe haufenweise Echos, aber so gut wie keine direkte Peilung, Sir. Wenn es die *Tuscaloosa* ist, dann sucht sie mit ihrem Aktivsonar den Grund unter sich ab. Sie haben das Ding ziemlich hoch gepulst.«

Walker verzichtete darauf, nachzufragen, was hoch gepulst bedeutete. Bedingt durch die militärische Geheimhaltungsmanie wusste der Admiral zwar von den beiden amerikanischen Atom-U-Booten, aber nichts davon, dass die *Tuscaloosa* vor Kap Agulhas nach einem Wrack suchen würde.

Hinzu kam, dass die *San Diego* nicht funken konnte, solange sie getaucht war. Eine Funkboje abzusetzen ging ebenfalls nicht, denn die beim Durchbrechen der Wasseroberfläche entstehenden Geräusche konnten die *Tuscaloosa* misstrauisch machen. Selbst auftauchen konnte die *San Diego* aber auch nicht, denn dann würde sie der *Tuscaloosa* eine Chance geben, zu entkommen oder, schlimmer noch, ihre Torpedos auf sie abzufeuern.

Damit tappte Rear Admiral Walker völlig im Dunkeln. Nachdenklich wandte er sich zu seinem Kommandanten um, während sich der Zerstörer ein zweites Mal schwer überlegte. »Was halten Sie davon?«

»Wenn wir bei diesem Wetter den Verband herumwerfen und nach Osten steuern, dann müssen wir mit schwereren Sturmschäden rechnen. Die *Mahan* hat bereits den Ausfall des Seezielradars gemeldet.«

»Hubschrauber können wir bei dem Wetter ohnehin total vergessen«, erklärte Walker missmutig. Wieder einmal erklomm die *John P. Ashton* die Flanke eines steilen Wellenberges. Dann, als sie den Scheitelpunkt erreicht hatte, veränderte sich das Schraubengeräusch, und der hart geforderte Rumpf gab ein paar quäkende Geräusche von sich, bevor das Schiff an der Rückseite des Brechers wieder hinunterrutschte. Unten im Maschinenraum stand ständig ein Petty Officer bereit, die Drehzahl zurückzuregeln, wenn die Schrauben hilflos in der Luft schlugen, um zu vermeiden, dass die Wellen durch die plötzlich höheren Drehzahlen zerrissen wurden.

Unten im Rumpf, in den Wohndecks der Besatzung, litten etliche Männer unter der Seekrankheit, die sie auch dann noch zu stundenlangem trockenem Würgen zwang, wenn sie schon längst nichts mehr im Magen hatten, und es zu einer unglaublichen Willensleistung machte, beim Wachwechsel zum Dienst zu erscheinen, obwohl man sich doch eigentlich nichts anderes wünschte, als dass dieser verdammte Pott endlich untergehen möge, damit die Qual ein Ende hätte.

Die junge Ensign der Brückenwache war im Moment so ein Beispiel. Tapfer stand sie an der Karte und versuchte zu verstehen, was ihr ein in Ehren ergrauter Steuermann erklärte. Neben ihren Füßen stand eine Pütz, von der sie sich nie weit entfernte. Von ihrer Sorte gab es viele im Geschwader, Männer und Frauen, die zum Gotterbarmen litten, aber, wenn ihre Wache begann, brav auf ihre Stationen gingen.

Der Kommandant und sein Admiral sahen einander in dem Bewusstsein an, dass es es auch auf den anderen Zerstörern nicht viel anders um die Besatzungen bestellt war als an Bord der *John P. Ashton*. »Sagen wir mal so, ein Waffeneinsatz ist eingeschränkt möglich«, zog der Kommandant sein Resümee.

»Gut«, erklärte der Admiral, »lassen Sie Gefechtsbereitschaft anordnen. Dann ändern wir den Kurs. Wir gehen auf eins-drei-fünf. Umdrehungen für zehn Knoten, aber alle Schiffe sollen sich bereithalten, mit der Fahrt hochzugehen.«

Fasziniert verfolgte die junge Ensign, wie der Admiral anfing, eine Reihe von Anweisungen hervorzusprudeln. Sie zogen ins Gefecht, egal, wie das Wetter war, und sie, Ensign Amy Brown, zwanzig Jahre alt, stand hier auf der Brücke bei ihrem Admiral. Für einen Augenblick war die Seekrankheit vergessen.

9. Tag, 00:00 Ortszeit (SAST), 22:00 Zulu –
20 Seemeilen südlich von Kap Agulhas, USS Tuscaloosa

Lieutenant Commander Angela Hunt fühlte sich müde und ausgelaugt. Trotzdem entschied sie sich für einen weiteren Kaffee und verdrängte den Gedanken an Ephedrin. Wenn sie das Zeug jetzt schluckte, würde sie die nächsten vierundzwanzig Stunden lang zwar total aufgedreht sein, aber danach vermutlich zusammenklappen. Dumm nur, dass bis dahin die ganze Geschichte noch nicht ausgestanden sein würde.

Zur erneuten Verwirrung von Bocteaus Sonarleuten schlug sie mal wieder die Beine untereinander und hockte im Schneidersitz in dem eigentlich für sie zu großen Sessel. Mit dem Kopfhörer auf halb acht auf ihrem Haar und den halb geschlossenen Augen sah es eher so aus, als würde sie vor einer Stereoanlage hocken und Musik hören. Wobei für sie der Unterschied nicht so nennenswert groß war. Sie konnte sich nicht mehr erinnern, wie oft Wilkins und sie hier so gesessen hatten. Sie im Schneidersitz in ihrem Sessel und der hochgewachsene Petty Officer an seiner Konsole, die Beine auf dem Instrumententisch. Stunde um Stunde hatten sie den Geräuschen der See gelauscht oder, wenn die taktische Situation es erlaubte, andere Sonarexperten in vielen Meilen Entfernung mit ihrem Hang zu Verdi-Arien oder Soundtracks genervt.

Unter regulären Gefechtsmarschbedingungen wären noch mindestens vier Sektorenwachen zugegen gewesen, deren Aufgabe darin bestand, die Umgebung des U-Boots auf neue Kontakte hin zu überwachen. Doch im Augenblick waren nur noch zwei Sonarleute aus Bocteaus Crew anwesend. Beide trugen Pistolen, aber Angela hatte ernsthafte Zweifel, dass die Burschen sie hätten ziehen können, so wie sie sich in die Sessel gefläzt hatten.

Die Neukonfiguration der Systeme war abgeschlossen, und ein wenig spürte Angela in sich noch den Stolz auf ihre Leistung. Zwar funktionierte das Aktivsonar jetzt hervorragend, wenn sie etwas untersuchten, was unter ihnen lag, doch waren dafür Geräusche mit dem Passivsonar erheblich schwerer zu erfassen. Sowohl der ausgebuffte Wilkins als auch sie selbst mussten schon extrem genau darauf achten, die *San Diego* nicht zu verlieren, die immer noch in ihrem Hecksektor herumschlich. Bocteaus Sonarfritzen kannten zwar ihr Handwerk, aber es fehlte ihnen an Erfahrung. Und nachdem sie heimlich die Systeme manipuliert hatte, würden sie erst recht keine Chance mehr haben, die *San Diego* zu erkennen. Wie auch? Wenn sie aufgrund der radikal verminderten Empfindlichkeit nichts hörten, dann war eben für sie auch nichts da.

Wilkins kümmerte sich um die Instrumente, und so konnte Angela es sich leisten, ihre Gedanken kurz ein wenig schweifen zu lassen. Bocteau jedenfalls würde nicht gewinnen. Bitter nur würde für sie sein, wenn Bob die *Tuscaloosa* zu den Fischen schickte, dass sie sich zuvor nicht mehr mit ihm hatte aussprechen können.

14. Kapitel

10. Tag, 02:15 Ortszeit (SAST), 00:15 Zulu –
20 Seemeilen südlich von Kap Agulhas, USS San Diego

Immer noch schlich die *San Diego* hinter der *Tuscaloosa* her, aber das Spiel war schwieriger geworden. Das entführte Schwesterboot hatte offensichtlich begonnen, diverse Wracks der Reihe nach zu inspizieren. Das führte zu unvorhersehbaren Kursänderungen, ständigen Fahrtwechseln und komplizierten Manövern, wenn das Boot versuchte, den Bug gegen die Strömung gerichtet, bewegungslos über einem Wrack zu verharren und einen einigermaßen genauen Scan hinzubekommen.

Für die *San Diego* bedeutete das, sich in einer Art Indianertaktik von Wrack zu Wrack vorzutasten, da es beinahe unmöglich war, im Hecksektor der ständig Haken schlagenden *Tuscaloosa* zu bleiben, wo man sie nicht hören konnte.

Commander Williams war müde und gereizt. Er führte seit Stunden sein Boot dicht über den Grund des unterseeischen Plateaus, und es bedurfte seines ganzen seemännischen Könnens, zu verhindern, dass das Boot von der Strömung gegen eines der vielen Wracks gedrückt wurde. Erschwerend kam hinzu, dass die *San Diego* von ihrer Konstruktion her dafür ausgelegt war, in tiefem Wasser mit hoher Geschwindigkeit lautlos auf Jagd zu gehen. Mit Radfahrertempo auf einem unterseeischen Schrottplatz herumzukriechen war jedenfalls nicht ihr Ding. Sie konnte nicht einmal frei schwebend im Wasser stehen bleiben, denn wie alle großen U-Boote steuerte sie ihre Tiefe hydrodynamisch. Sie benutzte ihre Tiefenruder, um ihre Tauchtiefe zu ändern, und diese Tiefenruder erzeugten nun einmal wenig Wirkung, wenn in dem beinahe zwanzigtausend Tonnen schweren Schiffskörper kaum Fahrt mehr war.

Die *Tuscaloosa* konnte hingegen einfach die Nase gegen die Strömung richten und exakt mit deren Geschwindigkeit gegen den Wasserdruck anfahren. Doch die *San Diego* konnte dieses Verfahren nur schwerlich anwenden, wenn sie sich nicht plötzlich in voller Pracht der Sonarsphäre der *Tuscaloosa* präsentieren wollte, die sie mit ihrem Aktivsonar sofort erfasst hätte.

»Sechstausend Yards, Sir. Sie dreht wieder in die Strömung.«

»Maschine stopp«, befahl Williams. »Erster, zwanzig Fuß tiefer.«

»Vorne oben zehn, hinten oben fünf«, Tom Mayos Stimme klang völlig konzentriert. Ein paar Sekunden verstrichen, bevor er leise weitere Anweisungen an die Rudergänger gab. »Vorne null, hinten unten fünf ... und null.«

Getrieben von ihrer Restfahrt und den Tiefenrudern, glitt das Boot an einem großen Wrack vorbei. Dan Kearny, der Navigationsoffizier, wischte sich verstohlen den Schweiß von der Stirn. Dann fragte er nach: »Sonar: Abstand nach Backbord?«

Tennant reagierte umgehend. »Abstand nach Backbord fünfunddreißig Yards nach Magnetometer.«

Hinter sich hörte Kearney, wie der Kommandant befahl, auf drei Knoten Fahrt zu gehen, und entspannte sich etwas. Sie schienen genau da zu sein, wo sie laut seiner Karte sein sollten. Hier unten funktionierten kein GPS und kein Funkpeilverfahren. Ihre Position wurde nur gekoppelt, ein Verfahren, das von Navigatoren als Schätzung mit Gottes Hilfe bezeichnet wurde. Mit flinken Fingern koppelte er den Kurs weiter aus. Wenn das hier vorbei war, würde er seine Versetzung beantragen und sich um die Teilnahme an Stabslehrgängen bemühen, die ihn auf dem Weg zu seinem großen Ziel weiterbringen würden.

Dan Kearny war ein gut aussehender junger Mann und war sich dieser Tatsache auch bewusst. Er kam bei Frauen blendend an und hatte von daher nie etwas anbrennen lassen. Doch dann war er Sally begegnet, die so völlig anders war als die Mädchen vor ihr und zudem die Tochter eines Vice Admiral, was seiner Karriere durchaus nützlich sein konnte. Für einen Augenblick gab er sich den wohligen Erinnerungen an den letzten Urlaub hin, wobei er unwillkürlich nach dem Brief in seiner Tasche tastete, in dem Sally ihm geschrieben hatte, sie sei schwanger.

Die fordernde Stimme des Kommandanten riss ihn unangenehm schroff aus seinen Gedanken. »Neuer Kurs zum nächsten Versteckplatz, NO!«

Kearny blickte über die Schulter zurück und sah Williams ungeduldig mit den Fingern schnippen. Schnell daher seine Antwort: »Kursänderung auf zwo-null-null in einer Minute.«

»Sie haben es gehört, John.«

Der Erste hatte bereits seine Stoppuhr gedrückt und leitete nach Ablauf der vorgegebenen Zeit die Kursänderung ein.

»*Tuscaloosa* scannt das Wrack. Hoch gepulstes Aktivsonar.« Tennants Meldung erfolgte eher beiläufig, denn sie beinhaltete nichts Unerwartetes.

Commander DiAngelo lauschte. Wenn man genau hinhorchte, dann konnte man die schnelle Abfolge von Sonarimpulsen auch mit bloßem Ohr vernehmen. Er versuchte sich seine Exfrau in ihrer Sonarabteilung vorzustellen. Komisch, dass er sich nie Gedanken über diese andere Seite von ihr gemacht hatte. Schließlich kannte er genügend Sonaroffiziere. Doch irgendwie konnte er diese ruhigen, disziplinierten Menschen, die ihre Kommandanten noch am Rande der Hölle mit präzisen Peilungen versorgten, nicht mit jenem Vollblutweib in Einklang bringen, mit dem er verheiratet gewesen war.

Tennant meldete sich erneut, aber weit weniger gelassen. »Magnetometer erfasst Wrack, recht voraus. Abstand viertausend Yards!«

»Was?«, entfuhr es Williams.

»Ich verstehe das auch nicht, Sir«, sagte Kearny kleinlaut.

Der Kommandant reagierte sofort und befahl: »Maschine volle Kraft zurück. Hart Backbord.«

Kearny spürte, wie jemand neben ihn trat. Commander DiAngelo warf einen kurzen Blick auf die Karte. Seine Augen zogen sich zusammen, als er die sauber geschriebene Kursnotierung sah: zwei-eins-null. Halblaut rief er über die Schulter: »Wir waren auf falschem Kurs. Ich korrigiere das.« Unbeachtet fiel sein Gehstock zu Boden, während er sich Bleistift und Kurslineal griff. Kearny starrte auf die flinken Bewegungen von DiAngelos Fingern. Der Commander drehte sich wieder herum. »In zwo-drei-null sollte es eine Lücke zwischen zwei Wracks geben, danach kommt ein flacher Graben, Roger! Nach Backbord wird es zu eng.«

Williams warf dem erstarrten Kearny einen giftigen Blick zu, aber er hatte keine Zeit, sich mit dem Unglücksraben zu befassen, denn es kam die Meldung: »Achtung, Schraube kavitiert.«

In DiAngelos Kopf schwirrten die Gedanken wild durcheinander. Seine Kurskorrektur war nicht mehr als eine gute Schätzung. Bis das Magnetometer sie durch die Lücke gelotst hatte, waren sie mehr oder weniger im Unklaren darüber, wo genau sie eigentlich herumfuhren.

Hinter sich hörte er, wie Roger Befehle gab. Doch im Grunde war es bereits zu spät. Kavitieren bezeichnete den Effekt, wenn eine plötzlich rückwärts laufende Schraube in das noch aufgewühlte Wasser aus der vorherigen Vorwärtsbewegung griff. Die Folge war ein lautes, unheimliches Gurgeln. Auf dem Kommandantenlehrgang hatte einer seiner Ausbilder einmal gemeint: »Sie können natürlich noch mehr Lärm veranstalten, aber dazu müssten sie schon mit einem Hammer die Bordwand malträtieren.« Eine sehr plakative Warnung, die sich ihm eingeprägt hatte.

Als das erste Ping der *Tuscaloosa* ihren Rumpf traf, starrte ihn Roger aus aufgerissenen Augen an, doch dann befahl er auch schon: »Maschine volle Fahrt voraus, vorne unten zwanzig, hinten unten zehn.«

»Belege das!« DiAngelos Stimme klang scharf. »Maschine stopp, vorne oben fünf, hinten oben fünf.«

Ein weiteres Ping traf den Rumpf. DiAngelo hielt sich am Kartentisch fest. »Absolute Ruhe im Boot!«, ordnete er an.

Fast ohne Fahrt glitt die *San Diego* in den Schlamm. Dreitausend Yards bis zum Wrack waren zu wenig, um ein U-Boot dieser Größenordnung noch rechtzeitig zum Stillstand zu bringen, jedenfalls nicht in freiem Wasser.

Ein ekelhaftes Knirschen ertönte, als der schwere Stahlrumpf der *San Diego* über ein abgebrochenes Metallteil rutschte, das von irgendeinem der Wracks stammte. Eine gewaltige Schlammwolke begann sich im Wasser auszubreiten, auch wenn die vom Inneren des Bootes nicht zu sehen war. Alles schien Ewigkeiten zu dauern. Dann, nicht einmal mehr mit der Schrittgeschwindigkeit eines Fußgängers, krachte der Bug der *San Diego* in die Bordwand eines alten Tankers. Vorn in der Sonarabteilung riss sich Lieutenant Tennant, dem von dem vielfach verstärkten Knirschen des rostigen Metalls die Trommelfelle zu platzen drohten, die Kopfhörer runter. Dann traf wieder ein Ping den Rumpf.

10. Tag, 02:30 Ortszeit (SAST), 00:30 Zulu –
20 Seemeilen südlich von Kap Agulhas, USS John P. Ashton

Der Seegang kam mittlerweile beinahe genau von achtern. Die Zerstörer schlingerten ständig auf den sich kreuzenden hohen Wellenkämmen, weil der Sturm in der Zwischenzeit nahezu quer zur Strömung blies. Wie auf allen Schiffen des Verbandes hatte es auch an Bord der *John P. Ashton* unter der Besatzung Blessuren gegeben. Am schlimmsten hatte es einen Smut erwischt, der, als er mit zwei Kannen heißen Kaffees einen Niedergang zur Brücke hochstieg, durch die abrupten Schiffsbewegungen die Stufen wieder hinuntergeschleudert worden war. Nun lag der Pechvogel mit geschientem Bein und eingecremt mit viel Salbe gegen die Verbrühungen im Schiffslazarett.

Admiral Walker musste wegen des Seegangs notgedrungen darauf verzichten, auf der Brücke auf und ab zu tigern, obwohl es ihm schwerfiel, auf dem Brückenstuhl sitzen zu bleiben. Der Kommandant steckte unten in seiner Operationszentrale, denn vor einer Stunde waren die Zerstörer trotz des Wetters wieder in Gefechtsbereitschaft gegangen. Nach einer unruhigen, kurzen Nacht befanden sich alle Mann der Besatzung wieder auf Station. Wobei Mann in übertragenem Sinne zu verstehen ist, denn an Bord der *John P. Ashton* gab es immerhin auch knapp vierzig Frauen verschiedener Dienstgrade.

Machte er sich hier zum Narren, dachte Walker, und führte seine Schiffe in die Falle, oder standen die Chancen wirklich so gut, wie es aussah? Gespannt griff er zum Mikrofon: »USW? Haben Sie die *Tuscaloosa* immer noch?«

»Abstand achttausend Yards in Grün null-fünf-null, Aktivsonar in dreihundert Fuß Tiefe. Sie scheint keine Fahrt zu machen, Sir!«

»Keine Spur von einem zweiten Boot?«

Der USW, der Underwater and Submarine Warfare Officer, verzog das Gesicht, antwortete aber prompt: »Kein Kontakt, aber es gibt da unten viele Echos. Klingt, als wäre dort ein riesiger Schiffsfriedhof. Auch das Magnetometer zeigt Schrott ohne Ende an. Im Sonar hat es sich eben so angehört, als hätte die *Tuscaloosa* eines der Wracks gestreift, und der ganze Krempel wäre zusammengebrochen. Verzeihung Sir!«

Admiral Walker ließ sich das Gehörte noch einmal durch den Kopf gehen. Einen Augenblick erwog er, ob er die Situation mit seinem Kommandanten erörtern sollte, aber dann verzichtete er darauf. Was immer dieser auch sagen mochte, am Ende war es seine eigene Entscheidung, aber groß Zeit konnte er sich damit nicht mehr lassen.

Amy Brown beobachtete ihren Admiral aus den Augenwinkeln. Als er sich plötzlich umwandte, wurde sie etwas blasser. »Na, Ensign?«, fragte er, »Lust auf etwas Action?« Über ihren Kopf hinweg sah er den Wachoffizier an. »An den Verband: Wir wechseln Kurs auf zwo-sieben-null, dreißig Knoten, und schicken zwei Harpoons auf den Weg, sobald der Abstand bei zehntausend Yards liegt. Eine wir, die *Mahan* die andere. Lassen Sie Signal an die anderen Schiffe geben.«

Die junge Ensign war fasziniert von der plötzlichen Aktivität, begann aber dennoch pflichtschuldigst, die Befehle des Admirals schon mal in fein gezeichnete Linien und kleine Zahlen auf der Karte umzusetzen.

Exakt um 02:36 Ortszeit feuerten die *John P. Ashton* als Führungsschiff und die *Mahan* als letztes Schiff in der Linie jeweils eine Harpoon-U-Abwehr-Rakete ab. Die beiden Raketen gaben schon nach wenigen Sekunden über der tosenden See die Torpedos frei, die, durch kleine Fallschirme gebremst, ins Wasser gleiten und dann das Ziel automatisch erfassen sollten.

Doch der Sturmwind trieb die sich entfaltenden Fallschirme samt den beiden Torpedos weit über das Ziel hinaus. Das von der *Mahan* stammende Geschoss knallte bereits knapp zweitausend Yards vor dem Zielpunkt hart auf die Wasseroberfläche, nachdem der Sturm den Fallschirm einfach zerfetzt hatte. Obwohl der Suchkopf dadurch schwer beschädigt wurde, reagierte das Triebwerk des Systems, und der Aal begann selbstständig auf Tiefe zu gehen.

Der Torpedo der *John P. Ashton*, dessen Fallschirm gehalten hatte, wurde dreieinhalb Meilen über des Ziel hinausgeweht, tauchte dann aber sauber ins Wasser ein und löste die Funktionen der Transistoren und Prozessoren im Suchkopf störungsfrei aus. Sekundenbruchteile nachdem der Torpedo auf Tiefe gegangen war, sandte er das erste Suchsignal aus. Geisterhaft hallte das Ping durch die Dunkelheit und mischte sich mit den Signalen der *Tuscaloosa*.

10. Tag, 02:35 Ortszeit, 00:35 Zulu –
20 Seemeilen südlich von Kap Agulhas, USS Tuscaloosa

Angela Hunt zuckte innerlich zusammen, als sie das Geräusch vernahm. Hinter sich spürte sie eine Bewegung, aus der sie schließen konnte, dass auch Bocteaus Männer es mitbekommen hatten. »Geräusch im Wasser«, sprach sie in ihr Mikro. »Quelle unklar. Entfernung dreitausendachthundert Yards, in Rot null-neun-fünf, am Grund.«

Zu ihrer Überraschung meldete sich nicht Bocteau, sondern dessen Erster. »Was für ein Geräusch?«

Einer von Bocteaus Sonarleuten entband sie einer Antwort. »Wir wissen es nicht genau. Zuerst ein lautes Gluckern, dann krachte irgendwas zusammen.«

Die Stimme des Ersten klang misstrauisch. »Bist du dir sicher, dass es sich um kein anderes U-Boot handelt?«

Der schwarz gekleidete Mann sah Angela und Wilkins kurz an, dann wandte er sich wieder dem Mikrofon zu. »Ich bin mir nicht sicher, aber ich glaube, die Druckwellen, die wir auslösen, haben ein verrottetes Wrack zum Einsturz gebracht. Ich schlage vor, näher heranzugehen und zu scannen. Wir müssen sowieso da rüber, um einen weiteren Kandidaten in Augenschein zu nehmen.«

»Einverstanden. Und was ist mit dem jetzigen?«

Angela sah auf das Profil auf ihrem Monitor, das für sie eindeutig war. Zum Glück hatte Bruder Jeremy davon herzlich wenig Ahnung. Da jede Sekunde zählte, versuchte sie es mit Verzögerungstaktik. »Wenn mich nicht alles täuscht, dann liegt der Kahn auf der Seite, es ist aber nicht der, den wir suchen. – Was meinen Sie?«, wandte sie sich an Bruder Jeremy.

Der beugte sich vor und studierte das Bild, wobei er mit dem Zeigefinger darauftippte. »Der große Mittschiffsaufbau ist hinüber, sonderlich stabil dürfte er nicht gewesen sein.«

»Was sagt das Magnetometer?«

»Keine echte Massenkonzentration, was gegen eine Panzerung spricht.« Petty Officer Wilkins schürzte die Lippen. »Nein, das war wohl eher mal ein ordinärer Frachter.«

Der Erste in der Zentrale, der das Gespräch mitgehört hatte, schaltete sich ein. »Also gut, wir nehmen uns das Wrack an Backbord als Nächstes vor.«

10. Tag, 02:36 Ortszeit (SAST), 00:36 Zulu –
20 Seemeilen südlich von Kap Agulhas, USS San Diego

Alles erstarrte zur Geräuschlosigkeit. Die *San Diego* lag im Schlamm, der Bug mit der Sonarsphäre übersät von Trümmerteilen des Wracks. Das Boot war für den Augenblick nahezu blind und taub.

Roger Williams ließ sich leise in den Sessel an seiner Gefechtsstation sinken und umklammerte die Lehne. Er überlegte, ob er was sagen sollte – nur was? Wenn DiAngelo seinen Befehl nicht widerrufen hätte, dann wäre die *San Diego* jetzt entweder steil auf dem Weg zur Oberfläche oder eben auch nicht. Als die Panne mit dem Kurs entdeckt wurde, hatten sie kaum Fahrt im Boot gehabt. Die Chance, noch vor einer Kollision mit dem Wrack an Höhe zu gewinnen, war zugegebenermaßen minimal gewesen. Wie dem auch sein mochte, sie saßen nun mal hier fest.

Der Kommandant fühlte, wie sich sein Magen verkrampfte, während er auf das Eintreffen des unvermeidlichen Torpedos wartete. Eine Explosion, eine Wand grünen Wassers, die in den aufgerissenen Rumpf stürzte, der verzweifelte Kampf um Luft, bis die unbarmherzige See ihre Schreie ersticken und sie der Dunkelheit überantworten würde.

Roger Williams sah alles, was kommen würde, mit quälender Genauigkeit vorher. Langsam drehte er sich herum und starrte zu Commander DiAngelo, der neben dem Navigationsoffizier am Kartentisch stand. Dan Kearny sah totenbleich zur Turmluke hinauf, als würde sie einen Fluchtweg aus diesem stählernen Sarg darstellen. Aber Roberts Gesicht wirkte völlig ruhig. Mit halb geschlossenen Augen schien er zu lauschen, aber um seine Lippen spielte ein geringschätziges Lächeln. Verwundert fragte sich Williams, was er davon halten sollte.

Die Antwort bestand in einem leise surrenden »Wisch-Wisch-Wisch«, das nur von der Schraube der *Tuscaloosa* stammen konnte! Erneut blickte der Kommandant zu seinem Freund hinüber, der geradezu unverschämt ostentativ die Hände hob, um sich die Ohren zuzuhalten. Roger kapierte und folgte seinem Beispiel.

Eine lange Folge kurzer, abgehackter Töne traf die *San Diego* und das Wrack, unter dem sie zu einem Viertel begraben lag, mit schmerzhafter Lautstärke.

Die *Tuscaloosa* schwebte wie ein riesiger Hai nur rund dreißig Fuß über ihnen und glitt langsam über das Wrack. Auf jeden Fall war sie zu nahe, um einen Torpedo zu feuern. Kommandant Roger Williams erwiderte das Grinsen seines Freundes etwas unsicher, während er die Hände fest auf seine Ohren presste.

10. Tag, 02:36 Ortszeit (SAST), 00:36 Zulu –
20 Seemeilen südlich von Kap Agulhas, USS Tuscaloosa

»Torpedo im Wasser! Grün null-drei-null, Entfernung viertausendfünfhundert Yards, Geschwindigkeit zwanzig Knoten, steigend. Ist fast an der Oberfläche.« Wie zur Bestätigung der Meldung traf ein scharfes Ping den Rumpf der *Tuscaloosa*.

Angela Hunt rief nur noch »Wilkins, Sie übernehmen!« und rannte in die Zentrale. Von der anderen Seite kam Bocteau angestürzt, total verstrubbelt, als sei er gerade aus der Koje der Kommandantenkammer gesprungen. »Was hat das zu bedeuten?«, kreischte er.

Angela ignorierte ihn. Mit ruhiger Stimme kommandierte sie: »Hart Backbord! Volle Kraft voraus.« Fast automatisch drückte sie den Knopf an der Stoppuhr über dem Kommandantenpult.

Aus dem Lautsprecher drang die Stimme von Wilkins: »Torpedo fünfzig Knoten, Tiefe hundertachtzig Fuß in Grün null-null-fünf. Zweiter Torpedo in viertausend Yards, Tiefe zweihundert Fuß, Kurs null-eins-null, fünfzig Knoten.«

Merkwürdig. Der zweite Torpedo schien sich nicht um die *Tuscaloosa* zu kümmern und damit vermutlich auch nicht um die *San Diego*, die wahrscheinlich unter ihnen irgendwo im Schlamm lag. Sie blickte auf die

Stoppuhr: Fünf Sekunden. Das Boot legte sich hart nach Backbord. Die Zeit würde reichen, aber knapp. Langsam zählte sie rückwärts von zehn bis null und erteilte dann den nächsten Befehl: »Maschine langsam zurück.« Wieder verstrichen Sekunden, bis sie hörte, wie die Schraube in das aufgewühlte Kielwasser griff. »Hinten unten fünfzehn, vorne unten zehn.« Sie musste sich zwingen, richtig umzudenken. In keinem Handbuch der Navy stand auch nur eine Zeile darüber, dass man ein U-Boot rückwärts ›einparken‹ konnte, aber man konnte trotzdem. Sie kicherte leise. Eigentlich war es sogar einfacher als mit einem Auto, schließlich half ihr ja die Strömung, das lange Achterschiff herumzudrücken.

Angela blickte sich kurz um. Bocteau stierte immer noch völlig perplex vor sich hin, doch Bruder John stand bereits an der Seite seines Herrn und Meisters, die entsicherte Maschinenpistole auf sie gerichtet. Es war ihr gleichgültig. Erschossen, ersäuft oder von einem Torpedo zerrissen, es machte keinen großen Unterschied. Sie strich die beiden Männer aus ihren Gedanken, als sie spürte, wie das Achterschiff sich nach unten senkte. Dann kam das Aufsetzen, sanft, als wäre das Boot in einem riesigen Watteballen gelandet. Aber es war nur Schlamm. Angela griff nach dem Pult, um sich festzuhalten, bevor das Boot in das abgerissene Vorschiff des alten Tankers rutschte. Mit einem verkrampften Lächeln drehte sie sich um. »Darf ich jetzt um absolute Ruhe im Boot bitten?«

10. Tag, 02:38 Ortszeit (SAST), 00:38 Zulu –
20 Seemeilen südlich von Kap Agulhas, USS John P. Ashton

Der U-Jagdoffizier der *John P. Ashton* vernahm ein lautes Knirschen, aber er war sich nicht ganz sicher, denn noch immer behinderten die Geräusche, die ihr eigener Rumpf im Seegang verursachte, das Sonar. Doch Lieutenant Ridgeway hatte nicht viel Zeit, darüber nachzudenken. Als er gerade den Knopf am Mikro gedrückt hatte, um zu melden, dass er die *Tuscaloosa* nicht mehr hören könne, krepierte der Torpedo der *Mahan*. Obwohl die Gefechtsköpfe der leichten Harpoon-Torpedos gerade einmal halb so schwer waren wie die der großen U-Boot-Torpedos, rollte ein unirdischer Donner durch die See. Dann, als das Wasser in das Vakuum rauschte, das die Ladung ins Wasser gerissen hatte, ertönte ein unheimliches Gluckern.

Akustisch bekam man auf der Brücke durch das Heulen des Sturms nichts davon mit. Das Einzige, was man eventuell von dort aus hätte erkennen können, wäre ein großer Schaumfleck gewesen, der sich aber gleich wieder mit den Brechern vermischte. So war man auf die Meldung vom Sonar angewiesen, die aus dem Lautsprecher ertönte: »Torpedo der *Mahan* weit vom Ziel entfernt detoniert. Wahrscheinlich an einem Wrack.«

Fullspeed Walker fluchte lästerlich. Sein Wortschatz an Kraftausdrücken war derart beeindruckend, dass Ensign Brown sich vorsichtshalber etwas tiefer über ihre Karte beugte, damit der Admiral ihre Belustigung darüber nicht mitbekam. Bunts, der Signalmaat, verzog keine Miene.

Tief unten im Rumpf versuchte der USW den Weg des zweiten Torpedos zu verfolgen, dessen schrillere, hochdrehende Schraube er aus dem Geräuschwirrwarr einigermaßen isolieren konnte. Der Torpedo vollführte laufend rasante Schwenks in die eine oder andere Richtung. Die Wracks, die er immer wieder versehentlich einpeilte, brachten die ganze Steuerung durcheinander. Ridgeway hätte liebend gerne sein eigenes Aktivsonar eingesetzt, aber damit hätte er das Schiff nur zum Ziel für das U-Boot gemacht, das er aus seinem Passivsonar verloren hatte. Wahrscheinlich würde er es aber auch wieder finden, wenn sie den Kurs wechselten und ihn die eigenen Schraubengeräusche nicht mehr so behinderten.

Nach einer Zeit, die ihm wie eine Ewigkeit erschien, ging auch der zweite Torpedo hoch. Der Detonation schloss sich krachend eine Kette von Folgeexplosionen an. Das Donnern schien nicht mehr enden zu wollen. Ein Volltreffer, ohne Zweifel. Er wollte schon aufspringen und jubeln, als ihm zu Bewusstsein kam, welches Ziel sie gerade zerstört hatten. Verwirrt sah er sich um. Auch seine Leute sahen auf. Die Gesichter wirkten blass.

Als der unterseeische »Vulkanausbruch« einsetzte, eilte Rear Admiral Walker sofort in die Brückennock. Der Regen durchnässte seine Uniform, aber er schien es nicht zu spüren. Das Feuerwerk der Explosionen war ein eindeutiges Indiz für einen Volltreffer, der zur Folge hatte, dass das Waffenarsenal des Bootes anschließend hochgegangen war. Langsam nahm er die Mütze ab. Wenigstens war es für die Besatzung schnell gegangen, was wahrscheinlich besser war, als in einem beschädigten Boot auf den Meeresgrund zu sinken und dort jämmerlich zu ersticken.

Natürlich musste er sich noch letzte Gewissheit verschaffen, und sie würden noch einige Stunden kreisen,

Wasserproben nehmen und versuchen, Strahlung nachzuweisen. Aber das waren alles nur Formalien.

In der Operationszentrale unterhalb der Wasserlinie waren die Explosionen besonders deutlich zu hören gewesen. Die Männer und Frauen in dem abgedunkelten Raum sahen einander totenbleich an. Für Augenblicke hatte die Erregung der Jagd das Wissen verdrängt, dass sie den eigenen Leuten galt. Doch nun, während die Druckwellen wie Schmiedehämmer durch die See dröhnten, kam ihnen wieder zu Bewusstsein, dass sie ihre Mission erfolgreich ausgeführt hatten. Sie hatten ihre eigenen Kameraden getötet.

Oben auf der Brücke tropfte auf Ensign Amy Browns Karte unbeachtet eine bittere Träne.

15. Kapitel

10. Tag, 02:38 Ortszeit (SAST), 00:38 Zulu –
20 Seemeilen südlich von Kap Agulhas

Die *City of Bristol* war in ihren guten Zeiten ein stattliches Schiff von etwas mehr als zehntausend Tonnen Verdrängung gewesen. Einige wenige Jahre hatte sie im Liniendienst Fracht zwischen England und dem Fernen Osten transportiert, bis der Zweite Weltkrieg ausbrach. Ein paar Mal hatte sie glücklich die Route nach Kanada und zurück nach England geschafft, aber 1941, bereits auf dem Weg in das belagerte Singapur, schoss ein deutsches U-Boot sie aus dem Geleitzug heraus. Ihr Untergang war eine der vielen kleinen Eigentümlichkeiten, die in Kriegszeiten passieren, denn das schwer getroffene Schiff flog nicht in die Luft oder fing Feuer, es wurde einfach von den riesigen voll gelaufenen Maschinenräumen unter Wasser gerissen.

Nun lag es dicht bei zwei anderen Wracks aus dem gleichen Geleitzug – und neuerdings zwei Atom-U-Booten der US Navy – im Schlamm vor Kap Agulhas. Im Nachbarschaftsvergleich bildete die *City of Bristol* die voluminöseste kompakte Metallmasse und das größte Ziel im Umkreis von 500 Yards, die ein Aktivsonar, wie beispielsweise der Suchkopf eines Harpoon-Torpedos, finden konnte.

Was ihre Ladung anbetraf, so hatte man vor fünfundsechzig Jahren nicht nur Geschütze, sondern auch die dazu notwendige Munition sorgfältig auf die sieben vorhandenen Laderäume verteilt, nebst sonstigen Sprengstoffen, Gewehrmunition und Handgranaten. Sicherlich waren viele der Granaten längst durchgerostet und vom Seewasser ausgespült worden, und der Inhalt diverser Dynamitkisten hatte sich in harmlosen Schlamm verwandelt. Aber als der Torpedo der *John P. Ashton* den ollen Zossen traf, gab es noch genügend reaktionsfähigen Sprengstoff an Bord für eine verhängnisvolle Kettenreaktion.

Das Wrack des Munitionsfrachters wurde durch ein halbes Dutzend einzelner Explosionen in Stücke gerissen. Metallteile segelten verdreht durch die Dunkelheit und gingen als Trümmerregen auch auf das Wrack nieder, an dessen beiden rostigen Bordwänden sowohl die *San Diego* als auch die *Tuscaloosa*, nichts voneinander ahnend, Deckung gesucht hatten. Doch deren Besatzungen hatten in diesem Moment ganz andere Probleme.

Die *San Diego*, die quer zur Druckwelle lag, wurde wie von einer riesigen Faust gepackt und aus den Trümmern des Wracks, in dem ihr Bug steckte, herausgerissen. Für einen Augenblick lag sie beinahe völlig auf ihrer Backbordseite, bevor sie sich langsam wieder aufrichtete.

Im Inneren des Bootes schien die Welt unterzugehen. DiAngelo verlor den Halt und knallte über den Kartentisch hinweg mit Wucht gegen die gerundete Bordwand. Ein stechender Schmerz fuhr ihm durch den Kopf, als er gegen das Stahlgehäuse des Sichtfunkpeilers prallte. Eine seiner Brauen platzte auf, und er spürte Blut über sein Gesicht laufen. Aber sehen konnte er ohnehin nichts, denn die Beleuchtung war ausgefallen.

Kommandant Williams trug beim Durchbrechen des Plottisches Schnittwunden davon, prallte dann gegen das achtere Schott und verlor das Bewusstsein.

Lieutenant Tennant und seine Leute wurden im Sonarraum wild durcheinandergewirbelt. Abgesehen von ein paar Prellungen und blauen Flecken gab es keine Verletzungen, dafür aber trugen die Sonarsysteme teils erhebliche Schäden davon.

Dan Kearny fand sich überraschend in einem Winkel neben dem Feuerleitrechner wieder. In seinem Unterschenkel steckte einer der Stechzirkel. Er biss die Zähne zusammen und zog ihn raus. Dann tastete er im Dunkeln herum, bis er Tom Mayo fand, der nicht weit entfernt seine Gefechtsstation gehabt hatte. Der Erste war bewusstlos. Was Kearny nicht wissen konnte, war, dass Mayo drei gebrochene Rippen hatte, von denen sich eine in die Lunge gebohrt hatte. Erst als jemand eine Taschenlampe fand und einschaltete, sah er den dünnen Blutfaden, der aus dem Mund des Ersten Offiziers rann.

Die *Tuscaloosa* hatte es insofern besser, als die Druckwelle sie von achtern erwischte. Die bereits lädierte Schraubenwelle bekam erneut etwas ab, eine minimale Verformung, die aber erst später auffallen würde. Die achteren Tiefenruder blieben dem Boot zwar erhalten, aber ihr Steuergestänge verbog sich, ebenso wie das des Ruders. Auf den Rumpf regneten Trümmerteile und beschädigten die Blöcke des ausfahrbaren Radars und des Nachtzielsehrohrs oben auf dem Turm. Im Inneren des Bootes war zwar auch kurzzeitig das Licht ausgefallen, doch die fahle Notbeleuchtung war danach prompt angesprungen.

Angela rappelte sich aus den Resten des Plottisches hoch. Sie blutete etwas am Arm, aber sich jetzt um diese Lappalie zu kümmern wäre unangebracht gewesen. Bocteau konnte sie nirgendwo entdecken, und so übernahm sie zum zweiten Mal das alleinige Kommando. »Schadensmeldungen an Zentrale. Es herrscht immer noch Ruhe im Boot, soweit möglich.«

Im Flüsterton kamen nacheinander die Informationen: »Hilfsmaschinenfundament verzogen«, »Generator zwei nicht funktionsfähig«, »Torpedoverschluss Rohr vier macht Wasser«. So ging es scheinbar endlos weiter. Trotzdem verspürte Angela eine große Erleichterung. Es gab keine größeren Wassereinbrüche, und offenbar hatte auch das Soba-System alles schadlos überstanden, das den lebenswichtigen Sauerstoff aus dem Wasser zog. Solange sie also Strom hatten, würden sie auch Luft haben. Sie wandte sich um. »Was ist mit dem Reaktor?«

Sie hörte, wie die Frage und die darauf folgende Antwort von Mann zu Mann weitergegeben wurden: »Reaktor läuft in Sollgrenzen, erste Strahlungsprüfung negativ.«

Wieder ein Grund aufzuatmen. Strom und Luft hatten sie immerhin. Ein paar von Bocteaus Männern hockten stöhnend auf irgendwelchen Sitzgelegenheiten in der Zentrale herum. Die beiden Tiefenrudergänger und der Gefechtsrudergänger hatten sich aber zumindest wieder auf ihre Posten begeben. Andere aus der Besatzung des Franzosen hatten, so leise wie möglich, mit ersten Reparaturarbeiten begonnen.

Wären ihre Leute nicht nach wie vor eingesperrt gewesen, dann hätte sich Angela jetzt eventuell die Chance geboten, in dem ganzen Schlamassel das Boot wieder unter ihre Kontrolle zu bringen. Sie schnappte sich kurzerhand einen der schwarz gekleideten Männer. »Sehen Sie mal nach, was mit meinen Leuten ist. Ich benötige sie dringend hier draußen, wenn wir jemals wieder hochkommen wollen.«

Angela zuckte zusammen, als ihr Bruder John, der sich lautlos von hinten genähert hatte, ins Ohr flüsterte: »Kein schlechter Versuch, Ma'am.« An Bruder Pierre gewandt, setzte er hinzu: »Sieh nach, aber lass keinen raus.«

»Danke«, sagte sie leise, um dann die Frage nachzuschieben: »Ist Ihr Meister verletzt, oder wo steckt er sonst?«

»Er befindet sich in der Kommandantenkammer und betet. Wir können ihn daher unmöglich stören.«

Angela dachte sich dazu ihren Teil und konzentrierte sich auf das Nächstliegende. »Ich gehe in den Sonarraum und höre mich mal um. Sorgen Sie hier für Ruhe.« Befriedigt registrierte sie sein wortloses Nicken.

Als sie den Sonarraum betrat, war Bruder Jeremy lustlos damit beschäftigt, heruntergefallene Handbücher zurück ins Schapp zu räumen. Der von Bocteau abgestellte zweite Mann fehlte.

Petty Officer Wilkins sah sie an. »Vier Zerstörer, ablaufend in Grün null-acht-null, sechs Meilen. Aber sie werden vermutlich wieder drehen, Ma'am.«

Selbstverständlich würden sie das, denn sie mussten sich schließlich davon überzeugen, dass sie ihre Beute auch wirklich erlegt hatten. Für einen Augenblick fühlte sich Angela fast zwanghaft versucht, das Boot vom Grund zu lösen und den Kameraden da oben vorzuführen, warum eine U-Boot-Jagd unter widrigen Bedingungen nicht unbedingt erfolgreich sein musste. Trotzdem würden die Zerstörer die *Tuscaloosa* am

Ende erwischen, aber zwei oder drei von ihnen würden den Preis dafür zahlen müssen. Erschrocken hielt sie kurz den Atem an. Aber ihre Sympathien für diejenigen, die versucht hatten, sie und ihre Mannschaft ins Jenseits zu befördern, waren gering, auch wenn ihr vom Verstand her klar war, warum die eigenen Leute hinter ihnen her waren. Außerdem war das natürlich alles Unsinn. Wenn die *Tuscaloosa* blieb, wo sie war, und keinen Laut von sich gab, dann würden die Zerstörer suchen können, bis sie schwarz wurden.

Sie nahm an ihrer Gefechtsstation Platz. »Na, Wilkins, wie sieht's aus mit unserer Technik?«

»Das Magnetometer mag nicht mehr so recht, aber ich glaube nicht, dass etwas Gravierendes dahintersteckt. Außerdem ist die Sprechverbindung zur Zentrale unterbrochen.«

»Das Magnetometer ist im Augenblick nicht von Belang. Der Kontakt zur Zentrale hingegen schon.« Sie wandte sich um. »Können eventuell Sie sich darum kümmern, Bruder Jeremy?«

»Ich denke schon, wenn meine Finger nicht mehr zittern.«

»Nervös? Ihr Meister hat mir versichert, keiner von Ihnen hätte Angst vor dem Tod. Sollte er sich geirrt haben?«

»Es ist anders, als ich es mir vorgestellt habe.« Mit dem Daumen deutete er in Richtung des geschlossenen Schotts. »Der Meister hat uns immer gepredigt, Gott sei mit uns und werde uns helfen, unsere Mission durchzuführen …« Jeremy wirkte fahrig. »Aber dass er uns so prüfen würde …«

Angela gab ihm keine Chance, weiter nachzudenken. »Also liegt es an uns, alle hier lebend rauszukommen. Sorgen Sie dafür, dass die Sprechverbindung so rasch wie möglich wieder funktioniert. Aber verursachen Sie ja keinen Lärm.« Angela stand auf und machte sich auf den Rückweg in die Zentrale.

Bruder John hatte offensichtlich für Ruhe gesorgt, aber das war auch alles. »Na ja«, sagte Angela und seufzte. »Wenn Ihr betender Meister im Augenblick nichts unternehmen kann, dann müssen wir das tun. Also, besorgen Sie jemanden, der sich mit der Elektrik auskennt. Außerdem muss sich jemand um die Verletzten kümmern. Sie haben drei Minuten, Bruder John, mir eine vernünftige Meldung zu beschaffen.«

Zornig funkelte der große Mann sie an. »Was bildest du dir ein, du verdammte Hure Satans!« Seine MP ruckte nach oben, aber er drückte nicht ab.

Angela verzog angewidert das Gesicht. »In allerspätestens einer Stunde werden die Zerstörer wieder da sein, und was immer Sie auch vorhaben, wird dann unweigerlich ein Ende finden. Es sei denn, Sie setzen sich jetzt in Bewegung.« Deutlich sichtbar für alle startete sie die Stoppuhr. »Drei Minuten, sagte ich.« Dann wandte sie sich demonstrativ der Karte auf dem Kommandantenmonitor zu, die nur eine kleine elektronische Fassung der großen Plotkartenplatte darstellte, die zu Bruch gegangen war. Ihre gesamte Muskulatur verkrampfte sich, da sie damit rechnete, dass der fanatische Sektierer ihr gleich in den Rücken schießen würde. Aber nichts dergleichen geschah. Stattdessen vernahm sie seine heisere Stimme: »Bruder Paulus, Schwester Ursula, schafft mir alle jene unter den Gefangenen her, die von Elektrik und so eine Ahnung haben.«

Die *Tuscaloosa* wollte sich nicht vom Grund lösen, die *San Diego* konnte es nicht. Nach und nach wurden die Schäden festgestellt. Durch einen Riss in der

Bordwand und undicht gewordene Außenverschlüsse waren etliche Tonnen Wasser eingedrungen. Bis die Hauptlenzpumpe repariert war, bestand keine Chance, sie wieder aus dem Boot zu bekommen. Aufgrund dieses zusätzlichen Ballastes würde der Auftrieb der Tauchzellen nicht ausreichen, um sie nach oben zu bringen, zumindest nicht, solange der Lärm eines derartigen Gewaltmanövers nicht anderweitig übertönt würde. Oberste Priorität hatte daher die Reparatur der Pumpe.

Roger Williams trug einen verwegenen Verband um den Kopf, Robert DiAngelo hatte lediglich ein kleines Pflaster an der Braue, wo der Schiffsarzt die Platzwunde nur schnell geklammert hatte. Im Augenblick waren sie allein in der Zentrale, aber die Ruhe würde nicht lange anhalten. Der Kommandant sah seinen langjährigen Freund an. »Als du meinen Auftauchbefehl widerrufen hast, dachte ich echt, wir sind erledigt. Ich habe den Trick erst begriffen, als die *Tuscaloosa* das Wrack gescannt hat.«

Robert zuckte müde mit den Schultern. »Als wir erst mal in dem Wrack steckten, hatten sie kaum eine Chance, uns von dem restlichen Schrott zu unterscheiden. Es hätte alles bestens funktioniert, wenn die Zerstörer nicht auf den Plan getreten wären. Weiß der Teufel, was die getroffen haben. Ein U-Boot jedenfalls nicht.«

»Friendly Fire gegen ein U-Boot. Ist ja mal was Neues.« Roger Williams zögerte. »Der Leitende hat mir gesagt, wir brauchen noch zwei Stunden, bis unser Soba wieder läuft.«

»Na und?«, meinte DiAngelo geringschätzig. »Wir haben Luft für mindestens vierundzwanzig Stunden. Der Kohlendioxidgehalt ist auch noch mindestens acht Stunden unkritisch. Zwei Stunden oder auch länger, um das Soba zu reparieren, bringen uns also nicht in Probleme. Wichtiger ist, dass das Unterwassertelefon baldmöglichst wieder funktioniert.«

»Du glaubst, die Zerstörer kehren nochmals zurück?«

»So sicher wie das Amen in der Kirche«, erklärte DiAngelo. »Die gehen doch davon aus, die *Tuscaloosa* erledigt zu haben. Also werden sie zurückkommen, um Strahlungsmessungen zu nehmen.«

»Du nimmst nicht an, dass sie die *Tuscaloosa* erwischt haben?«

Robert schüttelte den Kopf. »Das Knallfroschfeuerwerk klang nach einem Wrack, das seinerzeit Sprengstoffe und Munition geladen hatte. Die *Tuscaloosa* ist folglich immer noch irgendwo hier draußen. Und das ist genau das Problem. Wenn die Zerstörer zurückkommen, laufen sie womöglich ins offene Messer. Genau wie wir, solange wir das Sonar nicht wieder online haben.«

Roger ließ sich die Äußerung durch den Kopf gehen. »Du hast Recht. Was meinst du? Sollen wir eine Signalboje absetzen?« Unwillkürlich sprach er leiser.

Sie sahen einander schweigend an, denn die Idee war mehr als zweischneidig. Eine Signalboje war nichts anderes als ein Schwimmkörper mit einem automatischen Funkgerät, der an die Oberfläche emporsteigen und den einprogrammierten Funkspruch absetzen würde. Empfangen von einer der AWACS-Maschinen und weitergeleitet an Walkers Zerstörer, würde der Admiral den Spruch innerhalb einer Viertelstunde, Entschlüsselung inklusive, in Händen halten.

Für die *San Diego* würde es allerdings das Todesurteil bedeuten, denn die *Tuscaloosa* würde das Geräusch hören, wenn sie die Boje abschossen und diese die Wasseroberfläche durchbrach. Sie würden dann nichts weiter als ein unbewegliches, wehrloses Ziel sein. Was aber wiederum nichts daran änderte, dass jeder der Zerstörer mehr als dreihundert Seelen an Bord hatte, und sollte der Sturm dort oben weiter toben, dann würden die Schiffe eine beinahe ebenso hilflose Beute sein.

Bocteau hatte sich in die Kommandantenkammer zurückgezogen, als die Welt unterzugehen drohte. Es war nicht die Angst zu sterben, die ihn aus der Zentrale trieb, es war die Angst vor den Blicken seiner Gefolgsleute gewesen, die er sogar noch zu spüren glaubte, nachdem das Licht nach einem kurzen Flackern ausgefallen war. Nur die selbstleuchtenden Fluchtwegmarkierungen, ein grausiger Witz in Tiefen unterhalb von hundert Fuß, hatten ihm den Weg gezeigt. Nachdem er die Tür hastig hinter sich zugeschlagen hatte, war er vor seiner Koje auf die Knie gesunken und gleich darauf stöhnend zur Seite gesackt. Seine Kopfschmerzen waren unerträglich geworden.

Die Tür öffnete sich, und die vertraute Stimme Bruder Johns fragte: »Meister, geht es dir gut?«

Bocteau nahm all seine Kraft zusammen. »Ja, aber lass mich allein, Bruder John. Ich muss zu unserem Herrn beten, auf dass er uns aus der Not erlöse.«

»Ja, Meister, wie du befiehlst, aber ...«

Bocteau unterdrückte ein Ächzen: »Tu, was ich dir sage, Bruder.«

Der Meister registrierte noch, wie sein Wachhund wieder abzog. Dann setzten die gefürchteten Symptome bei ihm ein. Verzweifelt flehte er: »Oh mein Gott, bitte, bitte nicht schon wieder!«

Doch Gott hatte kein Erbarmen mit dem Propheten der letzten Tage. Voller Angst spürte Bocteau das Kribbeln in seinem linken Arm, das sich immer weiter ausbreitete. Mehr und mehr wurde er zu einem zitternden und zuckenden Bündel, das sich hilflos am Boden wand. Schaum trat auf seine Lippen. Dann, nach einer Zeit, die ihm wie eine Ewigkeit erschien, lösten sich die Krämpfe, und er blieb auf dem Boden der Kammer liegen, atemlos und völlig erschöpft. Erst nach einer Weile war es ihm möglich, sich wieder zu rühren. Mit geschlossenen Augen lag er auf dem Boden der Kammer. Die Anfälle wurden jedes Mal schlimmer.

10. Tag, 03:45 Ortszeit, 01:45 Zulu –
20 Seemeilen südlich von Kap Agulhas, SAS Amola

Die drei hochmodernen südafrikanischen Stealth-Fregatten hatten die Ereignisse aus sicherer Entfernung verfolgt. Sie waren auf dem Papier nicht so schnell wie die amerikanischen Zerstörer, und mit Sicherheit konnten sie gegen den Seegang nicht die Geschwindigkeit eines Atom-U-Bootes mitlaufen. Doch sie hatten andere Fähigkeiten.

Trotz Radar hatte niemand an Bord von Walkers Verband die drei Schatten erkannt, die ihnen gefolgt waren. Auch die U-Boote hatten keine Chance, die mit schallgedämpften Turbinen laufenden Fregatten zu hören. Beinahe so lautlos wie die U-Boote selbst bewegten sie sich mit beinahe zwanzig Knoten gegen die aufgewühlte See.

Captain Mbele Okawe blickte nachdenklich in die Nacht. Er wusste, wo seine Schiffe waren, aber sehen konnte er sie nicht. In einigen Stunden würde das anders sein, wenn die Sonne wieder am Himmel stand. Dann würden die Satelliten der Amerikaner sie zumindest wieder optisch ausmachen können. Obwohl er sicher keinen Ärger mit Walker befürchtete, passte ihm das nicht ganz, aber er konnte sowieso nichts dagegen unternehmen.

Ohne sich umzudrehen, ordnete er an: »Die *Essawi* soll anfangen, zu messen und Wasserproben zu nehmen, die *Imajtole* soll sie sichern. Wir fahren den äußeren Kreis. Ruhe im Schiff, geben Sie das auch an die anderen weiter.«

»Aye, Sir«, sagte der Signalmaat hinter ihm. Augenblicke später zuckte das Blaulicht eines Signalscheinwerfers durch die Nacht. Überrascht sah der Captain, wie nahe die beiden Schwesterschiffe standen, als deren Scheinwerfer Antwort gaben. Die kleinen blauen Lichter wirkten im Toben der Elemente wie verloren.

Entschlossen schüttelte er die dunklen Ahnungen ab. Wahrscheinlich hatte er nur zu wenig geschlafen. Als er in die Brücke zurückging und sich in den hohen Brückenstuhl setzte, sah man ihm nichts von seinen Gedanken an. Nachdenklich musterte er die See vor den großen Brückenfenstern. Auch die Fregatten arbeiteten hart im Seegang, aber bisher hatte es keine Seeschäden gegeben. Selbst die gelegentlichen Ausfälle, die bei der Einführung neuer und unerprobter Systeme normal waren, hielten sich im minimalen Bereich.

Per Lautsprecher meldete sich die Operationszentrale. »Kontakt in Rot eins-eins-null, Tiefe fünfhundertachtzig Fuß, Entfernung siebentausend Yards. Wahrscheinlich U-Boot am Grund.«

Mbele sprang auf. »Klar Schiff zum Gefecht. Signal

an den Verband.« Er nickte kurz dem Wachoffizier zu, bevor er die Brücke verließ und im Eiltempo nach unten zur Opz rannte.

Innerhalb von sechs Minuten wechselte die *Amola* von Gefechtsmarschzustand auf Klarschiff zum Gefecht. Es war ein neuer Rekord, der bisher während der vielen Übungen noch nicht erreicht worden war, aber jetzt keinerlei Beachtung fand.

Captain Okawe dachte nach, während er mit halbem Ohr die Klarmeldungen der einzelnen Abteilungen mithörte. Irgendwo schlugen die letzten Stahlschotts zu, die das Schiff in viele wasserdichte Zellen unterteilen. Selbst im Falle eines Torpedotreffers unter dem Kiel würde es noch ein paar Minuten dauern, bis die Teile des Schiffes versanken. Es war das übliche Glücksspiel auf allen Kampfschiffen: Wer war auf der richtigen Seite des Schotts, wenn der Treffer kam, und wer auf der falschen? Okawe sah sich um. Es waren von hier unten aus zwei Decks bis zur Wasserlinie. Wenn also etwas schief ging, dann waren sie hier sicher auf der falschen Seite.

Er wandte sich dem U-Jagdoffizier zu, der ebenfalls in der Operationszentrale saß. »Nun, Lieutenant, was haben wir?«

»Es ist irgendein Hilfsaggregat. Keine Schraube. Der Kontakt bewegt sich auch nicht.«

»Ist das Boot vielleicht beschädigt?«

»Wahrscheinlich Sir. Ich wüsste sonst keinen Grund, warum das Boot bewegungslos am Meeresboden verharren sollte.« Er zuckte mit den Schultern. »Eigentlich müssten sie uns da unten langsam mitbekommen haben, wenn sie nicht völlig taub sind.«

Der Captain reagierte und befahl: »Signal an den Verband. Wir drehen auf eins-acht-null, um etwas Abstand zu gewinnen. Bereithalten, auf eventuelle Angriffe zu reagieren.«

Kurz darauf schwenkten die Fregatten trotz des Seegangs synchron auf den neuen Kurs ein. Der dunkelhäutige Captain entspannte sich etwas. Durch dieses Manöver hatte das U-Boot am Grund zumindest im Augenblick keinen Anlass, sich durch sie bedroht zu fühlen und einen Torpedo zu schicken. Die Situation war ohnehin verworren genug. Das entführte Boot war und blieb ein amerikanisches U-Boot, egal, wer es entführt hatte. Da sie sich in internationalen Gewässern befanden, konnten sie nur dann eingreifen, wenn südafrikanisches Territorium bedroht war, aber dafür gab es momentan nach wie vor keinen Anhaltspunkt.

Doch was, wenn es nicht das entführte Boot war, das dort beschädigt auf Grund lag? Dann sähe die Situation anders aus. »Funkspruch an Flottenkommando«, befahl Okawe. »Erstens: Ist es richtig, dass ein amerikanischer Commander an Bord eines U-Bootes abgesetzt wurde? Zweitens: Ist bei Ihnen jemand in der Lage, diesen Offizier eindeutig zu identifizieren, eventuell über dessen Stimme? Drittens: Unbekanntes U-Boot in fünfhundertachtzig Fuß auf Grund nach Waffeneinsatz amerikanischer Zerstörer. Eventuell Rettungsmaßnahmen notwendig.«

Der Funkoffizier, der alles sorgfältig notiert hatte, blickte auf. »Sie glauben nicht, dass es das entführte U-Boot ist?«

»Es gibt zwei U-Boote in diesem Gebiet, eins davon haben wir geortet. Auf welches tippen Sie?«

Der Lieutenant sah ihn unsicher an. »Die Amerikaner sind abgelaufen, nachdem sie ihre Waffen eingesetzt haben.«

»Die Amerikaner ...«, sagte Okawe gedehnt, »ja,

die Amerikaner. Ich glaube, sie werden zurückkommen. Sie fühlten sich wahrscheinlich bei diesem Sturm nur etwas unwohl so knapp unter der Küste.«

Der Funkoffizier konnte sich ein Grinsen nun nicht mehr verkneifen: »So ganz anders als wir, Sir!«

»Vergessen Sie mal nicht, dass wir diese Gewässer viel besser kennen. Wenn ich nicht genau wüsste, dass die Strömung am Kap vorbeizieht, glauben Sie, ich würde mich bei diesem Wetter hier herumtreiben?« Im Geiste ergänzte er: Mit einem ganzen Verband voller Frischlinge? Aber er ersparte dem Funkoffizier die Bemerkung. Trotzdem war er natürlich stolz darauf, mit all seiner Erfahrung einen Beitrag zum Aufbau der modernen South African Navy zu leisten. Allerdings hätte er auf die zweifelhafte Ehre, sich als Erster in der südafrikanischen Marine mit Atom-U-Booten herumschlagen zu dürfen, gern verzichtet.

10. Tag, 04:15 Ortszeit (SAST), 02:15 Zulu –
35 Seemeilen südlich von Kap Agulhas, USS John P. Ashton

Admiral Walker hatte beschlossen, das Nachlassen des Sturmes abzuwarten. Nachdem der Verband die *Tuscaloosa* versenkt hatte, bestand kein Anlass mehr, die Schiffe unnötig einem Risiko auszusetzen, zumal deren Maschinen bereits mehr als eine Woche zumeist im roten Bereich gelaufen waren. Auch wenn die Lenkwaffenzerstörer über drei Schrauben und drei getrennte Maschinensätze verfügten, sich also auch bei einem teilweisen Ausfall noch selbst in Sicherheit bringen konnten, es lohnte sich einfach nicht.

Die Strahlungsmessungen, die sie noch vornehmen mussten, würden auch in zwölf Stunden noch anschlagen. Gegen einen zerfetzten Reaktor konnte sowieso niemand etwas unternehmen. Wenn die braven Leute an Land wüssten, wie viele dieser Reaktoren bereits jetzt rund um den Globus am Grund der Ozeane lagen, würden sie graue Haare kriegen. Doch wer sollte gesunkene U-Boote aus großen Tiefen wieder heraufholen? Die *Kursk,* über die weltweit in den Medien berichtet worden war, hatte in rund dreihundert Fuß Tiefe gelegen, und trotzdem war ihre Bergung eine technische Großtat gewesen. Die Reste der *Tuscaloosa* lagen doppelt so tief.

Der Admiral stand in der Brückennock und blickte nach Osten. Ein schwacher Lichtschein kündigte den nahen Sonnenaufgang an. Doch Walker, der bereits seit gestern Morgen auf den Beinen war, spürte keine Müdigkeit. Nicht einmal seine Zigarre schmeckte ihm. Sein Gewissen war noch immer aufgewühlt von den Gedanken an die toten Kameraden in der *Tuscaloosa.*

16. Kapitel

10. Tag, 05:30 Ortszeit (SAST), 03:30 Zulu –
20 Seemeilen südlich von Kap Agulhas, USS San Diego

Die Besatzung hatte wahre Wunder vollbracht. Knapp drei Stunden nach der Explosion des Munitionsfrachters waren beinahe alle Sicherungen getauscht und eine große Zahl von Systemen wieder online. Es blieb zwar immer noch viel zu tun, aber wenigstens gab es Strom, Luft, Licht, und sogar die elektrische Heizung arbeitete wieder. Hier unten, bei einer konstanten Wassertemperatur von zwölf Grad, war Wärme auf die Dauer genauso lebenswichtig wie Luft.

Roger Williams hatte bisher kein Auge zugetan. Alles tat ihm weh, und er fühlte sich hundemüde. Aber irgendwo tief in ihm steckten noch letzte Reserven, auf die er zurückgreifen konnte, sollte es notwendig werden zu handeln.

Mit einigen seiner Techniker im Schlepptau kam der Leitende Ingenieur Mark Smith durch die Zentrale marschiert.

»Und, LI, wie sieht's aus?«, wollte der Kommandant wissen.

Mark Smith bedeutete seinen Leuten, erst einmal ohne ihn weiterzumachen, und griff dankbar nach dem Mineralwasser, das DiAngelo ihm von der Seite her zureichte. Nach ein paar hastigen Schlucken fasste er die Lage zusammen. »Soba, Passivsonar, Magnetometer, großes Periskop und Hilfsgeneratoren sind wieder klar. Auch der Reaktor läuft problemlos. Wenn wir etwas Lärm machen dürfen, dann würde ich gerne die Lenzpumpe anwerfen und testen, denn sonst kann ich natürlich nicht sagen, ob die Reparatur auch wirklich geklappt hat.«

»Und wie ist es um den Rumpf bestellt?«, erkundigte sich DiAngelo.

Smith schüttelte bedenklich den Kopf. »Die Spanten vier und sieben gefallen mir nicht unbedingt, aber das ist Sache einer Werft. Trotzdem wird das Boot im Prinzip fahren und kämpfen können, Sir. Nur bei extremen Tieftauchmanövern vermag ich für nichts zu garantieren.«

»Was können Sie mir denn zur Navigation sagen?«, hakte Williams nach.

»Der Sichtfunkpeiler ist im Eimer, aber soviel ich weiß, hat den sowieso nie jemand wirklich benutzt.« Der Leitende zuckte ungerührt mit den Schultern. »Decca ebenfalls. Das GPS sieht gut aus, aber genau werden wir es erst wissen, wenn wir mal hochgehen, Sir.«

»Vorerst letzte Frage: Ruder? Sobald die Zerstörer zurückkommen, dürfte es hier etwas hektisch werden, LI.«

»Davon bin ich ausgegangen, Sir. Wir haben das Ruder geprüft, es ist etwas schwergängig, aber vermutlich, weil es im Schlamm steckt. Die Tiefenruder sind okay. Wenn wir vorne fertig sind, dann sind wir so weit klar, aber Sie sollten etwas behutsam mit dem Boot umgehen, wenn es sich machen lässt.« Er genehmigte sich noch einen weiteren ordentlichen Zug aus der Mineralwasserflasche und fuhr dann fort: »Die Hauptsysteme sind so weit in Ordnung, auch wenn die Sonarleute vorerst mit ein paar Monitoren weniger auskommen müssen. Aber Tennant ist zufrieden, und die Arbeiten am Aktivsonar laufen.«

»Hervorragend! Und lassen Sie das auch Ihre Leute wissen. Eine reife Leistung.«

»Ich habe immer gesagt, Sir, die *San Diego* ist ein gutes Boot.« Der Leitende trat einen Schritt zurück und grüßte formal. »Gestatten Sie, dass ich weitermache, Sir?«

»Tun Sie das, Smith, und danke!«

»Schon gut, Sir. Dafür sind wir schließlich da.« Trotz seines Lächelns war ihm die Erschöpfung anzumerken. »Geben Sie uns nur noch ein paar Stunden.« Ohne eine Antwort abzuwarten, machte er sich auf den Weg nach vorn zu seinen Leuten.

»Du hast es gehört, Bob. Es wird noch dauern, bis es weitergeht. Du solltest die Chance nutzen, ein wenig zu pennen.«

»Ich kann nicht. Mich treibt die ganze Zeit die Frage um, wie die *Tuscaloosa* die Chose überstanden hat. Und wie es Angela geht.« DiAngelo wunderte sich über sich selbst. Es war plötzlich so einfach, mit seinem alten Freund darüber zu reden. »Ich habe sie damals verloren, aber ich konnte sie nie aufgeben.«

»Hast du eigentlich jemals mit ihr darüber geredet? Ich meine, du kennst Norfolk, die Basis, und weißt, es bleibt alles in der Familie.«

Robert war sichtlich irritiert. »Worauf willst du hinaus?«

»Wir laufen uns bekanntlich alle immer wieder über den Weg. Du hast Angela selbst auf diese Weise kennen gelernt.«

»Willst du damit sagen, es gibt einen anderen? Ich habe geglaubt, ich würde von so etwas erfahren, zumindest, wenn es jemand aus der Familie sein sollte.«

Roger Williams gluckste vergnügt vor sich hin. »Bob, oh Bob. Du magst mehr von U-Booten verstehen als viele von uns, aber was Frauen angeht …«

DiAngelo kapierte nun überhaupt nichts mehr. »Kannst du dich vielleicht etwas klarer ausdrücken, Roger. Ist da nun jemand oder nicht? Nicht, dass es im Augenblick einen Unterschied machen würde.«

»Ich verrate dir eventuell ein Geheimnis …«, sagte der Kommandant und wirkte dabei wie ein Spitzbube. »Aber nur, wenn du mir versprichst, dich hinterher aufs Ohr zu hauen. Bevor das alles hier ausgestanden ist, werde ich noch auf deine Fitness angewiesen sein.«

»Einverstanden, aber jetzt raus mit der Sprache.«

»Es gab und gibt keinen anderen Mann. Tom Mayo ist zwar ein paar Mal mit ihr ausgegangen, aber das war mehr eine reine Alibinummer.«

»Spinn ich jetzt oder du?«

Roger beugte sich vor, flüsterte seinem Freund ein paar Worte ins Ohr und genoss danach dessen verdutztes Gesicht. »Und nun ab mit dir. Am besten in meine Kammer, da ist es am ruhigsten.«

Robert stand auf undd bewegte sich nach achtern. »Ruf mich bitte, wenn es weitergeht.« Am Schott drehte er sich noch einmal um. »Danke, dass du es mir gesagt hast.«

10. Tag, 23:45 Ortszeit (EDT), 03:45 Zulu –
Washington DC

Die kleine Bar lag an der Pennsylvania Avenue, aber das war auch schon alles, was sie mit dem Weißen Haus gemeinsam hatte. Während der Amtssitz des Präsidenten in jeder Hinsicht Zentrum war, befand sich *The Green Goose* im Abseits eines Stadtteils mit einer überdurchschnittlichen Kriminalitätsrate.

Bingham hatte seinen Wagen in einer Tiefgarage stehen lassen, dreimal das Taxi gewechselt, ein Café im Stadtzentrum tatsächlich durch das Fenster der Herrentoilette verlassen und zum Schluss mehrfach U-Bahn-Züge benutzt, wobei er beim Aussteigen erst in letzter Sekunde vor der Abfahrt aus der Tür gesprungen war.

Roger Marsden, der die Observation vom Operationszentrum in Langley aus verfolgte, hatte dazu irgendwann nur süffisant angemerkt: »Der hat wohl zu viele schlechte Agentenfilme gesehen ...« Doch innerlich hielt er dem alten Colonel zugute, dass er nie Agent im Außendienst gewesen und natürlich auch nicht über den aktuellen Stand der Überwachungstechnik auf dem Laufenden war.

Im abgedunkelten Operationszentrum blinkten Bilder aus den Überwachungskameras der U-Bahnstationen, Berichte von verfolgenden Fahrzeugen liefen ein, der Funkverkehr der Taxiunternehmen knatterte aus Lautsprechern, und natürlich war Bingham nie allein.

Während der gesamten Verfolgungsjagd hatte es bisher erst eine einzige kritische Minute gegeben, und zwar als Bingham das Café betrat. Wäre er danach sofort aus dem Toilettenfenster geklettert, dann hätten ihn die Agenten, die gerade an ihm dranklebten, vermutlich an der Hofausfahrt um Sekunden verpasst. Doch Bingham hatte sich erst mal an einen Tisch gesetzt und Ausschau nach eventuellen Verfolgern gehalten. Die waren allerdings, von Bingham nicht als solche erkannt, draußen geblieben, zwei scheinbar ganz gewöhnliche Streifenpolizisten, die in einem Imbiss gegenüber ein paar Donuts kauften, und ein Obdachloser, der in einem Hauseingang nicht weit entfernt saß und liebevoll eine Flasche Fusel umarmte.

Gelangweilt trommelte Marsden mit den Fingern auf seiner Tischplatte einen kleinen Wirbel und wandte sich an seinen Assistenten. »Zehn Dollar, dass wir ihn kriegen.«

Jack Small blies die Backen auf. »Da müsste ich verrückt sein.« Er deutete auf den Monitor. »Schau, der Knabe geht jetzt in eine Bar.« Er beugte sich vor und sprach in ein Mikro: »Vier und fünf, ihr geht in den Laden rein. Sechs und sieben, ihr achtet auf die Hinterausgänge.«

Die Bestätigungen kamen sofort. Jack grinste seinem Chef zu. »Alles im grünen Bereich. Mein Instinkt sagt mir was.«

»Meiner auch. Aber im Augenblick können wir da wenig unternehmen. Sobald wir die ersten Bilder von innen bekommen, gibt es vielleicht auch ein paar Gesichter.«

Bingham sah sich um. *The Green Goose* war früher einmal ein Irish Pub gewesen. Heute war es ein Obenohne-Schuppen. Sicher kein Ort, an dem er sich früher hätte blicken lassen. Aber früher lag lange zurück. Bevor seine Frau und sein Sohn gestorben waren. Ermordet.

Trotzdem hätte er es vermieden, diesen Ort aufzusuchen, wenn alles wie geplant verlaufen wäre. Doch Marsdens Leute hatten nun mal seine Verbindung zu Bocteau unterbrochen.

Eine nur dürftig bekleidete Bedienung kam an den Tisch. »Was kann ich dir bringen, Pilger?«

Er zwang sich zu einem Lächeln. »Einen Whiskey.« Als sie sich bereits abwandte, fragte er beiläufig: »Ist Jenny heute Abend da?«

Das Mädchen zuckte mit den Schultern. »Eigentlich schon. Sie müsste gleich wieder hier sein. Ich sag ihr Bescheid, dass jemand auf sie wartet.« Ohne sich weitere Gedanken zu machen, zog sie von dannen. Der Colonel lehnte sich in seiner dunklen Ecke zurück.

Bocteau interessierte ihn kein bisschen. Er war kein religiöser Fanatiker. Das Einzige, was ihn noch interessierte, war, die Welt zu bestrafen. Das System hatte versagt. Den Mörder seiner Frau hatte er selbst erwischt. Für jemanden mit seinem Rang innerhalb der CIA war es kein Problem gewesen, einen Profikiller zu finden, zumal er genügend Geld auf der hohen Kante hatte. Doch den Mann, der seinen Sohn wegen ein paar Dollars umgebracht hatte, den hatte er nicht zu fassen gekriegt.

Es gab einfach zu viele solcher Typen in allen großen Städten. Leute, die Geld für Drogen brauchten und deswegen einfach jemanden überfielen. Ein Leben zählte nicht viel. Auch nicht vor Gericht, wo man solche Mörder einfach wieder laufen ließ. Bingham hatte sich gewünscht, dass die Welt einen einzigen Hals hätte, den er umdrehen konnte. Wenn Bocteau etwas für ihn getan hatte, dann nur, ihm zu zeigen, wo dieser Hals war.

Er hatte den Franzosen kurz nach dem Tod seines Sohnes kennen gelernt. Damals, als er tagsüber seinem

Job nachgegangen war und abends versucht hatte, die Leere in seinem Herzen mit Alkohol zu betäuben. Erst im Nachhinein hatte er begriffen, dass er zu einer Gruppe von Personen gehörte, die von Bocteaus Leuten systematisch ins Visier genommen wurden. Das klassische geheimdienstliche Vorgehen: Man beschäftigt sich so lange intensiv mit einer Organisation, bis man gezielt jemanden findet, der eine Schwachstelle ist. Jemand mit Problemen, vielleicht mit Geldsorgen. Oder jemand wie ihn, der Rache suchte.

Bingham war den Pakt mit dem Teufel eingegangen. Er hatte es in vollem Bewusstsein getan und handelte auch jetzt noch so. Natürlich würde Marsden ihn erwischen, wahrscheinlich bevor Bocteau am Ziel war. Doch das war letzten Endes bedeutungslos. Heute Abend würde er die neuesten Informationen übergeben, und damit war seine Aufgabe ohnehin abgeschlossen.

Als eine große Blondine mit üppiger Oberweite an den Tisch trat, blickte er auf. Einen Augenblick lang starrte er irritiert auf die prallen Brüste vor seinen Augen. Seit dem Tod seiner Frau hatte er keine Frau mehr gehabt.

Jenny ließ sich mit lasziver Grazie nieder, aber was sie sagte, hatte wenig Erotisches: »Es wird morgen regnen.«

Er lächelte. »Falls es nicht gar schneit.«

Jack Small und Roger Marsden, die sich die Unterhaltung anhörten, die von einem Richtmikrofon im Ärmel eines ihrer Agenten von der Theke aus übertragen wurde, verzogen unisono das Gesicht. Offensichtlich war Bingham nicht der Einzige, der zu viele schlechte Agentenfilme sah.

»Was die Lady betrifft, die garantiert kein unbeschriebenes Blatt mehr ist, so werden wir bestimmt fündig werden«, sagte Small zu seinem Chef. »Es kann allerdings ein paar Minuten dauern.«

»Diese Sektenleute scheinen offenbar ein Faible für gestrandete Existenzen zu haben, für Leute, die alles verloren haben, oder keine Aussicht mehr auf ein besseres Leben. Die Verlierer.«

»So ist Bocteau in Europa auch vorgegangen. Scheint sein Modus Operandi zu sein«, pflichtete Jack ihm bei.

Der Chef der Auslandsaufklärung, für den die USA nichts anderes waren als ein Ausland, in dem er sich nur etwas besser auskannte, sah auf die Uhr. Die Zeit wurde immer knapper. Er stand auf. »Schnappt euch diese Jenny, sobald ihr was über sie in den Händen habt. Ich erwarte, dass ihr sie nach allen Regeln der Kunst gehörig ausquetscht.«

»Es gibt so etwas wie Vorschriften, Boss. Dergleichen ist nicht zulässig.«

Marsden, der bereits im Gehen war, drehte sich um. Sein Gesicht zeigte gelinde Überraschung. »Ach? Tatsächlich?« Ungerührt zuckte er mit den Schultern. »Das Kidnapping von U-Booten übrigens auch, Jack. Ansonsten interessieren mich in dieser Angelegenheit nur die Resultate.«

Jack Small wich dem Blick seines Vorgesetzten nicht aus, schließlich hatten beide schon oft genug, wenn es notwendig war, die notwendigen Informationen aus irgendwelchen Leuten herausgeprügelt. Eigentlich war es die einfachste Methode, etwas zu erfahren. Man musste nur darauf achten, dass einem die Figuren nicht das erzählten, was man ihrer Meinung nach hören wollte, nur um weiteren Schlägen zu entgehen. Doch Jack war ein erfahrener Mann.

Kaum hatte Marsden den Raum verlassen, klingelte ein Telefon, und Jack fuhr instinktiv herum. Aber eine der jungen Mitarbeiterinnen ging bereits dran. Sie lauschte kurz in den Hörer. »Ein Anruf aus England. Der Anrufer will nur mit dem Chef sprechen.«

»Marsden ist auf dem Weg in sein Büro. Sagen Sie es dem Mann und stellen Sie ihn durch.« Jack grinste. Also gab es auch von dort Neuigkeiten. So wie es schien, kamen die Dinge in Bewegung.

10. Tag, 12:30 Ortszeit (SAST), 10:30 Zulu –
40 Meilen südöstlich von Kap Agulhas, USS John P. Ashton

Der Admiral blickte von seinem Teller auf, als sein Flaggleutnant eintrat. Sein Verband hatte einen weiteren weiten Bogen geschlagen. So langsam flaute der Sturm ab. In ein paar Stunden konnten sie ohne Risiko wieder näher an die Küste herangehen.

Der Flaggleutnant blickte seinen Admiral an und versuchte, dessen Stimmung abzuschätzen. »Funkspruch, CINCLANT über Satellit.« Er reichte ihm den Zettel.

Walker überflog die Nachricht und wurde eine Spur blasser. »Sieht aus, als hätten wir ein Problem, oder vielleicht sogar zwei. Die Südafrikaner haben seit acht Stunden einen U-Boot-Kontakt in jenem Gebiet, in dem wir unseren Kontakt angegriffen haben. Das Boot liegt am Grund. Sie haben das auch an unsere Leute gemeldet, aber die haben es irgendwie versäumt, zügig darauf zu reagieren.«

Der Flaggleutnant wartete ab. Er kannte den Inhalt des Funkspruchs, aber er würde den Teufel tun und sich aus dem Fenster lehnen, bevor nicht der Admiral seine Meinung dazu geäußert hatte.

Walker stand auf und blickte durch ein Bullauge hinaus auf die See. Das Schlimmste war, dass die Südafrikaner wegen einer verstümmelten Meldung über Unterwassertelefonie, die sie abgefangen hatten, der Meinung waren, das Boot, das dort am Grund lag, könnte die *San Diego* sein. Wenn das stimmte, dann war nicht nur die *Tuscaloosa* über alle Berge, sondern er hatte auch zu allem Überfluss das falsche Boot angegriffen. Sub down in beinahe sechshundert Fuß Tiefe. Es war ein Alptraum. »Sagen Sie dem Kommandanten, ich möchte ihn sofort sprechen. Es ist dringend.«

»Aye, Sir.« Der Flaggleutnant zögerte, bevor er mit zittriger Stimme nachfragte: »Verzeihen Sie, Sir, aber stimmt es, was die Südafrikaner behaupten? Haben wir das falsche Boot angegriffen?«

Walker legte dem jungen Offizier die Hand auf die Schulter. »Es könnte sein. Und wenn dem so ist, dann war es mein Befehl, Lieutenant. Doch jetzt müssen wir erst einmal das Schlimmste verhindern. Also sputen Sie sich.«

10. Tag, 13:30 Ortszeit (SAST), 11:30 Zulu –
20 Meilen südlich von Kap Agulhas, USS San Diego

Wieder einmal herrschte gelinde Verwirrung über Bocteaus Frechheit, aber das war auch nur so ein Zustand, an den man sich gewöhnen konnte.

Robert DiAngelo lehnte sich zurück und lauschte auf die Geräusche aus dem Lautsprecher. Die Stimmen klangen seltsam verzerrt, und manche Worte wurden von Rauschen übertönt, aber immerhin war es der Technik gelungen, über rund sechshundert bis tausend

Yards eine Verbindung per Unterwassertelefonie herzustellen. Umgekehrt war es den Technikern der *San Diego* auch prompt gelungen mitzuhören.

»*San Diego*, wir brauchen vierundzwanzig Stunden, um ein Bergungsboot heranzubringen.«

»Verstanden, *Amola*. Wir haben genügend Luft, nur lausig kalt wird es langsam.«

»Klasse, echt Klasse«, meinte DiAngelo. »Glaubst du, was die sagen, Roger?«

»Kein Wort. Aber ich frage mich, was das soll. Was hat dieser Bocteau davon, jetzt den Südafrikanern weiszumachen, dass sein Boot die *San Diego* sei und es ihnen dreckig ginge?«

»Die Idee, sich für die *San Diego* auszugeben, hat eine Menge für sich. Denn daraus ergibt sich nach allen Regeln der taktischen Vernunft, dass die *Tuscaloosa* mittlerweile das Weite gesucht haben dürfte. Als angebliche *San Diego* ist sein Boot vor weiteren Angriffen erst einmal sicher. Zudem will er mit diesem Trick die Zerstörer dazu verleiten, irgendwo anders nach der verschwundenen *Tuscaloosa* zu suchen. Außerdem glaube ich nie und nimmer, dass er wirklich festliegt. Wenn er tatsächlich nicht in der Lage wäre, das Boot zu bewegen, könnte er nur noch aufgeben oder ... na ja.« Bob zuckte hilflos mit den Schultern.

Der Kommandant der *San Diego* nickte langsam. »Mit diesen Annahmen dürftest du richtig liegen, denn sonst würde sein Täuschungsmanöver keinen Sinn mehr ergeben. Das wiederum kann aber nur heißen, er beabsichtigt, weiter nach diesem Wrack zu suchen?«

»Es scheint furchtbar wichtig für ihn zu sein. Er will unbedingt an dieses Lukretia-Bakterium rankommen. Und sollte es Bocteau irgedwie gelingen, es großflächig über den Staaten oder Europa einzusetzen, dann könnte er damit eine gigantische Katastrophe mit Millionen von Toten heraufbeschwören, die weit schlimmer ausfiele, als wenn er Gebrauch von den Atomwaffen der *Tuscaloosa* machen würde.«

»Dafür, dass du von einer weltweiten Epidemie sprichst, die vielleicht die halbe Menschheit ausrottet, bist du überraschend ruhig«, stellte Roger fest. »Mir jagt der Gedanke eine Heidenangst ein.«

Robert sah seinen Freund ernst an. »Mir auch, aber ich glaube nicht, dass eine Panikreaktion jetzt irgendetwas nützen würde. Wir müssen abwarten. Entweder findet Bocteau das Wrack zuerst, dann sind wir hinter ihm und jagen es hoch, bevor er das Teufelszeug bergen kann, oder aber einer der vielen schlauen Köpfe in England oder bei uns daheim findet heraus, wo der Kreuzer genau gesunken ist. Dann können die Zerstörer den Rest erledigen.«

17. Kapitel

10. Tag, 16:30 Ortszeit (SAST), 14:30 Zulu –
20 Meilen südlich von Kap Agulhas, USS John P. Ashton

Die Zerstörer liefen mit zweiunddreißig Knoten aus östlicher Richtung an. Von Schiff zu Schiff hielten sie jeweils nur fünf Kabellängen Abstand. Rund vier Meilen vor dem scharfen Bug der *John P. Ashton* hingen die Hubschrauber am Himmel und hatten ihre Magnetometer- und Sonarbojen ins Wasser gelassen.

Obwohl noch immer ein starker, böiger Wind herrschte und die Dünung hoch ging, war der Sturm vorbei. Mit der Schnelligkeit eines ertappten Räubers hatte er sich weiter nach Osten geschlichen und einem strahlend blauen Himmel Platz gemacht.

Curt Walker stand wie gewohnt in der Brückennock und beobachtete den Anlauf seiner Schiffe. Der Kommandant war wieder unten in der Operationszentrale. Das U-Boot, das die Südafrikaner für die *San Diego* hielten, lag sieben Meilen hinter ihnen. Die *Tuscaloosa* war aller Wahrscheinlichkeit nach entkommen.

Der Rear Admiral dachte an den Funkspruch. Die Engländer hatten alles ausgegraben, was ihnen bei der Suche nach dem Wrack der *Agamemnon* als Hinweis dienen konnte. Sie waren nun über den Schiffstyp, die ungefähre Position und vor allem die Gefahr informiert worden, die von diesem Grab am Meeresgrund ausging: Lukretia. Wer immer sich diesen Namen ausgedacht hatte, musste einen ziemlich galligen Humor gehabt haben.

Er konnte sich eine säuerliche Grimasse nicht verkneifen. Sicherlich würde die Zerstörung eines unbeweglichen Wracks am Meeresgrund kein Ruhmesblatt sein, aber sie würden ihren Job erledigen.

Die Stimme des U-Jagdoffiziers begann, die Entfernung herunterzuzählen: »Viertausend Yards ... dreitausendachthundert ... dreitausendsechshundert ...« Geduldig wartete der Admiral ab. Alle Befehle waren erteilt, nun würden seine Männer den Rest erledigen. Er selber war in die Rolle eines Zuschauers verdrängt worden. Im Geiste zählte er die Sekunden mit.

Als die Linie der Zerstörer die vermeintliche Position des alten Munitionsfrachters passierte, warf jedes der Schiffe sechs konventionelle Wasserbomben, insgesamt fast zwanzigtausend Pfund Amatol, die mit einer Geschwindigkeit von etwas mehr als zehn Yards pro Sekunde in die Tiefe sanken. Sie würden also fast eine Minute brauchen, um den Meeresboden zu erreichen. Bis es so weit war, würden die rasenden Schrauben der Zerstörer diese bereits mehr als zwölfhundert Yards vom Ort der Explosionen weggebracht haben.

Die *Agamemnon* hatte eine Länge von rund einhundertachtzig Yards, aber ein direkter Treffer war sowieso nicht vonnöten, da die Druckwellen des Flächenbombardements von der Wirkung her ausreichen würden.

Hinter ihnen wurde das Meer unter einem urweltlichen Brüllen aufgerissen. Wasser schoss in mächtigen, schäumenden Fontänen in die Höhe. Die See schien sich gar nicht wieder beruhigen zu wollen. Was immer sich dort unten am Grund befunden haben mochte, es würde keine Gefahr mehr darstellen.

**10. Tag, 16:30 Ortszeit (SAST), 14:30 Zulu –
20 Meilen südlich von Kap Agulhas, USS Tuscaloosa**

Bocteau hatte aus der Not eine Tugend gemacht und die südafrikanischen Fregatten immer mal wieder mit kleinen Schauermärchen über die Zustände in der angeblichen *San Diego* gefüttert.

Für den Meister gab es auch keinen Grund, an der sicheren Position der *Tuscaloosa* im Moment auch nur das Geringste zu ändern, zumal sich, unbemerkt von den Fregatten, das kleine Tauchboot mit Schwester Ruth und Bruder Johannes abgesetzt hatte, um weitere Wracks zu untersuchen. Denn nichts lag Bocteau ferner, als unverrichteter Dinge wieder abzuziehen.

In der *Tuscaloosa* selbst herrschte Ruhe. Das Gros der Leute lag in tiefem Erschöpfungsschlaf. Nur eine Zentralebesatzung und ein paar der Techniker, die letzte Kleinigkeiten zu erledigen hatten, taten Dienst. Und die Smuts in der Kombüse. Zum ersten Mal seit Tagen gab es wieder eine warme Mahlzeit. Sollten die Fregatten an der Oberfläche ruhig ein paar Geräusche hören.

Lieutenant Commander Angela Hunt saß vorn im Sonarcompartement. Bruder Jeremy hatte die Horchwache, aber draußen gab es nichts, was ihnen nicht schon längst bekannt gewesen wäre. So wirkte es glaubwürdig, dass Angela eher gelangweilt den Geräuschen in der Dunkelheit zu folgen schien.

Angela war sich der Blicke des jungen Mannes bewusst. Sie spürte auch, dass Bruder Jeremy sie weniger deshalb unter Beobachtung hielt, weil er aufpassen wollte, dass sie keinen Unsinn trieb. Ihm, gleich manch anderem seiner Brüder und Schwestern, mussten wohl etliche Dinge auf der Seele liegen, seit die Zerstörer das Boot angegriffen hatten.

Denn dadurch hatte ihr absoluter Glaube Sprünge bekommen. Bocteau hatte sich als nicht unfehlbar erwiesen, und auch sein Gott, der versprochen hatte, sie sicher durch alle Gefahren zu geleiten, war weit entfernt gewesen, als die Explosionen das Boot durchschüttelten. Es gab Zweifel an Bord, und Angela hatte die Absicht, diese Zweifel zu schüren. Aber nicht im Augenblick.

Hinter ihrer scheinbar trägen Fassade war sie jedoch voll konzentriert. Angela suchte nach der *San Diego*. Irgendwo musste das Boot ja schließlich abgeblieben sein. Sie konnte nicht glauben, dass es zerstört worden war. Wahrscheinlich lag es ebenfalls irgendwo hier am Grund und man führte Reparaturen aus. Oder war längst damit fertig und lauerte auf das, was sie hier taten. Immerhin hatte Roger Williams eine sehr erfahrene Besatzung.

Oben an der Oberfläche kreuzten nach wie vor die Fregatten, und ansonsten gab es rundherum Strömungsgeräusche an den Wracks. Am Grund, in der Nähe der *Tuscaloosa*, registrierte sie die scharfen Knallgeräusche von Pistolenkrebsen, und ein Stück entfernt hielten ein paar Haie Lunchtime. Vorsichtig drehte sie die Richtungskontrolle weiter.

Beinahe hätte sie es überhört. Ein kaum wahrnehmbares unmelodisches Sägen. Sie kicherte unwillkürlich, als ihr aufging, dass es sich um Schnarchgeräusche handelte. Die *San Diego* musste wirklich sehr nahe sein.

»Was amüsiert sie denn so, Ma'am?« Bruder Jeremy sah die Sonarexpertin irritiert an.

»Ich musste gerade daran denken, was die Fische von alldem hier halten.« Mühelos hielt sie seinem Blick stand.

Er grinste. »Wahrscheinlich ...« Abrupt erstarrte er.

Auch Angela hatte natürlich das Geräusch gehört und schien jetzt fast in ihre Geräte kriechen zu wollen. Zwei Schrauben, vier ... sechs ... dann ein weiterer Kontakt. Aber die Zerstörer fuhren einen Bogen und nahmen weiter Fahrt auf. Sie entfernten sich von der *Tuscaloosa*. Es kostete sie Mühe, ihre Enttäuschung zu verbergen. Mit einer müden Geste schaltete sie die Sprechverbindung zur Zentrale ein. »Sonar an Zentrale: Vier Zerstörer in Grün eins-zwo-null bis eins-drei-zwo. Zweiunddreißig Knoten, Entfernung sieben Meilen, Kurs zwo-sieben-null, also ablaufend.«

Zu ihrer Überraschung meldete sich Bocteau. »Was wollen Ihre Leute da oben veranstalten?«

»Ich hab keine Ahnung, Bocteau. Im Augenblick laufen sie einfach nur in einer Linie mit voller Kraft über das Meer. Jedenfalls jagen sie kein U-Boot, denn in dieser engen Formation würden sie wunderbare Zielscheiben abgeben.«

Stille. Vermutlich überlegte Bocteau, wie er diese Aussage bewerten sollte. Dann hörte Angela, wie er sich räusperte. »Ich schicke Ihren Petty Officer nach vorn und noch jemand von meinen Leuten. Sie bewegen Ihren Hintern gefälligst sofort in die Zentrale.«

»Aye, aye.« Als das Dröhnen der ersten Wasserbomben durchs Wasser hallte, hielt Angela sich instinktiv fest, aber die Ladungen krepierten zu weit entfernt, um das U-Boot auch nur leicht zu erschüttern. Nur das unheimliche hohle Donnern, das nicht abreißen wollte, zerrte an den Nerven. So schnell es ging, lief sie in Richtung Zentrale.

10. Tag, 16:40 Ortszeit (SAST), 14:40 Zulu –
20 Meilen südlich von Kap Agulhas, USS San Diego

Als der erste Donnerschlag ertönte, wusste Robert DiAngelo, dass die Warterei vorbei war. Er hinkte an den Kartentisch. Dan Kearny, der Navigationsoffizier, musste die Gefechtsstation des Ersten Offiziers übernehmen, der verletzt und ohne Bewusstsein in seiner Koje lag. Es war eine Notlösung, und wahrscheinlich würde Roger Williams das Boot die meiste Zeit direkt fahren, bis er wieder Vertrauen zu seinem NO hatte, der sie in diese Lage gebracht hatte.

Robert war es ganz recht. An der Karte hatte er immer die Übersicht, auch wenn ein junger Sublieutenant namens Jackson die Hauptarbeit tun würde. Trotzdem würde es für Roger einfacher sein, wenn er sich mit seiner Erfahrung mit um die Navigation kümmerte.

Als die ersten Wasserbomben explodierten, hatte Robert zwei Seeleute losgeschickt, die Mannschaft auf ihre Stationen zu hetzen. Einen lauten Alarm wollte er nicht geben, obwohl dies fraglos schneller gegangen wäre. Doch er hätte damit zugleich die *Tuscaloosa* auf sie aufmerksam gemacht.

Die Männer rannten auf ihre Stationen. Als Roger kam, erreichten Robert bereits die ersten Klarmeldungen. Innerhalb von Minuten war die *San Diego* gefechtsbereit, oder sie wäre es zumindest gewesen, wenn sie nicht ein paar Tonnen Wasser zu viel im Rumpf gehabt hätte.

Roger Williams drückte den Knopf, der ihn mit Tennant verband. »Sonar, was haben wir?«

»Vier Zerstörer acht Meilen entfernt genau im Westen. Die werfen Wasserbomben, als würden sie nichts kosten, Sir.«

»Danke. Sind das Walkers Schiffe?«

Tennant gluckste. »Definitiv, Sir. Ich kann zwei deutlich identifizieren. Sie rechnen wohl nicht mehr mit der entführten *Tuscaloosa,* denn sonst wären sie vorsichtiger.«

Der Kommandant drehte sich zu Robert um. »Das Wrack?«

»Sie verfügen offenbar über mehr Informationen als wir. Aber das wird die *Tuscaloosa* auf den Plan rufen.«

»Sieht so aus.« Roger zögerte einen Augenblick, dann übernahm er entschlossen das Kommando, in dem Wissen, dass die nächsten Minuten über Sein oder Nichtsein entscheiden konnten. »Vorn oben zehn, hinten oben fünfzehn. Maschine voll zurück, Tauchzellen ausblasen.«

Robert hielt sich am Kartentisch fest und gab Jackson, der die Position des NO übernommen hatte, die Anweisung: »Achten Sie auf die Wracks an Backbord, Sub. Wenn sich das Boot hebt, erfasst uns die Strömung wieder.«

Der große Afroamerikaner zeigte seine makellos weißen Zähne. »Schon einkalkuliert, Sir.« Dann wandte er sich zum Kommandanten um. »Neuer Kurs wird zwo-neun-null, Sir. Sie haben auch noch genug Raum nach Steuerbord.«

»Danke Sub!« Roger wollte noch etwas sagen, aber in diesem Moment erzitterte bereits der schwere Rumpf. Das Boot begann sich aus dem Schlamm zu lösen. Je mehr Wasser von der Lenzpumpe aus dem Boot gedrückt wurde, desto leichter wurde es. Die Kraft der rückwärts laufenden Schraube tat ein Übriges, denn die nach oben gerichteten Tiefenruder drückten das Boot bei Rückwärtsfahrt nach oben. Sie mussten nur rechtzeitig wieder gegensteuern, um zu verhindern, dass die *San Diego* wie ein Korken an die Oberfläche rauschte.

»Sonar an Kommandant: U-Boot hebt sich vom Grund.« In Tennants Stimme war die Panik unüberhörbar. »Sie ist direkt vor uns und läuft vorwärts. Abstand siebzig Yards.«

Ein Kreischen war im gesamten Rumpf zu hören, als irgendwo Metall zerriss. Roger blickte kurz zu DiAngelo hinüber, dessen Gesicht eine starre Maske war. Einen Augenblick lang glaubte der Kommandant, sie hätten die *Tuscaloosa* gerammt. Dann wurde ihm klar, dass entweder die *Tuscaloosa* oder seine *San Diego* sich mit der Kraft ihrer dreißigtausend Pferdestärken gewaltsam aus den Trümmern des alten Wracks befreit hatte. Er wandte sich an Kearny. »Schadensmeldungen!«

Der provisorische Erste warf einen Blick auf das Tableau mit den Warnlampen. »Keine Schäden, Sir. Ich glaube nicht, dass wir das waren.«

»Sonar an Kommandant: *Tuscaloosa* nimmt Fahrt auf und dreht nach Steuerbord.« Ein weiteres Krachen ertönte, und Tennant setzte hinzu: »Jetzt hat sie irgendein Wrack überfahren.«

Williams griff zum Mikro. »Kommandant an Leitstand: Wie sieht es aus, können wir vorwärts?«

Die Stimme des Leitenden Ingenieurs drang aus dem Lautsprecher: »Das Wasser ist zur Hälfte raus. Ich muss gleich wieder Tauchzellen gegenfluten.«

»Tun Sie das nach eigenem Ermessen.« Er wandte sich um und gab Kearny ein Zeichen. »Kleine Fahrt voraus, Kurs wird zwo-neun-null. Tiefe fünfhundertfünfzig Fuß. Der Leitende wird versuchen, uns wenigstens ungefähr auf dieser Tiefe zu halten.«

Schwerfällig drehte das Boot auf den neuen Kurs. Der Ladebaum eines Wracks brach mit einem Knirschen zusammen, als der Bug der *San Diego* ihn einfach wegwischte. Der alte rostige Stahl bot so gut wie keinen Widerstand mehr. Aber das hatte die *Tuscaloosa* ja bereits vor ihnen herausgefunden.

»Sonar an Kommandant: *Tuscaloosa* öffnet Torpedoklappen!«

Robert DiAngelo sah Roger ernst an. »Das gilt nicht uns. Bocteau will auf die Zerstörer losgehen.«

»Du weißt, was das heißt, Bob. Ich muss ihn versenken, bevor er Schaden anrichten kann.« Er schüttelte den Kopf. »Und der Blödmann hat uns nicht einmal mitbekommen.«

»Dazu hat er selbst zu viel Lärm gemacht.« Er griff zum Mikro. »Sonar, Frage: Abstand zur *Tuscaloosa*?«

»Ungefähr zweihundert Yards.«

Die beiden Commander sahen einander an. In Rogers Augen konnte DiAngelo Mitleid lesen. Er schluckte hart. »Sieh zu, dass du etwas Abstand gewinnst.«

Williams hob abwehrend die Hand. »Abwarten, mir ist gerade etwas eingefallen.« Überraschend befahl er: »Torpedorohre fluten, Klappen öffnen!«

»Sir, dann hört uns die *Tuscaloosa*.« Kearny sah ihn aus aufgerissenen Augen an.

»Aber gewiss doch, machen Sie es vorsichtshalber so laut wie möglich. Ich will, dass sie uns hört.«

10. Tag, 16:49 Ortszeit (SAST), 14:49 Zulu –
20 Meilen südlich von Kap Agulhas, USS Tuscaloosa

»U-Boot hinter uns, öffnet die Torpedoklappen.« Bruder Jeremys Stimme klang schrill.

Bocteau öffnete den Mund, aber dann starrte er doch nur wortlos auf den Lautsprecher.

Angela übernahm die Initiative. »Wie ist der Abstand?«

»Etwa zweihundert Yards.«

»Damit ist das Boot zu dicht an uns dran und kann nicht auf uns feuern. Es braucht mindestens fünfhundert Yards, denn das ist die Sicherheitsstrecke, die der Torpedo zunächst laufen muss, bevor er scharf wird. Gehen Sie mit der Fahrt herunter.«

»Aber wir müssen etwas gegen die Zerstörer ... Bruder Johannes ...« Das Stammeln des Gurus brach ab.

»Maschine kleine Fahrt voraus«, wies Angela Bocteaus Ersten an.

Doch der Mann reagierte nicht, sondern starrte nur fragend auf Bocteau. Der Meister riss sich zusammen. »Belege das. Volle Fahrt voraus. Feuerleitlösung, um das U-Boot hinter uns zu versenken, sowie der Abstand mehr als fünfhundert Yards beträgt.«

»Das können Sie nicht tun!« Angela starrte ihn voller Panik an.

Bocteaus Blick schien in weite Fernen entrückt zu sein. »Ich kann und ich werde.«

Der Mann am Unterwassertelefon meldete sich. »Ich habe Bruder Johannes.«

»Auf den Lautsprecher!«

Ein schweres Atmen drang aus dem Lautsprecher, dann die gepresste Stimme von Bruder Johannes: »Es tut mir leid … möge Gott uns verzeihen, aber sie haben uns erwischt.«

»Bruder Johannes! Was ist los?«

Gespannt lauschten alle auf die Stimme aus dem kleinen Tauchboot. Bruder Johannes musste sich mitten in dem Inferno befinden, das die Zerstörer mit ihren Wasserbomben ausgelöst hatten. Noch immer dröhnten einzelne Explosionen durch die Tiefe.

Sie hörten ein Husten und dann wieder ihn. »Boot liegt auf Grund. Schwester Ruth ist tot oder beinahe tot. Sie hat sich den Schädel am Peiler eingeschlagen.« Er lachte kurz und trocken auf. »Wir parken fast beim Kreuzer – oder dem, was davon noch übrig ist. Die Amis zerlegen ihn systematisch.«

»Können wir Sie rausholen, Johannes?« Es war Angela, die diese Frage stellte.

»Unmöglich. Das Boot verliert Luft. Überall dringt Wasser ein. Es wird nicht mehr lange dauern. Machen Sie, dass Sie wegkommen. Gott möge uns allen verzeihen.«

Stille senkte sich über die Zentrale. Aber Angela gab nicht auf. »Halten Sie durch! Können Sie Peilzeichen geben?«

»Negativ.«

Eine weitere Serie von Wasserbomben machte dem Leben von Bruder Johannes ein Ende. Sie zerfetzte das havarierte Tauchboot und brachte auch das Panzerdeck des Kreuzers zum Einbruch. Reste scharfer Munition in der Munitionskammer unter Turm B explodierten und zerrissen das Wrack von innen. Die Druckwellen rollten durch die engen Gänge im Inneren des Schiffes. Deckstrager knickten einer nach dem anderen unter der plötzlichen Belastung ein. Die sechs

Behälter mit dem biologischen Kampfstoff wurden von dem einbrechenden Panzerdeck einfach zerquetscht. Kälte, Seewasser und Druck begannen ihre Wirkung zu tun. Eine halbe Stunde später gab es keine Lukretia-Bakterien mehr, die noch aktiv hätten werden können. Bocteaus Plan war gescheitert.

10. Tag, 16:00 Ortszeit, 20:00 Zulu – Langley

Roger Marsden telefonierte mit William Boulden.

»Mit anderen Worten, Bingham hat sich der irdischen Gerichtsbarkeit entzogen«, stellte der Präsidentenberater sarkastisch fest.

»Bei seiner Leibesvisitation wurde eine Zyankalikapsel übersehen. Wir können von Glück sagen, dass er erst davon Gebrauch gemacht hat, nachdem wir ihn unter Einsatz einer Wahrheitsdroge bereits befragt hatten.«

»Es scheint mir überhaupt so zu sein, dass wir mehr Schwein als Verstand bei der ganzen Angelegenheit hatten. Wie stellt sich die Situation jetzt dar?«

»Die *Tuscaloosa* ist wieder in den Atlantik zurück. Admiral Walkers Zerstörer haben die Verfolgung mangels Treibstoff nicht aufnehmen können, aber die *San Diego* scheint noch dran zu sein. Der Kreuzer und mit ihm Lukretia existieren nicht mehr.«

»Was heißt: *scheint* dran zu sein?«

»Sie kann nicht einfach auftauchen und eine Funkmeldung abgeben, Sir. Allerdings sind unsere Analytiker der Meinung, die Geschichte sei mehr oder weniger ausgestanden und Bocteau bleibe nichts anderes übrig, als aufzugeben.«

»Glauben Sie etwa daran?«, fragte Boulden skeptisch.

»Ich bin mir nicht ganz sicher, Sir. Der Sektenguru verfügt immerhin noch über ein intaktes U-Boot und dessen Atomwaffenarsenal. Allerdings sitzt ihm die *San Diego* im Nacken. Notfalls wird sie die *Tuscaloosa* versenken müssen.«

»Sind Sie sicher? Bingham hat schließlich nicht umsonst DiAngelo auf die Sache angesetzt, weil er davon ausging, dass der nicht in der Lage sein würde, erforderlichenfalls mit der notwendigen Konsequenz vorzugehen.«

Marsden zeigte sich von dem Einwand des Politikers unbeeindruckt. »Ich denke, es war Binghams größter Fehler, ausgerechnet DiAngelo loszuschicken. Er ist ein ausgebuffter und auch harter Knochen, der die Mission über seine persönlichen Belange stellt. Wenn es keine andere Option mehr gibt, dann wird er die *Tuscaloosa* selbstverständlich zur Hölle schicken, aber vorher wird er jeden Trick nutzen, um vielleicht doch das Boot heil wieder in unsere Hände zu bringen. Ich denke, er ist der richtige Mann dort draußen.«

»Gut, wir haben ohnehin keine andere Wahl, als ihm zu vertrauen«, stimmte Boulden zögernd zu. »Aber dann muss gewährleistet sein, dass er weiterhin jede Unterstützung erhält, die er benötigt. Wenn er sich irgendwo meldet, will ich keine langen Befehlsverzögerungen, sondern eine schnelle Reaktion. Ich spreche mit der Navy, sorgen Sie in Ihrem Bereich dafür.«

»Sie können sich darauf verlassen, Sir!«

»Und Marsden …«, Boulden sprach etwas leiser, »lassen Sie sich wegen Bingham etwas einfallen. Er hat über viele Jahre hinweg gute Arbeit für unser Land geleistet, bevor er vom Schicksal eingeholt wurde. Sie wissen, wie man so etwas deichselt. Ein ehrenvolles

Begräbnis nach einem tragischen Herzinfarkt im Dienst oder so.« Bolden stockte. »Ich weiß allerdings immer noch nicht, wie Sie ihm überhaupt auf die Schliche gekommen sind.«

»Es war ganz einfach, Sir.« Marsdens Stimme klang zynisch. »Es gibt nur eine Handvoll Stellen, die darüber Bescheid wussten, wann welches Boot in welches Operationsgebiet ausläuft. Wir brauchten nur jeweils die Mitarbeiter unter die Lupe zu nehmen, die vom Leben in irgendeiner Form enttäuscht waren. Diejenigen, die anfällig waren. Sie wären überrascht, wie viele es davon gibt.«

»So schlimm?«

»Schlimmer, Sir!«

10. Tag, 23:00 Ortszeit (WAT), 22:00 Zulu –
150 Meilen westlich von Kap Agulhas, USS San Diego

Die Zeit des Versteckspielens war vorbei, so plötzlich, wie sie begonnen hatte. Mit voller Kraft lief die *San Diego* hinter der *Tuscaloosa* her in den offenen Atlantik. Die Schifffahrtsrouten am Kap hatten sie hinter sich gelassen. Sie waren allein, zwei U-Boote und deren Besatzungen, Jäger und Gejagter, doch die Rollen konnten sich auch schnell wieder vertauschen.

Der Lautsprecher knackte, und Lieutenant Tennant gab die neueste Peilung durch: »Kontakt *Tuscaloosa*, Entfernung neuntausend Yards, achtunddreißig Knoten, dreihundert Fuß. Kurs ist konstant zwo-sieben-null.«

»Was, meinst du, hat er jetzt wohl vor?«, fragte Roger seinen Freund Bob. »Trotz der Atomwaffen kann er nicht mehr darauf setzen, eine globale Katastrophe auszulösen, was ja laut der Eierköpfe in Washington sein eigentliches Ziel gewesen sein soll.«

»Wer vermag bei so einem Irren schon eine Prognose abzugeben? Vielleicht will er ja nun doch von den Raketen Gebrauch machen. Möglich aber auch, dass er nur Zeit zum Nachdenken benötigt. Ich habe keine Ahnung.«

»Wir könnten ihn per Unterwassertelefon anrufen. Eventuell geruht er ja, mit uns zu reden.« Roger zuckte mit den Schultern. »Es kann natürlich sein, dass er dann völlig durchdreht. Was wir bräuchten, wäre einer von diesen smarten Gehirnklempnern aus dem Fernsehen, die sie bei Geiselnahmen immer zu Rate ziehen.«

»Tja, aber leider haben wir keinen. Willst du dein Glück versuchen?« Robert grinste leicht. »Sonst probiere ich es eben irgendwann.«

»Von mir aus, aber bitte nicht erst am Nimmerleinstag. Die Chose kann verdammt schnell auch in die Hose gehen.«

Womit Roger Recht hatte, wie DiAngelo sich eingestehen musste. Beide Boote fuhren ihre Reaktoren mit einhundertfünf Prozent der zulässigen Maximalleistung. Statt der Spitzenfahrt von fünfunddreißig Knoten liefen sie seit Stunden drei Knoten mehr. Was bewies, wozu diese Boote fähig waren, wenn es nötig wurde.

Robert DiAngelos Hoffnung bestand darin, dass die *Tuscaloosa* das nicht so lange würde durchhalten können wie die *San Diego*. Ihre Schraubenwelle war überdeutlich zu hören. Irgendwann musste sie sich bei dieser Fahrstufe einfach festfressen, oder – das war die nicht ganz so dramatische Alternative – die Besatzung musste stoppen, bevor ihnen das Ding um die Ohren flog. Dann wäre der geeignete Zeitpunkt gekommen, mit Bocteau zu verhandeln, bevor er in seinem Wahn zu einer letzten Entscheidung kommen konnte. Denn selbst wenn er seine Atomwaffen nicht abfeuerte, konnte es ihm ja einfallen, die *Tuscaloosa* zu sprengen und dadurch mit allen seinen Leuten Selbstmord zu begehen.

»Es ist ein Risiko, Roger, aber wir warten ab. Ansonsten gilt: Ohren steif halten. Vielleicht feuert Bocteau ja doch noch einen Torpedo ab, obwohl der Winkel für ihn ungünstig ist. Wir haben zu viel Raum für Abwehrmaßnahmen, und bei dieser Fahrt sowieso.«

»Verstehe, worauf du hinauswillst«, erklärte der Kommandant. »Du setzt darauf, dass seine lädierte Welle bricht?«

»Es könnte ja passieren, nicht wahr?«

»Okay. Aber was machen wir, wenn unser Boot zuerst streikt?«

Robert rieb sich das Kinn. Das raspelnde Geräusch, das dabei entstand, erinnerte ihn daran, dass er seit drei Tagen nicht zum Rasieren gekommen war. »Eine gute Frage, Roger, frag mich noch einmal, wenn es so weit ist.« Er nickte freundlich. »Bis dahin gönne ich mir erst mal eine Rasur.«

Dan Kearny, der zum IO umfunktionierte Navigationsoffizier, sah verwundert hinter DiAngelo her, der hinkend die Zentrale verließ, und murmelte vor sich hin: »Wo nimmt er bloß die Ruhe her, sich ausgerechnet jetzt und in so einer Situation zu rasieren.«

Roger Williams schwieg dazu und sah nachdenklich zu dem Schott, durch das sein Freund verschwunden war. Natürlich würde Robert kaum Ruhe haben, sich zu rasieren, aber er musste einfach allein sein und seine Optionen durchgehen. Wieder und wieder.

Doch das würde Kearny wohl kaum begreifen.

18. Kapitel

*17. Tag, 02:00 Ortszeit, 02:00 Zulu –
An der Eisgrenze, USS Tuscaloosa*

Die Jagd dauerte mittelerweile nun schon eine geschlagene Woche. Und noch immer rotierten die Wellen der U-Boote mit höheren Drehzahlen, als es die Erbauer dieser Schiffe jemals vorgesehen hatten. Nachdem die *Tuscaloosa* und die sie verfolgende *San Diego* nach Norden eingedreht hatten, waren sie auf größere Tiefe gegangen. Bei sechshundert Fuß, mit einem konstanten Abstand von neuntausend Yards, liefen die beiden Boote nach Norden, während das Wasser immer kälter wurde.

Mehrfach hatte die *San Diego* Funkbojen abgesetzt, um das Kommando in Norfolk auf dem Laufenden zu halten. Den scharfen elektronischen Ohren der *Tuscaloosa* war deren Aufstieg natürlich nicht entgangen. Doch obwohl alle an Bord der *Tuscaloosa* damit rechneten, dass es zu einem weiteren Zusammenstoß mit amerikanischen Verbänden kommen würde, ließen die sich nicht blicken. Wahrscheinlich standen sie immer noch näher an der US-Küste und versuchten zu verhindern, dass die *Tuscaloosa* dorthin durchbrach.

Im Inneren des Bootes herrschte eine gemischte Stimmung. Die gefangen gehaltenen Angehörigen der US

Navy wurden zwar immer wieder mal zu irgendwelchen Tätigkeiten herangezogen, blieben aber ansonsten die meiste Zeit eingesperrt. Unter ihnen hatte sich eine resignativ abwartende Haltung eingestellt. Irgendwann würde alles einfach zu Ende gehen. In welcher Weise auch immer.

Bocteaus Leute hatten sich in zwei Fraktionen geteilt. Einige meinten, nun, da die Mission gescheitert sei, solle man aufgeben. Andere hingegen wollten weiter abwarten, was der Meister sagte. Doch Bocteau sagte gar nichts. Nachdem das Wrack des Kreuzers zerstört worden war und er das Boot mit einigen gewagten Manövern aus der Gefahrenzone manövriert hatte, war er in der Kommandantenkammer verschwunden und hatte sich seitdem nicht mehr blicken lassen. Der Einzige, mit dem er überhaupt noch sprach, war Bruder John. De facto hatte Angela Hunt das Boot nach Norden geführt, immer verfolgt von den wachsamen Augen des Bruders mit der MP oder seiner bewaffneten Kofratres.

Angela wusste, dass erneut die Zeit für eine Entscheidung nahte. Aber da, wie einst schon Mao Zedong festgestellt hatte, jede Macht der Mündung eines Gewehrs entsprang, blieb auch klar, wer die Macht auf der *Tuscaloosa* in Händen hielt.

Doch nun standen sie an der Eisgrenze. Schon in den letzten Tagen hatte das Aktivsonar, von dem beide Boote inzwischen hemmungslos Gebrauch machten, immer wieder Eisberge ausgemacht. Die Polkappe lag vor ihnen, das traditionelle Einsatzgebiet der Atom-U-Boote. Und eine gefährliche Gegend zudem. Selbst massivste Eisbrecher taten sich schwer, im Packeis Fahrrinnen offen zu halten, die innerhalb von weniger als einer Stunde wieder zufrieren konnten. Selbst große

Frachter, die ihnen zu spät folgten, konnten stecken bleiben oder wurden, wenn sie Pech hatten und nicht rechtzeitig wieder befreit werden konnten, unter Umständen sogar zerquetscht.

Hoch riskant war es auch, oberhalb der Eiswüste zu operieren. Jahr für Jahr verlor das amerikanische Arctic Command Flugzeuge und Besatzungen, wenn die Maschinen in der Luft vereisten und sich nicht mehr manövrieren ließen.

Nur eine Handvoll Menschen lebten hier, Polarforscher zum Beispiel, die in einsamen kleinen Stationen hausten und arbeiteten. Ein gefährlicher, aber dennoch ungemein wichtiger Job. Die Wettermessungen, die sie vornahmen, trugen entscheidend zu den Wettervorhersagen für die ganze nördliche Halbkugel bei, ungeachtet aller modernen Satellitentechnik.

Die Inuit hingegen blieben meist in den küstennahen Regionen, denn tiefer im Eis gab es für die Eskimos nichts zu jagen. Robben, die ihre Existenzgrundlage bildeten, kamen dort nicht vor. Dem Volk, das am besten wusste, wie man unter unwirtlichsten Bedingungen überlebte, war klar, dass es dort nur eines gab – den kalten Tod.

Auch unter dem Eis sah es nicht besser aus. Konventionelle U-Boote mussten dieses Gebiet meiden. Sie waren gezwungen, spätestens nach zwei Tagen aufzutauchen und ihre Batterien zu laden. Wenn sich dann keine Lücke in erreichbarer Nähe befand, konnte das für ein konventionelles U-Boot nur Tod und Verderben nach sich ziehen.

So waren die Tiefen unter der Polarkappe einzig und allein das Jagdgebiet der großen Atom-U-Boote, die nicht auftauchen mussten. Ihre Reaktoren vermochten sie für zwei Jahre mit Energie zu versorgen, mit deren Hilfe sie ihre Atemluft aus dem Wasser gewannen. Durch die großen Tauchtiefen konnten sie meistens ohne Probleme dem Eis nach unten ausweichen. In vielerlei Hinsicht waren die Boote hier zu Hause, vorausgesetzt, es gab die notwendige Wassertiefe und es schlich nicht gerade ein anderes U-Boot um sie herum.

Seit den sechziger Jahren operierten hier russische und amerikanische Boote auf engstem Raum. Selbst nach dem Zerfall der Sowjetunion hatte sich daran nicht viel verändert. Die Boote operierten hier dichter unter der Oberfläche als irgendwo sonst. Sie versteckten sich zwischen den tief ins Wasser reichenden Eisbergen und den von unten heraufreichenden unterseeischen Gebirgen. Es gab ein paar Stellen, an denen zwischen den Kämmen dieser Gebirge und den tiefsten nach unten ragenden Eisspitzen nur knapp zweihundert Fuß Wasser lagen. Und ständig waren ein Dutzend amerikanischer und eine unbekannte Anzahl russischer Jagdboote unterwegs, die sich sicherlich nicht so friedfertig wie die *San Diego* verhalten würden.

Auch wenn Angriffsmanöver nur simuliert wurden, so wurden dennoch raue Spielchen getrieben, denen im Laufe der letzten vierzig Jahre mehr als ein Boot zum Opfer gefallen war. *Thrasher, Octabrasja Revoluzija, Komsomolsk, Kursk, Wichita, Andrew Jackson* ... die Liste ließe sich fortsetzen. Vierzig Boote, dreieinhalbtausend Mann und dreiundfünfzig aktive Kernreaktoren lagen auf dem Grund der nördlichen Meere.

Es war ein mörderisches Revier, in dem sich nur die Boote mit der zuverlässigsten Technik und den besten Besatzungen behaupten konnten. Angela wusste dies nur zu gut, denn sie war mehrfach mit der *Tuscaloosa* hier gewesen. Die Zeit für eine Entscheidung war gekommen.

»Maschine stopp! Sonar: Abstand zur *San Diego* durchsagen.« Ihre Stimme klang bestimmt.

»Warum stoppen wir?«, fragte Bruder John unwirsch.

»Wir stehen an der Eisgrenze.«

»Was bedeutet das?«

»Es bedeutet, dass ich mich mit Ihrem Chef ... Verzeihung, mit Ihrem Meister, unterhalten muss.« Zufrieden sah Angela zu, wie der große Mann vor Zorn errötete. Der Lauf der Heckler & Koch hob sich leicht, aber sie ließ sich davon nicht beeindrucken. »Wenn Sie mich erschießen, kommen Sie unter dem Eis keine fünfzig Meilen weit, wahrscheinlich sogar nur zwanzig. Aber sie haben ja keine Angst vor dem Sterben, nicht wahr?«

John wurde unsicher. »Der Meister hält Zwiesprache mit dem Herrn und will keinesfalls gestört werden.«

Angela machte es sich auf dem Kommandantenplatz gemütlich. »Nun, dann bleiben wir zunächst einfach hier, wo wir sind. Erster, darauf achten, dass das Boot nicht durchsackt. Wir haben gleich keine Fahrt mehr.«

Bruder John hielt ihr den Lauf seiner Waffe gegen die Stirn. »Los, du Miststück! Es geht weiter.«

Sie rührte sich nicht, nur ihre Lippen verzogen sich zu einem geringschätzigen Lächeln. »Dann ist Ihre Mission endgültig gescheitert, und Sie und Ihr Meister gehen als arme Irre in die Geschichte ein. Sie alle.« Angela holte tief Luft. »Ist das der große Plan Gottes?«

In der Zentrale wurde es so still, dass man eine Stecknadel hätte fallen hören können.

Bruder John starrte sie an, den Zeigefinger um den Abzug gekrümmt. Sekunden zogen sich zu Ewigkeiten.

Angela zwang sich, seinem Blick nicht auszuweichen, obwohl ihr Herz bis zum Hals schlug. Wenn Bruder John durchdrehte, dann war es um sie geschehen, aber Bocteau würde aufgeben müssen. Wenn Bruder John nachgab, dann würde das an seiner Autorität kratzen, die ohnehin nur auf Furcht beruhte.

Das Klicken, als die Sicherung der MP einrastete, klang unnatürlich laut. Bruder John senkte die Waffe. »Ich werde mit dem Meister reden.« Er wandte sich um. »Sonar, was macht die *San Diego*?«

Bruder Jeremys Stimme klang so ruhig und diszipliniert wie immer. Dabei musste er mitbekommen haben, was sich in der Zentrale abgespielt hatte, denn die Sprechfunkverbindung war die ganze Zeit über offen gewesen. »Die *San Diego* hat verspätet gestoppt und läuft gerade rückwärts. Sie scheint den Abstand halten zu wollen.«

17. Tag, 02:00 Ortszeit, 02:00 Zulu –
An der Eisgrenze, USS San Diego

»Na toll, er haut die Bremse rein.«

Roger Williams ignorierte den galligen Kommentar von Bob DiAngelo. »Maschine stopp«, befahl er. »Klarhalten für kleine Fahrt rückwärts.« Im Geiste zählte er die Sekunden und behielt die Fahrtmessanzeige im Auge.

»Abstand zur *Tuscaloosa* siebentausend. Sie scheinen einfach auszudampfen, Sir. Vielleicht brauchen die ja mal eine Pause?« Tennant klang leicht amüsiert.

»Die Boote zumindest hätten eine nötig.« Der Fahrtmessanzeiger fiel unter fünfzehn Knoten, und Roger gab Kearny, dem provisorischen Ersten, ein Zeichen. »Langsam zurück. Lassen Sie uns wieder auf neuntausend Abstand gehen, selbstständig einsteuern.«

Kearny nickte und konzentrierte sich. Seit dem schweren Schnitzer, den er sich geleistet hatte, hatte er sich bemüht, das Vertrauen des Kommandanten zurückzugewinnen, der ihn inzwischen etliche kleine Manöver selbst fahren ließ.

»Was würdest du eigentlich an Bocteaus Stelle tun?«, fragte Roger seinen Freund Bob.

Der dachte kurz nach, und auf seinem Gesicht erschien ein jugendliches Grinsen. »Kommt drauf an. Wenn ich noch vorhätte, irgendein Ding zu drehen, würde ich unters Eis gehen. Das böte mir gute Chancen, lästige Kerle in meinem Kielwasser loszuwerden. Andererseits bin ich auch nur ein Halbverrückter, Roger.«

Ein Maschinengast gluckste verräterisch. Der Kommandant bedachte ihn mit einem säuerlichen Blick, sagte aber nichts weiter und wandte sich DiAngelo zu. »Ich fürchte, du hast Recht. Wenn der Oberspinner unter das Eis geht, wird es schwierig. Vor allem werden wir mit unserer Geräuschkulisse alle möglichen neugierigen Freunde anlocken.«

»Einen aktuellen Lagebericht haben wir leider nicht. Von wann ist der letzte?«

Sublieutenant Jackson griff sich den entsprechenden Ordner und blätterte darin herum. »Hier, Sir! Vierzehn Tage alt. Zwei Whiskeys aus Murmansk, ein Oscar II und ein Oscar III ums Kap nach Murmansk. Und dann haben wir noch zwei Victors und ein Alfa.«

»Drei Jagdboote. Die Oscars dürften inzwischen daheim sein.« DiAngelo rieb sich nachdenklich das Kinn.

»Die beiden Whiskeys kannst du vergessen«, erklärte Roger. »Diese Boote sind mehr oder weniger blind und taub, wenn wir nicht gerade mit vollem Aktivsonar durch die Gegend fahren und ihnen noch extra ein Telegramm schicken.«

»Also ist das Schaufenster derzeit etwas leer?«

»Du kennst das Spiel. Wer unter dem Eis ist, den kriegen auch die Satelliten nicht. In der Barentssee haben die Russen vor Wochen schon Übungen durchgeführt.«

»Die reinste Unterwasserprozession also«, konstatierte DiAngelo. »Zwei Victors zusätzlich aus der Barentssee, dazu sechs Los Angeles und die zwei Seawolves. Mitsamt den früheren Meldungen über die ballistischen Boote würde ich also schätzen, es sind mindestens zwei Dutzend Boote unter dem Eis. Und falls die Russen etwas von unserem Dilemma mitbekommen haben sollten, dann könnten es auch noch ein paar mehr sein.«

»Du denkst an das Alfa?«

»Es macht mich misstrauisch. Die *Archangelsk* ist am Zwölften ausgelaufen, zwei Tage nachdem wir die ganze Flotte rausgehetzt haben. Worauf würdest du wetten?«

Roger Williams dachte nach. Es mochte Paranoia sein, denn das Alfa war das Letzte seiner Art. In den achtziger Jahren waren sechs davon durch die Sowjetmarine in Dienst gestellt worden. Ein ganz, ganz großer Wurf, technisch betrachtet. Aber es hatte Unfälle gegeben, und die Boote hatten sich im Unterhalt als zu teuer erwiesen. Zwei Boote waren verloren gegangen, drei außer Dienst gestellt worden und nur das eine gab es noch, offiziell als Versuchsboot deklariert. Und vielleicht war es das auch, denn man wusste seit langem, dass die Russen ihre veralteten Victors irgendwann durch einen neuen Bootstyp ersetzen mussten. Und welches Boot eignete sich besser für die notwendigen Vorversuche?

Auch ohne einen Blick in *Jane's Fighting Ships* zu tun, kannte Williams, wie jeder Los-Angeles-Kommandant, die technischen Daten aus dem Effeff. »Vierundvierzig Knoten, Tauchtiefe zweitausendvierhundert Fuß, und sogar nach unseren Maßstäben nahezu geräuschlos. Sie ähneln etwa unseren Skipjacks aus den Siebzigern, aber extrem weiterentwickelt. Das verdammte Ding kann unter Wasser fliegen.«

»Ich weiß«, sagte Bob. »Angeblich, jedenfalls laut einem CIA-Bericht, ist die *Archangelsk* mit Granits ausgestattet.«

Williams pfiff durch die Zähne. »Und warum wurde das dann den Kommandanten nicht mitgeteilt? Oder ist das wieder so eine von diesen CIA-Enten. Es hieß doch, die hätten das Zeug aus dem Verkehr gezogen, nachdem eine dieser Höllenmaschinen die *Kursk* gekillt hat?«

»Sie haben nie wirklich aufgegeben, sondern vermutlich fleißig weiterentwickelt. Glaubst du, unsere Leute würden zurückstecken, wenn wir über eine Torpedorakete verfügten, die zweihundert Knoten läuft?«

»Auch wieder wahr«, räumte Williams ein. »Wenn es hart auf hart kommen sollte, dann könnte der Russe also uns und die *Tuscaloosa* erledigen, bevor er unter Umständen danach selbst in die Luft fliegt.«

»Falls die CIA-Informationen zutreffen, ist Granit II immer noch ungelenkt. Wenn wir uns also nicht gar zu dämlich anstellen, kommen wir klar, selbst wenn er

Ärger sucht. Aber das wird er wohl nicht. Sein Befehl dürfte auf Aufklärung lauten. Die Russen wollen einfach herausfinden, was wir treiben und warum wir unsere ganze Flotte in See geschickt haben. Wenn ihnen nämlich jemand auf politischer Ebene gesteckt hätte, dass eins von unseren Booten gekidnappt worden ist, dann würden sie sich diskret zurückhalten.«

»Aber wie sie reagieren, wenn dieser Wahnsinnige einen Torpedo auf sie abschießt, ist eine ganz andere Frage«, gab Roger zu bedenken.

»Du meinst, der Russe könnte das persönlich nehmen?« DiAngelo bemühte sich, die Frage harmlos klingen zu lassen, doch der eiskalte Ausdruck seiner Augen besagte alles. Mochte geschehen, was da wolle, die *Tuscaloosa* war immer noch eines ihrer Boote, und kein verdammter Russe würde ungestraft Angela ins Jenseits befördern.

17. Tag, 02:00 Ortszeit, 02:00 Zulu –
An der Eisgrenze, russisches U-Jagdboot Archangelsk

Kapitän Zweiter Klasse Igor Sarubin war mit sich, seinem Boot und seiner Position zufrieden. Mit sich, weil das Kommando über die *Archangelsk* den bisherigen Gipfelpunkt seiner Karriere darstellte. Anders als viele andere hatte er in den Zeiten des Kommunismus nie als linientreuer Anhänger der KPdSU gegolten, da er in jungen Jahren gelegentlich einen zu westlichen Geschmack an den Tag legte. Doch nun war er fünfundvierzig. Im Vergleich zu anderen Marinen war das alt, denn dort wurde man wesentlich früher befördert. Aber in einer Flotte, die kaum noch über einsatzfähige Schiffe verfügte, war der Schritt zu einem selbstständigen Kommando etwas, das nur noch wenige schafften.

Murmansk war einst der Stolz der russischen Marine gewesen, ein würdiges Gegenstück zu Norfolk in Virginia, der Heimatbasis der amerikanischen Atom-U-Boote. Heute stellt die Hafenregion in der Kola-Bucht den größten und gefährlichsten Schrottplatz der Welt dar. Viele Schiffe der mächtigsten Atomflotte der Welt von einst waren nur noch strahlende Wracks. Von den U-Booten war lediglich eine Hand voll einsatzbereit.

Obwohl die *Archangelsk* eines der betagtesten noch im aktiven Dienst befindlichen U-Boote und mit einer Besatzungsstärke von sechsunddreißig Mann auf dem Papier kein besonders beeindruckendes Kommando war, stellte sie für Sarubin einen Glücksfall dar.

In Anbetracht des allgemeinen chronischen Ersatzteilmangels mutete es ihn wie ein Geschenk des Himmels an, dass drei baugleiche Boote der Alfa-Klasse bereits ausgemustert worden waren. Und er wusste auch zu schätzen, dass er über erfahrene, qualifizierte Leute verfügen konnte, denn wie die meisten Boote wurde auch die *Archangelsk* von ihrer Besatzung eigenhändig gewartet.

Sarubin hatte daher keinerlei Grund, sich zu beklagen. Die *Archangelsk* war ein Jäger der Tiefe, gebaut, um zu jagen, zu finden und zu zerstören. Mit einer Geschwindigkeit von offiziell vierundvierzig Knoten – in Wahrheit sogar noch etwas mehr – war sie in der Lage, jeden Gegner zu verfolgen. Bei einer Unterwasserjagd der *Archangelsk* zu entkommen war ein Ding der Unmöglichkeit. Da sie außerdem beinahe völlig geräuschlos zu operieren und ähnlich einem Wal notfalls auch einen Salto unter Wasser zu schlagen vermochte, konnte sie jederzeit überraschend überall auf den Plan treten. Bis in Tiefen von zweitausendvierhundert Fuß, das Dreifache dessen, was ein Los-Angeles-Boot verkraftete.

Im Suchbereich verfügte die *Archangelsk* im Grunde über das gleiche System wie die größeren Jagdboote der Victor-Klasse. Und das war, wie Sarubin bitter zugeben musste, den amerikanischen Systemen nur bedingt gleichwertig. Aber es reichte aus, um jedes Ziel innerhalb von zehntausend Yards zur Strecke zu bringen.

Ursprünglich hatte die *Archangelsk* über sechs traditionelle Torpedorohre verfügt, vier nach vorn und zwei nach achtern gerichtet. Mittlerweile waren die Rohre drei und vier gegen solche für das Granitsystem ausgetauscht worden. Nach wie vor führte die *Archangelsk* jedoch auch noch die in NATO-Kreisen als Tigerfish Mk.2 bekannten Torpedos mit, die im Prinzip von ihren Fähigkeiten her den amerikanischen Mark 48 ADCAP entsprachen. Ein Geschoss, das sein Ziel mit einer Geschwindigkeit von über fünfzig Knoten selbstständig verfolgen konnte, wenn es nicht mit Hilfe von allerlei Abwehrmaßnahmen und Tricks irritiert wurde. Obwohl diese Torpedos grundsätzlich auch nukleare Gefechtsköpfe tragen konnten, hatte die *Archangelsk* keine davon an Bord. In Sarubins Vorstellung wäre das auch so gewesen, als wollte man eine Nuss mit einem Schmiedehammer knacken.

Granit, oder genauer gesagt Granit II, war eine andere Angelegenheit. Genau wie Torpedos wurden auch die Unterwasserraketen aus vertikalen Rohren abgeschossen. Dann jedoch beschleunigten sie auf über zweihundert Knoten. Diese Generation der Unterwasserraketen war allerdings noch immer anfällig und nicht ganz ohne Risiko für den, der sie einsetzte. Nach wie vor hatte noch jeder russische Kommandant die Geschichte der *Kursk* im Kopf, die durch eine Explosion ihrer eigenen Granits in den Untergang gerissen wurde. Außerdem waren die Raketen noch nicht in der Lage, ihren Kurs zu verändern. Wie die Torpedos am Anfang des Zweiten Weltkriegs steuerten sie einfach geradeaus, bis sie unter dem Ziel explodierten. Das reichte, um ein Überwasserschiff zu vernichten, aber ein U-Boot konnte ausweichen, wenn es die Unterwasserrakete rechtzeitig erkannte. Wobei rechtzeitig aber eine viel größere Entfernung bedeutete, als sie gemeinhin von U-Booten eingehalten wurde.

Sarubins Auftrag lautete, herauszubekommen, was die Amerikaner trieben. Aus russischer Sicht war zunächst alles etwas undurchsichtig gewesen. Aber wenn die US Navy mehr oder weniger in voller Stärke auslief, war das immer ein Grund, ein wachsames Auge auf die Geschehnisse zu haben.

Dank auch der Satellitentechnik und dem Einsatz von Aufklärungsflugzeugen hatte sich nach und nach herauskristallisiert, dass die Amerikaner hinter einem ihrer eigenen Atom-U-Boote her waren. So lange, wie sie selbst nicht betroffen waren, konnten sie daher gelassen die Rolle des interessierten Beobachters einnehmen. Deshalb waren auch nur ein paar Victors und seine *Archangelsk* unter dem ewigen Eis geblieben, um auf alles zu achten, was sich bewegte. Sarubin, der ziemlich nahe der Eisgrenze westlich von Grönland stand, war jedenfalls bereit, darauf zu wetten, dass irgendwo in dieser Gegend das gejagte U-Boot und sein Verfolger unter das Eis gehen würden. Von ihm aus konnten sie ruhig kommen.

17. Tag, 22:00 Ortszeit (EDT), 02:00 Zulu – Langley

Seit Tagen gab es in einem der Besprechungsräume eine Art ständiger Konferenz. Wenn die Chefs verhindert waren, wurden sie durch jemanden aus ihrem Stab vertreten. Nachdem der alte Kreuzer *Agamemnon* vor Kap Agulhas in seine Einzelteile zerlegt worden war, hatte sich so etwas wie vorsichtiger Optimismus breit gemacht. Was sollte Bocteau auch anderes tun, als aufzugeben?

Doch je länger sich die Jagd hinzog, desto größer wurde die Verwirrung. Aus den Meldungen der *San Diego* wusste man, dass die Reise ständig weiter nach Norden ging, doch was Bocteau damit bezweckte, blieb unerfindlich. Möglicherweise steckte ja auch ein Plan dahinter, der so wahnwitzig war, dass kein normaler Mensch darauf kommen konnte.

Heute waren alle versammelt, die Rang und Namen hatten. Entscheidungen konnten also getroffen werden, sollten welche notwendig werden. William Boulden saß wie immer, wenn er zugegen war, am oberen Ende des Tisches.

Marsden, der CIA-Veteran, fasste die momentane Lage zusammen. »Beide Boote haben mittlerweile die Eisgrenze erreicht. Wenn ich es richtig verstanden habe, dann bedeutet das auch, dass wir damit praktisch jede Möglichkeit verlieren einzugreifen. Commander DiAngelo wird also ganz auf sich gestellt sein, er wird selbstständig entscheiden und handeln müssen. Es sei denn, wir setzen weitere Boote an.«

Der Präsidentenberater hob abwehrend die Hände. »Auf gar keinen Fall, die Nervosität bei den Russen hat sich gerade erst gelegt.«

Vice Admiral Sharp, der Befehlshaber der U-Boote

im Atlantik, meldete sich zu Wort: »Wenn Williams sich nicht in die Bresche geworfen hätte, als die Zerstörer dabei waren, ins offene Messer zu laufen, hätte er die *Tuscaloosa* vor Südafrika erwischt. Er und DiAngelo sind ein gutes Team, auf das wir bauen können. Viel wichtiger erscheint mir daher, eine Vorstellung davon zu gewinnen, was Bocteau überhaupt im Schilde führen könnte.«

»Wir haben unsere schlauen Psychologen darauf angesetzt«, erklärte Marsden. »Das Ergebnis hat mich allerdings nicht gerade vom Hocker gerissen. Bocteau wollte eine Katastrophe von globalen Ausmaßen auslösen. Nachdem sich das aber erledigt hat, erscheint den Seelenklempnern ein kollektiver Selbstmord am wahrscheinlichsten.«

Sharp sah ihn alarmiert an. »Sie meinen, er wird das Boot mit allen seinen Leuten sprengen?«

»Da bin ich mir nicht sicher. Irgendetwas stimmt an der Theorie nicht. Wenn er dergleichen wirklich vorgehabt hätte, dann hätte er dies meiner Meinung nach schon längst getan.«

Boulden beugte sich vor. »Aber welche Möglichkeiten hat er denn sonst?«

»Ich weiß es eben nicht. Das ist es ja gerade, was mir so zu schaffen macht, Sir. Ich halte den Franzosen nach wie vor für so gefährlich wie ein waidwundes Raubtier, und mein Instinkt sagt mir, dass noch etwas passieren wird. Fragt sich bloß, was.«

»Finden Sie es raus!«, schnauzte Boulden ihn an. »Ich kann dem Präsidenten nicht damit kommen, dass wir von nichts eine Ahnung haben.«

19. Kapitel

17. Tag, 08:00 Ortszeit, 08:00 Zulu –
Unter dem Eis, USS San Diego

Die Boote befanden sich unter dem Eis. Das gleichmäßige Ping der Sonarsysteme hallte durch das kalte Wasser. Massive Eisberge ragten auf beiden Bordseiten der *San Diego* zweihundert, ja dreihundert Fuß tief ins Wasser hinab.

Natürlich wäre es einfach gewesen, in großer Tiefe gemütlich sämtlichen Hindernissen aus dem Weg zu gehen. Doch ohne Deckung konnte man dort auch leichter zu Beute werden. Zwischen den Eisnadeln, die von oben ins Wasser ragten, und den immer wieder steil emporragenden Felswänden, die aus der dunklen Tiefe emporwuchsen, mussten sie ständig auf der Hut sein, damit es nicht unversehens zu Kollisionen kam. Das Aktivsonar war ihr einziger Schutz, ihr Auge in der Dunkelheit. Aber es verriet auch ihre Anwesenheit.

In der Zentrale der *San Diego* herrschte die übliche Mischung aus konzentrierter Aufmerksamkeit und Routine. Commander Williams konnte die Navigation getrost seinen Offizieren überlassen. Im Augenblick hatte Kearny die Wache, der sich mit den Verhältnissen unter dem Eis gut auskannte, denn sie waren oft genug in diesen Gewässern unterwegs gewesen.

Bob und Roger hatten sich in die Kommandantenkammer zurückgezogen, um zu beratschlagen, wie es weitergehen sollte. Über den leise gestellten Lautsprecher über der Koje bekamen sie jeden Befehl und sämtliche Meldungen aus der Zentrale mit.

DiAngelo spürte, wie sich der Bug der *San Diego* leicht senkte und Augenblicke später wieder in die Horizontale kam. Offenbar waren sie wieder unter einer Eisbarre hinweggetaucht. In seiner aktiven Zeit als U-Boot-Kommandant hätte er derart geringfügige Korrekturen gar nicht mehr bewusst wahrgenommen, aber das war lange her, und deshalb waren solche Kleinigkeiten auf einmal wieder ein Erlebnis.

»Warum ließ Bocteau die *Tuscaloosa* eine Stunde lang treiben, bevor er unter das Eis ging?«, platzte er plötzlich unvermittelt los. Ohne eine Antwort abzuwarten, dachte er laut vor sich hin: »Wozu er diese Zeit auch immer gebraucht hat, es muss etwas mit den Verhältnissen im Boot zu tun haben. Der Misserfolg am Kap dürfte seine Autorität beschädigt haben, das Wichtigste, was er hat. Er muss seinen Leuten also entweder eine neue Zielvorgabe schmackhaft machen oder sie in den Untergang führen. Ich glaube nicht mehr, dass eine Aufgabe für ihn überhaupt eine Option ist, denn sonst hätte er sie schon längst wahrgenommen.«

Roger schwieg einen Augenblick, um das Gehörte zu verarbeiten. »Du machst mir wirklich Mut. Also siehst du keine Chance mehr, die *Tuscaloosa* aufzubringen?«

»Ich weiß nicht.« DiAngelo riss sich zusammen, denn seine Gedanken drohten wieder einmal zu Angela abzuschweifen. »Ursprünglich ging es ihm darum, eine möglichst globale Katastrophe auslösen. So weit habe ich das durchschaut. Aber was kann er nun noch wollen? Er ist ein religiöser Fanatiker.«

»Ein ziemlicher Spinner, wenn du mich fragst.«

»Das mag sein, aber ich glaube, er tickt in bestimmten Kategorien.«

»Was meinst du damit?«, hakte Roger nach.

»So wie wir eben auch. Wir denken in den Kategorien von U-Boot-Kommandanten, von Navy-Traditionen und natürlich auch in denen unserer privaten Peergroups. Was also macht Bocteau zu so einem verrückten Hund? Doch eigentlich nur, dass er letzten Endes alles seinen religiösen Kategorien unterordnet, die wir als Wahn bezeichnen.«

»So weit, so gut. Aber wohin führt uns das?«

»Ich bin kein Bibelexperte, aber wenn ich mich richtig entsinne, dann wimmelt es im Alten Testament nur so von ziemlich dramatischen Passagen, und außerdem gibt es da noch diese Prophezeiung des Johannes, die es auch in sich hat.«

»Du meinst, Bocteau wird die Kernwaffen benutzen, um sich in einem dramatischen Finale furioso in die Luft zu sprengen?«

»Vielleicht, aber nicht einfach nur so …« DiAngelo warf einen zweifelnden Blick auf die Karte. »Ich fürchte, er wird dabei zumindest versuchen, der Welt noch einen Denkzettel zu hinterlassen. Ich frage mich nur, was als Ziel für ihn in Frage kommen könnte.«

Der Kommandant der *San Diego* verzog das Gesicht. »Mich würde mehr interessieren, was wir unternehmen. Was haben wir bisher schon groß getan? Ich meine, außer hinter dem Spinner herzujagen und ihn so lange zu ärgern, bis Walkers Zerstörer das Wrack in die Luft gejagt hatten?«

Ratlos hob Robert die Hände. »Wenn du es so formulierst, dann gar nichts ...« Als er den tieferen Sinn der Frage verstand, starrte er Roger wortlos an.

»Denk darüber nach«, sagte Williams. »Ich muss mich mal wieder in der Zentrale blicken lassen.«

17. Tag, 11:00 Ortszeit, 11:00 Zulu –
Unter dem Eis, USS Tuscaloosa

Mit mäßiger Geschwindigkeit schlich die *Tuscaloosa* durch die Eisdome, die sich unter Wasser gebildet hatten. Die Sonne schien durch die Eisfläche durch und ließ die Umgebung in überirdischem Zauber erstrahlen. Im Inneren des Bootes, das über keine Bullaugen verfügte, konnte jedoch niemand das imposante Panorama bewundern. Hier reduzierte sich die Welt auf Zahlen, Daten und leicht verständliche Grafiken auf den Computermonitoren, die halfen, den stahlharten Eiswänden aus dem Weg zu gehen, aber die Schönheit der Welt dort draußen konnten sie nicht wiedergeben.

Vom Kommandantensessel aus gab Lieutenant Commander Angela Hunt Bocteaus Erstem die Anweisung, auf hundert Fuß zu gehen, und der erteilte den Tiefenrudergängern die entsprechenden Befehle. Während der Bug sich steil nach unten senkte, meinte Angela gleichmütig: »Es besteht keine Notwendigkeit, das Boot die Treppe runterzuwerfen!«

Der Guru, der vor der Plotkarte stand, zog verdutzt die Brauen in die Höhe. »Was meinen Sie damit?«

»Wir haben genug Platz. Wenn wir den Bug also steiler als notwendig nach unten drücken und nur sechzig Fuß tief sind, was macht dann unser hundertfünfzig Fuß langes Heck?«

Bocteau zuckte mit keiner Miene. »Tja, was macht es dann, Mrs. Hunt?«

»Es richtet sich auf und stößt gegen das Eis. Wenn wir natürlich Schrauben und Ruder nicht mehr brauchen ...« Zufrieden registrierte Angela, wie der Guru eine Spur bleicher wurde.

Ein Ruck fuhr durch das Boot, und ein grässliches Knirschen hallte durch den Rumpf, als die Heckflosse kräftig an der Unterseite der Eisdecke schabte. Es klang ziemlich beeindruckend.

»Vorne oben zehn, hinten oben zehn ...«, rief Angela und wartete, bis das Knirschen aufhörte und der Bug sich aufrichtete. In Wirklichkeit war es eine optische Täuschung, denn das Boot ging weiter auf Tiefe, nur jetzt in mehr oder weniger horizontaler Lage.

Ein Gast sang aus: »Hundertzwanzig Fuß gehen durch.«

»Machen Sie weiter«, sagte Angela zu dem Ersten. »Nach dem Eissockel dann aber wirklich auf hundert Fuß. Und keine Brechstangenmanöver, wenn ich bitten darf.« Sie ignorierte den Ärger des Mannes und wandte sich wieder an den Meister. Bocteau wirkte irgendwie unkonzentriert, aber wenigstens befand er sich seit langem überhaupt mal wieder in der Zentrale. Vielleicht war er ein Wahnsinniger, aber er war wenigstens intelligenter als Bruder John. Das machte ihn berechenbarer. Nicht viel, aber etwas. »Mich würde übrigens interessieren, wann und wie Sie Ihr Versprechen, meine Männer von Bord zu lassen, einzulösen gedenken. Ich habe meinen Teil der Vereinbarung eingehalten, jetzt sind eigentlich Sie an der Reihe.«

Bocteau winkte ab, als sich Bruder John hinter Angela bewegte. Wahrscheinlich hatte er wieder mal mit seiner Maschinenpistole drohen wollen, aber wie ein guter Hund kuschte er bei jedem Zeichen seines Herrn. Der Guru lächelte kühl. »Wir haben eine völlig gewandelte Situation, und dafür dürfen Sie sich bei Ihren Freunden bedanken.« Er lächelte amüsiert. »Und nachdem Sie gerade so nachhaltig Ihre Unentbehrlichkeit demonstriert haben, wäre es der schiere Wahnsinn, Sie jetzt schon von Bord gehen zu lassen.«

»Also, ich lehne mich jetzt ein paar Minuten zurück und sage gar nichts. Sie können sich ja in der Zwischenzeit überlegen, was Sie mir anbieten.« Umständlich nahm Angela in ihrem Sessel eine bequeme Haltung ein und schlug die Beine übereinander. »Noch ein Tipp, Bocteau. Sie sollten nicht auf größere Tiefe gehen. In der Zeit, die Sie brauchen, um die *San Diego* in diesem Durcheinander von Echos genau einzupeilen, hat sie uns schon den Hintern abgeschossen, wenn wir uns in freiem Wasser als Ziel präsentieren.«

Bocteau presste die Lippen aufeinander und starrte sie reglos an. Unsicherheit zeichnete sich auf seinem Gesicht ab.

Angela wartete geduldig. Ein Boot wie die *Tuscaloosa* in einer Gegend mit derart vielen Eissockeln zu manövrieren war nicht einfach. Im Prinzip waren Bocteaus Leute nicht einmal schlecht, aber es mangelte ihnen eben an praktischer Erfahrung. Interessiert lauschte Angela den Kommandos, die Bocteaus Erster erteilte. Sie gab ihm zehn Minuten.

Doch die schaffte er nicht einmal ganz, weil ihm schon bald wieder ein klassischer Anfängerfehler unterlief. Es galt, nach Backbord zu drehen, um einem ziemlich großen Eisberg auszuweichen. Das hätte auch gut funktioniert, wenn er abgewartet hätte, bis das Heck den Eisberg an Steuerbord passiert hatte. So aber hallte wieder ein Knacken und Knirschen durch die drei Decks der *Tuscaloosa*. Die konnte zwar viel aushalten, aber dort hinten lagen immerhin die Tiefenruder. Falls das Boot die Tiefe nicht mehr sauber steuern konnte, blieb kein anderer Ausweg, als es mit Gewalt nach oben zu bringen. Und falls dann das Eis nicht zu dick war, um es zu durchbrechen, würde das auch mit Anblasen und der Restfahrt funktionieren. Wenn nicht, hatten sie ein Problem.

Angela war sich im Klaren darüber, dass sie mit dem Leben aller an Bord pokerte. Ihre Spannung lockerte sich ein wenig, als das Knirschen endete und keiner der Tiefenrudergänger meldete, dass das Ruder nicht mehr folgte. Trotzdem würde die Grenze zwischen vertretbarem Risiko und Untergang auch weiterhin verdammt schmal bleiben.

Auch Bocteau hatte es begriffen. Angela sah den Zorn in seinen Augen auflodern. Er musste handeln, das bewiesen die vielen blassen Gesichter in der Zentrale. Und dann geschah etwas Seltsames. Der Guru begann wie wild aus der Nase zu bluten. Mit einer Verwünschung zerrte er ein Tuch hervor und presste es mit der Rechten gegen sein Gesicht, während er die Linke in der Hosentasche versteckte. Eine eigentümlich verkrampfte Haltung, fand Angela. »Sie übernehmen«, murmelte er. »Ich werde über Ihre Bitte nachdenken.«

Verblüfft sah sie, dass der große Meister aus der Zentrale verschwinden wollte. Ihre Stimme hielt ihn am Schott auf. »Ich gebe Ihnen zwei Stunden, bevor ich wieder streike. Denken Sie also nicht zu lange nach, Bocteau.«

Er drehte kurz den Kopf und sah sie ausdruckslos an. Doch dann wandte er sich wortlos um und verschwand in Richtung Kommandantenkammer. Angela war nicht die Einzige, die hinter ihm her blickte. Doch sie musste sich wieder konzentrieren. »Erster, wir gehen nach Steuerbord auf den alten Kurs ...« Sie lauschte auf die Stimme von Wilkins, der die aktuellen Peilungen durchgab, aber sie hatte das Bild auch auf dem Eismonitor. Eine Art trichterförmige Lücke zwischen zwei Eisbergen, nur dass sie durch den Stiel eines Trichters mussten, der scharf nach rechts abknickte. »Wir drehen leicht an, dann lassen wir die Schraube rückwärts laufen und steuern scharf gegen. Nur für ein paar Augenblicke, damit das Boot etwas an Vortrieb verliert und sich gleichzeitig etwas in die Kurve legt. Dann gehen wir wieder vorwärts. Es ist eine Frage des Timings.« Sie wartete ab, bis der Mann nickte. Dann kommandierte sie: »Steuerbord zehn ...«

Das Boot legte sich leicht auf die Seite. Angela beobachtete abwechselnd den tickenden Kompass und den Eismonitor. Als sie die Hälfte der Kurve geschafft hatten, wurde es erwartungsgemäß eng. Entschlossen befahl sie: »Maschine halbe Kraft zurück, Steuerbord vorne und hinten unten fünfzehn, Backbord vorne und hinten oben fünfzehn.« Folgsam legte sich die *Tuscaloosa* auf die Seite. Sie wartete, bis die Maschine gestoppt war, und machte weiter. »Tiefenruder alle Null. Hart Backbord.«

Das ganze Boot bebte, als die große Schraube rückwärts zu drehen begann. Dreißigtausend Pferdestärken zerrten an dem langen Achterschiff. Nur widerstrebend ließ sich der schwere Koloss in die enge Drehung zwingen, aber das Heck kam herum, und sie gewann wieder ein paar Yards Platz nach vorn. Zufrieden lehnte sie sich zurück. »Vorwärts zwei Drittel, Steuerbord fünfzehn.«

Es dauerte erneut ein paar Sekunden, bis die Maschine umgekuppelt war, aber das hatte sie einkalkuliert. Erneut erzitterte das Boot, aber dann glitt die *Tuscaloosa,* getrieben von dem noch vorhandenen Drehmoment und der Kraft der Schraube, durch den engen Eiskanal in einen großen Freiraum unter einer flachen Eisscholle.

»Stützruder!« Sie kicherte leise, als sie sah, wie sich der Erste verstohlen die Stirn wischte. Als sie dieses Manöver zum ersten Mal von Commander McKay vorgeführt bekommen hatte, war ihr auch der Schweiß ausgebrochen. Wo auch immer ihr alter Kommandant jetzt sein mochte, er konnte stolz auf das sein, was er ihr und den anderen beigebracht hatte.

17. Tag, 12:30 Ortszeit, 14:30 Zulu –
Unter dem Eis, russisches U-Jagdboot Archangelsk

Wieder hatten sie eine Zeitzone passiert. Im Großen und Ganzen hielten die beiden amerikanischen Boote nach Westen, auch wenn sie bei ihrem Versteckspiel zwischen den Eisbergen kaum geradewegs dem Generalkurs folgen konnten.

Die *Archangelsk* machte sich das Leben einfach. Kapitän Sarubin sah auch keinen Sinn darin, die Amerikaner zu provozieren. Logischerweise musste das verfolgende Boot, also laut seinen Computern die *San Diego,* das Boot in amerikanischer Hand sein. Das bedeutete, das andere Boot, die *Tuscaloosa,* war in der Hand der Terroristen, wer auch immer die sein mochten.

Also hatte sich die *Archangelsk* auf einen Kurs parallel zur *San Diego* gelegt, allerdings gute tausend Fuß tiefer und etwa vier Meilen hinter ihr. Bei diesem

Schneckentempo, mit dem die Amis ihrem Generalkurs folgten, musste die *Archangelsk* immer wieder frei schwebend ein paar Minuten abwarten, um nicht zu nahe zu kommen. Aber hier unten, tiefer, als die Amerikaner oder auch nur ihre Torpedos tauchen konnten, war sie sicher.

Sarubin wandte sich an seinen Ersten: »Anatoli, du übernimmst. Ich gehe kurz in meine Kammer.«

Anatoli Petrowitsch grinste kurz. Er war seit drei Jahren Sarubins Erster, eine lange Zeit auf einem U-Boot, das ständig unter dem Eis operierte. Sie hatten eine gute Besatzung, und der Kommandant konnte Vertrauen zu ihr haben. Aber dass er es auf diese Weise auch zeigte, war für Petrowitsch mehr als jedes laut ausgesprochene Lob.

In seiner Kammer setzte sich Sarubin an seinen kleinen Schreibtisch nieder und ließ seinen Gedanken freien Lauf. Wenn die Boote weiter nach Westen steuerten, würden sie irgendwann in der Lage sein, Russland zu beschießen. Nicht, dass er das von der *San Diego* befürchtete, aber die *Tuscaloosa* war in den Händen von Terroristen, und damit hatte man in Russland eigene Erfahrungen gemacht.

Die entscheidende Frage war, wie die Amerikaner reagieren würden, falls er die *Tuscaloosa* versenken musste. Würden sie erleichtert sein, weil ihnen jemand die Drecksarbeit abnahm, oder würden sie es als einen Angriff auf ein amerikanisches Boot verstehen und dementsprechend zu einem Gegenangriff übergehen? Es würde nicht zum dritten Weltkrieg kommen, dazu waren die Kontakte zu gut geworden, aber sie würden es austragen müssen.

Sarubin konnte sich keine genaue Vorstellung davon machen, was später die Diplomaten sagen würden, aber hier und jetzt hatte jeder Kommandant seinen eigenen Grund zu kämpfen. Auch wenn keiner wirklich wollte.

Frustriert blickte er auf seine Musiksammlung. Dann öffnete Kapitän Sarubin eine Schublade und holte einen batteriebetriebenen CD-Player hervor. Augenblicke später saß er mit geschlossenen Augen hinter seinem Schreibtisch und lauschte Celine Dions *My heart will go on* – dem Soundtrack aus Titanic. Manche Leute sagten ihm einen übertriebenen Hang zur Dramatik nach, aber er mochte Hollywoodfilme.

17. Tag, 12:30 Ortszeit, 14:30 Zulu –
Unter dem Eis, USS Tuscaloosa

Angela sah Bocteau erwartungsvoll an. »Bruder John sagte mir, Sie wollten mich sprechen?« Äußerlich ruhig blieb sie im Schott der Kommandantenkammer stehen.

»Ich habe Ihnen einen Vorschlag zu machen, Lieutenant Commander.«

Sie registrierte die plötzliche Benutzung ihres Ranges. Bocteau sprach sie immer nur dann so an, wenn es um die ursprüngliche amerikanische Besatzung ging, die seit zweieinhalb Wochen in ein paar engen Räumen zusammengepfercht war. »Ich höre?«

»Ich gedenke Ihre Besatzung abzusetzen, bis auf die Reaktorspezialisten und ein paar Leute in den Schlüsselpositionen Sonar und Bordelektrik.«

Bereits bevor Bocteau begann, die Namen aufzuzählen, wusste sie, dass auch ihrer darunter sein würde. Und sie hatte sich nicht getäuscht.

Sie dachte nach. Auch wenn er rund ein Dutzend

von ihnen zurückbehalten wollte, wäre das kein schlechter Deal. Knapp fünfzig ihrer Leute wären damit von Bord und in Sicherheit.

Bocteau sprach weiter. »Es gibt etwa siebzig Meilen nördlich von hier eine Forschungsstation nebst einer Landepiste für deren Versorgung.« Er schien sich alles genau überlegt zu haben. »Ich will die Leute eine oder zwei Meilen entfernt davon absetzen. Mit einem guten Kompass sollten sie keine Probleme haben, zur Station zu kommen.«

Angela war bekannt, dass es mehrere solcher Stationen gab, von denen die meisten per Flugzeug zu erreichen waren. Bocteaus Angaben mochten also stimmen. Selbst wenn er sie ein Stück von der Station entfernt absetzte, sollten sie über das Eis zwei Meilen innerhalb von weniger als einer Stunde schaffen. Vorausgesetzt, das Wetter spielte mit. Langsam nickte sie. »Gut. Wann wechseln wir den Kurs?«

Bocteau blickte auf die Uhr. »Jetzt gleich, damit Ihre Leute genügend Zeit haben, um die Station bei Tag zu erreichen. Zumal die Sonne hier zu dieser Jahreszeit sowieso nicht untergeht.« Er lächelte leicht. »Bruder John wird Sie in die Zentrale begleiten. Sie setzen einen Kurs nach Norden ab und reden anschließend mit Ihren Leuten. Ich will keine hässlichen Überraschungen beim Ausbooten erleben. Wer Dummheiten macht, wird erschossen.«

Das war absolut ernst gemeint, denn Angela war sich bewusst, dass Bocteau keinem eine Chance geben würde, auch nur die kleinste Aktion zu starten, die ihm gefährlich werden könnte. Es war ihre Aufgabe, ihren Leuten genau das klarzumachen. Sie nickte. »Ich habe verstanden, Bocteau.«

Zehn Minuten später wechselte die *Tuscaloosa* den Generalkurs. Die *San Diego*, die sich an den vielfachen Echos ihres Aktivsonars orientierte, folgte mit einer kurzen Zeitverzögerung, wodurch sich der Abstand zischen den beiden Los-Angeles-Booten etwas vergrößerte. Die *Archangelsk* hingegen, die wegen ihrer günstigeren Position jederzeit beide amerikanischen Boote genau einpeilen konnte, folgte der Drehung umgehend, auch wenn sie dadurch etwas vor die *San Diego* geriet. Aber sie hatte ja genug Platz in der Tiefe. In neuer Formation ging es nach Norden. Die *Tuscaloosa*, die zwangsläufig das Tempo vorgab, ging etwas tiefer und erhöhte die Fahrt. Also blieb der *San Diego* nichts anderes übrig, als ihrem Beispiel zu folgen.

Exakt um 16:00 Ortszeit durchbrach der Turm der *Tuscaloosa* das Eis an einer etwas dünneren Stelle etwa eineinhalb Meilen von der Forschungsstation entfernt. Beinahe noch in der gleichen Sekunde empfing das Passivradar des Bootes die ersten Impulse eines großen Wetterradars.

Angela Hunt, die das Boot durch die letzten kitzligen Manöver geführt hatte, sprang auf und rief Bocteaus Erstem zu: »Sie übernehmen. Auf Flugzeuge achten!«

Noch während sie den schmalen Gang entlangeilte, schalt sie sich eine Närrin. Wenn hier Flugzeuge auftauchten, würden es nur die eigenen sein.

In aller Eile wurden die U-Boot-Leute, die die *Tuscaloosa* verlassen durften, erst durch das Luk den Turm hinauf- und dann über eine Strickleiter auf das Eis hintergescheucht. Bocteaus schwerbewaffnete Männer betrachteten das ganze Manöver mit Argusaugen, aber es kam zu keinen Zwischenfällen. Zeit für große

Verabschiedungen gab es nicht, denn Bruder John trieb alle zur Eile an. Kaum hatten sich die Freigelassenen fünfzig Yards von dem hoch aus dem Eis ragenden Turm entfernt, schlug auch schon das schwere Turmluk zu. Im Inneren wurde Tauchalarm gegeben, und Augenblicke später kehrte das Boot in seine gewohnte Unterwasserwelt zurück. Als stummer Zeuge blieb nur ein Loch im Eis zurück, das in weniger als einer Stunde ebenfalls wieder verschwunden sein würde.

20. Kapitel

19. Tag, 05:30 Ortszeit, 07:30 Zulu –
Unter dem Eis, USS San Diego

Wieder waren beinahe zwei Tage vergangen. Nachdem die *Tuscaloosa* kurz aufgetaucht war, hatte sie sich mit südwestlichem Kurs mehr oder weniger wieder dem Norden Grönlands genähert. Obwohl es bis dahin natürlich noch gute hundertfünfzig Meilen waren.

Niemand an Bord der *San Diego* wusste genau, warum Bocteau aufgetaucht war, da man natürlich nicht mitbekommen konnte, was über dem Eis in jenen rund zwanzig Minuten, die das Ganze gedauert hatte, vorgegangen war. So war die Stimmung im Boot angespannt.

Die *San Diego* hatte inzwischen begonnen, eine neue Taktik zu verfolgen. Immer wieder stieß sie überraschend auf das andere Boot zu und drehte erst im letzten Moment vor der drohenden Kollision ab. Es war ein uraltes Spiel, das Atom-U-Boote unter dem Eis spielten, seit es sie gab. Früher, während des Kalten Krieges, diente es dazu, etwas die Muskeln spielen zu lassen und den Gegner einzuschüchtern. Zu zeigen, was man konnte.

Roger Williams drehte sich im Kommandantensessel herum und balancierte geschickt einen Kaffeebecher aus, denn im Augenblick zeigte der Bug des Bootes wieder einmal steil nach unten. »Was meinst du?«, fragte er DiAngelo. »Ich nehme noch Wetten an.«

Robert schüttelte den Kopf. »Er reagiert wieder nicht.«

Wie zur Bestätigung drang die Stimme Lieutenant Tennants aus dem Lautsprecher: »*Tuscaloosa* hält Kurs und Tiefe. Abstand steigt wieder. Jetzt siebenhundert Yards.«

»Was macht der Russe?«

»Er bleibt auf zweitausend Fuß, immer im Hecksektor der *Tuscaloosa,* Sir. Ich glaube nicht, dass die ihn mitbekommen haben. Er ist gut, Sir.«

»Natürlich ist er das, Tennant«, erklärte Williams. »Behalten Sie ihn also im Auge.«

Bob beugte sich über die Karte und kontrollierte ihren Kurs. Schon seit zwei Tagen zermarterte er sich den Kopf darüber, welche Möglichkeit hier im hohen Norden überhaupt bestehen konnte, einen größeren Flurschaden anzurichten. Eine eher morbide Beschäftigung. Doch bisher war ihm nicht viel dazu eingefallen.

Plötzlich blickte der Commander auf. »Wie ist eigentlich die Wassertemperatur?«

Roger Williams griff zum Mikrofon. »Zentrale, Tennant, was sagen Ihre Thermometer?«

Einen Augenblick herrschte Stille, dann meldete sich Tennant, verblüfft ob dieser Frage. »Drei Komma acht Grad, Sir. Fast zwei mehr als auf den letzten Meilen.«

»Habe ich's mir doch gedacht!«, entfuhr es DiAngelo.

»Was?«

»Ich glaube, wir kommen so langsam ans nördliche Ende des Golfstroms.« Besorgt blickte er auf die Karte, bevor er wieder Williams ansah. »Sieh zu, dass du den Bastard noch etwas beschäftigst. Vor allem pass auf, dass er nicht auf Tiefe geht. Jackson und ich müssen etwas rechnen.« Ohne eine Antwort abzuwarten, wandte er sich an den dunkelhäutigen Mann, der Kearnys Stelle als Navigationsoffizier kommissarisch übernommen hatte. »Haben wir Wetterberichte mit Wassertemperaturen? Sie müssen nicht neu sein.«

»Alles vorhanden, Sir.« Er zögerte kurz. »Wenn Sie mir verraten, worum es geht, kann ich Ihnen vielleicht behilflich sein, Sir.«

»Was wissen Sie über den Golfstrom, Sub?«

»Das Übliche, Sir. Eine starke Warmwasserströmung, die in der Karibik entsteht und quer über den Atlantik nach Europa verläuft.«

Bob überlegte kurz, wie er das Problem erklären sollte. »Im Grunde ist der Golfstrom mehr oder weniger einer der wichtigsten Faktoren für das Klima auf der Nordhalbkugel. Wobei aber niemand ausschließen kann, dass er nicht auch den Süden beeinflusst.« Er lächelte flüchtig. »Mit der Karibik haben Sie zumindest teilweise Recht. Dort wird eine Menge Wasser aufgeheizt und fließt diagonal durch den ganzen Atlantik. Das abfließende warme Wasser an der Oberfläche wird einfach durch kaltes Wasser aus größeren Tiefen ersetzt, das sich wiederum aufheizt, wenn es an der Oberfläche der Sonnenwärme in der Karibik ausgesetzt ist. Es entsteht also in der Karibik eine Art Sog, der kaltes Wasser dorthin zieht, weil ja das warme Wasser, das nach Europa fließt, ersetzt werden muss.«

»So weit habe ich das verstanden, Sir. Aber was hat das mit der *Tuscaloosa* zu tun?«

»Warten Sie es ab, Jackson. Aber erst mal weiter im Text. Der Golfstrom zieht nach Europa. Wenn Sie auf eine Weltkarte schauen, sehen Sie, dass große Teile Westeuropas auf der gleichen Breite wie Nordkanada liegen, obwohl das Klima in Europa viel milder ist. Das ist eine Auswirkung dieser ungeheuren Menge warmen Wassers. Der Golfstrom folgt dann der europäischen Küste nach Norden und dreht wieder zurück nach Westen. Irgendwo in den Eisregionen kühlt er ab. Da kaltes Wasser aber spezifisch schwerer ist, sackt es nach unten und bildet nun eine kalte Tiefenströmung, die ihrerseits zurück bis zur Karibik fließt. Sie sehen also, im Prinzip ist das alles ein riesiger Kreislauf.«

Jackson nickte ergeben. »Schon, aber ich sehe nicht, was ...«

»Denken Sie mal darüber nach, wie man diesen Kreislauf stören könnte.«

»Ganz einfach, Sir. Entweder ich sorge dafür, dass sich in der Karibik kein Wasser mehr aufwärmt, oder ...« Als er begriff, schüttelte er betroffen den Kopf.

»... oder Sie verhindern, dass sich Wasser im Polarbereich abkühlt«, ergänzte Bob zustimmend. »Zum Beispiel dadurch, dass Sie ein paar Atomsprengköpfe dort zünden, wo die Abkühlung am stärksten ist.«

Roger, der mit halbem Ohr zugehört hatte, während er sein Boot unfreundlich dicht an die *Tuscaloosa* heranmanövrierte, rief über die Schulter: »Jackson, bereiten Sie eine Karte mit allen Temperaturmeldungen vor, die wir haben! Vielleicht finden Sie auch etwas in den Seehandbüchern.« Dann konzentrierte er sich wieder auf sein Boot. »Steuerbord fünfzehn, vorne unten zehn. Umdrehungen für fünfundzwanzig Knoten.«

Ein Ruck ging durch das Boot, als es beschleunigte

und gleichzeitig den Bug wieder aufrichtete. Die *San Diego* steuerte nun mit fünfundzwanzig Knoten vierkant auf die ungeschützte Steuerbordseite der *Tuscaloosa* zu. Tennants Stimme aus dem Sonarraum klang aufgeregt: »Abstand eintausend ... achthundert ... sechshundert, sie dreht hart nach Backbord, Sir!«

»Jetzt ist er wenigstens wach«, stellte Williams mit Befriedigung fest. »Hart Steuerbord, Umdrehungen für fünfzehn Knoten. Kearney, gehen Sie wieder runter auf dreihundert Fuß.« Dann wandte er sich an Robert. »Du glaubst, er will in diese Abkühlungsregion?«

»Ich überlege mir seit Tagen, wie und wo er den potentiell größten Schaden anrichten könnte. Den Golfstrom in irgendeiner Form zu stören würde Westeuropa zu einer Gefriertruhe machen und wahrscheinlich auch das Klima über Nordamerika verändern.«

»Glaubst du wirklich, ein paar Atombomben reichen dazu aus?«

DiAngelo wiegte unsicher den Kopf hin und her. »Ich weiß es nicht, zumindest würden sie eine Menge Energie in einem verdammt fein austarierten System freisetzen. Irgendetwas wird danach mit Sicherheit passieren, auch wenn es vielleicht nicht den Untergang der Welt bedeuten würde.«

»Und was tun wir in der Zwischenzeit?«

Robert grinste etwas boshaft. »Beschäftige ihn! Am besten so, dass er nicht mehr vorankommt. Lenke ihn ab. Jackson und ich versuchen währenddessen herauszufinden, wo er genau hinwill, obwohl ich befürchte, dass wir fast schon da sind.«

Nur zweihundert Yards vor dem gerundeten Bug der *Tuscaloosa* senkte sich der Bug der *San Diego* wieder in die Tiefe, während sich das Boot in einer engen Drehung entfernte. Roger Williams tat alles, um die Crew des Schwesterbootes in Atem zu halten.

19. Tag, 05:45 Ortszeit, 07:45 Zulu –
Unter dem Eis, USS Tuscaloosa

»Was macht dieser Verrückte nun schon wieder?«

Angela Hunt ignorierte Bocteaus gereizte Stimme und versuchte, eine genaue Peilung der San Diego zu bekommen. So blieb es Wilkins überlassen, eine Meldung an die Zentrale zu geben: »San Diego kommt aus Rot eins-sieben-null, Geschwindigkeit vierundzwanzig Knoten, Kurs eins-drei-null. Abstand fünfhundert Yards ... vierhundert ...«

Durch den Lautsprecher hörte Angela, wie Bocteau in der Zentrale hektisch Kommandos gab. Der Rumpf vibrierte stärker, als er mit der Fahrt hochging. Schnell drückte sie den Mikrofonknopf. »Eis voraus, Bocteau. Sie müssen mindestens auf vierhundert Fuß runter oder weiter nach Steuerbord halten.«

Aufgeregt erteilte Befehle folgten, dann legte sich der Rumpf leicht auf die rechte Seite, während sich der Bug steil nach unten senkte. Das Resultat war eine unangenehme Schraubendrehung des ganzen Bootes. Angela musste sich am Tisch abstützen, um nicht gegen ihre Geräte zu rutschen. Begleitet von einem hässlichen Knirschen, schrammte der Turm die Unterkante des riesigen Eisklotzes, doch das Boot schüttelte sich nur wie ein angeschlagener Boxer und glitt weiter in die schützende Tiefe.

Sie lauschte auf die rasende Schraube der *San Diego*. Offenbar legte Roger sein Boot dieses Mal auf die

Backbordseite und drehte mit Hilfe der Tiefenruder nach Backbord. Angela leistete sich ein schwaches Lächeln. Falls Roger Williams beweisen wollte, dass er sein Boot im Griff hatte, dann hatte er das hiermit unwiderlegbar getan. Hätte Bocteau die *Tuscaloosa* noch erheblich stärker nach Steuerbord geneigt, bevor er in die Drehung ging, hätte nicht nur der Turm nicht so weit nach oben geragt, dass er die Eiskante streifte, sondern er hätte auch die viel größere Wirkung der Tiefenruder für seine Drehung ausnutzen können. Doch solche Tricks lernte man nicht aus Büchern.

Angela wandte sich halb zu Bruder Jeremy um. »Was macht der Russe?«

»Ich höre ihn ganz schwach an Steuerbord. Er ist bei knapp zweitausend Fuß und macht so gut wie keine Fahrt.«

Sie betrachtete den jungen Mann genauer. Er wirkte blass, und das lag nicht nur am Widerschein der Monitore in der abgedunkelten Sonarabteilung. Angela lächelte ihm zu. »Keine Sorge«, meinte sie aufmunternd, »momentan schießt noch niemand auf uns.«

»Das geht jetzt schon zwei Tage so, und wir müssen ständig auf alles gefasst sein. Wieso tut er das bloß?«

Angela vergewisserte sich, dass kein Mikro eingeschaltet war, denn es bestand kein Grund, Bocteau mithören zu lassen, was hier gesprochen wurde. »Die *San Diego* wartet ab, was Ihr Herr und Meister vorhat. Sie kann uns hier unten jederzeit erledigen, wenn wir etwas veranstalten, was dem Kommandanten missfällt. Egal, was Bocteau vorhat, die *San Diego* wird es verhindern. Ihm bleibt nur, aufzugeben oder uns alle mit in den Tod zu nehmen, aber erreichen wird er nichts mehr. Und bis Ihr Meister sich entscheidet, ob er alles seinem Wahn opfert, vertreibt sich die

San Diego nur etwas die Zeit. Ich wundere mich eigentlich nur, dass der Russe so ruhig bleibt.« Trotz der ernsten Situation lachte sie amüsiert auf. »Wenn das Alfa auch noch anfängt, Spielchen mit uns zu treiben, dann können Sie wirklich einmal hautnah erleben, wozu U-Boote so alles fähig sind!«

Mit einem ängstlichen Flackern in den Augen fragte Jeremy: »Wie meinen Sie das?«

»Der Russe hat wahrscheinlich das beste Jagdboot der Welt, auch wenn es etwas in die Jahre gekommen ist.« Angela behielt den beiläufigen Ton bei, als ob es um nichts Wichtiges ginge. »Von der Geschwindigkeit her ist es uns haushoch überlegen. Vor allem aber kann es schneller mit der Fahrt hochgehen und ist viel wendiger als wir. Zudem vermag es wesentlich tiefer zu tauchen als wir, aber das Wichtigste ist, dass es sogar tiefer tauchen kann als unsere Torpedos. Sie sehen also, Ihr Meister kann dem Russen absolut nichts anhaben, während dem Iwan umgekehrt alle Möglichkeiten offen stehen.«

»Sie meinen, wir sind den beiden anderen Booten hilflos ausgeliefert?«, fragte Jeremy entsetzt.

»Genau. Sie haben den Nagel auf den Kopf getroffen.«

»Ich glaube, ich verstehe. Es ist alles so anders, als der Meister es uns vorhergesagt hat.«

»So? Was hat er denn prophezeit? Mir hat bisher niemand erklärt, worum es eigentlich bei dieser ganzen Geschichte geht.« Hinter ihnen gab Wilkins gerade eine neue Peilung an die Zentrale durch, aber Angela kümmerte sich nicht darum. Wilkins kam alleine klar. Fest hielt sie den Blick auf Bruder Jeremy gerichtet. Der junge Mann wollte reden, also würde sie ihn auch lassen.

Jeremy sortierte für einen Augenblick seine Gedanken, bevor er sprach. »Der Meister hat uns erklärt, dass diese Menschheit zu krank sei zum Überleben und es Zeit werde, dass sie Platz macht für eine neue, reinere Menschheit. Es leuchtete uns allen ein. Man muss sich nur in der Welt umschauen. Deshalb wollte ja auch der Meister vor Südafrika dieses Wrack finden. Er sagte, dort liege Gottes Waffe bereit, um die Welt von dieser Plage zu reinigen. Gott werde uns leiten und beschützen. Wir seien die Auserwählten, die sich erneut die Erde untertan machen sollten.«

Angela spürte, wie ihr das Blut aus dem Gesicht wich. »Was für eine Waffe Gottes?« Sie konnte nicht verhindern, dass ihre Stimme schärfer klang als beabsichtigt.

»Mit dem Kreuzer ging im letzten Weltkrieg auch eine bakteriologische Waffe unter. Bocteau wollte sie sich beschaffen und sie einsetzen, um die Erde in Gottes Auftrag von der Menschheit zu reinigen.«

Einen Augenblick herrschte Stille. Nicht im Traum hätte Angela daran gedacht, dass das Wrack eine derart gefährliche Ladung barg. Wenn sie diese Möglichkeit auch nur im Entferntesten in Erwägung gezogen hätte, dann hätte sie eher das Boot mit Mann und Maus versenkt, als Bocteau bei der Suche zu helfen. Stoßartig presste sie die Luft aus ihren Lungen. »Mir sagte er, es ginge um eine Art von Reliquie.«

»Die Waffe Gottes, ja.«

Angela verzog das Gesicht zu einer angewiderten Grimasse. »Mein Gott, ihr seid ja alle völlig verrückt.« Sie fuchtelte mit den Händen herum. »Sieht das hier so aus, als würde Gott Sie beschützen? Falls Gott irgendetwas mit dieser Geschichte zu tun hat, was ich stark bezweifle, dann hat er Sie genauso sinnlos ans Kreuz geschlagen wie seinen Sohn Jesus.«

»Aber ... aber ...«, stammelte Bruder Jeremy, »ER hat dem Meister sein Wort gegeben, dass ...«

»Wie? Hat er etwa angerufen? Oder vielleicht einen Brief geschickt?« Ihre Stimme triefte jetzt vor Hohn. »Vielleicht hat ja Gott sogar, ganz modern, eine E-Mail an Bocteau gesandt?«

»Wie können Sie es wagen, IHN zu beleidigen ...« Jeremys Gesicht lief rot an.

Angela sah ihm nur kalt ins Gesicht. »Wen? Wen soll ich nicht beleidigen? Gott? Oder einen Wahnsinnigen, der behauptet, in Gottes Auftrag zu handeln?« Ihre Stimme wurde leiser. »Sie sind ein Narr, Jeremy. Was lässt Sie glauben, dass Bocteau wirklich ein Gesandter Gottes ist? Kann er über Wasser wandeln? Kann er Kranke heilen oder Blinde sehend machen? Denken Sie mal darüber nach. Wenn er wirklich Wunder vollbringen kann, dann wäre demnächst unser aller Wiedererweckung von den Toten sehr gefragt. Oder sind Sie so scharf darauf, als Märtyrer zu enden?«

Jeremy sah sie mit offenem Mund an. Nur mit Mühe rang er sich zu einer Erwiderung durch. »Wenn Gott mich dazu bestellt hat, dann ...«

»Gott?«, unterbrach Angela ihn. »Oder Bocteau? Sie sollten wirklich lernen, solche feinen Unterschiede zu machen.«

»Aber Gott spricht mit dem Meister. Er ...«

Angela seufzte. »Woher wissen Sie das? Waren Sie dabei?«

»Nein, natürlich nicht, aber Bocteau weiß viele Dinge.«

Sie verdrehte ostentativ die Augen und murmelte mit möglichst tiefer Stimme leise vor sich hin. Jeremy beugte sich vor, um ihre Worte besser hören zu können, aber er vermochte lediglich ein leises »Ja, Herr« zu verstehen. Irritiert fragte er Angela, was das zu bedeuten habe.

»Ich habe auch gerade mal kurz mit Gott gesprochen. Er meint, wir sind alle im Eimer.« Hinter sich hörte sie Wilkins verdächtig glucksen.

Bruder Jeremy hingegen schnappte empört nach Luft. »Das ist Blasphemie, … das …«

»Stimmt!«, bekannte Angela. »Und außerdem ist es genau das, was Bocteau tut!« Ohne eine Erwiderung abzuwarten, griff sie nach dem Mikrofon und drückte den Knopf. »Monsieur Bocteau, ich melde mich mal kurz aus dem Sonarraum ab.«

»Gibt es Probleme?«

»Keine, die sich nicht lösen ließen, wenn ich auf die Toilette gehen könnte.«

Sie musste einen Augenblick warten, bis Bocteau antwortete. »Ach so. Von mir aus. Wilkins und Bruder Jeremy bleiben vorn?«

»Ja.«

»Okay!«

Angela erhob sich und verließ den engen Sonarraum. Wilkins sah ihr kurz hinterher, bis sie das Schott hinter sich geschlossen hatte. Dann wandte er sich an Bruder Jeremy. »Na, du bist mir aber ein ganz schöner Spinner.« Gemütlich lehnte sich der vierschrötige Petty Officer zurück und betrachtete den jungen Sonarmann. »Ich glaube, sie ist kotzen gegangen.«

Bruder Jeremy war verwirrt. Die himmlische Musik, die ihn urplötzlich über Kopfhörer erreichte, gab ihm vollends den Rest.

19. Tag, 08:15 Ortszeit, 10:15 Zulu –
Unter dem Eis, USS San Diego

Die Musik war im gesamten Boot zu vernehmen, und sie würde auch überall in der *Tuscaloosa* zu hören sein. Jedenfalls gab Lieutenant Tennant sich alle Mühe.

Die anderen Männer seiner Sonarabteilung sahen zu, wie er immer wieder Feineinstellungen vornahm. Unterwassermusik war eine Art von Kunst. Die Schwingungen breiteten sich im Wasser eben völlig anders aus als in der Luft. Theoretisch war alles ganz einfach. Niemand hatte jemals behauptet, dass Sonargeräte nur stumpfsinnig Ping-Töne abgeben könnten. Wenn man es genau betrachtete, dann saßen die Sonaroffiziere der Jagdboote hinter den größten, teuersten und leistungsfähigsten Stereoanlagen, die es auf der Welt gab. Nur dass diese Anlagen zusätzlich auch messen konnten, wie lange ein Impuls brauchte, um nach einer Reflektion wieder zum U-Boot zurückzukehren.

Alles, was Tennant also tun musste, war, bestimmte Frequenzen weiterhin für die Entfernungsmessungen zu benutzen, während er den Rest einfach ins freie Wasser sandte, aber die Reflexionen ignorierte. Durch die vielen Soundprozessoren und den nahezu unbegrenzten Platz, den die Schallwellen zu ihrer Ausbreitung fanden, war das Ergebnis überwältigend. Italienische Arien hallten in kristallklarer Qualität durch einen dreidimensionalen Raum, der um ein Vielfaches größer war als das größte Opernhaus der Welt. Sogar die Schwingungen der Eisoberfläche wurden kompensiert. Selbst die anspruchsvollsten Musikliebhaber der Welt hätten nichts an der Qualität auszusetzen gehabt. Unterwassermusik war eben eine Kunst.

Der Lautsprecher klickte. »Arien?« Roger Williams' Stimme klang amüsiert.

»Arien, warum auch nicht, Sir?« Tennant grinste seinen Leuten zu. In einer Branche, in der ein nahezu perfektes Gehör Grundvoraussetzung war, gab es naturgemäß auch viele Musikliebhaber. Ein Fach in dem Regal mit den Handbüchern war ausschließlich den CDs der Sonarcrew vorbehalten, die dort ihre Schätze verwahrten.

»Zur Abwechslung mal ein sympathischer Spinner«, stellte der Kommandant vergnügt fest.

»Wenn er Spaß daran hat? Es gibt Schlimmeres«, sagte DiAngelo.

»Ja...«, erwiderte Roger, »zum Beispiel die Soundtracksammlung deiner Ex. Mich hat sie damit bei den letzten gemeinsamen Übungen mit McKay beglückt...« Er hielt inne, als er die Veränderung in Commander DiAngelos Gesicht bemerkte.

»Oh, ja...«, Bob schaute für einen Augenblick wenig geistreich aus der Wäsche, »natürlich, die Soundtracks! Roger, du bist ein Genie.« Ohne eine weitere Erklärung hinkte er zum Schott und verschwand auf dem Gang.

Jackson und Kearny sahen ihren Kommandanten fragend an, aber Roger Williams starrte selbst nur verblüfft hinter DiAngelo her. Rund um sie her erklang Verdis unsterblicher Triumphmarsch aus *Aida*.

19. Tag, 08:30 Ortszeit, 10:30 Zulu –
Unter dem Eis, USS Tuscaloosa

Bocteau war nahe daran, komplett durchzudrehen. Die Musik war überall. Musik, die das von ständigen Kopfschmerzen gequälte Hirn des Meisters noch zusätzlich marterte. Doch das Allerschlimmste war, dass es keine Möglichkeit gab, ihr zu entgehen. Verdi war allgegenwärtig, selbst wenn er sich auf die Koje warf und seinen Kopf unter dem Kopfkissen verbarg. Und zu seinem weiteren Entsetzen hatten erneut die Zuckungen in seinem linken Arm eingesetzt. Herr, lass es bald vorbei sein!, flehte er inständig.

19. Tag, 08:30 Ortszeit, 10:30 Zulu –
Unter dem Eis, russisches U-Jagdboot Archangelsk

Anatoli Petrowitsch betrachtete verstohlen seinen Kommandanten. Igor Sarubin machte ein Gesicht, das wahrscheinlich nur mäßige Begeisterung ausdrücken sollte. Zwar hing die *Archangelsk* inzwischen mit fast zweitausend Fuß Tiefe ein ganzes Stück entfernt von der *San Diego* im Wasser, aber auch sie wurde Opfer von Lieutenant Tennants Musikgeschmack. Auf jeden Fall fühlte sich Kapitän Sarubin im Augenblick so.

»Was meinst du?«, fragte Anatoli. »Sollen wir einfach dagegenhalten?«

»Und womit?«

Das Grinsen des Ersten Offiziers wurde breiter. »Russische Folklore, vielleicht die Donkosaken oder der Chor der Schwarzmeerflotte.«

»Dir ist klar, dass die Amerikaner deinen Musikgeschmack ebenfalls für einen unfreundlichen Akt halten könnten?« Der Kommandant zögerte einen Augenblick. »Vielleicht trotzdem oder gerade deswegen gar keine schlechte Idee.« Er griff zum Mikrofon und stellte eine Verbindung zu seinem Sonaroffizier her. »Grigori, können wir uns in das Konzert der Amis einklinken?«

Grigori Palankin, der Sonaroffizier der *Archangelsk*, hatte eine tiefe, wohltönende Stimme. »Zwischen den Stücken ist immer eine kleine Pause, die kann ich abpassen. Wenn mein amerikanischer Kollege ein höflicher Mensch ist, wartet er dann das Ende unseres Stückes ab. Gibt es besondere Wünsche, Kommandant?«

»Anatoli hat sich den Chor der Schwarzmeerflotte gewünscht.«

»Schon so gut wie erledigt, Kommandant.«

Hastig drückte Tennant auf der *San Diego* einen Schalter, als die ersten Takte des Chors durch das Wasser dröhnten. Der einsame Soldat hielt also mal wieder die Wacht am Wolgastrand.

»Was, bitte, ist das?« Die Frage kam aus der Zentrale von Commander Williams.

»Ich vermute, entweder der Chor der Schwarzmeerflotte oder die Donkosaken. Unser russischer Freund mischt nun eben auch bei unserem kleinen Konzert mit.«

»Wie großartig«, konnte Roger Williams da nur noch fauchen.

21. Kapitel

19. Tag, 09:30 Ortszeit, 11:30 Zulu –
Unter dem Eis, USS San Diego

Die Konzertstunde war mittlerweile zu Ende gegangen.

»Da ist es wieder, Sir! Hören Sie es?« Der Petty Officer sah seinen Vorgesetzen unsicher an.

Lieutenant Tennant nahm ein paar Schaltungen vor und begann, das Geräusch herauszufiltern. »Es stammt eindeutig von der *Tuscaloosa*.« Nachdem er das Procedere mehrmals wiederholt hatte, richtete er an seinen Petty Officer die Frage: »Für was halten Sie es denn?«

»Ein Schaben, ziemlich blechern, als würde jemand einen schweren Gegenstand auf einem Stahldeck herumschieben.« Der Mann biss sich unsicher auf die Unterlippe.

»Klingt, als würden sie Reparaturen vornehmen. Aber damit sind sie eigentlich schon seit Tagen fertig. Bis auf die Welle natürlich, aber das bekommen sie mit Bordmitteln sowieso nicht hin.«

»Die Quelle ist auch nicht achtern, denn dann hätte die Welle sie übertönt. Ich tippe darauf, dass sie mittschiffs ist, aber wir müssten näher herangehen, um sicher zu sein.«

Mit einem leisen Seufzen griff Tennant zum Mikrofon. »Sonar an Zentrale: Wir empfangen ein seltsames

Geräusch von der *Tuscaloosa,* das wir nicht richtig einzuordnen vermögen.«

Roger Williams war sofort hellwach. »Haben Sie eine Idee, was es sein könnte?«

Tennant antwortete nicht sofort, weil ein neuer Laut von der *Tuscaloosa* die Sonarsphäre traf. »Sir, eben kam noch was, das sich wie Kettenklirren anhörte. Davor war es mehr ein Schaben, als würde jemand etwas über ein Deck schieben oder ziehen. Es werden definitiv Arbeiten an Bord der *Tuscaloosa* ausgeführt, Sir, aber ich habe keine Ahnung, was für welche.«

»Du hast es gehört?«, sagte Roger zu DiAngelo.

»Wenn Jackson und ich keinen Mist gebaut haben, sind wir noch rund neunzig Meilen von der Mitte der Abkühlungszone entfernt. Es ist also zu früh für Bocteau, schon jetzt die Sprengung vorzubereiten. Er braucht bei diesem Tempo noch mindestens sechs Stunden.«

Roger kannte DiAngelo zu gut, um an dessen Berechnungen zu zweifeln. Aber das bedeutete nicht ... Er kam zu einer Entscheidung. »Tennant, wie dicht muss ich an die *Tuscaloosa* heran, damit Sie herausfinden, was es mit diesen Geräuschen für eine Bewandtnis hat?«

»Vierhundert Yards, um sicherzugehen, Sir. Allerdings sind die Geräusche nur ab und zu in unregelmäßigen Abständen zu vernehmen.«

»Ich will Gewissheit haben«, sagte er zu DiAngelo. »Wer garantiert uns, dass Bocteaus NO die Sache nicht verbockt hat und er nun glaubt, sie seien bereits in der Abkühlungszone?«

»Einverstanden, obwohl ich mir nicht vorstellen kann, wieso. Er braucht sich ja nur an der Wassertemperatur zu orientieren.«

»Tennant«, sagte der Kommandant ins Mikro, »ich gebe Ihnen hundert Yards.« An Kearny erging die Anweisung: »Umdrehungen für vierundzwanzig Knoten. Gehen Sie auf zweihundertfünfzig Fuß. Neuer Kurs wird null-acht-zwo.«

In einem engen Bogen und mit zunehmender Geschwindigkeit scherte die *San Diego* aus dem Kurs der *Tuscaloosa* aus, als wollte sie sie überholen. Doch dann drehte das Boot hart nach Steuerbord und senkte seine stumpfe Nase nach unten. Wie erschreckt machte die gejagte *Tuscaloosa* einen Satz nach oben, der sie gefährlich nahe an die dicke Eisdecke brachte, während die *San Diego* in einem fast perfekten rechten Winkel unter ihr hindurchglitt.

In der Bugsektion der *San Diego* nutzte Tennant seine Chance, und das Glück war ihm während des Anlaufes hold. Als sich die *San Diego* wieder von ihrem Schwesterboot entfernte, begann er bereits mit der Sonarauswertung.

Commander Williams hing unbequem in seinem Stuhl, aber das lag nur daran, dass die *San Diego* sich scharf auf die Steuerbordseite gelegt hatte, während sie sich vor die *Tuscaloosa* setzte. Es würde nicht lange dauern, bis sie den weiten Bogen vollendet hatten und wieder brav in deren Kielwasser fuhren. Er griff zum Mikro. »Tennant, sind wir schon schlauer?«

Der Sonaroffizier antwortete prompt. »Es tut sich was im Mittschiff, Deck drei, würde ich sagen. Für mich hört sich das so an, als sei man auf der *Tuscaloosa* mit Arbeiten in den Torpedoräumen und im Waffenarsenal beschäftigt.«

Roger blickte Bob an, der dieser Unterhaltung aufmerksam gefolgt war. »Was meinst du?«

»Ich kann jetzt nur hoffen, dass dort Reparaturen

durchgeführt werden. Aber wir dürfen kein Risiko eingehen.« Bobs Gesicht war bleicher als sonst, aber seine Stimme klang so entschlossen wie immer. »Wir brauchen ab jetzt jederzeit eine Feuerleitlösung. Wenn es sein muss, pusten wir die *Tuscaloosa* aus dem Wasser.«

Roger wusste, welche Kraft es seinen Freund kostete, diese Entscheidung zu fällen. Da er Bobs Qual nicht länger mit ansehen konnte, wandte er sich ab, um seine Anweisungen zu erteilen. »Ops, Feuerleitlösung auf die *Tuscaloosa*. Ständiges Update. Rohre eins bis vier fluten, aber die Torpedoklappen noch nicht öffnen.« Mit dem nächsten Befehl an Kearny zögerte er, bevor er anordnete: »Volle Gefechtsbereitschaft.«

Männer begannen zu rennen, als der Gefechtsalarm durch die engen Gänge gellte. Die Alarmglocken waren sicher meilenweit zu hören, aber es bestand kein Grund mehr, heimlich zu tun. Vielleicht würde Bocteau seinen Wahnsinn ja aufgeben, wenn er erkannte, dass sie ernst machten. Hinter Williams knallten die schweren Stahlschotts zu, und er hörte das Klicken, als die Vorreiber einrasteten. Über Lautsprecher kamen die ersten Klarmeldungen. Kaum drei Minuten nach dem Alarm wandte Kearny sich um, das Gesicht maskenhaft starr. »Boot ist klar zum Gefecht. Alle Abteilungen haben bestätigt.«

19. Tag, 09:45 Ortszeit, 11:45 Zulu –
Unter dem Eis, russisches U-Jagdboot Archangelsk

Grigori Palankin war die plötzliche Betriebsamkeit natürlich nicht entgangen. »Kommandant«, meldete er, »die Amis machen klar zum Gefecht. Die *San*

Diego hat damit begonnen, aber ich kann jetzt auch deutlich den Alarm auf der *Tuscaloosa* hören.«

Kapitän Igor Sarubin saß auf seiner Gefechtsstation, starrte kurz auf den Frühstücksteller vor sich und zuckte mit den Schultern. »Anatoli, wir gehen auch auf Gefechtsbereitschaft, halten aber zunächst Kurs und Geschwindigkeit.«

»Wie du befiehlst.« Anatoli Petrowitsch drehte sich um und gab seine Befehle, während er zusah, wie der Kommandant sich weiter seinem Frühstück widmete. Einen Augenblick lang bereute der Russe, dass er sich nicht auch irgendeinen Happen aus der Kombüse hatte bringen lassen, obwohl es für ihn eigentlich noch viel zu früh war. Wenn nicht alles täuschte, würde es nicht so bald wieder was geben.

Erneut ertönte die Stimme des Sonaroffiziers etwas blechern aus dem Lautsprecher über Sarubins Kopf: »*Tuscaloosa* dreht nach Backbord. Tiefe zweihundertzwanzig Fuß, Geschwindigkeit fünfzehn, in Rot null-eins-fünf. Kurs jetzt eins-zwo-null … eins-eins-fünf …«

»Was macht die *San Diego*?«

»Dreht nach Steuerbord und nimmt Fahrt auf. Grün null-vier-fünf, Entfernung zwei Meilen. Fahrt fünfundzwanzig, steigend. Dreht weiter hart nach Steuerbord.«

Der russische Kommandant zerdrückte einen Fluch zwischen den Lippen und warf seinen Teller samt Besteck und den Resten seines Frühstücks in einen Abfallbehälter, bevor er sich zu Petrowitsch umwandte. »Wir sollten zusehen, ihnen nicht zu sehr in den Weg zu geraten. Dreißig Knoten, wir gehen nach Backbord auf null-acht-fünf. Auf Gefechtsstationen! Alle Rohre fluten!«

Anatoli Petrowitsch sah ihn erschrocken an. »Auch drei und vier mit den Granits?«

Sarubin nickte grimmig. »Auch die!«

Mit ruhigen Bewegungen legte Sarubin die breiten Hosenträgergurte an, die ihn fest mit seinem Sitz verbanden. Der Navigationsoffizier brachte seine sämtlichen Utensilien in den dafür vorgesehenen Halterungen unter. Überall auf dem Boot wurde jeder lose Gegenstand sicher verstaut. Sollte es hart auf hart kommen, waren diese Vorbereitungen unabdingbar. Gerüchte, die auf den amerikanischen Jagdbooten kursierten, besagten, dass sein altes Alfa-Boot sogar einen Looping unter Wasser schlagen könne. Aber nur Sarubin und seine Männer wussten, dass das auch stimmte. Und genau deswegen musste alles weggeschlossen werden, was zur Unzeit in einem sich drehenden und windenden U-Boot-Rumpf durch die Luft fliegen konnte. Daher dauerte es etwas länger als bei den amerikanischen U-Booten, bis auch die *Archangelsk* gefechtsklar war.

19. Tag, 10:00 Ortszeit, 12:00 Zulu – Unter dem Eis

Lieutenant Commander Angela Hunt hatte sich in die Kammer zurückgezogen, die sie sich mittlerweile mit Schwester Ursula teilte. Doch die junge Schwester, auch eine von denen, die Bruder Jeremys Unsicherheit teilten, war mal wieder irgendwo im Boot unterwegs. Angela war das ganz recht, denn sie brauchte Ruhe, um über alles nachzudenken. Sie kam aber nicht dazu.

Als die Alarmklingeln schrillten, trieb sie die jahrelange Gewohnheit sofort von der Koje hoch. Sie hatte bereits die Türklinke in der Hand, als sie sich fragte, was sie dort draußen eigentlich tun wollte. Bocteau wieder den Hintern retten? Ratlos kehrte sie zu ihrer Koje zurück, während draußen auf dem Gang die Sektierer auf ihre Stationen hasteten. Minutenlang saß sie bewegungslos auf der Bettkante.

Plötzlich ging ein leichtes Zittern durch das Boot, begleitet von einem kurzen Fauchen. Angela erbleichte. Bocteau hatte einen Torpedo geschossen. Augenblicke später folgte ein zweiter. Sie sprang auf und lief hinaus auf den Gang.

Bocteau stand breitbeinig an der Gefechtsstation des Kommandanten. In seinen Augen leuchtete ein fanatisches Licht. Er fuchtelte wild mit den Armen. »Runter, runter auf sechshundert Fuß!«

»Torpedo im Wasser, Meister! Vierzig Knoten zunehmend aus Grün eins-drei-fünf. Der Russe hat ihn gefeuert! Abstand dreitausendzweihundert Yards!« Bruder Jeremy befand sich einmal mehr am Rande der Panik.

»Bereithalten für Abwehrmaßnahmen! Abfeuern auf mein Kommando!« Bocteau konzentrierte sich auf die durchgegebenen Peilungen, fragte sich aber gleichzeitig, wo der amerikanische Torpedo blieb. Er hatte jeweils einen Aal auf die *San Diego* und die *Archangelsk* gefeuert. Selbst wenn nur einer traf, würde ihm das die benötigte Zeit verschaffen, die letzten Meilen bis ins Abkühlungsgebiet zurückzulegen, um dort die Atomwaffen hochzujagen. Vorausgesetzt, er wurde nicht hier und jetzt bereits erledigt.

»Tausend Yards, zweiundfünfzig Knoten aus Grün eins-sieben-null.«

»Abwehrmaßnahmen!«, befahl er seinem Ersten. »Hart Steuerbord, wir gehen auf neunhundert Fuß!«

»Was soll das Ganze?« Angela Hunts Stimme schnitt durch das Chaos in der Zentrale.

Bocteau wandte sich um und blickte sie kurz wortlos an, während weiter hinten das Zischen erklang, das anzeigte, dass die beiden Bolts abgefeuert worden waren. Dann beorderte er per Handzeichen einen von Bruder Johns Wachtruppe zu sich. »Bring sie nach vorn in den Sonarraum und pass auf sie auf.«

»Bocteau! Noch ist es nicht zu spät, Sie …«, rief Angela verzweifelt.

Doch der Meister winkte nur kurz ab. Steil rauschte das Boot in die Dunkelheit hinunter.

Roger Williams kämpfte ums Überleben. Der Torpedo, den die *Tuscaloosa* überraschend aus ihren Heckrohren geschossen hatte, machte ihm hartnäckig zu schaffen. Selbst die beiden Bolts, die er abgefeuert hatte, hatten die Zielführung des Geschosses nur für ein paar Sekunden abzulenken vermocht.

Das normale Manöver wäre jetzt gewesen, mit vollem Auftrieb nach oben zu gehen und den Torpedo einfach abzuhängen. Doch ein paar hundert Fuß über ihnen befand sich eine mehr als zehn Yards dicke Eisdecke. Dieser Weg war ihnen versperrt!

Die Pings aus dem Suchkopf des Torpedos trafen die Hülle der *San Diego* in immer dichterer Folge. Aus dem Lautsprecher über ihm kamen laufend die Entfernungsangaben, die Tennant im Sonarraum ins Mikro leierte: »Sechshundert … fünfhundert …« Die Männer waren wie erstarrt.

Trotzdem wartete er ab, bis Tennants Entfernungsmeldung unter dreihundert lag, bevor er befahl: »Hinten unten zwanzig, vorne oben zwanzig! Dreimal Wahnsinnige voraus!«

Die Tiefenrudergänger reagierten sofort, während Kearny das Manöver nur mit weit aufgerissenen Augen verfolgte. Der Bug begann sich steil nach unten zu richten, während das Heck sich hoch aufrichtete. Dann schob die immer schneller drehende Schraube das Boot auf Tiefe, schneller, als es jemals nur mit den Rudern möglich gewesen wäre.

Für Augenblicke schien es, als wolle sich die *San Diego* auf die Nase stellen, aber dann, als der Torpedo, der dieser engen Kurve nach unten nicht folgen konnte, knapp das Heck passierte, geschahen mehrere Dinge gleichzeitig.

Der Torpedo explodierte nur fünfzig Yards hinter der *San Diego,* wobei der größte Teil der Druckwelle allerdings nach oben ging, da er darauf programmiert war, unter seinem Ziel zu explodieren.

Es reichte dennoch, das Boot schwer zu erschüttern. Das Hilfsaggregat und eine schwere Hilfspumpe verschoben sich auf ihren Fundamenten, und die Schraubenwelle der *San Diego* wurde leicht gestaucht, blieb aber funktionsfähig. Die Druckwelle des krepierenden Torpedos glitt einfach von hinten her an der Stromlinienform des Bootskörpers ab. Trotzdem klang es für die Besatzung, als würde die Welt untergehen. Männer wurden gegen die Bordwände geschleudert, andere stürzten zu Boden. Glücklicherweise blieb ihnen ein Lichtausfall, abgesehen von ein paar zerplatzten Leuchtröhren, erspart.

In der Zentrale zerrten die Tiefenrudergänger an ihren Steuerknüppeln, um das Boot wieder aufzurichten.

Nur unwillig kam der Bug hoch. Die Fahrtmessanlage zeigte bereits fünfundvierzig Knoten an, aber bei achthundertachtzig Fuß gelang es der *San Diego,* wieder auf ebenen Kiel zu gelangen. In ihrem Inneren sah es aus wie auf einer Müllhalde. Spinde waren aufgesprungen und hatten ihren Inhalt im Boot verteilt, die beiden bereits lädierten Spanten knackten verdächtig, und etliche der kleineren technischen Geräte waren aus ihren Halterungen geschleudert worden und am Boden oder an den Bordwänden zerschellt.

In Anbetracht der Möglichkeiten seines Alfa-Bootes nahm Igor Sarubin in der engen Zentrale der *Archangelsk* alles viel gelassener hin. »Wir gehen nach Backbord auf null-null-null. Bring uns viertausend Yards entfernt an seine Steuerbordseite, und dann lass dich einfach leicht hängen.«

»Aber wir bleiben noch etwas im Keller, Kommandant?«, fragte Anatoli.

»Warum auch nicht? Verlass dich aber nicht zu sehr darauf. Ich möchte ungern zusehen, wie die Terroristen die *San Diego* erledigen, denn sonst müssen wir am Ende noch für die Amis die Drecksarbeit erledigen.«

Grigori aus der Sonarabteilung störte die Unterhaltung mit einer neuen Meldung: »Torpedo auf tausend Fuß, Geschwindigkeit fünfundfünfzig Knoten, Entfernung zweitausend Yards.«

»Also gut, wir gehen auf zweitausendfünfhundert Fuß, volle Kraft!«

Es war eine reine Vorsichtsmaßnahme, die sich dann auch als unnötig herausstellte. In einer Tiefe von zwölfhundert Fuß und noch weit von der *Archangelsk* entfernt zerquetschte der Wasserdruck den Torpedo der *Tuscaloosa*, ohne dass seine Ladung detonierte. Stattdessen hallte einen Augenblick später die Explosion des anderen Torpedos, der für die *San Diego* bestimmt war, durch das Wasser.

»Wie geht es der *San Diego*?«

Grigori Palankin lauschte in seine Kopfhörer und berichtete: »Sie steuern noch, aber im Augenblick sausen sie wie mit einem Fahrstuhl in die Tiefe. Die Explosion war verdammt dicht.«

Sarubin biss sich auf die Lippen. Obwohl er nicht annahm, dass das amerikanische Boot schwer beschädigt war, würde die *San Diego* eine kleine Pause gebrauchen können. »Was macht unser Torpedo?«, fragte er ins Mikro.

»Er hat die *Tuscaloosa* verfehlt und nimmt gerade neue Peilungen auf.« Der Sonaroffizier der *Archangelsk* zögerte kurz, bevor er den Vorschlag machte: »Vielleicht sollten wir einen zweiten Aal feuern. Die *Tuscaloosa* hat zu viel Ausweichraum zur Verfügung.«

»Nein, Grigori. Ich will sie erschrecken, aber nicht töten. Das sollen die Amerikaner gefälligst selbst erledigen.«

Ein Knacken ging durch die Bootshülle und erinnerte Sarubin daran, dass sein Boot immer noch auf maximaler Tauchtiefe operierte. Er ignorierte das unangenehme Geräusch. Es konnte sehr bald der Fall eintreten, dass er die Tiefe und vor allem die damit verbundene Beschleunigung brauchen würde. Nachdenklich sah er seinen Ersten an. »Was meinst du, Anatoli? Kommt eine Granit durch das dicke Eis?«

»Vermutlich schon, aber warum?«

Sarubin grinste spitzbübisch. »Nur für den Fall, dass jemand ein Loch braucht. Die normalen Torpedos kommen jedenfalls nicht durch.«

Anatoli winkte ab. »Die Granit-Rakete ist schneller und erheblich schwerer. Die Chancen sind nicht schlecht, wenn du mich fragst.«

»Sehr gut. Dann bereite doch schon mal ruhig eine

Feuerleitlösung gegen die Eisdecke vor.« Sarubin dachte kurz nach. »Peilungen, verdammt noch mal! Ich brauche Peilungen! Und was macht dieser verdammte Torpedo?«

»Torpedo ist auf neuem Anlauf auf die *Tuscaloosa*, Kommandant! Rot null-zwo-vier, neunhundert Fuß, Geschwindigkeit fünfunddreißig Knoten, Kurs null-neun-fünf.« Grigoris Stimme verstummte einen Moment, bevor ein verdutztes »Was ist *das*?« aus dem Lautsprecher kam.

Auch in der Zentrale war die Musik deutlich zu hören. Sichtlich verdattert setzte Anatoli Petrowitsch an zu fragen: »Ist das nicht …?«

»Ja …«, sagte Sarubin, »das ist der Soundtrack aus *Titanic*!«

Angela hatte mit allem gerechnet, aber nicht damit, dass Bocteau sie ausgerechnet im Sonarraum wegsperren ließ. Sie biss die Zähne zusammen und kämpfte ihre Angst nieder. Trotzdem spürte sie das Zittern in ihren Knien. Wenn sie an ihre Konsole herankam, würde sie die *Tuscaloosa* versenken! Gott sei ihnen allen gnädig, aber sie hatte keine andere Wahl mehr. Der Wahnsinn musste ein Ende haben!

Es kostete etwas Kraft, das schwere Schott aufzudrücken. Ohne zu zögern, schlüpfte sie hindurch.

Eine große Hand legte sich auf ihren Mund, und ein kräftiger Arm zerrte sie zur Seite. Erschrocken wollte sie aufschreien, aber Wilkins zog ihren zierlichen Körper einfach aus dem Weg. Sie riss die Augen auf.

Der Aufpasser, der ihr folgte, hatte keine Chance. Bruder Jeremys Brechstange traf ihn seitlich am Kopf, bevor er auch nur die Chance hatte, zu begreifen, was vor sich ging.

Wilkins ließ sie los und raunte: »Leise!« Dann drückte er wieder den Mikrofonknopf. »Torpedo kommt näher. Abstand sechshundert, zweiundfünfzig Knoten!«

Weit hinten im Bug ertönte ein Zischen, als Bocteau zwei weitere Störkörper ausstoßen ließ. Dann legte sich das Boot wieder hart in eine Drehung.

Bruder Jeremy zog den reglosen Wachposten in den Sonarraum und verriegelte das Schott. Angela hielt den Atem an, als sie sah, wie er die Maschinenpistole des Mannes aufhob, doch Bruder Jeremy hängte die Waffe nur an eine freie Stuhllehne und machte sich dann daran, das Handrad der Stahltür mit seiner Brechstange zu verkeilen. Niemand sprach ein Wort.

Angelas Augen gewöhnten sich an die Dunkelheit. Der Sonarraum war ziemlich voll. Sie erkannte Bruder Jeremy, Schwester Ursula, Schwester Claudia, Petty Officer Wilkins, Lieutenant Thomas, einen der Reaktorleute, Smith aus der Maschine, Blaney, einen der Elektriker, sowie verschiedene andere. Es war äußerst eng hier geworden.

Sie wandte sich an Jeremy, da Wilkins damit beschäftigt war, den Torpedo zu verfolgen. »Was haben Sie vor?«

»Wir machen nicht mehr mit, Ma'am.« Der junge Bruder zuckte mit den Schultern. »Wir haben deshalb Ihre Leute hierher gebracht und uns dann verschanzt. Das gibt uns etwas Zeit. Der Meister ist ohne das Sonar blind und taub.« Er seufzte resigniert. »Ich befürchte nur, er wird das Boot sprengen, wenn er keine andere Möglichkeit mehr sieht.«

Angela verkniff sich eine sarkastische Bemerkung, denn immerhin hatte sie selbst den festen Vorsatz gehabt, das Boot zu versenken. Doch nun waren erwartungsvolle Augen auf sie gerichtet. Die Gesichter um sie herum, mit Ausnahme von Wilkins und dem Maschinenmaat Smith, wirkten erschreckend jung. Sie alle wollten leben. »Ein bisschen spät für diese Einsicht.«

Bei ihren Worten wurde Jeremy totenblass. Er hielt die Hand von Ursula umklammert, die sich zitternd an ihn schmiegte. »Keine Chance mehr, Ma'am?«

Sie quetschte sich durch die Menschenansammlung durch. »Jeremy, ich brauche Sie an Ihrer Konsole. Wilkins, Sie auch. Der Rest passt auf, dass niemand durch das Schott kommt. Absolute Ruhe!«

Zielsicher griff sie in das Regal mit den CDs über Wilkins' Kopf und reichte eine ihrem Petty Officer. »Sehen Sie zu, dass man das an Bord der *San Diego* überall deutlich hören kann.« Dann nahm sie das Mikro und drückte den Knopf. »Zentrale, hier Sonar.«

Es dauerte einen Augenblick, bis Bocteau sich meldete. »Sie?« Seine Stimme klang verblüfft.

»Sie sollten jetzt hart nach Steuerbord drehen, denn diese russischen Tigerfish haben einen verblüffend großen Drehkreis, finden Sie nicht auch?«

Bocteau sprach kurz mit jemandem, und sie spürte, wie das Boot sich in eine enge Drehung legte. Dann drang wieder die Stimme des Meisters aus dem Lautsprecher. »Was tun Sie da?«

»Ich? Ich lege gerade die neuen Spielregeln fest.« Ihre Stimme wurde härter. »Das bedeutet, Sie sind blind und taub. Ich sage Ihnen, was Sie tun müssen, aber ich verrate Ihnen nicht, wo der Torpedo ist und ob nicht vielleicht noch einer dazugekommen ist.«

»Sie verdammte Hure!«

»Sie scheinen ja viel Erfahrung mit diesen Damen zu haben! Aber wir wollen doch nicht persönlich werden! Gehen Sie auf siebenhundert Fuß hoch. Neuer Kurs wird zwo-sieben-null. Geschwindigkeit dreißig Knoten.« Ohne auf eine Erwiderung zu warten, schaltete sie die Verbindung ab.

Die Soundprozessoren der Sonaranlage schickten inzwischen die flehende Stimme Celine Dions in die eisige Tiefe. Wenn Bob dort draußen war, würde er antworten. In der Zwischenzeit musste sie nur diesem verdammten russischen Torpedo aus dem Weg gehen und sich etwas einfallen lassen, bevor Bocteau es tat. Es wäre jetzt so einfach, das Boot mit allen Menschen darin für immer auf den Grund zu schicken.

Angela sah sich um. Die jungen Gesichter waren erwartungsvoll auf sie gerichtet. Hinter ihnen befand sich die dicke, druckfeste Stahlwand. Sie holte tief Luft. Wenn Bob schnell antwortete, gab es vielleicht noch eine Chance. Aber sie begann es zu hassen, dass Leute sie anstarrten und darauf warteten, dass sie ein Wunder vollbrachte!

Weit hinter dem Boot explodierte der russische Torpedo am Ende seiner Laufstrecke, aber die Entfernung war zu groß, um in dieser Tiefe noch ernsten Schaden anzurichten. Die *Tuscaloosa* wurde etwas durchgeschüttelt, und das Licht flackerte einen Augenblick. Das war aber auch schon alles.

22. Kapitel

19. Tag, 10:30 Ortszeit, 12:30 Zulu – Unter dem Eis

Die verwirrende Auseinandersetzung unter Wasser währte nun schon eine halbe Stunde, wobei die Rollenverteilung immer noch nicht ganz klar war.

Anatoli Petrowitsch auf der *Archangelsk* stand vor einem Rätsel. »Die *San Diego* hat bisher überhaupt noch keinen Torpedo abgeschossen, und die *Tuscaloosa* hat auch nicht mehr versucht nachzulegen. War es das jetzt schon?«

»Abwarten und Tee trinken, auch wenn Letzteres jetzt leider nicht geht. Ich denke, irgendwas wird garantiert passieren.«

Der erste Offizier sah seinen Kommandanten misstrauisch an. »Du glaubst, es hat etwas mit der Musik zu tun?«

Beide lauschten für einen Augenblick Celine Dion, deren *Titanic*-Soundtrack immer noch durch das Wasser hallte. Dann nickte Sarubin. »Wenn jemand auf der *Tuscaloosa* sich jetzt die Zeit nimmt, Musik zu machen, dann tut er das nicht ohne Grund. Ich bin nur gespannt, ob die *San Diego* antworten wird. Du kannst aber trotzdem Grigori schon mal Bescheid sagen, dass wir eventuell demnächst ein Konzert geben müssen.«

Auf der *San Diego* wurden nach dem gewaltsamen Tauchmanöver immer noch kleinere Schäden behoben. Weit entfernt detonierte der russische Torpedo, aber Lieutenant Tennant gab sofort eine Art Entwarnung durch. »Der Torpedo hat die *Tuscaloosa* nicht erwischt. Sie dreht gerade nach Steuerbord. Entfernung dreitausend Yards in Rot eins-sieben-null, Kurs zwo-vier-null geht durch. Tiefe neunhundert Fuß.«

Unaufgefordert gab Kearny eine Meldung aus dem Waffenleitsystem weiter: »Feuerleitlösung steht. Trefferchance im Augenblick bei achtzig Prozent, steigend.«

»Ich will einen weiten Kreis, der uns auf Gegenkurs zur *Tuscaloosa* bringt«, erklärte Williams. »Umdrehungen für achtundzwanzig Knoten, Backbord zehn!« Er griff zum Mikro. »Tennant, können Sie feststellen, ob sich im Mittschiff der *Tuscaloosa* immer noch was tut?«

Die Antwort kam prompt: »Im Augenblick höre ich verschiedene Arbeitsgeräusche, aber keine von dort.«

Roger sah Commander DiAngelo an und wollte etwas fragen, aber im nächsten Moment trafen die ersten Takte des Soundtracks die stählerne Hülle des Bootes und breiteten sich im Inneren aus.

Bob DiAngelo erbleichte. *Titanic*. Einen Augenblick lang sahen sich die beiden Commander reglos an, dann kam Bewegung in DiAngelos erstarrte Gestalt. »Das ist Angela! Sie zeigt uns an, dass sie die Kontrolle über das Sonar erlangt hat.«

Roger zog die Brauen in die Höhe. »Warum kann sie nicht das Unterwassertelefon benutzen?«

Bob wirbelte zu Jackson herum. »Auf meiner Koje liegt eine braune Tasche mit einem Haufen CDs. Die brauchen wir.« Dann wandte er sich wieder Roger zu. »Ich glaube nicht, dass sie das ganze Boot unter Kontrolle hat, aber vermutlich den Sonarraum! Wir wissen nicht, ob sie dort allein ist, aber sie wartet auf eine Antwort.«

Roger sah ihn zweifelnd an. »Das alles folgerst du aus einem Lied?«

»Es ist eine Filmmelodie. Der Soundtrack aus *Titanic,* dem ersten Kinofilm, den wir zusammen besucht haben. Sozusagen unser Lied.«

Williams blieb weiterhin skeptisch. »Du bist sicher, dass niemand anders auf der *Tuscaloosa* ausgerechnet dieses Lied zufällig spielt?«

Bob sah, wie Sublieutenant Jackson in die Zentrale zurückkam und mit seiner Tasche winkte. Er nickte kurz. »Bringen Sie die CDs zu Tennant. Er soll warten, bis ich ihm sage, was er spielen soll.« Dann sah er Roger an, der noch immer auf eine Antwort wartete. »Wie wahrscheinlich ist es, dass du hier drei Leute mit der gleichen CD unter dem Polareis findest! Zwei kennst du ja schon.«

»Okay, die Statistik ist auf deiner Seite, Bob.« Er warf einen kurzen Blick auf die Kompasstochter. Die *San Diego* drehte immer noch der *Tuscaloosa* entgegen. »Was sollen wir tun?«

»In der Nähe bleiben und Kollisionen vermeiden. Ich kümmere mich um eine Antwort.«

»Nur interessehalber, wie soll das gehen?«

»Wir machen auch Musik. Bocteau müsste schon ein ausgesprochener Filmfreak sein, um daraus schlau zu werden. Als erstes werde ich mal eine Anfrage zur Sensorik starten.« Er hinkte zu Rogers Gefechtsstation und griff zum Mikro. »Tennant? Hier ist DiAngelo. Unter den CDs ist eine hellblaue mit dem Soundtrack von *Gambler's Ruin.* Ich hätte gern die Nummer vier abgespielt.«

»*Gambler's Ruin*? Nie von gehört!«
»Ist auch wenig bekannt. Stammt aus der Mitte der Achtziger, eine Art Remake von *Cincinnati Kid*. Aber die Musik war besser, wenn auch zusammengeklaut.«

Augenblicke später erklang das gewünschte Stück. Es war für den Film aus einem ganz anderen Werk ausgekoppelt worden, und so hörten die verdutzten Mannschaften The Who lautstark den Refrain »This deaf dumb and blind kid sure plays a mean pinball ...« in die arktischen Gewässer grölen.

Roger gab kurz ein paar Kommandos, um den Abstand zur *Tuscaloosa* nicht zu dicht werden zu lassen.

»Na, bei dem Ding bin ich sicher, dass keiner außer dir so was dabei hat.«

Roger Williams irrte. Angela Hunt hatte sowohl die Musicalfassung von The Who selbst wie auch *Gambler's Ruin* im Regal stehen. Sie hatte auch kein Problem, die Musik zuzuordnen. Nur wusste sie einen Augenblick lang nicht, ob die Frage, die mit der Musik gestellt wurde, lautete, ob die *Tuscaloosa* blind sei oder ob sie die Kontrolle über alle Systeme hatte und nur Bocteau blind war. Daher wandte sie sich an Wilkins und Jeremy. »Was sollen wir der *San Diego* für ein Feedback geben? Zu signalisieren, dass die *Tuscaloosa* blind sei, könnte die *San Diego* unter Umständen zu gefährlichen Manövern verleiten.«

Jeremy rieb sich das Kinn. »Ich verstehe überhaupt nicht, wie Sie das aus der Musik schließen können.«

Schwester Ursula kicherte nervös. »Da drüben muss jemand sein, der Ihnen sehr nahe steht.«

Angela sah kurz zu der jungen Frau auf und lächelte

traurig. »Oh ja. Nur habe ich das nicht rechtzeitig begriffen. Was soll ich ihm also antworten?«

»Was versteht er denn. Opern?«

»Bob und Opern? Nur, falls sie mal in einem Film aufgetaucht sind«, meinte Angela und ließ ihren suchenden Blick an der Reihe der CDs entlanggleiten. »Nehmen wir doch mal die hier!« Beinahe fröhlich winkte sie mit einer CD-Box, von der Tom Hanks, wie üblich leicht verwirrt, herunterblickte.

»Verdammt«, knurrte Sarubin an Bord der *Archangelsk*. »Der blöde Ami kapiert die *Titanic*-Geschichte nicht. Ich frage mich nur, wie lange die Terroristen noch brauchen, um auf den Trichter zu kommen, dass man Torpedos auch blind abfeuern kann.«

Anatoli Petrowitsch, der um das Faible seines Kommandanten für Hollywoodfilme aller Genres und Zeiten wusste, sah ihn an. »Wir können uns jederzeit dazwischenschieben, falls die *Tuscaloosa* wieder feuert. Wir müssen dann nur die Torpedos nach unten locken, bis sie zerquetscht werden.«

»Wir laufen im Augenblick wieder mehr nach Nordwesten. Auf den nächsten zwanzig Meilen steigt der Grund bis auf zweitausendzweihundert Fuß, und danach wird es so flach, dass wir keinen Vorteil mehr haben. Wenn wir etwas tun wollen, dann jetzt.«

»Aber was?« Anatoli griff zum Mikro. »Grigori, was würdest du gerne haben, wenn du eingeschlossen im Sonarraum sitzt und der Rest des Bootes ist in den Händen von Terroristen?«

Vorn im Sonarraum verzog Grigori Palankin das Gesicht. »In einem Alfa oder einem Victor wären Kopfschmerztabletten nicht schlecht. In einem Los Angeles? Keine Ahnung. Mir ist nur schwach erinnerlich, vor längerer Zeit in irgendeinem Geheimdienstdossier was über deren Sonar gelesen zu haben. Genaueres dazu bringe ich aber nicht mehr zusammen.«

Sarubin fuhr herum und sah seinen NO an. »Wenn du noch die Berichte vom vorigen Jahr hast, dann mach dich ran!«

Draußen im Wasser erklang die Filmmusik zu *Apollo 13* mit Tom Hanks. »Das würde ich auch sagen!«, erklärte Sarubin.

»Was?« fragte Anatoli Petrowitsch.

»Der wichtigste Spruch aus *Apollo 13:* ›Houston, wir haben ein Problem!‹«

Bob drehte sich zu Roger um. »Sie hat ein Problem. Ich frage mich, worin es besteht.«

»Vielleicht hat sie Terroristen an Bord, die an die Tür klopfen«, meinte Williams sarkastisch.

Bob ging darauf nicht ein. »Tennant, denken Sie nach. Was könnte Commander Hunt vom Sonarraum aus tun, um das Boot in den Griff zu bekommen. Gegen die Zentrale.«

»Gegen die Zentrale?« Tennant dachte nach. »Kontrolliert schon einmal gar nichts. Sie könnte lediglich versuchen, das Bordnetzwerk zu überladen, falls jemand vergessen hat, die dazu notwendigen Funktionen zu sperren.«

Roger und Bob sahen sich an. Beide waren über die Schwächen der Los-Angeles-Boote informiert. Sie wussten, dass es möglich war, alle Computer zum Absturz zu bringen, aber dann würde die *Tuscaloosa* haltlos in die Tiefe sacken und zerquetscht werden.

Tennants Stimme drang erneut aus dem Lautsprecher. »Der Russe beginnt, Musik zu machen, Sir. Sie werden es gleich selbst hören können.«

Nachdem Grigori Palankin an Bord der *Archangelsk* seine Systeme hochgedreht hatte, wurde die Musik tatsächlich lauter, und das Lied war nun auch ohne Sonar deutlich zu hören.

»Verdammter Iwan, einfach dazwischenzuquatschen!«, grollte Roger Williams. »Als ob wir nicht bereits genug Probleme hätten.« Verblüfft sah er, dass Bob zum Schott hinkte. »Wieso …?«

»Ich brauche was aus dem Safe. Und der Russe ist gar nicht so blöd. Da hätte ich eher drauf kommen können!« Ohne weiteren Kommentar verschwand er.

Roger Williams blickte ihm nach und schüttelte den Kopf. »Das verstehe, wer will!« Aber natürlich wusste er, dass Bob nach seiner Ankunft eine dünne Mappe im Safe der Kommandantenkammer deponiert hatte. Schließlich hatte er ihm selbst die Kombination für den kleinen Tresor geben müssen. Und ihm war auch bekannt, woraus der Inhalt bestand. Es waren so ziemlich alle Codes, die an Bord der *Tuscaloosa* verwendet wurden. Sei es für einen administrativen Hintereingang ins Netzwerk oder für die Aktivierung der Atomwaffen. Er begann zu frösteln.

Bocteau lief das Blut aus der Nase, und sein linker Arm zuckte, obwohl er die Faust fest geballt in der Tasche versteckte. Er lag mehr im Kommandantensessel, als dass er saß. Besorgte Blicke streiften ihn, aber seine Stimme klang so kräftig wie immer. »Nehmt Schweißbrenner oder eine Handgranate, aber macht dieses Schott auf.« Dann verstellte er die Verbindung am Mikro, um mit Bruder John zu sprechen. »Wie weit seid ihr da unten?«

»Wir brauchen noch zehn Minuten für die Torpedos.« Gespannt verfolgte er, wie seine Männer einen der langen Aale zurück in sein Rohr schoben. Die Waffe glänzte im grellen Lampenlicht silbrig. Nur der Kopf, der gerade im Rohr verschwand, war matt schwarz und hatte eine rote Spitze. Dazu die üblichen Beschriftungen mit Schablonen-Buchstaben, die ihn als einen thermonuklearen Sprengkopf mit einer Sprengkraft von zehn Kilotonnen auswiesen.

»Gut, zehn Minuten«, erklärte Bocteau. »Und wie lange für die Raketen?«

Bruder John drehte etwas den Kopf, um zwischen den leicht nach vorn geneigten Vertikalrohren hindurchsehen zu können. Die von ihm rekrutierten Waffenexperten arbeiteten ruhig und konzentriert. Gerade wurde wieder eine der Ladungen in das Kopfstück einer Tomahawk gesenkt. Eine weitere hing noch frei über der nächsten geöffneten Rakete. »Sagen wir, insgesamt zwanzig Minuten inklusive Raketen.«

»Respekt!«, sagte Bocteau anerkennend.

»Wir arbeiten hier parallel.«

Die wasserdichten Schotts waren von einem Ende des Torpedoraumes bis zum anderen geöffnet. Es handelte sich hier unten allerdings um keine engen Luken, sondern um große Stahltüren, denn wenn man einen mehr als fünf Meter langen Torpedo aus einem Rohr ziehen wollte, reichte der Platz im eigentlichen Torpedoraum nicht aus. Für dieses Manöver konnte man deswegen sehr große Schotts aufklappen, so dass aus dem Magazin zusammen mit dem vorderen und dem achteren Torpedoraum eine beinahe zwanzig Yards lange Werkhalle entstand.

Wenn Bruder John allerdings die allgemeine Kurzanleitung zu den Booten der Los-Angeles-Klasse gelesen hätte, die jedem neuen Besatzungsmitglied an die Hand gegeben wurde, dann hätte er auch gewusst, warum es im Gefecht nicht erlaubt war, diese Schotten zu öffnen. Denn ein Raum von zwanzig Yards Länge, fast sechs Yards Breite und zweieinhalb Yards Höhe fasst rund zweihundertfünfzig Tonnen Wasser, eine Menge, die knapp an der Grenze dessen lag, was die Tauchzellen an Auftrieb produzieren konnten.

Angela Hunt sah Wilkins verblüfft an. »Spinn ich oder kommt das tatsächlich von der *Archangelsk*?«

»Definitiv!«

Sie lauschte einen Augenblick den Rhythmen. »Wenn mich nicht alles trügt, dann ist das *Password Swordfish*. Und der Russe hat Recht damit, auch wenn wir kein Passwort, sondern Codes brauchen. Wir probieren es mal mit dieser CD, dem sechsten Stück.«

Wilkins warf einen Blick auf den Tonträger und murmelte: »*Star Trek*. Oh mein Gott, wo soll uns das hinbringen?«

»Nun spielen Sie schon. Die Titelmelodie aus *Der Zorn des Khan*.«

Bob verzog sorgenvoll das Gesicht. »Angela will den Konsolencode. Wenn ich Tennant richtig verstanden habe, dann kann sie damit alle Computer lahmlegen, auch jene, die Bocteau braucht, um die Atomwaffen scharf zu machen.«

»Ich weiß nicht, wie du darauf kommst, aber versuch doch, ihr den Code zu übermitteln«, empfahl Roger. »Oder geht das nicht?«

»In *Der Zorn des Khan* wird eine ähnliche Konsolennummer verwendet, um ein anderes Raumschiff fernzusteuern. Versuchen kann ich es, aber wenn sie die Computer abschießt, dann geht das Boot unweigerlich für immer auf Tiefe.« Bob sah seinen Freund hilflos an.

Roger spürte grenzenloses Mitleid mit ihm, aber das war ein Luxus, den er sich gerade jetzt nicht leisten konnte. »Die Entscheidung liegt bei ihr. Gib ihr einfach nur den Code. Unsere Zeit läuft ab.«

»Also dann!«, sagte DiAngelo. »Tennant! Spielen Sie *The Good, the Bad and the Ugly*. Ist auf einer braunen CD mit Westernmelodien drauf.«

»Ich glaube, er hat es!«, lautete Sarubins beifälliger Kommentar an Bord des russischen Bootes. »Die erste Ziffer lautet auf drei.« Der Kapitän erweckte den Eindruck eines zufriedenen Naschkaters. »Vielleicht sollten wir ein bisschen mitschreiben. Man weiß nie, wann man das mal wieder braucht.«

Auch Angela machte sich fleißig Notizen. Die *San Diego* spielte die einzelnen Stücke jeweils nur kurz an. Auf ihrem Spiralblock vermerkte sie die Filmtitel:

The Good, the Bad and the Ugly	3
The Third Man	3
Waterworld (Kevin Kostner)	KK
The Hitchhikers Guide	42
Operation Hollywood	1941
The Lord of the Rings/Return of the King	A wie Aragon
oder	M wie Rigo Mortenson?

Alles aneinandergereiht ergab das also entweder 33KK42194A oder 33KK421941M. Drei Versuche gestattete ihr das System, danach würde es ihren Terminal ausschließen. Der falsche Moment für Tippfehler. Sie gönnte sich einen Moment, um ihren Plan noch einmal im Geiste durchzugehen. Es würde verdammt knapp werden.

Ein Zischen und ein dumpfer Ruck ließen sie herumfahren. Die blassen Gestalten in der Enge des Sonarraumes erstarrten. Dann murmelte Bruder Jeremy: »Noch ein Torpedo, mein Gott! Sie werden zurückfeuern!« Nicht nur ihn befiel Panik.

Lediglich Angela war davon nichts anzumerken. »Es wird jetzt etwas holprig werden. Also haltet euch alle irgendwo fest, so gut es geht.« Nach dieser Ansage begann sie mit fliegenden Fingern die Tastatur zu bearbeiten. Das System forderte ihr Kennwort an. Erst der zweite Versuch klappte: 33KK421941M.

Über den Lautsprecher meldete sich Bocteau: »Was machen die anderen? Schnell!«

Angela drückte kurz auf den Knopf. »Ich weiß es nicht, Monsieur. Vielleicht sollten Sie Bastard aber anfangen zu beten.«

Wilkins spähte an Angela vorbei auf deren Konsole und erbleichte. Aber sie gab ihm keine Zeit für einen Kommentar. Mit einer beinahe sanften Bewegung bestätigte sie den letzten Befehl.

Bocteaus Torpedo galt der *San Diego*, die sich der *Tuscaloosa* erneut auf gegenläufigem Kurs näherte.

»Dreimal Wahnsinnige voraus. Vorne unten zwanzig, hinten unten fünfzehn!«, befahl Roger Williams.

Unter dem plötzlichen Druck der Schrauben begann die *San Diego* zu erzittern und richtete sich leicht auf. Doch die sanfte Aufwärtsneigung täuschte, denn das Boot erzeugte Auftrieb mit den Heckrudern und stieg deswegen in beinahe horizontaler Lage mit zunehmender Geschwindigkeit auf.

»Sofortige Abwehrmaßnahmen!«

DiAngelo war sofort klar, dass Roger mit der Einleitung dieses an sich klassischen Notfallmanövers einen Fehler beging. Achthundert Fuß nach oben blieben nur noch, dann würde das Boot gegen die dicke Eisdecke knallen. Unwillkürlich krallte er sich am Rand des Kartentisches fest.

Der Abschuss des Granit-Torpedos ging fast im Vibrieren der Maschinen unter, als Sarubins *Archangelsk* sich ebenfalls aufrichtete und mit voller Fahrt aufstieg. Verschiedene Meldungen quollen aus den Lautsprechern: »Maschine hundertacht Prozent«, »*Tuscaloosa* geht auf Tiefe«, »*San Diego* auf sechshundert Fuß, Täuschkörper im Wasser!«.

Sarubin versuchte, alle Informationen zu verarbeiten. Ein Boot ging hoch, eines runter. Der Torpedo folgte der *San Diego*, die im Aufstieg Täuschkörper abgefeuert hatte. Seine Granit-Rakete nahm Fahrt auf. Sie war jetzt schon dreimal so schnell wie die *San Diego* und hatte sie bereits fast eingeholt, tat aber nichts anderes, als stur die vorgegebene Richtung einzuhalten.

Die *Archangelsk*, deren Vorschiff sich ebenfalls steil nach oben reckte, raste aus der Tiefe heran. Mit über vierundvierzig Knoten konnte sie nicht ganz mit dem Torpedo konkurrieren, den Bocteau auf die Reise geschickt hatte.

In einem Raum mit den Hilfsaggregaten der *Tuscaloosa* liefen ein paar große Festplattenlaufwerke an. Das System begann getreulich das auszuführen, was Angela Hunt ihm aufgetragen hatte, die Neueinspielung der Datenbank des Sonarsystems. Im Prinzip handelte es sich um nahezu ein Terabyte Daten, die aufgrund des von Lieutenant Commander Hunt eingegebenen Administrationspassworts mit höchster Priorität durch ein Netzwerk gequetscht wurden, das durch die vielen Subsysteme für Navigation, taktischen Plot, Kommunikation und eingehende Peilungen mit Filterverfahren ohnehin schon zu achtzig Prozent ausgelastet war.

In der Zentrale fielen zuerst höhere Funktionen wie der Eismonitor aus, aber im Laufe der nächsten vier Sekunden hatte es so ziemlich alle Systeme erwischt. Im Sonarraum froren ebenfalls alle Monitore bis auf den an Angelas Platz ein, der aber ebenfalls erheblich langsamer wurde.

Dann, nachdem die Totzeit des Netzwerks einen gewissen Schwellwert überschritten hatte, erwischte es die Basissysteme. Das Licht fiel aus, die Systeme zur Luftreinigung schalteten sich ab, und außerhalb des Bootes stellten die Tiefenruder sich hart nach oben. Selbst der Reaktor führte eine Notabschaltung durch, und die große Schraube begann langsam auszulaufen, während das Boot die Nase nach unten richtete und unkontrolliert in die Tiefe zu sacken begann.

Die Granit-Rakete verfehlte die San Diego nur um rund zwanzig Fuß und raste an ihr vorbei weiter auf die Eisdecke zu. Ein Meisterschuss, wie Igor Sarubin später zugeben musste. Mit nahezu der vollen Endgeschwindigkeit von zweihundert Knoten traf der Sprengkopf das dicke Eis und detonierte. Die Wirkung entsprach der geballten Kraft von drei Torpedos, doch der von dem russischen Kommandanten erhoffte Effekt, der völlige Durchbruch der Eisdecke, trat nicht ein.

Der Eismonitor vor Commander Williams vermittelte den Eindruck, als würde sein Boot weiter auf eine dicke Eisdecke zurasen. Die Alarmklingeln schrillten im ganzen Boot – Kollisionsalarm! Jeder klammerte sich irgendwo fest und wartete auf den unausweichlichen Zusammenprall. Die Zeit reichte nicht einmal mehr für ein kurzes Stoßgebet. Doch als der schwere Bug gegen die Eisdecke stieß, gab diese nach, denn die Granit-Rakete hatte gute Vorarbeit geleistet und viele Sprünge ins Eis gesprengt. Der Rumpf des U-Bootes drückte die mächtigen Platten einfach auseinander und bohrte sich im steilen Winkel durch das entstandene Growler-Puzzle. Vergleichbar dem berühmten Bauwerk in Pisa ragte die *San Diego* bis zur Höhe des Turms steil in die eisige Luft.

Als Roger Williams begriff, was geschehen war, murmelte er nur noch leise vor sich hin: »Verdammte Sch…«

Wenn acht- oder neuntausend Gewichtstonnen Stahl in einem Winkel von beinahe siebzig Grad in die Luft ragten, umkesselt von einer losen Masse aus Tausenden Tonnen von Eis, dann war es müßig, die Frage nach den Kräfteverhältnissen zu stellen. Während sich das Vorschiff mit einem knarrenden Geräusch wieder dem Eis entgegenneigte, brach sich das lange Achterschiff als Gegenhebel seinen Weg nach oben durch die Eisschollen. Es dauerte Minuten, bis die Physik der *San Diego* ihr endgültiges Bett im Eis zugewiesen hatte. Plötzliche Stille umfing das Boot.

Siebenhundert Fuß tiefer fluchte der Kommandant der *Archangelsk* vor sich hin. Der letzte Torpedo, den die *Tuscaloosa* abgeschossen hatte, war zunächst durch die Täuschkörper der *San Diego* abgelenkt worden und hatte dann, nachdem das amerikanische Boot das Eis durchbrochen hatte, die Peilung völlig verloren und war auf die Suche nach einem neuen Ziel gegangen.

Sarubin hatte angenommen, dass der Torpedo nun seine *Archangelsk* einpeilen würde, und war bereit gewesen, die Waffe in die Tiefe zu locken, wo der Wasserdruck sie erledigen würde. Womit er nicht gerechnet hatte, war, dass der Torpedo den lautstarken Crashdive der *Tuscaloosa* einpeilen würde.

Grigori gab die neuen Peilungen durch: »Grün eins-drei-fünf, Tiefe elfhundert Fuß, sinkend ... dreizehnhundert.«

Sarubin bellte: »Alarmtauchen und hinterher, Anatoli!« Doch er hatte bereits realisiert, dass die *Archangelsk* es nicht mehr rechtzeitig schaffen würde. Er konnte höchstens zu dicht herankommen, bevor der Torpedo die offensichtlich außer Kontrolle geratene *Tuscaloosa* traf und in Fetzen riss. Trotzdem machte er weiter.

»Wassereinbruch Rohr zwei!«

Die Meldung war ein einziger Hilfeschrei. Mit hohem Druck schoss das eisige Nass an dem halb ins Rohr geschobenen Torpedo vorbei herein. Mit einer seltsamen inneren Distanz sah Bruder John zu, wie seine Männer panikartig die schmale Leiter erklommen und versuchten, das Schott zu öffnen. Die schwere Stahlklappe hätte sich eigentlich nach oben aufdrücken lassen sollen, aber der von dem Wassereinbruch ausgelöste steigende Druck hatte die Klampen bereits so fest gepresst, dass sich nicht einmal mehr das Handrad drehen ließ.

Als ihm die Trommelfelle platzten, sank Bruder John

zurück in das ansteigende kalte Wasser und versuchte zu beten. So also sah das Ende aus! Doch alles, was aus seinem Mund kam, war hilfloses Stammeln, das die gnadenlose See kurz darauf für immer beendete.

Während die *Tuscaloosa* weiter rasant dem Grund entgegensank, schlugen die Heißketten, mit denen die Torpedos bewegt worden waren, gegen den Rumpf. Es gab im Torpedoraum keine lebenden Hände mehr, die sie hätten festhalten können. Begleitet von diesem schauerlichen Totengeläut glitt das Boot tiefer und tiefer.

23. Kapitel

19. Tag, 10:45 Ortszeit, 12:45 Zulu – Unter dem Eis

Vorsichtig tastete sich die *San Diego* zurück unter das Eis. Roger Williams wusste, dass er damit ein hohes Risiko einging. Der Aufprall hatte sein Boot schwer mitgenommen, und im Augenblick wusste niemand über das tatsächliche Ausmaß der Schäden Bescheid.

Der Commander lauschte den entsprechenden Meldungen, die Kearny aufnahm, mit halbem Ohr. Ihn interessierten eigentlich nur die Peilungen, die Lieutenant Tennant aus dem Sonarraum durchsagte. »*Tuscaloosa* sinkt weiter, achtzehnhundert Fuß … neunzehnhundert … Der Torpedo passiert dreizehnhundert Fuß, der Russe ist bei eintausend. *Tuscaloosa* bei zwotausend Fuß.«

In der Zentrale herrschte eine angespannte Stimmung. Die *San Diego* befand sich nur zweihundert Fuß unter dem Eis, und trotzdem leckte der Bootskörper an einigen Stellen. Ein Eingreifen in das Tiefendrama um ihr Schwesterboot war ihr dadurch verwehrt. Die *Tuscaloosa* war weit über alle Sicherheitsgrenzen hinaus durchgesackt, und es hatte nicht den Anschein, als könnte irgendetwas sie noch davor bewahren, vom Druck zerquetscht zu werden oder am Grund zu landen, von dem sie sich nie wieder erheben würde.

Commander DiAngelo stand schweißgebadet an den Kartentisch gelehnt und malte sich im Geiste die Schreckensbilder an Bord der *Tuscaloosa* aus. Er ertappte sich dabei, wie er wünschte, der Wasserdruck möge dem Ganzen ein rasches Ende machen. Das würde allemal ein gnädigeres Schicksal sein, als am Grund langsam und qualvoll zu ersticken. In dieser Tiefe würde niemand der *Tuscaloosa* zu Hilfe kommen können.

Doch genau das hatte Kapitän Sarubin vor. Sein Boot passierte bereits tausend Fuß und drückte sich selbst mit allem, was die rasende Schraube und die überdimensionalen Tiefenruder hergaben, in die Tiefe. Im Sonarcompartement versuchte Grigori Palankin sämtliche Tricks, um den Torpedo von der sinkenden *Tuscaloosa* abzulenken. Doch der zeigte sich stur. Nicht einmal gebündeltes Sonar auf ungewöhnlichen Frequenzen veranlasste sein Suchsystem, von dem amerikanischen Boot zu lassen.

In der Zentrale der *Tuscaloosa* funktionierte immerhin noch die Notbeleuchtung. Doch das war belanglos. Die dort Anwesenden starrte nur unverwandt auf ihren Meister.

Bocteau hing im Sitz des Kommandanten. Aus seiner Nase strömte Blut.

Eine Stimme drang aus den Lautsprechern. »Bocteau, hören Sie mich? Sie müssen manuell anblasen lassen! Schnell!«

Doch niemand schenkte ihr mehr Beachtung. Manche der Brüder und Schwestern ergingen sich verzweifelt in Gebeten, andere standen nur still und fassungslos herum. Nicht wenige begriffen nun, wie hohl und leer ihr Irrglaube gewesen war und wo er sie hingeführt hatte. Doch daran war auf dieser Höllenfahrt nun nichts mehr zu ändern.

Der letzte Torpedo schaffte es deutlich weiter als sein Vorgänger. Erst in einer Tiefe von fünfzehnhundert Fuß wurde er durch den Wasserdruck zerquetscht, wobei jedoch ein Kurzschluss in der Elektronik die Sprengladung in letzter Sekunde noch auslöste. Mit einem gewaltigen Donnern krepierte der Gefechtskopf.

Die *Tuscaloosa*, die bereits mit stehender Schraube siebenhundert Fuß tiefer war, wurde von der Druckwelle nur durchgeschüttelt, wobei sie allerdings zwei ihrer fünf großen, sichelförmigen Schraubenblätter verlor. Die Welle, die seit den Beschädigungen vor Südafrika Unmögliches geleistet hatte, setzte sich endgültig fest. Ein paar Außenbordsverschlüsse wurden undicht und machten Wasser. Doch das alles war bedeutungslos, denn nur Augenblicke später erreichte das Boot den felsigen Meeresgrund und schlug mit lautem Krachen auf.

Der vordere Bugraum wurde weit aufgerissen, doch das Kollisionsschott zum Sonarraum hielt. Begleitet von Gepolter und dem unverkennbaren Geräusch reißenden Stahls, rutschte das schwere Boot noch ein Stück über den Felsen, bevor es zum Stillstand kam. Die *Tuscaloosa* war in wenigen Augenblicken zu einem Wrack geworden, unfähig, sich aus eigener Kraft wieder nach oben zu bewegen.

Die Distanz der *Archangelsk* zu dem krepierenden Torpedo war wesentlich geringer gewesen. Das russische Alfa-Boot, das wegen seiner hohen Fahrt ohnehin schwer zu kontrollieren war, wurde regelrecht zur

Seite geworfen, richtete sich aber genauso schnell wieder aus.

Für einige Augenblicke fiel das Sonar aus, aber Grigori Palankin hatte die Sache schon wieder im Griff, bevor das Boot die zweitausend Fuß passierte. Erschrocken schrie er auf: »Felsiger Grund in zweitausendsechshundert Fuß! Abdrehen, Kommandant!«

Sarubin ließ die Schraube bei hart abwärts gestellten Tiefenrudern mit aller Kraft rückwärts laufen, bis sich die Nase der *Archangelsk* wieder aufgerichtet hatte.

Das furchtbare Kreischen und Schleifen, das folgte, stammte dann auch von der *Tuscaloosa*, die zweihundert Fuß unter ihnen zuerst aufschlug und dann die Felsen entlangrutschte.

Stille. Irgendwo in der Dunkelheit tropfte Wasser.

Angela Hunt kam wieder zu sich. Ihr war, als arbeitete jemand mit einem Schmiedehammer in ihrem Kopf. Wer auch immer es sein mochte, er war ausdauernd. Fröstelnd schlang sie die Arme um sich, denn es war erbärmlich kalt. Es dauerte weitere Momente, bis die Erinnerung wiederkehrte und mit ihr das Entsetzen.

Ein Stöhnen aus der Dunkelheit ließ sie aufhorchen. Anscheinend gab es noch weitere Überlebende. Hinter sich spürte sie eine Bewegung, und dann ging plötzlich eine Stablampe an. Das Licht huschte geisterhaft durch den Sonarraum oder das, was davon noch übrig war. Menschliche Körper lagen neben- und übereinander, doch was Angela mehr beunruhigte, das waren die dünnen Wasserstreifen, die rings um das geschlossene Wartungsluk zur Sonarsphäre hin zusammenliefen.

Der Anblick der kleinen Rinnsale trug schneller als alles andere sonst dazu bei, dass sie sich zusammenriss. Sie sah sich um. Schwester Ursula stand zitternd inmitten des Chaos, Maschinenmaat Smith hielt die Lampe, während er sich stöhnend das Genick massierte.

Angela griff zum Mikro, aber die Verbindung zur Zentrale war tot. Nachdenklich biss sie sich auf die Lippen. Sie hatte wohl kaum eine andere Wahl. In einer Halterung an der Wand entdeckte sie eine zweite Stablampe, mit deren Hilfe und etwas Glück sie auch die Maschinenpistole wiederfand, die von ihrem letzten Bewacher aus Bruder Johns Truppe stammte. »Ich muss hinten nach dem Rechten sehen«, erklärte sie Ursula. »Schließen Sie das Schott hinter mir. Wenn ich zurückkomme, dann schlage ich zweimal dagegen, mache eine kurze Pause und klopfe noch zweimal. Falls Sie ein anderes Klopfzeichen hören, ist es jemand anders, und Sie halten das Schott geschlossen. Haben Sie das verstanden?«

Die Frau sah sie aus weit aufgerissenen Augen an. »Kommen wir wieder hoch?«

»Entweder aus eigener Kraft, oder sie schicken ein Rettungsteam. Aber das kann eine Weile dauern. Also müssen wir alle die Nerven behalten.«

Sie sah die Hoffnung in Ursulas Gesicht und wünschte sich nur, sie könne auch an das glauben, was sie eben gesagt hatte. Dann öffnete sie das Schott und trat hinaus in den dunklen Gang.

Leise schlich sie vorwärts, bis sie die Zentrale erreichte. Die Situation wurde grotesk. Einer der Männer, der sie als erster sah, richtete sofort seine MP auf sie, und sie tat umgekehrt das Gleiche mit ihrer Waffe. Die klassische Pattsituation, bis Bocteaus Gefolgsmann resigniert aufgab.

Angela atmete tief durch. »Wo ist Bocteau?«

»Hier!« Einer der Männer trat zu Seite. Bocteau hing noch immer von Krämpfen geschüttelt im Kommandantenstuhl. Die Augen waren weit aufgerissen, und aus dem geöffneten Mund kam ein leises Wimmern. Wo auch immer sich der Geist des Meisters befand, jedenfalls war er nicht an Bord der *Tuscaloosa*.

»Was ist mit Bruder John?«, erkundigte sie sich.

»Er war unten im Torpedoraum«, sagte der Mann mit der MP. »Keine Ahnung, was aus ihm geworden ist. Ich glaube, der Raum ist abgesoffen. Und, wie sehen unsere Chancen aus?«

Angela grinste, obwohl ihr überhaupt nicht danach war. »Bocteau hat mir versichert, Sie alle hätten keinerlei Angst vor dem Sterben.«

»Möglich. Aber vielleicht gibt es trotzdem bessere Orte dafür.« Sein Blick streifte den hilflosen Meister, bevor er sich wieder Angela zuwandte. »Haben Sie irgendwelche Ideen?«

»Machen Sie einen Rundgang, soweit möglich, durch das Boot und stellen Sie fest, wie viele Leute überhaupt noch leben und wie viele davon verletzt sind. Schadensmeldungen an die Zentrale. Und nun ab mit Ihnen!«

Seit die *Tuscaloosa* vor vier Stunden auf dem felsigen Meeresgrund aufgeprallt war, hatte die Archangelsk nur hilflos um sie herumkreisen können. Als Grigori Palankin plötzlich schwere Hammerschläge vernahm, sprach der Sonaroffizier sofort ins Mikrofon. »Igor, auf der *Tuscaloosa* lebt noch jemand. Ich höre Klopfzeichen! Da morst jemand, bloß zu schnell für mich!«

»Ich schicke dir gleich einen unserer Funkmaaten«, antwortete Kapitän Sarubin. »Der sollte damit klarkommen.«

Fünf Minuten später hatten sie die sich immer wiederholende Botschaft verstanden. Eigentlich ganz einfach, denn wer auch immer da morste, er wiederholte stets nur eine Frequenz für die Unterwassertelefonie. Einen Augenblick später hängte sich Igor Sarubin ans Telefon. »Russisches U-Boot *Archangelsk*, Kapitän Igor Sarubin ...«, er konnte es sich nicht verkneifen, »... was können wir für Sie tun?«

»Lieutenant Commander Angela Hunt.« Sie holte tief Luft. »Ich fürchte, wir haben ein ernstes Problem ...«

Auf der *San Diego* war das Sonar gestört. Tiefe Frequenzen konnten nahezu nicht mehr empfangen werden. So hatte man auch die Hammerschläge in großer Tiefe nicht mitbekommen.

DiAngelo saß immer noch wie erstarrt im Kommandantensitz und knobelte an Ideen herum, denen allen gemeinsam war, undurchführbar zu sein. Alle in der Zentrale wussten, dass sie ein Wunder brauchten. Bob sah auf. »Roger, wir müssen nach oben und einen Funkspruch absetzen. Vielleicht kriegen wir doch rechtzeitig ein Rettungsteam her.«

Commander Williams gab die entsprechenden Anweisungen. »Umdrehungen für drei Knoten, langsam aufsteigen. Wir benutzen wieder das Loch, durch das wir schon mal hochgekommen sind. Dort sollte das Eis noch dünn sein.«

Ein Knacken ertönte, und dann brüllte eine gutturale Stimme in Englisch aus voller Lunge: »*San Diego? San Diego*, können Sie mich hören?« Ein Augenblick verging, ohne dass einer der verblüfften Männer reagierte, und die Stimme rief gereizt: »Nun gehen Sie schon ans Telefon, *dawai, dawai!*«

Roger ging selbst zum Unterwassertelefon und

stellte das Gespräch auf den Lautsprecher. »USS *San Diego*, Commander Roger Williams. Wer ist dort?«

»U-Boot *Archangelsk*, Kapitän Igor Sarubin. Ich soll Ihnen etwas ausrichten von einer Lieutenant Commander Angela Hunt. Ist bei Ihnen ein Commander DiAngelo?«

»Positiv. Er hört alles mit!«

»Sehr gut!« Kapitän Sarubin zwinkerte seinem Ersten zu, während er in den Hörer sprach. »Commander DiAngelo, ich soll Ihnen sagen, sie liebt Sie, und fragen, ob Sie ihr verzeihen können.«

Einen Augenblick herrschte Stille, dann drang eine Art Jubel aus dem Hörer. Verdutzt blickte Sarubin sich um. »Ich glaube, da drüben hört die ganze Zentrale mit, Anatoli.«

Sein Erster grinste. »Nun ja, die Amerikaner eben.«

»Die Amerikaner.« Sarubin zuckte mit den Schultern. »Hören Sie, *San Diego*. Ihr Commander Hunt auf der *Tuscaloosa* hat eine ziemlich verrückte Idee. Ich würde nicht darauf wetten, aber wir versuchen es. Es geht um Folgendes …«

In der Zentrale der *San Diego* wurden die Gesichter immer länger, je mehr Sarubin von dem ungewöhnlichen Plan erzählte, den er mit Angela Hunt ausgeheckt hatte. Mochte er auch noch so aberwitzig klingen, so bildete er doch eine Alternative zum Erstickungstod auf der *Tuscaloosa*. Wenn die Geschichte allerdings nicht klappte, war nicht auszuschließen, dass dann plötzlich zwei Boote dort unten lagen und sich nicht mehr rühren konnten. Was die *Tuscaloosa* brauchte, war Auftrieb, und der konnte nur aus Vortrieb *und* Pressluft resultieren. Das eine oder andere allein würde nicht ausreichen.

Beinahe Zoll für Zoll schob sich der stumpfe Bug der *Archangelsk* an die verbogene Schraube heran. Metall knirschte, als deren Blätter nachgaben.

»Wie ist es um die vorderen Ruder bestellt?«, wollte Igor Sarubin wissen.

»Sie stehen auf hart unten ...«, Angela Hunts Stimme klang trotz der Anspannung schwach, was ein Indiz dafür war, dass die Luft auf der *Tuscaloosa* bereits sehr schlecht sein musste.

»Gut, *da?*« Er sah sich um. Alle seine Leute waren bereit. Sie befanden sich in einer Tiefe von zweitausendsechshundert Fuß. Das war streng genommen sogar für das Alfa zu viel, was das Boot aber nicht hinderte, den Ruderbefehlen zu folgen. Nur fünf Fuß über dem Felsengrund schwebte es im Strömungsschatten der *Tuscaloosa,* seine stumpfe Nase nur knapp hinter den Überresten der achteren Ruder und der Schraube.

Alle vorderen Schotten waren geschlossen und das Schott hinter der Sonarsphäre verkeilt. Sollte etwas schief gehen, dann würde Grigori es als Erster erfahren. Außerdem hatte niemand in der russischen U-Boot-Waffe vergessen, dass die Amerikaner bei der Katastrophe der *Kursk* hatten helfen wollen. Nun waren eben sie dran.

»Angela«, sagte Sarubin, »Sie geben mir Bescheid, wenn Sie klar sind. Wir sind bereit, und soweit wir hören können, ist die *San Diego* ebenfalls auf Position.«

»Also dann los. Und falls es schief geht, ... es war nett, Sie kennen zu lernen.« Angelas Stimme wurde fester. »Los!«

Sarubin winkte, und Anatoli Petrowitsch brüllte einen Befehl in ein Mikro. Die Schraube am Heck der *Archangelsk* begann zu schlagen. Mit der vollen Kraft ihrer fünfundzwanzigtausend Pferdestärken schob die

Archangelsk ihren Bug in das Achterschiff der *Tuscaloosa*. Metall schrie gellend auf, und längs der bereits festgefressenen Welle drang noch mehr Wasser in das Achterschiff ein, aber die Wellenblöcke hielten. Die *Archangelsk* begann die waidwunde *Tuscaloosa* langsam anzuschieben.

Doch auch die Nase der *Archangelsk* trug Blessuren davon. Zwei der Torpedoklappen wurden undicht, aber Sarubin hatte die Rohre leeren lassen. Das empfindliche Sonarsystem verlor etliche Drucksensoren, doch Grigori Palankin konnte in dem allgemeinen Aufruhr ohnehin nichts hören. Er starrte nur wie hypnotisiert auf eine einzige Anzeige. Wenn der obere Sonardom ein Echo auffing, dann bedeutete das, dass der Bug der *Tuscaloosa* sich hob. Alles andere war egal.

Angela spürte das Holpern, als das Boot sich schwer über den Grund schob. Mit zusammengebissenen Zähnen starrte sie auf den mechanischen Fahrtmesser. Erschreckend langsam näherte sich die Nadel einem Knoten. Was für ein Schneckentempo! Sie ballte die Hände zu Fäusten, aber sie konnte nicht ewig abwarten. »Anblasen vorne. Alles rein, was geht!«

Es schien eine Ewigkeit zu dauern, bis das Zischen der Ventile ertönte. Die Situation war im Prinzip ganz einfach. Die *Tuscaloosa* konnte von sich aus keine Fahrt aufmachen, um hydrodynamisch aufzutauchen. Sie hätte auch nicht selbst zu steuern vermocht, denn die achteren Ruder sowohl für Tiefen- als auch Kurssteuerung waren Schrott. Das Einzige, was sie tun konnte, war, sich von der *Archangelsk* anschieben zu lassen und zu hoffen, dass sie den Bug etwas in die Höhe bekam, während die *Archangelsk* das Heck einen Augenblick länger unten hielt. Den Rest würde dann die Physik erledigen. Jedenfalls wenn es ihrer zusammengewürfelten Crew gelang, die sich ausdehnende Luft in immer weiter achtern liegende Tauch- und Trimmzellen zu leiten, statt den Überdruck einfach ins Wasser abzulassen.

Ein Zittern ging durch den Rumpf. Einen winzigen Moment lang hatte Angela das Gefühl, der Rumpf würde sich heben, aber dann ertönte nur wieder ein neues Knirschen.

Die Fahrtmessanzeige näherte sich den zwei Knoten. Der Russe war wirklich zum Äußersten entschlossen. Hinter ihr stimmte irgendwer mit zittriger Stimme ein frommes Lied an. Angela wollte sich umdrehen, doch dann wurde sie abgelenkt. Täuschte sie sich? Nein!

Die ersten Bleistifte rollten vom Navigationstisch, der Bug hatte begonnen, sich langsam aufzurichten. Zuerst beinahe unmerklich, dann immer schneller. Sie reagierte sofort. »Klappen zu. Verbindung zu den Zellen fünf und sechs herstellen!«

Männer drehten in der Dunkelheit an Handrädern. Im Licht der Stablampen waren sie nur schemenhaft zu erkennen. Aber Angela spürte, wie sich der Rumpf weiter aufrichtete. Als sie begriff, was geschehen würde, war es zu spät zu handeln. Sie war so verdutzt, dass sie nicht einmal auf die Idee kam zu fluchen.

Luft ist, zumindest was das Tauchen betrifft, ein interessantes Gemisch. Nimmt der Druck zu, wird sie zusammengepresst und nimmt weniger Volumen ein. Wird der Druck geringer, dehnt sie sich wieder aus und nimmt mehr Raum ein. Die Luft, die Angela Hunt in die vorderen vier Tauchzellen hatte blasen lassen, folgte also nur ihren normalen physikalischen Eigenschaften. Sowie die Tiefenruder den Bug auch nur um ein paar Zoll anhoben, dehnte sie sich aus, aber nur minimal. Also stieg auch der Auftrieb nur um eine Winzigkeit und hob den Bug nur um eine weitere Idee an. Also dehnte die Luft sich wieder ein ganz klein wenig aus, und das Spiel begann von neuem. Nachdem die Luft es so geschafft hatte, das Wasser, das sich seinerseits nicht zusammenquetschen ließ, aus den vorderen Tauchzellen zu verdrängen, suchte sie sich weiteren Raum zur Ausdehnung. Die Klappen allerdings waren geschlossen und ein Entweichen aus dem Rumpf daher nicht möglich. Als Schlupfloch blieben nur weitere Tauchzellen, zu denen die Verbindungen geöffnet waren.

Was Angela nur nicht mit einkalkuliert hatte, war, dass sich die *Tuscaloosa* steil aufrichten würde, weil sich ja die vorderen Zellen zuerst vollständig mit Luft füllten. Das Boot ging also beinahe in die Vertikale und schoss mit steigender Geschwindigkeit nach oben, während sich die Luft weiter ausdehnte. Nur konnte sie das Wasser in den achteren Tauchzellen nicht verdrängen, denn diese Zellen waren weit aufgerissen worden, und hier entwich der Überdruck laut sprudelnd ins Wasser.

Die *San Diego* rauschte ebenfalls wie ein Expresszug nach oben. Aus sechshundert Fuß Tiefe schoss sie vier Torpedos ab. Die beiden ersten erreichten das Eis nach einer halben Minute. Die *Tuscaloosa* war inzwischen bei sechzehnhundert Fuß angelangt, und die *Archangelsk* hatte sich aus ihrem Heck gelöst.

Zwei Explosionen hallten durch das Wasser. Dann empfing das Sonar einen hohen Knall, als die Eisdecke nachgab. Das zweite Detonations-Duett erfolgte, als die beiden aus den Heckrohren geschossenen Torpedos ihr Ziel erreichten. Die *San Diego* drehte ab, um der aufsteigenden *Tuscaloosa* aus dem Weg zu gehen.

Angela sah sich um. Das Boot war immer noch sehr steil aufgerichtet. Etwa sechzig Grad, schätzte sie. Die Leute standen in Schwimmwesten und dicken Mänteln mehr auf den Seitenwänden als auf dem Boden der Zentrale. Sie wusste, dass es vorn unter dem Torpedoluk nicht anders aussehen würde. Trotz der Lage ordnete sie an: »Klarmachen zum Ausbooten. Jeder soll zusehen, dass er so nahe ans Torpedoluk kommt wie möglich.« Sie sah sich um. Die ersten Männer begannen sich den Gang hochzuhangeln. Andere blieben stur auf ihrem Posten. Smith, der Maschinenmaat, und Bruder Jeremy. Oder auch Wilkins, der sich an den Rohren festhielt, um schnell an den Ventilen zu sein. Sie alle erwiderten ihren Blick, ohne etwas zu sagen. Angela blickte auf ihre Hände, die wider Erwarten nicht zitterten, sondern völlig ruhig waren.

Nur wenige von ihnen würden überhaupt aus dem Luk kommen, bevor der Rumpf wieder versank. Der Turm würde wahrscheinlich nicht einmal über die Wasserlinie kommen. Wenn es ihr gelang, auch nur die Hälfte der Leute zu retten, dann war das unter diesen Umständen schon eine gute Quote.

Überrascht wandte sie sich um, als eine bekannte Stimme mit leichtem Texasakzent aus dem Unterwassertelefon drang. »Noch achthundert Yards bis zur Oberfläche, *Tuscaloosa* ... siebenhundert ... sechshundert.« Es war Lieutenant Tennant, ihr Kollege von der *San Diego*.

Die *Tuscaloosa* mochte zwar ein Wrack sein, aber sie war jetzt der Kommandant dieses Schrotthaufens, und der ging grundsätzlich als Letzter von Bord. Bob würde das verstehen.

»Zweihundert … einhundert … Achtung!« Tennants Stimme warnte sie vor. Aber der erwartete harte Aufprall blieb aus. Der aufgerissene Bug drückte lediglich lose treibende Eisblöcke zur Seite und stieg dann steil in die Höhe.

In dem Moment, da die luftgefüllten Zellen aus dem Wasser ragten, produzierten sie logischerweise keinen Auftrieb mehr. Die Vorwärtsbewegung verlangsamte sich, und der Bug begann sich in einem Bogen auf die Eisbrocken zu senken, die von den Detonationen der Torpedos übrig geblieben waren.

Das Knirschen schien überall zu sein, aber am stärksten schien es von unten zu kommen. »Festblasen, schnell!«, rief Angela.

Wilkins und Jeremy wirbelten die Handräder herum, und das Boot kam schaukelnd zum Stillstand. Der Krach wich abrupter Stille. Unsicher sahen sich alle in der Zentrale an. Vom Gang her war zu hören, wie das Torpedoluk geöffnet wurde, geklettert aber wurde auch über die schmale Leiter zum Turm hinauf.

Angela rechnete damit, dass sich das Achterschiff gleich wieder senken würde. Doch nichts geschah. Sie wartete noch ein paar weitere Sekunden. Noch immer tat sich nichts. »Sie liegt fest?«, fragte sie Wilkins unsicher.

Der große Petty Officer sah sie an, als könne er es selbst nicht fassen. »Sie liegt tatsächlich auf Eis!«

19. Tag, 10:45 Ortszeit, 14:45 Zulu – Langley

Verblüfft starrte Boulden auf den Funkspruch, den eben ein strahlender Lieutenant Wilks gebracht hatte. Einen Augenblick lang herrschte Stille in dem großen Besprechungsraum. Dann räusperte sich der Präsidentenberater. »Ich habe gerade einen Funkspruch bekommen. Er ging von einem russischen U-Boot im Klartext an unsere Flottenbasis Norfolk.«

Ratlos schüttelte er den Kopf, bevor er den Text vorzulesen begann:

»von archangelsk an befehlshaber amerikanische u-boote atlantik: uss tuscaloosa unter kontrolle aber schwer beschädigt – stop – nicht fahrbereit – stop – uss san diego beabsichtigt abschleppen – stop – da san diego funkausfall und sonarausfall übernimmt archangelsk mit einverständnis des kommandos murmansk geleit – stop – schlepper und amerikanischer geleitschutz werden ab ... auf position ... erwartet – stop – kapitän zweiter klasse igor sarubin – stop – gez. commander robert diangelo – stop – gez. commander roger williams – stop – gez. lieutenant commander angela hunt – stop«

Sämtliche Anwesenden hatten mächtig damit zu tun, die Ungeheuerlichkeit diese Funkspruchs zu verdauen. Boulden fing sich als erster wieder.

»Admiral Sharp, Sie kümmern sich jetzt schleunigst um einen Schlepper nebst Geleitschutz. Und dann würde ich gerne noch genauer wissen wollen, was sich da draußen abgespielt hat.«

19. Tag, 14:00 Ortszeit, 16:00 Zulu – Auf dem Eis

Roger Williams benutzte das Periskop, um zu sehen, was draußen vor sich ging. Sein Boot war so gut wie leer. Alles, was Beine hatte, packte mit an, um die angeschlagene *Tuscaloosa* für das Abschleppmanöver klarzumachen. Sie würden, nachdem das Sonar der *San Diego* auch nicht mehr richtig funktionierte, auf die Hilfe des Russen angewiesen sein. Roger schwenkte das Sehrohr. Der langgestreckte Turm des Alfa-Bootes ragte ebenfalls aus dem glitzernden Eis. Auf dem Turm standen ein paar Männer und sahen mit Ferngläsern zur *Tuscaloosa* hinüber.

Wieder schwenkte der Kommandant das Sehrohr. Die *Tuscaloosa* ragte weniger als vier Kabellängen entfernt aus dem Eis. Immer noch hing ihr Heck tief im Wasser, und die gerundete Bugnase sah aus, als sei sie mit riesigen Krallen bearbeitet worden. Es war ein Wunder, dass dieses Boot noch schwamm. Aber sie würden es zurück nach Norfolk bringen.

Nachdenklich betrachtete er die Schäden. Wahrscheinlich würden sie nicht mehr zu reparieren sein. Er fühlte sich müde. Die Jagd war vorbei. Bocteau lag im Krankenrevier seiner *San Diego* unter Bewachung, aber das war nur eine Formalität. Es war unwahrscheinlich, dass man dem Franzosen den Prozess machen konnte, bevor der Tumor in seinem Hirn ihn tötete. Doch Roger Williams spürte kein Mitleid mit dem Mann.

Mehr routinemäßig schwenkte er das Periskop im Kreis herum. Ein Stück abseits, im Windschutz eines Schneeberges, standen zwei einsame Gestalten eng umschlungen. So, wie es aussah, genossen sie die frische, kalte Luft und den Sonnenschein, der die weite

Eisfläche strahlend hell aufleuchten ließ. Vielleicht genossen sie es aber auch nur, endlich ihre Missverständnisse ausgeräumt zu haben. Mit einem zufriedenen Grinsen schwenkte Roger Williams das Periskop weiter.

Epilog I

Im beginnenden Sommer sah sogar Murmansk gut aus. Igor Sarubin wandte sich vom Fenster seiner Wohnung ab und wollte in die Küche gehen, um sich noch einen Tee zu machen. Später konnte er ja vielleicht noch einen langen Spaziergang unternehmen. Nicht mehr lange, und die Reparaturarbeiten an der *Archangelsk* waren abgeschlossen. Dann hieß es für sie alle wieder, in der Enge des kleinen Bootes zu leben. Doch es würde nicht wie vorher sein. Anatoli Petrowitsch war zum Kommandanten der *Archangelsk* befördert worden. Er selbst würde nur noch einmal mitfahren, um Anatoli bei der Übernahme behilflich zu sein.

Sein Blick fiel auf die Jacke am Garderobenhaken. Vier Streifen. Er war jetzt Kapitän Erster Klasse. Seinen Vorgesetzten hatte seine Handlungsweise gefallen, und vor allem waren sie beglückt darüber, dass die US Navy jetzt etwas in ihrer Schuld stand. Wenn es schief gegangen wäre, hätte die Sache aber auch anders aussehen können. So war er ein Held, aber er hätte genauso gut als Sündenbock aus der Geschichte hervorgehen können. Das Los der Kommandanten.

Sein nächstes Kommando stand auch schon fest. Er würde eines der neuen Jagdboote der Sotchi-Klasse übernehmen. Ein nagelneues Boot, das jetzt noch in der Werft lag. Es würde beinahe zwei Jahre dauern, bis diese Boote offiziell in Dienst gestellt wurden. Erprobung mit einem neuen Boot, Fehlerbehebung und eine neue Besatzung. Eine viel größere Besatzung, als er gewohnt war. Inklusive ihm selbst sollten hundertsiebenunddreißig Mann auf diesem Boot dienen. Es würde eine große Umstellung bedeuten.

Das Klingeln an der Tür schreckte ihn aus seinen Gedanken. Im Schlafzimmer rührte sich Irina, eine Sekretärin aus dem Materialamt. »Ich gehe schon!«, rief er halblaut.

Es war ein Mann vom Paketdienst, der einen großen soliden Karton die Treppe heraufbrachte. Der Aufzug funktionierte schon lange nicht mehr. Er quittierte den Empfang, gab dem Mann ein paar Rubel und trug das nicht sehr schwere Paket in die Wohnung. Etwas ratlos betrachtete er die verschiedenen Stempel darauf. Es war wohl eine Weile unterwegs gewesen. Aber ursprünglich kam es aus Norfolk in Virginia.

Aufgeregt lief er in die Küche und holte ein kräftiges Messer, um die Verpackung zu öffnen. Zwischen einer Menge Styropor fand er einen DVD-Player modernster Bauart, ein Miniboxensystem und haufenweise DVDs. Erst ganz unten lag ein dickes Briefkuvert. Mit leicht zitternden Fingern öffnete er es, und eine Anzahl Fotografien fielen heraus. Schmunzelnd betrachtete er die Bilder. Wenn er die Amerikaner das nächste Mal unter dem Eis traf, würde er sicherlich ein besseres Soundsystem haben als sie.

Epilog II

Gemessenen Schritts ging Commander Williams den langen Gang entlang nach vorn. Angela, die er an seinem Arm führte, schien durch ihre hochhackigen Schuhe etwas gehandicapt zu sein.

Beiläufig registrierte er die Menschen rechts und links. Viele kannte er. Sie waren von der Marinebasis, von den U-Booten und den Überwassereinheiten. Andere hatte er hier erst kennen gelernt, zum Beispiel Roger Marsden oder auch William Boulden, den Präsidentenberater. Doch die Frauen und Männer in Zivil waren in der Minderzahl, selbst wenn einige der Gäste aus Langley kamen.

Auch Robert trug Uniform. Hell glänzten die vier Streifen eines Captains auf den Ärmeln der Galauniform. Er war zwar nach wie vor Langley zugeteilt und formal nur Reserveoffizier, aber er gehörte wieder dazu. Wahrscheinlich würde er nie wieder ein Boot kommandieren, aber im Augenblick war er sowieso nicht so scharf auf ein Bordkommando.

Roger Williams leistete sich einen Seitenblick auf Angela in ihrem wunderschönen champagnerfarbenen Kleid. Der Kommandant der *San Diego* fragte sich, wie sie sich entscheiden würde. Familie oder neues Kommando? Aber das mussten die DiAngelos unter sich ausmachen.

Sie erreichten den Altar unter dem großen Pavillonzelt, und Captain Bob DiAngelo trat vor. »Danke, Roger.« Er grinste sein jugendliches Nussknackergrinsen. »Ab hier mache ich weiter.«

In aller Förmlichkeit übergab Roger die Braut an Bob. Einen Augenblick lang trafen sich die Blicke der beiden Männer. »Danke, Roger, für alles.«

Stunden später, die Hochzeitstorte war bereits verteilt und gegessen, standen drei Männer etwas abseits des Partytrubels beisammen. Ein Stück entfernt erhob sich der große Pavillon, aber über den Männern breitete sich nur der Sternenhimmel von Virginia aus.

Die drei Männer rauchten große, teure Zigarren und genossen dazu einen hervorragenden Malt Whisky, der völlig unvorschriftsmäßig und unter Umgehung jeglicher Zollkontrolle, an Bord eines Zerstörers von Schottland kommend, Norfolk erreicht hatte.

William Bouldens Gesicht wurde von der Glut der Zigarre schwach beleuchtet, als er daran zog. »Damit ist die Angelegenheit wohl endgültig abgeschlossen. Bocteau ist in einer geschlossenen Anstalt und wird dort den kurzen Rest seines Lebens in Verwahrung bleiben. Seine Sekte ist zerschlagen und hat jeden Zusammenhalt verloren.«

»So weit, so gut.« Vice Admiral Sharp nippte genüsslich an seinem Whisky. »Übrigens war die zweite Torte ein netter Einfall.«

Boulden winkte ab. »Wenn das Weiße Haus nicht weiß, wo man die besten Zuckerbäcker der Welt findet, wer dann?« Er grinste. »Normalerweise bereiten diese Leute Torten und Desserts für die Empfänge des Präsidenten. Das hier war wenigstens mal eine echte Herausforderung für sie.«

»Ein U-Boot aus Marzipan mit allen Details, inklusive des aufgerissenen Bugs.« Sharp lächelte im Dunkeln. »Die *Tuscaloosa* sah wirklich nicht mehr gut aus, als wir sie endlich hier hatten.«

Boulden zuckte mit den Schultern. »Ende gut, alles gut.«

Roger Marsden, der bisher der Unterhaltung schweigend gefolgt war, verzog das Gesicht. »Aber was tun wir, wenn so etwas wieder passiert? Die U-Boote werden immer besser, und schon jetzt haben sich Zerstörer und Flugzeuge als wirkungslos erwiesen.« Der in die Jahre gekommene Agent dachte kurz nach. »Wer weiß, vielleicht hat der nächste Spinner mehr Glück?«

Einen Augenblick lang sahen sich die drei Männer schweigend an. »Eine gute Frage«, erklärte Boulden. »Deswegen will ich auch nicht, dass DiAngelo zur regulären Marine zurückkehrt. Wir brauchen neue Taktiken und neue Strategien.« Er blickte Sharp an. »Wenn ich eines aus dieser Sache gelernt habe, dann dies, dass die Leute, die etwas von der Materie verstehen, zu weit weg von denen sind, die im Notfall die Entscheidungen zu treffen haben.«

»Darauf trinke ich.« Marsden hob sein Glas. »Vielleicht ist genau das schon das ganze grundsätzliche Problem, Sir.«

Zur Geschichte des U-Boot-Krieges
Standardwerke von Rang

Fritz Brustat-Naval
Ali Cremer: U 333
ISBN-13: 978-3-548-25657-3
ISBN-10: 3-548-25657-0

Fritz Brustat-Naval / Teddy Suhren
Nasses Eichenlaub
Todesschach unter Wasser
Als Kommandant und F. d. U.
im U-Boot-Krieg
ISBN-13: 978-3-548-26399-1
ISBN-10: 3-548-26399-2

Stephan Harper
Kampf um Enigma
Die Jagd auf U-559
ISBN-13: 978-3-548-25778-5
ISBN-10: 3-548-25778-X

Karl-Friedrich Merten
Nach Kompaß
Die Erinnerungen
des Kommandanten von U 68
ISBN-13: 978-3-548-26402-8
ISBN-10: 3-548-26402-6

Martin Middlebrook
Konvoi
U-Boot-Jagd auf die Geleitzüge
SC. 122 und HY 229
ISBN-13: 978-3-548-23534-9
ISBN-10: 3-548-23534-4

Theodore P. Savas
Lautlose Jäger
Deutsche U-Boot-Kommandanten im Zweiten Weltkrieg
ISBN-13: 978-3-548-25205-6
ISBN-10: 3-548-25205-2

Joseph Mark Scalia
U 234 – In geheimer Mission nach Japan
ISBN-13: 978-3-548-26292-5
ISBN-10: 3-548-26292-9

John F. White
U-Boot-Tanker 1941-1945
Unterwasser-Versorger
für die Wolfsrudel
ISBN-13: 978-3-548-25907-9
ISBN-10: 3-548-25907-3

> »Der Autor kennt die gnadenlose Hetzjagd auf Leben und Tod unter Wasser aus eigenem Erleben.«
> *Eberhard Bergmann, Berliner Morgenpost*

Die U-Boot-Romane von Erik Maasch

Auf Sehrohrtiefe vor Rockall Island
ISBN-13: 978-3-548-24741-0
ISBN-10: 3-548-24741-5

Duell mit dem nassen Tod
ISBN-13: 978-3-548-26279-6
ISBN-10: 3-548-26279-1

Im Fadenkreuz von U 112
ISBN-13: 978-3-548-26462-2
ISBN-10: 3-548-26462-X
(August 2006)

Letzte Chance: U 112
ISBN-13: 978-3-548-25731-0
ISBN-10: 3-548-25731-3

Tauchklar im Atlantik
ISBN-13: 978-3-548-26134-8
ISBN-10: 3-548-26134-5

U-Boote vor Tobruk
ISBN-13: 978-3-548-25333-6
ISBN-10: 3-548-25333-4

Die U-Boot-Falle
ISBN-13: 978-3-548-25773-0
ISBN-10: 3-548-25773-9

U 112 auf der Feindfahrt mit geheimer Order
ISBN-13: 978-3-548-25087-8
ISBN-10: 3-548-25087-4

U 115: Jagd unter der Polarsonne
ISBN-13: 978-3-548-25446-3
ISBN-10: 3-548-25446-2

U 115: Die Nacht der Entscheidung
ISBN-13: 978-3-548-25912-3
ISBN-10: 3-548-25912-X
(März 2006)

U 115: Operation Eisbär
ISBN-13: 978-3-548-25651-1
ISBN-10: 3-548-25651-1

In Hochspannung eintauchen.
Die erfolgreichen U-Boot-Romane von C. H. Guenter

Herr der Ozeane: U 500
ISBN-13: 978-3-548-25909-3
ISBN-10: 3-548-25909-X

Das Santa-Lucia-Rätsel
ISBN-13: 978-3-548-25334-3
ISBN-10: 3-548-25334-2

U-Boot-Einsatz in der Todeszone
ISBN-13: 978-3-548-26136-2
ISBN-10: 3-548-26136-1

U-Boot Laurin antwortet nicht
ISBN-13: 978-3-548-26278-9
ISBN-10: 3-548-26278-3

U-Boot unter schwarzer Flagge
ISBN-13: 978-3-548-25647-4
ISBN-10: 3-548-25647-3

U 136: Einsatz im Atlantik
ISBN-13: 978-3-548-26464-6
ISBN-10: 3-548-26464-6
(September 2006)

U 136 in geheimer Mission
ISBN-13: 978-3-548-24635-2
ISBN-10: 3-548-24635-4

U 136: Flucht ins Abendrot
ISBN-13: 978-3-548-25207-0
ISBN-10: 3-548-25207-9

U 77: Gegen den Rest der Welt
ISBN-13: 978-3-548-25727-3
ISBN-10: 3-548-25727-5

U-Kreuzer Nowgorod
ISBN-13: 978-3-548-26128-7
ISBN-10: 3-548-26128-0

U-XXI: Die erste Feindfahrt war die letzte
ISBN-13: 978-3-548-25769-3
ISBN-10: 3-548-25769-0

U-Z jagt Cruisenstern
ISBN-13: 978-3-548-25440-1
ISBN-10: 3-548-25440-3

»Ungemein spannend, realistisch und ohne Glorifizierung«
Publishers Weekly

JAN NEEDLE
Die William-Bentley-Romane

Harte Zeiten vor dem Mast
William Bentleys Aufstieg
in der Royal Navy
ISBN-13: 978-3-548-25913-0
ISBN-10: 3-548-25913-8

Auf hoher See in Gottes Hand
William Bentleys zweite Chance
in der Royal Navy
ISBN-13: 978-3-548-26129-4
ISBN-10: 3-548-26129-9

Pralle Segel – keine Gnade
William Bentleys dunkle Tage
in der Royal Navy
ISBN-13: 978-3-548-26296-3
ISBN-10: 3-548-26296-1

»Ein fast schockierendes Portrait des Seemannsleben im 18. Jahrhundert – die packende Romanserie um den Verlust der Menschlichkeit auf See«
The Guardian

»Eine Romanserie aus Seefahrt und Abenteuer, die süchtig macht.«
The New York Times Book Review

DEWEY LAMBDIN – Die Alan-Lewrie-Romane

Bereit zum Kampf
Alan Lewrie wird Midshipman des Königs
ISBN-13: 978-3-548-25326-8
ISBN-10: 3-548-25326-1

Volle Breitseite
Midshipman Alan Lewrie und die Schlacht vor Turk Island
ISBN-13: 978-3-548-25438-8
ISBN-10: 3-548-25438-1

Eine Hand für den König
Alan Lewrie auf der Alacrity
ISBN-13: 978-3-548-25910-9
ISBN-10: 3-548-25910-3

Eine Hand für das Schiff
Alan Lewrie in den Gewässern der Bahamas
ISBN-13: 978-3-548-26127-0
ISBN-10: 3-548-26127-2

HMS Cockerel I
Alan Lewrie zwischen Erfolg und Meuterei
ISBN-13: 978-3-548-26294-9
ISBN-10: 3-548-26294-5

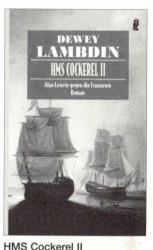

HMS Cockerel II
Alan Lewrie gegen die Franzosen
ISBN-13: 978-3-548-26401-1
ISBN-10: 3-548-26401-8

Die Hornblower-Romane, Klassiker der maritimen Spannungsliteratur, unerreicht bis heute.

C. S. FORESTER – Die Hornblower-Romane

Band 1 Fähnrich zur See Hornblower
ISBN-13: 978-3-548-26258-1
ISBN-10: 3-548-26258-9

Band 2 Leutnant Hornblower
ISBN-13: 978-3-548-26259-8
ISBN-10: 3-548-26259-7

Band 3 Hornblower auf der Hotspur
ISBN-13: 978-3-548-25656-6
ISBN-10: 3-548-25656-2

Band 4 Hornblower wird Kommandant
ISBN-13: 978-3-548-26261-1
ISBN-10: 3-548-26261-9

Band 5 Hornblower der Kapitän
ISBN-13: 978-3-548-25655-9
ISBN-10: 3-548-25655-4

Band 6 Hornblower an Spaniens Küsten
ISBN-13: 978-3-548-26263-5
ISBN-10: 3-548-26263-5

Band 7 Hornblower unter wehender Flagge
ISBN-13: 978-3-548-26264-2
ISBN-10: 3-548-26264-3

Band 8 Hornblower der Kommodore
ISBN-13: 978-3-548-25328-2
ISBN-10: 3-548-25328-8

Band 9 Lord Hornblower
ISBN-13: 978-3-548-26266-6
ISBN-10: 3-548-26266-X

Band 10 Hornblower in Westindien
ISBN-13: 978-3-548-26267-3
ISBN-10: 3-548-26267-8

Band 11 Hornblower – Zapfenstreich
ISBN-13: 978-3-548-26268-0
ISBN-10: 3-548-26268-6

»Fans maritimer Thriller lauern
auf jeden neuen Sam Llewellyn.«
Today

Spannung pur aus der Welt
des Hochseesegelns

Den Fischen zum Fraße
ISBN-13: 978-3-548-23960-6
ISBN-10: 3-548-23960-9

Ein Leichentuch aus Gischt
ISBN-13: 978-3-548-26130-0
ISBN-10: 3-548-26130-2

Ein Sarg mit Segeln
ISBN-13: 978-3-548-23647-6
ISBN-10: 3-548-23647-2

Ohne Limit
(= In Neptuns tiefstem Keller)
ISBN-13: 978-3-548-25444-9
ISBN-10: 3-548-25444-6

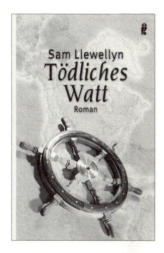

Tödliches Watt
ISBN-13: 978-3-548-26362-5
ISBN-10: 3-548-26362-3
(März 2006)